百年乡愁

中国乡土小说经典大系

3

张丽军　主编

菊英的出嫁

——"乡土文学"流派小说

山东城市出版传媒集团·济南出版社

图书在版编目（CIP）数据

菊英的出嫁："乡土文学"流派小说 / 张丽军主编 . --
济南 : 济南出版社 , 2023.6
（百年乡愁 : 中国乡土小说经典大系）
ISBN 978-7-5488-5720-4

Ⅰ . ①菊… Ⅱ . ①张… Ⅲ . ①乡土小说 – 小说集 – 中
国 – 现代 Ⅳ . ① I246.7

中国国家版本馆 CIP 数据核字（2023）第 107350 号

菊英的出嫁——"乡土文学"流派小说
JUYING DE CHUJIA

张丽军/主编

出 版 人	田俊林
责任编辑	李文展　林小溪
装帧设计	郝雨笙　张　倩
出版发行	济南出版社
地　　址	山东省济南市二环南路 1 号（250002）
编辑热线	0531-86131722
发行热线	0531-86116641　87036959　67817923
印　　刷	济南龙玺印刷有限公司
版　　次	2023年6月第1版
印　　次	2023年7月第1次印刷
成品尺寸	145 毫米 × 210 毫米　32开
印　　张	14.75
字　　数	291千
定　　价	68.00元

编委会

本书部分文字作品稿酬已向中国文字著作权协会提存，敬请相关著作权人联系领取

电话：010-65978917，传真：010-65978926，E-mail：wenzhuxie@126.com

总 序

记录百年中国乡愁 传承千年根性文化

面对急剧迅猛的乡土中国城市化、现代化、高科技化浪潮，我们惊讶地发现，曾被认为千年不变、"帝力于我何有哉"的中国乡村根性文化正面临着从根源深处的整体性危机。"谁人故乡不沦陷？"千百年来，孕育和滋养乡土中国文化、文明的乡村及其根性文化正以某种加速度的方式消逝，甚至被连根拔起。这不仅是乡土中国城市化、现代化的问题，而且是一个全球化、人类性的整体危机。早在20世纪60年代，法国社会学家孟德拉斯就提出，在工业文明入口处，数十亿农民向何处去的问题。而在1948年，中国学者费孝通就在《乡土重建》中提出传统的乡土社会所面临的现代性失血危机，进而提出了"乡土重建"的深邃思考。显然，在21世纪的今天，思考乡村、乡土、农业、农民乃至整体性人类向何处去的问题，显得无比重要而迫切。

作为一个从事乡土文学研究二十多年的研究者，我在苦苦思考：中国乡土文学向何处去？乡土中国社会向何处去？乡土中国农民向何处去？新时代乡村如何振兴？……苦苦思考之后，我突然意识到，既然看不清去处，何不回顾自己的来路？未来的道路，并不是冥思苦想来的，而是从过去的来路而来。历史的来路，决定了我们未来的去处，即未来的去处正蕴藏在历史来路之中。这让我重新思考百年中国乡土文学，重新回顾晚清以来中国仁人志士的文化选择和文学审美思考，乃至从更远的历史、文学中寻找智慧和启示。正是在这样一种文化思考中，我与济南出版社不谋而合，立志从众多乡土中国文学中选编一套"中国乡土小说经典大系"，来为21世纪的新一代中国青年提供一个关于百年乡土中国心灵史的文学路线图，慰藉那些因完整意义的乡土中国乡村消逝而无从获得纯粹乡土中国体验的21世纪中国读者。此外，从中汲取智慧和灵感推进新时代中国乡村振兴，也是本套丛书的应有之义。简单归纳之，《百年乡愁：中国乡土小说经典大系》（以下简称"大系"）具有以下特点：

一是强烈的经典意识。文学、文化的传承与经典的建构是由一个个经典化的环节与步骤完成的。从古代文学的"选本"，到20世纪中国新文学大系，在中国文学经典化中，"选本"文化起到了某种极为重要的，乃至核心的作用，为经典化提供了不同时代不断接续的核心动力源。本套"大系"选编了现当代文学史中具有重要影响的作家作品，力图使"大系"具有乡土中国现代化思想史的重要功能，展现中华民族的百年心灵史。

二是浓郁的地方气息。乡土文学是最接地气的文学，是"土气息、泥滋味"的文学，是由不同地域文化包孕、滋养的文学，又是最能显现和表达乡土中国各个地方独特文化的审美形态的文学。本套"大系"就是百年中国各地民俗文化最大、最美、最迷人的表达。齐鲁、燕赵、三秦、三晋、江南、东北、西北、岭南等不同地域的文化，在本套"大系"中得到了较完整的展现。从这个意义上而言，本套"大系"既是一部百年中国民俗文化史，也是一部最精彩的地方文化志。

三是典雅的审美意识。文学是审美的艺术。言之无文，行而不远。文学性、审美性是文学的自然属性。文学应该是美的，是诗，是生命舒展的自由吟唱。正是在这个审美维度上，我们来选编百年乡土中国小说，让读者、研究者在美的文字诗意流动中获得对千年中国乡村根性文化之美的感悟，从而思考人与自然、人与大地、人与世界的精神建构问题。因此，本套"大系"是"乡土中国最后的抒情诗"，是千年乡土中国根性文化的当代吟唱，是具有深厚乡土生命体验的文化乡愁。

乡愁是感伤的，是一种甜蜜优美的感伤。不是每个人都有乡愁的。乡愁是一种深厚的文化情怀，是对大地、故乡、世界的一种深刻的生命眷恋。而《百年乡愁：中国乡土小说经典大系》就是让我们这些具有乡土中国完整经验的最后一代人，以文化传承的方式，把这种纯粹、完整、具有审美意义的文化乡愁，传递给21世纪中国青年，乃至未来的中国青年。我们曾有过这样一种乡土生活，这样一种乡土中国乡村根性文化——这就是我们的文化根基、我们的精神基因，它蕴含未来的路径和种种可能性。

我们常言，越是民族的，就越是世界的。而我想说的是，越是地方的，越是中国的，也越是世界的。中华文化是一个整体，是由一个个具有地方文化特性的地域文化组成的，是千百年来文化交融凝聚而成的。地方性文化的丰富和多样，恰恰是中华文化的活力与魅力所在。《百年乡愁：中国乡土小说经典大系》就具有鲜明的、浓郁的地方性文化特征，不同地域的读者不仅可以从中读到自己家乡的影子，而且可以由一个个乡土文化而建立起丰富、感性、美美与共的中华文化世界。

本套"大系"适合研究乡土文学文化的学者、学生阅读，也适合对中华文化、地域文化感兴趣的读者阅读。事实上，这套"大系"对于世界各国读者而言，是理解和思考千年中国根性文化、百年中国社会变迁的最佳读本，是具有世界性意义、最接中国地气、最具中国民俗文化气息的文学读本。

是为序。

张丽军

2023 年 7 月 1 日凌晨于暨南园

导　读

　　选入本卷的乡土小说作品大多发表于20世纪20年代，作家们的文学创作大多受到鲁迅乡土文学作品的影响。这些乡土作家是一群漂泊在现代都市的知识分子，在启蒙思想的引导下，身处异乡的他们以一种独特的视角回顾自己的家乡，酝酿出复杂的情绪。一方面，他们对故乡风物的消逝产生眷念和感伤的情绪；另一方面，他们感叹于乡村的沉重凝滞与农民现实处境的艰难，并对"乡土人"的国民劣根性产生了悲哀与激愤的情绪。

　　"地方色彩"是这些作品的一大特征。作家们注重对风俗的描写，着力描绘地方风物和世道乡风，使地方风物、气氛和人物心灵、气质交融起来。在作品中，风俗不单单是故事背景，更是突出农民不幸生活的手段，如"水葬"（蹇先艾《水葬》）、"冥婚"（王鲁彦《菊英的出嫁》）、"典妻"（许杰《赌徒吉顺》）。在对这些风俗的描写中，作者既表达了对农民生活不幸遭遇的同情，又对农民的愚昧麻木进行了批判。部分作品还勾画了封建统治者的野蛮形象及妇女生活的不幸，呈现出悲凉、阴暗的氛围。

就小说技法而言，20 世纪 20 年代的乡土小说更加注重氛围与地方色彩的营造。也就是说，20 年代的乡土小说更加注重"意境"或意象的构建，这使得文本呈现出"散文化"的风格。

目　录

百年乡愁：中国乡土小说经典大系

菊英的出嫁

/// 王鲁彦

菊英离开她已有整整的十年了。这十年中她不知道滴了多少眼泪，瘦了多少肌肉了，为了菊英，为了她的心肝儿。

人家的女儿都在自己的娘身边长大，时时刻刻倚傍着自己的娘，"阿姆阿姆"地喊。只有她的菊英，她的心肝儿，不在她的身边长大，不在她的身边倚傍着喊"阿姆阿姆"。

人家的女儿离开娘的也有，例如出了嫁，她便不和娘住在一起。但做娘的仍可以看见她的女儿，她可以到女儿那边去，女儿可以到她这里来。即使女儿被丈夫带到远处去了，做娘的可以写信给女儿，女儿也可以写信给娘，娘不能见女儿的面，女儿可以寄一张相片给娘。现在只有她，菊英的娘，十年中不曾见过菊英，不曾收到菊英一封信，甚至一张明片。十年以前，她又不曾给菊英照过相。

　　她能知道她的菊英现在的情形吗？菊英的口角露着微笑？菊英的眼边留着泪痕？菊英的世界是一个光明的？是一个黑暗的？有神在保佑菊英？有恶鬼在捉弄菊英？菊英肥了？菊英瘦了？或者病了？——这种种，只有天知道！

　　但是菊英长得高了，发育成熟了，她相信是一定的。无论男子或女子，到了十七八岁的时候想要一个老婆或老公，她相信是必然的。她确信——这用不着问菊英——菊英现在非常地需要一个丈夫了。菊英现在一定感觉到非常地寂寞，非常地孤单。菊英所呼吸的空气一定是沉重的，闷人的。菊英一定非常地苦恼，非常地忧郁。菊英一定感觉到了活着没有趣味。或者——她想——菊英甚至于想自杀了。要把她的心肝儿菊英从悲观的、绝望的、危险的地方拖到乐观的、希望的、平安的地方，她知道不是威吓，不是理论，不是劝告，不是母爱，所能济事；唯一的方法是给菊英一个老公，一个年青的老公。自然，菊英绝不至于说自己的苦恼是因为没有老公，或者菊英竟当真地不晓得自己的苦恼是因何而起的也未可知。但是给菊英一个老公，必可除却菊英的寂寞，菊英的孤单。他会给菊英许多温和的安慰和许多的快乐。菊英的身体有了托付，灵魂有了依附，便会快活起来，不至于再陷入这样危险的地方去了。问一个十七八岁的女子要不要老公，这是不会得到"要"字的回答的。不论她平日如何注意男子，喜欢男子，想念男子，或甚至已爱上了一个男子，你都无须多礼。菊英的娘明白这个道理，所以也毅然地把对女儿的责任照着向来的风俗放在自己的肩上了。她已经耗费了许多心血。五六年前，一听见媒人来说某人要给儿子讨一个老婆，她便要冒风冒雨、跋山涉水地去东西打听。于今，她心满意足了，她找到了一个非常好的女婿。虽然她现在看不见女婿，但是女婿在七八岁时照的一张相片，她看见过。他生得非常地秀丽，显见得是一个聪明的孩子。因了媒人的说合，她已和他的爹娘订了婚约。他的家里很有钱，聘金的多少是用不着开口的。四百元大洋已做一次送来。她现在正忙着办嫁妆，她的力量能好到什么地步，她便好到什么地步。这样，她才心安，才觉得对得住女儿。

菊英的爹是一个商人。虽然他并不懂得洋文，但是因为他老成忠厚，森森煤油公司的外国人遂把银根托付了他，请他做经理。他的薪水不多，每月只有三十元，但每年年底的花红往往超过他一年的薪水。他在森森公司五年，手头已有数千元的积蓄。菊英的娘对于穿吃，非常地俭省。虽然菊英的爹不时一百元二百元地从远处带来给她，但她总是不肯做一件好的衣服，买一点好的小菜。她身体很不强健，屡因稍微过度的劳动或心中有点不乐，她的大腿腰背便会酸起来，太阳心口会痛起来，牙齿会浮肿起来，眼睛会模糊起来。但是她虽然这样地多病，她总是不肯雇一个女工，甚至一个工钱极便宜的小女孩。她往往带着病还要工作。腰和背尽管酸痛，她有衣服要洗时，还是不肯在家用水缸里的水洗——她说水缸里的水是备紧要时用的——定要跑到河边，走下那高高低低摇动而且狭窄的一级一级的埠头，跪倒在最末的一级，弯着酸痛的腰和背，用力地洗她的衣服。眼睛尽管起了红丝，模糊而且疼痛，有什么衣或鞋要做时，她还是要戴上眼镜，勉强地做她的衣或鞋。她的几种病所以成为医不好的老病，而且一天比一天厉害了下去，未始不是她过度地勉强支持所致。菊英的爹和邻居都屡次劝她雇一个女工，不要这样过度地操劳，但她总是不肯。她知道别人的劝告是对的。她知道自己的身体一天不如一天的缘故。但是她以为自己是不要紧的，不论多病或不寿。她以为要紧的是，赶快给女儿嫁一个老公，给儿子讨一个老婆，而且都要热热闹闹阔阔绰绰地举办。菊英的娘和爹，一个千辛万苦地在家工作，一个漂海过洋地在外面经商，一大半是为的儿女的大事。

如果儿女的婚姻草草地了事，他们的心中便要生出非常的不安。因为他们觉得儿女的婚嫁，是做爹娘责任内应尽的事，做儿女的除了拜堂以外，可以袖手旁观。不能使喜事热闹阔绰，他们便觉得对不住儿女。人家女儿多的，也须东挪西扯地弄一点钱来尽力地把她们一个一个、热热闹闹阔阔绰绰地嫁出去，何况他们除了菊英没有第二个女儿，而且菊英又是娘所最爱的心肝儿。

尽她所有的力给菊英预备嫁妆，是她的责任，又是她十分的心愿。

哈，这样好的嫁妆，菊英还会不喜欢吗？人家还会不称赞吗？你看，哪一种不完备？哪一种不漂亮？哪一种不值钱？

大略地说一说：金簪二枚，银簪珠簪各一枚。金银发钗各二枚。挖耳，金的两个，银的一个。金的、银的和钻石的耳环各两副。

金戒指四枚，又钻石的两枚。手镯三对，金的倒有两对。自内至外，四季衣服粗穿的具备三套四套，细穿的各两套。凡丝罗缎如纺绸等衣服皆在粗穿之列。棉被八条，湖绉的占了四条。毡子四条，外国绒的占了两条。十字布乌贼枕六对，两面都挑出山水人物。大床一张，衣橱两个，方桌及琴桌各一个。椅、凳、茶几及各种木器，都用花梨木和其他上等的硬木做成，或雕刻，或嵌镶，都非常细致，全件漆上淡黄、金黄和淡红等各种颜色。玻璃的橱头箱中的镴器光彩夺目。大小的蜡烛台六副，最大的每只重十二斤。其余日用的各种小件没有一件不精致，新奇，值钱。在种种不能详说（就是菊英的娘也不能一一记得清楚）的东西之外，还随去了良田十亩，每亩约计价一百二十元。

吉期近了，有许多嫁妆都须在前几天送到男家去，菊英的娘愈加一天比一天忙碌起来。一切的事情都要经过她的考虑，她的点督，或亲自动手。但是尽管日夜地忙碌，她总是不觉得容易疲倦，她的身体反而比平时强健了数倍。她心中非常地快活。人家都由"阿姆"而至"丈姆"，由"丈姆"而至"外婆"，她以前看着好不难过，现在她可也轮到了！邻居亲戚们知道罢，菊英的娘不是一个没有福气的人！

她进进出出总是看见菊英一脸的笑容。"是的呀，喜期近了呢，我的心肝儿！"她暗暗地对菊英说。菊英的两颊上突然飞出来两朵红云。"是一个好看的郎君哩！聪明的郎君哩！你到他的家里去，做'他的人'去！让你日日夜夜跟着他，守着他，让他日日夜夜陪着你，抱着你！"菊英羞着抱住了头想逃走了。"好好地服侍他，"她又庄重地训导菊英说，"依从他，不要使他不高兴。欢欢喜喜地明年就给他生一个儿子！对于公婆要孝顺，要周到。对于其他的长者要恭敬，幼者要和蔼。不要被人家说半句坏话，给娘争气，给自己争气，牢牢地记着！……"

音乐热闹地奏着，渐渐由远而近了。住在街上的人家都晓得菊英的轿子出了门。菊英的出嫁比别人要热闹，要阔绰，他们都知道。他们都预先扶老携幼地在街上等候着观看。

最先走过的是两个送嫂。她们的背上各斜披着一幅大红绫子，送嫂约过去有半里远近，队伍就到了。为首的是两盏红字的大灯笼。灯笼后八面旗子，八个吹手。随后便是一长排精制的、逼真的，各色纸童、纸婢、纸马、纸轿、纸桌、纸椅、纸箱、纸屋，以及许多纸做的器具。后面一顶鼓阁两杠纸铺陈，两杠真铺陈。铺陈后一顶香亭，香亭后才是菊英的轿子，这轿子与平常的花轿不同，不是红色，却是青色，四面结着彩。轿后十几个人抬着一口十分沉重的棺材，这就是菊英的灵柩。棺材在一套呆大的格子架中，架上盖着红色的绒毡，四面结着彩，后面跟送着两个坐轿的，和许多预备在中途折回的、步行的孩子。

看的人都说菊英的娘办得好，称赞她平日能吃苦耐劳。她们又谈到菊英的聪明和新郎生前的漂亮，都说配合得得当。

这时，菊英的娘在家里哭得昏去了。娘的心中是这样地悲苦，娘从此连心肝儿的棺材也要永久看不见了。菊英幼时是何等地好看，何等地聪明，又是何等地听娘的话！她才学会走路，尚不能说话的时候，一举一动已很可爱了。来了一位客，娘喊她去行个礼，她便过去弯了一弯腰。客给她糖或饼吃，她红了脸不肯去接，但看着娘，娘说"接了罢，谢谢！"她便用两手捧了，弯了一弯腰。她随后便走到娘的身边，放了一点在自己的口里，拿了一点给娘吃，娘说，"娘不要吃"，她便"嗯"地响了一声，露出不高兴的样子，高高地举着手，硬要娘吃，娘接了放在口里，她便高兴地伏在娘的膝上嘻嘻地笑了。那时她的爹不走运，跑到千里迢迢的云南去做生意，半年六个月没有家信，四年没有回家，也没有半边烂钱寄回来。娘和她的祖母千辛万苦地给人家做粗做细，赚钱来养她，她六岁时自己学磨纸，七岁绣花，学做小脚娘子的衣裤，八岁便能帮娘磨纸，挑花边了。她不同别的孩子去玩耍，也不噪吃闲食，只是整天地坐在房子里做工。她离不开娘，娘离不开她。她是娘的肉，她是娘的唯一的心肝儿！好几次，娘想到她的爹不走运，娘和祖母日日夜夜低着头地给人家做苦工，还不能多赚一点钱，做一件好看的新衣服给她穿，买点好吃的糖果给她吃，反而要她日日夜夜地帮着娘做苦工，娘的心酸了起来，忽然抱着她哭了。她看见娘哭，也就放声大哭起来。

娘没有告诉她，娘想些什么，但是娘的心酸苦了，她也酸苦了。夜间娘要她早一点睡，她总是说做完了这一点。娘恐怕她疲倦，但是她反说娘一定疲倦了，她说娘的事情比她多。她好几次地对娘说："阿姆，我再过几年，人高了，气力大了，我来代你煮饭。你太苦了，又要做这个，又要做那个。"娘笑了，娘抱着她说："好的，我的肉！"这时，眼泪几乎从娘的眼中滚出来了。娘有时心中悲伤不过，脸上露着愁容，一言不发地独自坐着，她便走了过来，靠着娘站着说："阿姆，我猜阿爹明天要回来了。"她看见娘病了，躺在床上，她的脸上的笑容就没有了。她没有心思再做工，但她整天地坐在娘的床边，牵着娘的手，或给娘敲背，或给娘敲腿。八年来，娘没有打过她一下，骂过她半句，她实在也无须娘用指尖去轻轻地触一触！菩萨，娘是敬重的，娘没有做过一件亵渎菩萨的事情。但是，天呵！为什么不留心肝儿在娘的身边呢？那时虽是娘不小心，但也是为的她苦得太可怜了，所以娘才要她跟着祖母到表兄弟那里去吃喜酒，好趁此热闹热闹，开开心。谁能够晓得反而害了她呢？早知这样，咳，何必要她去呢！她原是不肯去的。

"阿姆不去，我也不去。"她对娘这样说。但是又有吃，又好看，又好耍，做娘的怎么不该劝她偶尔地去一次呢？"那么只有阿姆一个人在家了。"她固执不过娘，便答应了，但她又加上这一句，娘愿意离开她吗？娘能离开她吗？天呵，她去了八天，娘已经尽够苦恼了！她的爹在千里迢迢的地方，钱也没有，信也没有，人又不回来，娘日日夜夜在愁城中做苦工，还有什么生趣？娘的唯一的安慰只有这一个心肝儿，没有她，娘早就不想再活下去了。第九天，她跟着祖母回来了。娘是这样地喜欢：好像娘的灵魂失去了又回来一般！她一看见娘便喊着"阿姆"，跑到娘的身边来。

　　娘把她抱了起来，她便用手臂挽住了娘的颈，将面颊贴到娘的脸上来。娘问她去了八天喜欢不喜欢，她说："喜欢，只是阿姆不在那里没有十分趣味。"娘摸她的手，看她的脸，觉得反而比先瘦了。娘心中有点不乐。过了一会儿，她咳嗽了几声，娘没有留意。谁知过了一会儿，她又咳嗽了。娘连忙问她咳嗽了几天，她说两天。娘问她身体好过不好过，她说好过，只是咳了又咳，有点讨厌。娘听了有点懊悔，忙到街上去买了两个铜子的苏梗来泡茶给她吃。她把新娘子生得什么样子，穿什么好的衣服，闹房时怎样，以及种种事情讲给娘听，她的确很喜欢，她讲起来津津有味。第二天早晨，她的声音有点哑了，娘很担忧。但因为要预备早饭，娘没有仔细地问她，娘烧饭时，她还代娘扫了房中的地。吃饭时，娘看她吃不下去，两颊有点红色，忙去摸她的头，她的头发烧了。娘问她还有什么地方难过，她说喉咙有点痛。这一来，娘懊悔得不得了，娘觉得以先不该要她去。祖母愈加懊悔，她说不知道哪里疏忽了，竟使她受了寒，咳嗽而至于喉痛。娘放下饭碗，看她的喉咙，她的喉咙已如血一般地红了。收拾过饭碗，娘又喊她到屋外去，给她仔细地看。这时，娘看见她喉咙的右边起了一个小小的雪白的点子。娘不晓得这是什么病，娘只知道喉病是极危险的。娘的心跳了起来，祖母也非常地担忧。娘又问她，哪一天便觉得喉咙不好过了，这时她才告诉说，前天就觉得有点干燥了似的。娘连忙喊了一只划船，带她到四里远的一个喉科医生那里去。医生的话，骇死了娘，他说这是白喉，已起了两三天了。"白喉！"这是一个可怕的名字！娘听见许多人说，生这病的人都是一礼拜就死的！医生要把一根明晃晃的东西拿到她的喉咙里去搽药，她怕，她闭着嘴不肯。娘劝她说这不痛的，但是她依然不肯。最后，娘急得哭了："为了阿姆呀，我的肉！"于是她也哭了，她依了娘的话，让医生搽了一次药。回来时，医生又给了一包吃的和漱的药。

第二天，她更加厉害了：声音愈加哑，咳嗽愈加多，喉咙里面起了一层白的薄膜，白点愈加多，人愈发烧了。娘和祖母都非常地害怕。一个邻居来说，昨天的医生不大好，他是中医，这种病应该早点请西医。西医最好的办法是打药水针，只要病人在二十四点钟内不至于窒息，药水针便可保好。娘虽然不大相信西医，但是眼见得中医医不好，也就不得不去试一试。首善医院是在万邱山那边，娘想顺路去求药，便带了香烛和香灰去。她怕中医，一定更怕西医，娘只好不告诉她到医院里，只说到万邱山求药去。

她相信了娘的话，和娘坐着船去了。但是到要上岸的时候，她明白了。因为她到过万邱山两次，医院的样子与万邱山一点也不像，她哭了，她无论如何不肯上岸去。娘劝她，两个划船的也劝她说，不医是不会好的，你不好，娘也不能活了，她总是不肯。划船的想把她抱上岸去，她用手足乱打乱挣，哑着声音号哭得更厉害了，娘看着心中非常地不好过，又想到外国医生的厉害，怕要开刀做什么，她既一定不肯去，不如依了她，因此只到万邱山去求了药回来了。第三天早晨，她的呼吸是这样地困难：喉咙中发出嘶嘶的声音，好像有什么塞住了喉咙一般，咳嗽愈厉害，她的脸色非常地青白。她瘦了许多，她有两天没有吃饭了。娘的心如烈火一般地烧着，只会抱着流泪。祖母也没有一点主意，也只会流眼泪了。许多人说可以拿荸荠汁、莱菔汁给她吃，娘也一一地依着办来给她吃过。但是第四天早晨，她的喉咙中声音响得如猪的一般了，说话的声音已经听不清楚。嘴巴大大地开着，鼻子跟着呼吸很快地一开一闭。咳嗽得非常厉害。脸色又是青又是白，两颊陷了进去。下颚变得又长又尖，两眼呆呆地圆睁着，凹了进去，眼白青青得失了光，眼珠暗淡得不活泼了——像山羊的面孔！死相！

娘怕看了。娘看起来，心要碎了！但是娘肯甘心吗？娘肯看着她死吗？娘肯舍却心肝儿吗？不的！娘是无论如何也要想法子的！娘没有钱，娘去借了钱来请医生。内科医生请来了两个，都说是肺风，各人开了一个方子。娘又暗自地跪倒在灶前，眼泪如潮一般地流了出来，对灶君菩萨许了"高王经"三千，吃斋一年的愿，求灶君菩萨的保佑。娘又诚心地在房中暗祝说，如果有客在房中请求饶恕了她。今晚瘥了，今晚就烧元宝五十锭，直到完全好了，摆一桌十六大碗的羹饭。上半天，那个要娘送她到医院去看的邻居又来了。他说今天再不去请医生来打药水针，一定不会好了。他说他亲眼看见过医好几个人，如果她在二十四点钟内不至于"走"，打了这药水针一定保好。请医院的医生来，必须喊轿子给他，打针和药钱都贵，他说总须六元钱才能请来，他既然这样说，娘在走投无路的时候也必须试一试看。娘没有钱，也没有地方可以再借了，娘只有把自己的皮袄托人拿去当了请医生。皮袄还有什么用处呢，她如果没有法子救了，娘还能活下去吗？吃中饭的时候，医生请来了。他说不应该这样迟才去请他，现在须看今夜的十二点钟了，过了这一关便可放心。她听见，哭了，紧紧地挽住了娘的头颈。她心里非常地清白。她怕打针，几个人硬按住了她，医生便在她的屁股上打了一针，灌了一瓶药水进去。

但是，命运注定了，还有什么用处呢！咳，娘是该要这样可怜的！下半天，她的呼吸渐渐透不转来，就在夜间十一点钟……天呀！

阿长贼骨头

/// 王鲁彦

第一章

父母之荣誉——出胎之幸运——幼时之完美——芳名之由来及其意义

阿长有这样荣誉的父母，我们一点也不能否认，那是他前生修来的结果。易家村里的人们，无论老幼男女，都勇于修来生的幸福，已不是新发明的事，你去问一块千百年前的老石头，恐怕它还记得年青时，易家村尚叫作周家村，或周家村尚叫作陈家村的那从前的从前，人们对于修行的热烈的。如果人人都修行，念经又拜佛，拜佛而又念经，从不堪追计的过去直奉行至无尽的未来，谁能说这个地方还会有不荣誉的事，而阿长，显然前生也在修行的，还会有不荣誉的父母呢？

　　讲到阿夏，阿长的父亲，不但是易家村里没有一个人不知道，就是离易家村数十里的地方，也人人知道他的大名。在山与海围抱着，周围有百余里的区域中，像这样出名的人，二百年中还只有三个。第一个，是光绪初年的李筱林进士；第二个，是发洋财的陈顺生；第三个——那就是阿夏了。他拿着一条打狗棍，背着一只污旧的饭袋，到处敲着竹板或小木鱼，唱情歌或念善经给人家听，走遍了家家户户，连每一条路上的石头都已认识他。但荣誉之由来却不在于此，——那是因为他喜欢在别人不注意的时候，随便带一点东西回家的缘故。

　　至于阿长的母亲，还没有嫁给阿夏，便已有了她自己的荣誉。阿长的来源，一直到现在还有点模糊。因此阿夏在阿长还未落地之先，曾和阿长的母亲翻过几次脸。分娩时，阿夏在房里瞪着脚盆和剪刀，已经决定给这孩子一个冷不防，覆了下去；或插了下去。但他毕竟是一个唱情歌和念善经的人，孩子落了地，他的心肠就软了下来，瞧一眼，不自主地溜出去了。

　　但阿夏虽然饶了他的命，总还有点不曾释然，有好几天懒得出去干他的勾当。于是这影响到他的妻子，使才出世的阿长不得不尝难以消化的稀饭。

　　然而阿长有幸，造物主宠爱他，给了他粗健的肠胃，使他能够一天比一天长大。他有了落落的黄色的皮肤，短短的眉毛，炯炯发光的眼珠，低而且小的鼻子，狭窄的口，尖削的下巴，小而外翻的耳朵，长的手指，长的腿，小的脚。在灵魂中，造物主又放了一点智慧和欢乐。每当他的父亲发了脾气，恶狠狠地打他一个耳光，他便转过脸去，朝着他的父亲嘻嘻笑了起来，现出舒服而且光荣的表情。他冻冻也可以，饿饿也不妨，整六年中没有生过几次病，偶尔有病，不吃一点药就好了。他虽然长得瘦，晒得黑，但却生得高，也不缺乏气力。六七岁时，他已能拖着一个拉草箁，到街上去拉残草断柴回来，给他的母亲煮饭；提着一只破篮，到人家已经掘完的芋艿田里去拾残剩的芋艿片；也会带着镰刀去挖藜藿。还有许多事情，别人十几岁才会做的，他七八岁时便会做了。有时，他还赚得一二个铜圆回来。只有一次，他拿了沉重的锋利的镰刀出去割路边的茅草，出了一点祸：那就是他割完了茅草，和几个同伴耍镰刀，把它滴溜溜地丢了上去，看着它滴溜溜地落下来，刀尖刚刚陷在草地里，一个不小心，镰刀落在脚旁，砍去了左脚脚跟的一块肉，脚跟好后，这个地方再也不生新的肉，偏了进去了。他的父亲起初以为这是极不雅观的事情，但他的母亲却觉得这样更好；有了这个特殊的记号，万一孩子失了踪，便有法寻找了。

阿长渐渐长大起来，才能也渐渐表露出来，使他的父亲渐渐忘记了以往的事，对他喜欢起来。其中最使他父亲满意的，就是用不着谁教他，便像他父亲似的，晓得在人家不注意的时候，顺手带一点东西回家。他起初连自己母亲衣袋内的铜钱也要暗暗摸了出去，用小石头在地上画了一个方格，又在格内画了两条相交的叉线，和几个同伴打铜钱；或当新年的时候，挤到祠堂门前的牌九摊旁，把铜钱压在人家的最后一道。但被他母亲查出了几次以后，他渐渐连这层也明白了。他知道母亲的就是自己的，不应该动手。

到了十二三岁，他在易家村已有了一点名声。和他的父亲相比，人人说已青出于蓝了。他晓得把拿来的钱用破布裹起来，再加上一点字纸，塞在破蛋壳中，把蛋壳丢在偏僻的墙脚根，或用泥土捻成一个小棺材，把钱裹在里面，放到阴沟上层的乱石中，空着手到处地走，显出坦然的容貌。随后他还帮着人家寻找，直找遍最偏僻的地方。

然而阿长虽然有了这样特出的天才，命运却喜欢不时同他开玩笑，给了他一个或幸或不幸的一生，使他在童年的时候就蒙上了怎样也消灭不了的美名。

那事发生在他十四岁的时候。

一家和他们很要好，比他们稍微富一点的堂房嫂嫂，有一次因为婆婆出门找儿子要钱去了，一个人睡在家里有点胆怯，便请了阿长的母亲去做伴。正所谓合该有事，三天后阿长的父亲竟有两夜不曾回家，阿长的母亲便不得不守在自己的屋内，派她的儿子去陪伴。第二天的半夜里，隔壁的人家突然听见他的嫂子大声叫了起来，接着啪的一声，似乎打在一个人的面颊上。

"瘟东西！……敢想天鹅肉吃！……"她骂着说。

随后一阵轻微的脚步声，便寂然了。

这句话的意思很清楚，隔壁的人不觉笑了起来。显然这个十四岁小孩想干那勾当了。

第三天的清晨，他嫂嫂的脸上还露着盛怒，和他的母亲低声地说着话。他的母亲很不安地，摇着头叹着气。当天晚上，便不叫他去陪他的嫂子，关着门，把他打了一顿。

有好几天，人家和他的嫂子提起阿长，她便非常痛恨地叫他"小鬼"。

但阿长毕竟有特出的天才，他一见嫂嫂仍和从前一样的态度。他的嫂嫂尽管不理他，遇见他时咬着牙，背转脸去，他却仍对着她嘻嘻地笑，仿佛没有事似的，而且还不时地到她房里去。

造物主曾在他嫂嫂的灵魂里撒了宽容，几天过去，她渐渐气平了。她觉得他母亲给他的惩罚已有余，用不着再给他难堪。他到底还没有成人，一个不懂事的孩子，便渐渐和善起来，给了他自新的路。

阿长似乎也懂得他嫂嫂的善意，于是转了一个方向，接着做了一件无损于他嫂嫂的事。

离开想吃天鹅肉的日子还只有十一二天，他赤着脚踏着雨后的湿地，从外面走回家来。一到他嫂嫂的门边，便无意地推开半截门，跨进了门限。他的嫂嫂和婶婶没有在家，房内冷清清的仿佛正为他预备好了动手的机会。他一时心血来潮，便抬头四面望了一望，瞥见久已羡慕的锡瓶在衣橱顶上亮晶晶地发光，便爬上衣橱面前的凳子，捧了下来。同时智慧发出一个紧急的号令，叫他脱下背身，裹着锡瓶，挟着往二里外的当铺走去。

他的姊婶几分钟后就回了家，立刻发现房里失了东西。她细找痕迹，看见了一路的足印，在衣橱前的凳子上显得更其清楚，左足后跟削了进去。这便有了十足的证据了。她开始去寻阿长，但他不在家，也不在邻人的家里。据隔壁的一个妇人说，确曾看见他用衣服裹着一个和锡瓶一样大的东西，匆匆地走了出去。他的姊婶立刻就明白他往当铺里去了。于是她便站在大门口等待他。

约莫过了一点钟，阿长回来了。他昂着头一路和人家打招呼，这里站了一会儿，和人家说了几句话，那里站了一会儿，和人家笑几声，态度很安静。他的姊婶一看见他，就满脸发烧，奔到他的面前，右手拉住他的前胸，左手就是啪的一个耳光。

"畜生！"她一面还骂着说。

"怎么啦？"他握住姊婶的手，仰起头来问，声音颇有点强硬。

"还我锡瓶，饶你狗命！"

"啊，到底什么事呀？先讲给我听！锡瓶怎么样？"

但他的姊婶却不讲给他听，一把拖到屋柱旁，叫媳妇拿了一条粗绳，连人和屋柱捆了起来。

"把钱和当票拿出来，饶你狗命！"

"我哪里来的钱？哪里来的当票？一会儿说是锡瓶，一会儿又说是钱和当票！不晓得你说的什么！你搜就是了。"

他的姊婶动手搜了，自外面的衣上直搜到里面的衬衣。但没有一点影踪。然而足印清清楚楚，左足脚跟削了进去的，没有第二个人。不是他是哪个呢？

"藏到哪里去了，老实说出来，免得吃苦！"他的婶婶警告他，预备动手打了。

阿长仿佛没有听见，一点也不害怕，却反而大声叫起苦来！

"你冤屈我！天晓得！……我拿了你的锡瓶做什么！……"

他的嫂嫂脸上全没有了血色，气恨得比他的婶婶还厉害，显然是又联想到那夜的事了。

"贼骨头！不打不招！"她从柴堆里抽出来一束竹梢，往阿长的身上晃了过去。一半的气恨便迸发在"贼骨头"三个字上，另一半的气恨在竹梢上。

阿长有点倔强，竹梢打在身上，一点也不变色。

"打死我也拿不出东西！"

"便打死你这贼骨头！"他的嫂嫂叫着说，举起竹梢，又要往他身上打去。

但阿长的母亲来了。

这一天她正在街上的一家人家做短工，得到了阿长绑在屋柱旁的消息，便急忙跑了回来。她先解了竹梢的围，随后就问底细。

"当票和钱放在哪里，老实说出来，她们可以看娘的面孔，饶恕你！"她听完了婶婶的诉说，便转过身去问阿长。

"我没有拿过！她们冤枉我！"阿长诉苦似的答说。

"贼骨头！还说没有拿过！看竹梢！"他的嫂嫂举起竹梢又

要打了。

但阿长的母亲毕竟爱阿长，她把竹梢接住了。

"包在我身上！我想法子叫他拿出来。"她说，"现在且先让我搜一遍。"

她动手搜了。比她婶婶仔细，连肋肢窝里都摸过，贴着肉一直摸到裤腰。——东西就在这里了，她摸着阿长的肚子上围着一根草绳，另外有一根绳直垂到阳物上，拉起来便是一件纸包的东西。她打开来看，果然有六角钱一张当票。

"滚出去！畜生！这样不要脸！"她骂着就是一个耳光，随后便把绳子解开了。

阿长得了机会，就一溜烟地跑走了，当晚没有回来，不晓得在哪一个垃圾堆里过了一夜。第二天晚上走回来，躲在柴堆里，给他母亲看见了，关起门来痛打了一顿。

于是，这个美事传开去，大家谈着他的时候，从此就不再单叫他阿长，叫他"阿长贼骨头"了。

"贼骨头"这三个字在易家村附近人的心中是有特别的意义的。它不仅含着"贼""坏贼""一根草也要偷的贼"等等的意义，它还含着"卑贱人""卑贱的骨头""什么卑贱的事都做得出的下流人"等等的意义。一句话，天下没有什么绰号比这个含义更广，更多，更有用处的了。

阿长的嫂嫂，极端贞节、极端善良之外，还是一个极端聪明的人！她想出来的这个芳名，对于阿长再合适没有了。只有阿长这个美的、香的、可爱的人，才不辜负这个美的、香的、可爱的名字！

第二章

痛改前非沿门呼卖——旧性复发见物起意——半途被执情急智生——旧恩难忘报以琼浆

阿长自从被他的婶婶绑过屋柱之后，渐渐有点悔悟了。屡次听着母亲的教训，便哭了起来。泪珠像潮似的涌着，许久许久透不过气。走出门外，不自主地头就低了下去，怕看人家一眼。

"我不再做这勾当了！"

一次，他对他的母亲这样说。他说他愿意学好，愿意去做买卖，只求他母亲放一点本，卖饼也可以，卖豆腐也可以，卖洋油也可以。意思确是非常地坚决。

他的母亲答应了。她把自己做短工积得的钱拿出来给他做本钱，买了一只篾编的圆盘，又去和一家饼店说好了，每日批了许多大饼、小饼、油条、油绳之类，叫他顶在头上，到各处去卖。

阿长是一个聪明人，他顶了满盘的饼子出去，常常空着盘子回来，每天总赚到一点钱。他认得附近的大路小路，知道早晨应该由哪一条屋巷出发，绕来绕去，到某姓某家的门口，由哪一条屋巷绕回来。他知道在某一个地方，某一家门前，高声喊了起来，屋内的人会出来买他的饼。他知道在某一个地方应该多站一点时候，必定还有人继续出来买他的饼。他又知道某一地方用不着叫喊，某一个地方用不着停顿，即使喊破了喉咙，站酸了两腿，也是不会有人来买的。真所谓熟能生巧，过了几个月，他的头顶就非常适合于盘子，盘子顶在头上，垂着两手不去扶持也可以走路了。盘子的底仿佛有了一个深的洞，套在他的头顶，怎样也不会丢下来，有时阿长的头动起来，它还会滴溜溜地在上转动。

这样地安分而且勤孜，过了一年多，直至十六岁，他的春心又动了。他的心头起了不堪形容的欲望，希求一切的东西，眼珠发起烧来，盯住了眼前别人的所有物，两手痒呵呵地只想伸出去。

于是有一天，情愿捐弃了一年多辛苦所换来的声誉，不自主地走到从前所走过的路上去了。

离开易家村三里路的史家桥的一家人家，叫作万富嫂的，有两个小孩，大的孩子的项圈，在阿长的眼前闪烁了许久了。那银项圈又粗又大，永久亮晶晶地发着光！

"不但可爱而且值钱。"阿长想。

一天他卖饼卖到万富嫂的门口，万富嫂出去了，只剩着两个孩子在门口戏耍。

"卖火热的大饼喽！"阿长故意提高了声音！

"妈妈！卖大饼的来了！"那个大的孩子，约四岁光景，一面叫着，一面便向阿长跑来。

"妈妈呢？"阿长问。

"妈妈！"那孩子叫了起来。

阿长注意着，依然不听见他妈妈的回答。

"我送你一个吃罢！来！"阿长把盘子放在地上，拿了一个，送给了那孩子，随后又拿了一个，给那呆呆地望着的小的孩子。

"唔，你的衣服真好看！又红又绿！"他说着就去摸大的孩子的前胸。

"妈妈给我做的，弟弟也有一件！"孩子一面咀嚼着，一面高兴地说。他和阿长早已相熟了。

"但你的弟弟没有项圈。"阿长说着就去摸他的项圈。

项圈又光又滑，在他的手中不息地转动着，不由得他的手，起了颤动。这是他有生以来第一次触着这个可爱的东西。

智慧立时出现在他的脑里。他有了主意了。

"啊，你的鞋子多么好看！比你弟弟的还好！那个——谁做给你的呢？穿了——几天了？好的，好的！比什么人都好看！鞋上是什么花？菊花——月季花吗？……"他一面说着，一面就把项圈拉大，从孩子的颈上拿了出来，塞进自己的怀里。孩子正低着头快活地看着自己的鞋，一面咕噜着，阿长没有注意他的话，连忙收起盘子走了。

他不想再卖饼子，只是匆匆地走着，不时伸手到衣服里去摸那项圈。手触着项圈，在他就是幸福了。他想着想着，但不知想的什么，而脚带着他在史家桥绕了一个极大的圈子，他自己并不知道。这在他是琐事，他完全不愿意去注意。

一种紧急的步声，忽然在他的耳内响了，他回转头去看，一个男子气喘喘地追了上来。那确像孩子的叔叔，面上有一个伤疤，名字叫作万福。

阿长有点惊慌了。他定睛细看，面前还是史家桥，自己还没有走过那条桥。

"这是怎么一回事呀？走了这许久还在这里！"他想。

但正当他这样想的时候，他的头上的盘子扑地被打下了。万福已扯住了他的前胸。

"贼骨头！"愤怒的声音从万福的喉间迸了出来，同时就是啪的一个耳光，打在阿长的脸上。

"怎么啦？"

"问你自己！"万福大声说着，又是啪的一个耳光。

阿长觉得自己的脸上有点发热了。他细看万福，看见他粗红的脸，倒竖的眉毛，凶暴的眼光，阔的手掌，高大的身材。

"还我项圈！"万福大声地喊着。

"还给你！……还给你！"阿长发着抖，满口答应着，就从怀里揣了出来。

"但你赔我大饼！"阿长看看地上的饼已踏碎了一大半，不禁起了惋惜。

"我赔你！我赔你！瘟贼！"万福说着，把项圈往怀里一塞，左手按倒阿长，右手捻着拳，连珠炮似的往阿长的背上、屁股上打了下去。

"捉着了吗？打！打死他！"这时孩子的母亲带着几个女人

也来了。她们都动手打起来。万福便跨在他的头上，两腿紧紧地夹住了他的头。

"饶了罢！饶了罢！下次不敢了！"

打的人完全不理他，只是打。阿长只好服服帖帖地伏在地上，任他们摆布了。

但智慧是不会离开阿长的脑子的。他看看求饶无用，便想出了一个解围的计策。

"啊呀！痛杀！背脊打断了！腰啦！脚骨啦！"他提高喉咙叫喊起来，哭丧着声音。

"哇……哇！哇……哇哇！"从他的口里吐出来一大堆的口水。

同时，从他的裤里又流出来一些尿，屁股上的裤子顶了起来，臭气冲人的鼻子，——屎也出来了！

"啊呀！打不得了！"妇人们立刻停了打，喊了起来，"尿屎都出了，会死呢！"

连万福也吃惊了。他连忙放了阿长，跳了开去。

但阿长依然伏在地上，发着抖，不说一句话，只是哇哇地作着呕。

"这事情糟了！"万富嫂说，牵着一个妇人的手倒退了几步。

"打死是该的！管他娘！走罢！"万福说。

但大家这时却走也不好，不走也不好，只得退了几步，又远远地望着了。

阿长从地上侧转头来，似乎瞧了一瞧，立刻爬起身来，拾了空盘，飞也似的跑着走了。一路上还落下一些臭的东西。"嘿！你看这个贼骨头坏不坏！"万福叫着说，"上了他一个大当！"

于是大家都哈哈大笑了。

在笑声中，阿长远远地站住了脚，抖一抖裤子，回转头来望一望背后的人群，一眼瞥见了阿芝的老婆露着两粒突出的虎牙在那里大笑。

"我将来报你的恩，阿芝的老婆！"他想着，又急促地走了。

约有半年光景，阿长没有到史家桥去。

他不再卖大饼，改了行，挑着担子卖洋油了。

一样的迅速，不到两个月，他的两肩非常适合于扁担了。沉重的油担在他渐渐轻松起来。他可以不用手扶持，把担子从右肩换到左肩，或从左肩换到右肩。他知道每一桶洋油可以和多少水，油提子的底应该多少高，提子提很快，油少了反显得多，提得慢，多了反显得少。他知道某家门口应该多喊几声，他知道某家的洋油是到铺子里去买的。他挑着担子到各处去卖。但不到史家桥去。有时，偶然经过史家桥，便一声不响地匆匆地穿过去了。

他记得，在史家桥闯过祸。一到史家桥，心里就七上八下地有点慌张。但那时到底是怎么一回事，为什么会闯了这样的大祸，是谁的不是呢？——他不大明白。就连那时是哪些人打他，哪个打得最凶，他也有点模糊了。他只记得一个人：露着两粒突出的虎牙，在背后大笑的阿芝的老婆！这个印象永久不能消灭！走近史家桥，他的两眼就发出火来，看见阿芝的老婆露着牙齿在大笑！

"我将来报你的恩！"他永久记得这一句话。

"怎样报答她呢？这个难看的女人！"他时常这样地想。

但智慧不在他的脑子里长在，他怎样也想不出计策。

"卖洋油的！"

一天他过史家桥，忽然听见背后有女人的声音在叫喊。他不想在史家桥做生意，但一想已经离开村庄有几十步远，不能算是史家桥，做一次意外的买卖也可以，便停住了。

谁知那来的却正是他的冤家——阿芝的老婆！

阿长心里有点恐慌了，走也不好，不走也不好，只是呆呆地望着阿芝的老婆。

阿芝的老婆似也有点不自然，两眼微微红了起来，显然先前没有注意到，这是阿长。

"买半斤洋油！"她提着油壶，喃喃地说。

"一百念！"阿长说着，便接过油壶，开开盖子，放上漏斗，灌油进去。

"怎样报复呢？"他一面想着，一面慢慢地提了给她。但智慧还不会上来。

"唅唅！还有钱！"阿芝的老婆完全是一个好人，她看见阿长挑上了担子要走，忘记拿钱便叫了起来，一只手拖着他的担子，一只手往他的担子上去放钱。

在这俄顷间，阿长的智慧上来了。

他故意把肩上的担子往后一掀，后面的担子便恰恰碰在阿芝老婆的身上。碰得她几乎跌倒地上，手中的油壶打翻了。担子上的油泼了她一身。

"啊呀！"她叫着，扯住了阿长的担子，"不要走！赔我衣裳！"

"好！赔我洋油！谁叫你拉住了我的担子！"

"到村上去评去！"阿芝的老婆大声地说，发了气。

阿长有点害怕了。史家桥的人，在他是个个凶狠的。他只得用力挑自己的担子。但阿芝的老婆是有一点肉的，担子重得非常，前后重轻悬殊，怎样也走不得。

"给史家桥人看见，就不好了！"他心里一急，第二个智慧又上来了。

他放下担子，右手紧紧地握住了阿芝老婆攀在油担上的手，左手就往她的奶上一摸。阿芝老婆立刻松了手，他就趁势一推，把她摔在地上了。

十分迅速地，阿长挑上担子就往前面跑。他没有注意到阿芝老婆大声地叫些什么，他只听见三个字：

"贼骨头！"

阿长心里舒畅得非常。虽然泼了洋油，亏了不少的钱，而且连那一百念也没有到手，但终于给他报复了。这报复，是这样地光荣，可以说，所有史家桥人都被他报复完了。

而且，他还握了阿芝老婆的肥嫩的手，摸了突出的奶！这在他是有生以来的第一次。女人的肉是这样地可爱！一触着就浑身酥软了！

光荣而且幸福。

第三章

有趣呀面孔上的那两块肉——可恼恶狠狠的眼睛——乘机进言——旁观着天翻地覆——冤枉得厉害难以做人

阿长喝醉了酒似的，挑着担子回到家里。他心里又好过又难过，有好儿天只是懒洋洋地想那女人的事。但他的思想是很复杂的，一会儿想到这里，一会儿又想到那里去了。

"女人……洋油……大饼……奶……一百念……贼骨头……碰翻了！……"他这样地想来想去，终于得不到一个综合的概念。

然而这也尽够他受苦的了，女人，女人，而又女人！

厌倦来到他的脑里，他不再想挑着担子东跑西跑了。他觉得女人是可怕的，而做这种生意所碰着最多的又偏偏是女人。于是他想来想去，只有改行，去给撑划子的当副手。他有的是气力。坐在船头，两手扳着桨，上身一仰一俯，他觉得也是一件有趣的事。

新的行业不久就开始了。

和他接触的女人的确少了一大半。有时即使有女人坐在他的船里，赖篷舱的掩遮，他可以看不见里面的人了。

但虽然这样，他还着了魔似的，还不大忘情于女人。他的心头常常热烘烘的，像有滚水要顶开盖子，往外冲了出来一般，——尤其是远远地看见了女人。

其中最使他心动的，莫过于堂房妹妹，阿梅这个丫头了！

她每天坐在阿长所必须经过的大门内，不是缝衣就是绣花。一到大门旁，阿长的眼光就不知不觉地射到阿梅的身上去。

她的两颊胖而且红，发着光。

他的心就突突跳了起来，想去抱她，想张开嘴咬下她两边面颊上的肉。

在她的手腕上，有两个亮晶晶地发光的银的手镯。

"值五六元！"阿长想，"能把这丫头弄到手就有福享了——又好看又有钱！"

但懊恼立时上来了。他想到了她是自己的族内人，要成夫妻是断断做不到的。

懊恼着，懊恼着，一天，他有了办法了。

他从外面回来，走到阿梅的门边，听见了一阵笑声。从玻璃窗望进去，他看见阿梅正和她的姊夫并坐在床上，一面吃着东西，满面喜色，嘻嘻哈哈地在那里开玩笑。

"我也暗地里玩玩罢！"阿长想。

他开始进行了。

头几天，他只和她寒暄，随后几天和她闲谈起来，最后就笑嘻嘻地丢过眼色去。

但阿梅是一个大傻子，她完全不愿意，竟露着恶狠狠的眼光，沉着脸，转过去了。

这使他难堪，使他痛苦，使他着恼。他觉得阿梅简直是一个不识抬举的丫头，从此便不再抬起头来，给她恩宠的眼光了。

阿梅有幸，她的父母很快地就给她找到了别的恩宠的眼光，而且过了两个月，完全把阿梅交给幸福了。

他是一个好休息的铜匠，十天有九天不在店里，但同时又很忙，每夜回家总在十二点钟以后。阿才赌棍是他的大名。他的家离易家村只有半里路。关于他的光荣的历史，阿长是知道得很清楚的。他最不喜欢他左颊上一条小刀似的伤疤。他觉得他的面孔不能再难看了。

"不喜欢人，却喜欢鬼！"阿长生气了。他亲眼看着阿梅打扮得花枝招展的，头上插着金黄的钗，两耳垂着长串的珠子，手腕上的银镯换了金镯，吹吹打打地被抬了出去。

"拆散你们！"阿长怒气冲冲地想。

虽然这样想着，计策却还没有。他的思想还只是集中在红而且胖的面颊，满身发光的首饰上。

"只这首饰，便够我一生受用了！"他想。

一天上午，他载客到柳河头后，系着船，正在等候生意的时候，忽然看见阿才赌棍穿得斯斯文文，摇摇摆摆地走过岭来。阿长一想，这桩生意应该是他的了。于是他就迎了上去，和阿才打招呼。阿才果然就坐着他的船回家，因为他们原是相熟的，而现在，又加入一层亲戚的关系了。

"你们到此地有一会儿了罢？"阿才开始和阿长攀谈了。

"还不久。你到哪里去了来？"阿长问。

"城里做客，前天去的。"

"喔！"

"姑妈的女昨天出嫁了。"

"喔！"

"非常热闹！办了二十桌酒！"

"喔，喔！"

阿长一面说着，一面肚子里在想办法了。

"你有许久不到丈人家里去了罢！"阿长问。

"女人前几天回去过。"

"是的，是的，我看见过！——胖了！你的姨丈也在那里，他近来也很胖。有一次——他们两人并坐在床上开玩笑，要是给生人看见，一定以为是亲兄妹喽！"

"喔！"阿才会意了，"你亲眼看见的吗？"

"怎么不是？一样长短，一样胖……"阿长说到这里停止了。智慧暗中在告诉他，话说到这里已是足够。

阿才赌棍也沉默了。他的心中起了愤怒，脸色气得失了色，紧紧咬住了上下牙齿。在他的脑中只旋转着这一句话："他们并坐在床上开玩笑！"

懒洋洋地过了年，事情就爆发了。

那天正是正月十二日，马灯轮到易家村。阿梅的父母备了一桌酒席，把两个女婿和女儿都接了来看马灯。大家都很高兴，只有阿才看见姨丈也在，心里有说不出的痛苦。他想竭力避开他，但坐席时大家偏偏又叫他和姨丈并坐在一条凳上。阿才是一个粗货，他喝着酒，气就渐渐按捺不住，冲上来了。他喝着喝着，喝了七八分酒，满脸红涨，言语杂乱起来。

"喝醉了，不要喝了罢！"阿梅劝他说，想动手去拿他的酒杯。

"滚开！狗东西！"阿才睁着凶恶的两眼，骂了起来，提起酒杯就往阿梅的身上摔了过去，泼得阿梅的缎袄上都是酒。

一桌的人都惊愕了。

"阿才醉了！快拿酱油来！"

但阿才心里却清醒着，只是怒气按捺不住，索性一不做二不休，便佯装着酒醉，用力把桌子往对面阿梅身上推了过去。

"婊子！"

一桌的碗盆连菜带汤地被他推翻在地上，连邻居们都听见这声音，跑出来了。

"你母亲是什么东西呀！"阿才大声地叫着说，"你父亲是什么东西呀！哼！我不晓得吗？不要脸！……"

"阿才，阿才！"阿梅的父亲走了过去，抱着他，低声下气地说，"你去睡一会儿罢！我们不好，慢慢儿消你的气！咳咳，阿才，你醉了呢！自己的身体要紧！先吃一点醒酒的东西罢！"

"什么东西！你是什么东西！我醉了吗？一点没有醉！滚开！让我打死这婊子！"他说着提起椅子，想对阿梅身上摔去，但别人把它夺下了，而且把他拥进了后房，按倒在床上。

这一天阿长正在家里，他早已挤在人群中观看。大家低声地谈论着，心里都有点觉得事出有因，阿才不像完全酒醉，但这个原因，除了阿长没有第二个人明白。

"生了效力了！"阿长想。

许久许久，他还听见阿才的叫骂，和阿梅的哭泣。他不禁舒畅起来，走了。

但是这句话效力之大，阿长似乎还不曾梦想到：一个月，两个月，三个月……这祸事愈演愈大了。阿才骂老婆已不仅在酒醉时，没有喝酒也要骂了；不仅在夜里关了门轻轻地骂，白天里当着大众也要骂了；不仅骂她而且打她了，不仅打她，而且好几次把她关禁起来，饿她了；好几次，他把菜刀磨得雪亮地在阿梅的眼前晃。阿梅突然憔悴了下来，两眼陷了进去，脸上露着许多可怕青肿的伤痕，两腿不时拐着，随后亲家母也相打起来，亲家翁和亲家翁也相打起来，阿梅的兄弟和阿才的兄弟也相打起来——闹得附近的人都不能安静了。

阿才是一个粗货，他的嘴巴留不住秘密，别的人渐渐知道了这祸事的根苗，都相信是阿长有意捣鬼，但阿才却始终相信他的话是确实的。

"是阿长说的！"有一天，阿才在丈人家骂了以后，对着大众说了出来。

"拖这贼骨头出来！"阿才的丈人叫着，便去寻找阿长。

但阿长有点聪明，赖得精光。阿才和阿梅的一家人都赶着要打他，他却飞也似的逃了。

那时满街都站满了人，有几个和阿梅的父亲要好的便兜住了阿长。

易家村最有权威的判事深波先生这时正站在人群中。阿梅的父亲给了阿长三个左手巴掌，便把他拖到深波先生的面前，诉说起来。

"我一句话也没有说过！天在头上！冤枉得好厉害！我不能做人了！"阿长叫着说。

深波先生毫不动气地，冷然而带讥刺地说：

"河盖并没有盖着！"

这是一句可怕的话，阿长生长在易家村，完全明白这句话的意思：不能做人——跳河！

"天呀！我去死去！"阿长当不住这句话，只好大叫起来，往河边走去。

没有一个人去扯他。

但阿长的脑子里并不缺乏智慧。他慢慢地走下埠头，做出决心跳河的姿势，大叫着，扑了下去。

"死一只狗！"河边的人都只转过身去望着，并不去救他，有几个还这样地叫了出来。

"呵哺——呵哺！天呀！冤枉呀！呵哺——呵——哺！"

岸上的人看见阿长这样地叫着，两手用力地打着水，身子一上一下地沉浮着，走了开去。——但并非往河的中间走，却是沿着河塘走。那些地方，人人知道是很浅的，可以立住脚。

"卖王了！卖王了！"岸上的人都动了气，拾起碎石，向阿长摔了过去。

于是阿长躲闪着，不复喊叫，很快地拨着水往河塘的那一头走了过去，在离开人群较远的地方，爬上了岸，飞也似的逃走。

他有三天不曾回来。随后又在家里躺了四五天，传出来的消息是阿长病了。

第四章

其乐融融——海誓山盟——待时而动——果报分明

阿长真的生了病吗？——不，显然是不会的。他是贼骨头，每根骨头都是贱的。冷天跳在河里，不过洗一澡罢了。冻饿在他是家常便饭。最冷的时候，人家穿着皮袄，捧着手炉，他穿的是一条单裤，一件夹袄。别人吃火锅，他吃的是冷饭冷菜。这样的冬天，他已过了许多年。他并非赚不到钱，他有的是气力，命运也并不坏，生意总是很好的。但一则因为他的母亲要给他讨一个老婆，不时把他得来的钱抽了一部分去储蓄了；二则他自己有一种嗜好，喜欢摸摸牌，所以手头总是常空的。其实穿得暖一点，吃得好一点，他也像别的人似的，有这种欲望。——这可以用某一年冬天里的事情来证明：

那一年的冬天确乎比别的冬天特别要寒冷。雪先后落了三次。易家村周围的河水，都结了坚厚的冰，可以在上面走路了。阿长做不得划船的买卖，只好暂时帮着人家做点心。这是易家村附近的规矩，每年以十一月至十二月，家家户户必须做几斗或几石点心。这是有气力的人的勾当，女人和斯文的人是做不来的。阿长是一个粗人，他入了伙，跟着别人穿门入户地去刷粉，舂粉，捏厚饼，印年糕。

有一天点心做到邻居阿瑞婶家里，他忽然起了羡慕了。

阿瑞婶家里陈设得很阔气，满房的家具都闪闪地发着光，木器不是朱红色，就是金黄色，锡瓶和饭盂放满了橱顶，阿瑞婶睡的床装着玻璃，又嵌着象牙，价值总在一百五六十元。她原是易家村二等的人家。阿瑞叔在附近已开有三爿店铺了。

阿长进门时，首先注意到衣橱凳上，正放着一堆折叠着的绒衣。

"绒衣一定要比布衣热得多了！"阿长一面做点心，一面心里羡慕着。绒衣时时显露在他的眼前。他很想去拿一件穿。

但那是放在房里，和做点心的地方隔着一间房子。

他时时想着计策。

于是过了一会儿，智慧上来了。

他看见阿瑞婶的一家人都站在做点心的地方，那间房里没有了人了。他看好了一个机会，佯装着到茅厕去，便溜了开去。走到那间房子，轻轻地跨进门，就在衣橱凳上扯了一件衣服，退出来往茅厕里走。

茅厕里面没有一个人。

他很快地脱下自己的衣服，展开绒衣穿了上去。

忽然，他发现那衣服有点异样了。

扣子不在前胸的当中，而是在靠右的一边。袖子大而且短。没有领子。衣边上还镶着红色的花条。

"咳咳，倒霉倒霉！"阿长知道这是女人的衣服了。

他踌躇起来。

女人的衣服是龌龊的，男子穿了，就会行三年磨苦运！

"不要为是！"

他这样想着，正想把它脱下时，忽然嗅到了一种气息，异样的女人的气息：似乎是香的！

他又踌躇了。

他觉得有一个女人在他的身边：赤裸裸地抱着他，满身都是香粉香水！

他的魂魄飘漾起来了。

"阿长！快来！"

他听见这样的喊声，清醒了。他不愿把这衣服脱下。他爱这衣服。很快地，罩上了自己的夹衣，他又回去安详地做起点心来。

工作舒畅而且轻易，其乐融融。

中午点心做完，阿长回了家。但到了三点钟，阿瑞婶来找阿长了。

"你是有案犯人！"阿瑞婶恶狠狠地说。

"我看也没有看见过！"

于是阿瑞婶在他的房里搜索了。她有这权，虽然没有证据，因为阿长是有案犯人。

"偷了你的衣服，不是人！"阿长大胆地说。他是男人，阿瑞婶是女人，他想，显然是不会往他的身上找的。

"没有第二个贼骨头！"

"冤枉！天知道！"阿长叫着说，"我可以发誓，我没有拿过！"

"你发誓等于放狗屁！敢到庙里对着菩萨发誓，我饶你这狗命！"

阿长一想，这事情不妙。到庙里去发誓不是玩的，他向来没有干过。

"在这里也是一样！"

"贼骨头！明明是你偷的！不拿出来，我叫人打死你！"

这愈加可怕了。阿长知道，阿瑞婶店里的伙计有十来个，真的打起来，是不会有命的。

"庙里去也可以。"他犹豫地说。

"看你有胆子跪下去没有！"

阿长只好走了。许多人看着，他说了走，不能不走。

"走快！走快！"阿瑞婶虽是小脚，却走得比阿长还快，只是一路催逼阿长。

远远看见庙门，阿长的心突突地跳了。

很慢地，他走进了庙里。

菩萨睁着很大的眼睛，恶狠狠地望着阿长。

"跪下去，贼骨头！"阿瑞婶叫着说。

阿长低下头，不作声了。他的心里充满着恐怖，脑里不息地在想挽救的方法。

"不跪下去，——打死你！"阿瑞婶又催逼着说。

阿长的智慧来了，他应声跪了下去。

他似乎在祷祝，但一点没有声音，只微微翕着两唇，阿瑞婶和旁看的人并没有听见。

"说呀！发誓呀！"阿瑞婶又催了。

"好！我发誓！"阿长大声地叫着说，"偷了你的衣服——天雷打！冤枉我——天火独间烧！"

这誓言是这样的可怕，阿瑞婶和其余的人都失了色，倒退了。

"瘟贼！"

阿长忽然听见这声音，同时左颊上着了一个巴掌。他慢慢地站了起来，细看打他的人，却是阿瑞婶店里的一个账房。论辈分，他是阿长的叔叔。阿长一想，他虽然是一个文人，平常也有几分气力，须得看机会对付。

"发了誓，可以饶了罢！"阿长诉求似的说。

"不饶你，早就结果你这狗命了！"那个叔叔气汹汹地说，"你犯了多少案子！谁不知道！"

"我改过做人了！饶了——我——罢！"

阿长这样地说着，复仇的计策有了，他蹲下身去，假装着去拔鞋跟，趁他冷不防，提起鞋子，就在他左颊上啪的一个巴掌，赤着一只脚，跑着走。

"我发了誓还不够吗？你还要打我！"阿长一面跑一面叫着。

他的叔叔到底是一个斯文人，被阿长看破了，怎么也追他不上。

阿长从别一条小路跑到家里，出了一身大汗，身上热得不堪。他立刻明白，非脱掉这件绒衣不可了！他已不复爱这件衣服。他有点怪它，觉得不是它，今日的祸事是不会有的。而这祸事直至这时仿佛还没有完结：一则阿瑞婶丢了衣服决不甘心，二则那个账房先生受了打，难免找他算账。这都不是好惹的。

智慧涌到他的脑里，他立刻脱下绒衣，穿上自己的夹衣，挟在衣服下，走了出去。

阿瑞婶的房子和他的房子在一条巷堂里。果然如他所料，他们都是由大路回来，这时正在半路上。果然阿瑞婶家里没有一个人，果然阿瑞婶家里的门开着。

于是阿长很快地走进了房里，把绒衣塞在阿瑞婶床上被窝里，从自己的后墙，爬到菜地里，取别一条路走了。

他有五六天没有回家。

阿瑞婶当夜就宽恕了他，因为绒衣原好好地在自己被窝里。

但神明却并不宽恕阿瑞婶。果报分明，第三天夜里几乎酿成大祸了。

她的后院空地里借给人家堆着的稻草，不知怎地忽然烧了起来。幸亏救得快……

第五章

美丽的妻室——体贴入微——二次的屈服——最后的胜利

阿长真使人羡慕！他苦到二十八岁苦出头了！这就是他也有了一个老婆！非常地美丽！她的面孔上雕刻着花纹，涂了四两花粉还不厌多，真是一个粉匣子！头发是外国式的，松毛一样的黄，打了千百个结，卷曲着。从耳朵背后起一直到头颈，永久涂着乌黑的粉。眼皮上涂着胭脂，血一般红。鼻子洞里常粘着糯糊。包脚布从袜洞里拖了出来。走起路来，鞋边着地，缓而且慢。"拖鸡豹"是她的芳名！

感谢他的母亲，自阿长的父亲死后，忍冻受饥，辛苦了半生，积了一百几十元钱，又东挪西扯，才给了他这个可爱的妻子！

阿长待她不能再好了。在阿长看起来，她简直是一块宝玉。为了她，阿长时常丢开了工作，在家里陪伴她。同她在一起，生活是这样地快乐，说不出的快乐！

阿长不时从别的地方带来许多雪花膏，香粉，胭脂，香皂，花露水给她。他母亲叫她磨锡箔，但阿长不叫她磨，他怕她辛苦。煮起饭来，阿长亲自烧火，怕她烧了头发。切起菜来，阿长自己动手，怕她砍了指头。夜里，自己睡在外边，叫她睡在里边，怕她胆小。

"老婆真好！"阿长时常对人家这样地称赞说。

的确，他的老婆是非常地好的。满村的人知道：她好，好，好，好的不止一个！

例如阿二烂眼是一个，阿七拐脚是二个，化生驼背是三个……

阿长是聪明人，他的耳朵灵，一年后也渐渐知道了。于是智慧来到他的脑里，他想好了一种方法。

一天，他对他的妻子说，要送一个客到远处去，夜里不回来了。这原是常有的事，他的妻子毫不怀疑。

但到了夜里十点钟，他悄悄地回家了。

他先躲在门外倾听。

屋内已熄了灯，门关着。

他听见里面喃喃的低微的语声。他的耳朵不会背叛他，他分别出其中有阿二烂眼。

"有趣！……真胖呀！……"他隐隐约约听见阿二的话。

他不禁愤怒起来，两手握着拳，用力地敲门了：嘭嘭嘭！

"谁——呀？"他的妻子带着惊慌的音调，低声地问。

阿长气得回答不出话来，只是用力地敲门：

嘭嘭嘭！嘭嘭嘭！……

"到底是谁呀？"阿长的妻子含着怒气似的问，"半夜三更，人家睡了还要闹！"

"开不开呀？敲破这门！"

里面暂时静默了。阿长的妻子显然已听出了声音。

"是鬼是人呀？说了才开！"她接着便这样地问，故意延宕着。

"丑婊子！我的声音还听不出吗？"阿长愤怒地骂了。

"喔喔！听出了！等一等，我来开！"他的妻子一半生气，一半恐慌地说，"说不回来，又回来了！这样迟！半夜起来好不冷！"

阿长听见他的妻子起来了。他的胸中起了火，预备一进门就捉住阿二烂眼，给他一个耳光。

"瘟虫！又偷懒回来了！不做生意，吃什么呀？"他的妻子大声地咕噜着，蹬着脚，走到了门边。

"做的好事！"阿长听见她拔了闩，用力把门推开了半边，站在当中抵住了出路，骂着就是一个耳光，给他的妻子。

"怎么啦！你不做生意还打人吗？"

阿长的妻子比阿长还聪明，她说着把阿长用力一拖，拖到里面了。

房中没有点灯，阿长看不见一个人，只看见门口有光的地方，隐约晃过一个影子。

阿长知道失败了。他赶了出去，已看不见一点踪迹。

"丑婊子！做的好事！"他骂着，啪的在他妻子的面孔上又是一个耳光，"偷人了！"

于是阿长的妻子号啕大哭了。

"天呀！好不冤枉！……不能做人了！……"

她哭着，蹬着脚，敲着床。闹得阿长的母亲和邻居们都起来调解了。

"捉贼捉赃，捉奸捉双！你得了什么凭据呀！"她哭着说。

阿长失败了。他只有向她赔罪，直赔罪到天亮。

但阿长不甘心，他想好了第二个方法。

费了两天断断续续的工夫，他在房顶上挖了一个洞。那上面是别家堆柴的地方，不大有人上去。他的妻子不时到外面去，给了他很好的机会。他只把楼板挖起两块，又假盖着。在那里预备好了两根粗绳：一根缒自己下房里，一根预备带下去捆阿二烂眼。

他先给了她信用：好几次说夜里不回来，就真的不回来了。

一天夜里，他就躲到楼上等候着。

阿二烂眼果然又来了。

他听着他进门，听着他们窃窃地私语，听着他们熄了灯，上床睡觉。直至他们呼呼响起来，阿长动手了。

他很小心地掀起楼板，拴好了绳子，慢慢缒了下去……

"捉贼！捉贼！"

阿长快要缒下地，忽然听见他妻子在自己的身边喊了起来，同时，他觉得自己的颈项上被绳捆着了。他伸手去摸，自己已套在一只大袋里。

　　"捉住贼了！捉住贼了！"他的妻子喊着，把他头颈上的绳子越抽越紧，抽得他几乎透不过气来，紧紧地打了两个结。

　　灯点起时，阿长快昏过去了。

　　他的脚没有着地，悬空地吊在房里。

　　许多人进来了。

　　呵，原来是阿长！赶快放了他！

　　阿长的妻子号啕大哭了！她不愿再活着。她要跳河去！

　　于是阿长第二次失败了。他又只好赔罪，直赔罪到天亮。

　　但最后的胜利，毕竟是属于阿长的，因为他有特别的天才。过了不久，果然被他捉着一双了！

　　那是他暗地里请了许多帮手，自己先躲在床底下，用里应外合的方法。

　　这一次，捉住了两个赤裸裸的人！

　　然而有幸的是阿二烂眼，不幸的是阿七拐脚！他替代了阿二出丑！

　　在他们身上，阿长几乎打烂了一双手！

　　全村的人都知道这件事情，大家不禁对阿长起了相当的佩服。

　　但阿长是念善经的人的儿子，他的心中不乏慈悲，终于饶恕了自己的妻子。

　　他的妻子从此也怕了他，走了正路，不做歹事了。

第六章

慈母早弃哀痛成疾——鬼差误捉遭了一场奇祸——中途脱逃又受意外之灾

阿长的母亲真是一个不能再好的人了。她为了阿长，受尽了甜酸苦辣。在他父亲脾气最坏的时期中，她生了阿长。那时她连自己的饭也吃不饱，却还要喂阿长。当阿长稍稍可以丢开的时候，她就出去给人家做短工，洗衣，磨粉。夜里回来磨锡箔，补衣服，直至半夜，五更起来给他预备好了一天的饭菜。阿长可以独睡在家的时候，她就出去给人家长做，半月一月回家一次。她的工钱是很少的，每月不过一元或一元二角。但她不肯浪花一文，统统积储起来了。因此，当阿长的父亲死时，她有钱买棺材，也有钱给他超度。阿长这一个妻子可以说是她的汗血换来的！她直做到五十八岁，断气前一个月。家里只有两间房子，连厨房在内。阿长有了老婆，她就让了出来，睡在厨房里，那里黑暗而且狭小，满是灰尘，直睡到死。

她不大打骂阿长，因为她希望阿长总有一天会变好的。

"咳，畜生呀畜生！脾气不改，怎样活下去呀！"阿长做错了事情，她常常这样唉声叹气地说，这"畜生"两字，从她口里出来很柔和，含着自己的骨肉的意思。"坏是不要紧的，只要能改！我从前年轻时走的路也并不好！……"

听着他母亲的劝告，阿长只会低下头去，说不出一句话来。

他母亲不常生病，偶然病了，阿长便着了急，想了种种方法去弄可口的菜来给她吃。

她最后一次的病，躺了很久，阿长显然失了常态了。

他自己的面色也渐渐青白起来，言语失了均衡，不时没有目的地来往走着，一种恍惚的神情笼罩了他。

随后他也病倒了。他的病跟着他母亲的病重起来，热度一天比一天高，呓语说个不休。

"妈，我跟着你去！"

一天下午，他突然起了床，这样地说着，解下裤带，往自己的颈上套了。

那时旁边站着好几个人，都突然惊骇起来，不知怎样才好。

他的妈已失了知觉，僵然躺在床上，只睁着眼，没有言语。

阿长的舅舅也站在旁边，他是预备送他姊姊的终来的。他一看见阿长要上吊，便跳了起来，伸出左手，就是啪啪的三个巴掌：

"畜生！"他骂着说，"要你娘送你的终吗？"

阿长轰然倒下了，从他的口中，吐出来许多白的沫。他喃喃地说着：

"啊，是吗？……娘西匹！……割下你的头……啊，这么大！……这么大！……我姓陈……阿四……啊呀！我不去……我不去！……吓杀我了，吓杀我了！……"

"阿长！阿长！"旁边的人都叫了起来，他的妻子便去推扯。

"啊，不要扯我！……我怕……我不去……饶了我罢！……"
阿长非常害怕地伸着两手，推开什么东西的样子。他的两眼陷了
进去，皱着面孔，全身发着抖。

这样地继续了很久，随后又不作一声地躺着了。

但不久，他大笑了。

"哈哈哈！……不要客气……四角……对不住，对不住……
哈哈哈！……来吗？……"

大家都非常担忧，怕他活不下去，又恐怕他母亲醒过来，知
道阿长的病势。于是大家商议，决定暂时把阿长放到楼上的柴间
里去，让他的母亲先在房间里断气。他们相信，阿长的母亲就要
走的，阿长怎样地快，也不会在她之先。

"妈！妈！……带我去！……"阿长不时在楼上叫着说，好
几次想爬了起来，但终于被别人按住了。

到了晚上八点钟光景，楼下的哭声动了。

阿长的母亲已起了程。

在楼上照顾阿长的人也都跑了下去，暂时丢开了阿长，因为
阿长那时正熟睡着。照规矩，阿长是应该去送终的，但他的病势
既然这样地危险，也只有变通着办了。他母亲不能得他送终，总
是前生注定的。

过了许久，底下的人在忙碌中忽然记到阿长了。

但等人跑上楼去，阿长已不在那里！

他到哪里去了呢，阿长？

没有谁知道！

大家惊慌了！因为他曾经寻过短见！他说他是要跟着他母亲一块去的！

到处寻找，没有阿长的踪迹。

一个十几岁的孩子说，他看见一个人，好像是阿长，曾在屋上爬过，经过几家的楼窗，——张望，往大门上走了去……

这显然是阿长去寻短见了！

大家便往大门外，河边，街上去寻找。

但那些地方都没有踪迹。

只有一个住在河边的人说，他曾经听见河边扑通地响了一声，像一块很大的石头丢下水中……

呵，阿长投河了！显然是投河了！

纷乱和扰攘立刻弥漫了易家村，仿佛落下了一颗陨星一般。他们都非常地惊异，想不到阿长这样坏的一个人，竟是一个孝子！以身殉母的孝子！这样的事情，在易家村还不曾发生过！不，不，连听也不曾听见过，在这些村庄上！

第二天，许多人顺着河去寻阿长的尸首，不看见浮上来。几个人撑着船去打捞，也没有捞到什么。附近树林和义冢地也找不见踪迹。

阿长已经不见了，他没有亲叔伯，没有亲兄弟，亲姊妹，阿长母亲已躺在祖堂里，这收殓出葬的大事便落在他舅舅的身上了。阿长没有积储什么钱，就有，也没有交给谁。这个可怜的母亲到死时只剩了十元自己的血汗钱。她又没有田或屋子可以抵卖,而阿长的舅舅的情形也半斤等于八两。没有办法,只有草草收殓,当日就出葬了。她已绝了后代,没有儿子,也没有孙子,过继是不会有人愿意的,可怜的女人!好好的超度,眼看做不到,只有请两个念巫代替和尚罢!至于落殓酒、送丧酒自然也只好请族人原谅,完全免去,因为两次照例的酒席费实在没有人拿得出。谁肯给没有后代的人填出三四十元钱来?以后向谁付呢?阿长的老婆决不会守一生孤孀!

于是他母亲的事情就在当天草草地结束了。

冷落而且凄凉。

第三天清晨,天刚发亮,种田的木生的老婆提着淘米篮到河边去淘米了。

大门还关着,静悄悄的没有一点声音。

一到门边,她突然叫了起来,回头就跑!

她看见大门边躲着一个可怕的影子!极像阿长!一身泥泞!

"鬼啦!鬼啦!……"她吓得抖颤起来。这显然是阿长的灵魂回来了!

邻居们都惊骇起来,一听见她的叫声。

木生赶出来了。他是一个胆子极大的粗人。他一手拿着扁担,大声地问:

"在哪里?在哪里?"

"不要过去!……阿长的灵魂转来了!……躲在大门

边！……"他的老婆叫着说。

木生一点也不害怕，走了拢去。

"张天师在此！"他高声地喊着。

阿长发着抖，蹲下了。他口里颤声地说：

"是我，木生叔！……人！"

木生听见他的话，确像活人的声音，样子也一点没有改变，他有点犹疑了。他想，阿长生病的时候原是有点像发疯，或许真的没有死。于是他拿住了扁担，问了：

"是人，叫三声应三声！……阿长！"

"噢！"

"阿长！"

"噢！"

"阿长！"

"噢！……真的是人，木生叔！"

木生叔相信了。但他立刻又想到了一个方法。鬼是最怕左手巴掌的，他想，如果是鬼，三个左手巴掌，就会消散。于是他决计再做一次证明。

他走近阿长，啪的就是一个左手巴掌，口里喊一声：

"小鬼！"

阿长只缩了一缩身子，啊呀响了一声。

啪的又是一个巴掌，阿长又只哼了一声，缩了一缩身子。

第三个巴掌又打下去了，阿长仍整个在那里。

"我受不住了，木生叔，可怜我已受了一场大苦！……"

这时大门内的人都已聚在那里。他们确信阿长真的没有死。

阿长的舅舅因为阿长的老婆日后的事还没有排布好，夜里没有回去，宿在邻居的家里。他听见这消息，也赶到了。

他走上去也是啪啪啪三个左手巴掌，随后扯住阿长的耳朵，审问起来：

"那么你到底到哪里去了？说出来！"

阿长发着抖说了：

"昨夜，——前天夜里，舅舅，一个可怕的人把我拖去的……把我拖到河里，按在河底里，灌我烂泥，又把我捆起来，拴在乱石里……我摸了一天河蚌……真大，舅舅，河蚌像甑大，螺蛳像碗大……好些人都在那里摸……我叫着叫着，没有一个人救我……后来我想出了法子，打碎一个蚌壳，割断绳，……逃上岸……走了一夜，才到家……"

许多女人都相信这话是真的。因为阿长的身上的确都是烂泥，面孔，头发上都是。

"这一定是鬼差捉错了！"

"也许是他命里注定要受这场殃！"

但阿长的舅舅却一点也不相信。他摇着头，怒气冲冲地睁着眼睛，说：

"狗屁！全是说谎！解开衣裳看过！"

阿长的舅舅的确了解阿长最深，这也许是他的姊姊生前常常在讲阿长的行为给他听的缘故吧。

在阿长的衣袋里，他找到了铁证：那是一包纸包，一点也没有湿，打开来，里面有十二元钞票！

"瘟东西！真死了还好一点！你骗谁？河里浸了一天一夜，钞票会不湿！连纸包都是干的！你想把这钱藏起来，躲了开去，免得你娘死了，把你的袋口扯大！贼骨头！瘟东西！……"

他提起拳头连珠炮似的打了起来，两脚乱踢起来。许多人围拢来帮着打了，打得阿长走路不得。

但这十二元钞票，最后毕竟属于阿长了。因为虽然人家把它交给了他的老婆，而他的老婆毕竟是他的老婆！

第七章

戏语成真黑夜开棺——红绫被翻娇妻遭殃——空手出发别寻新地——阿长阿长

事实证明，阿长这双手有特别的天才。他依靠着它们，做了许多人家不敢做的事。光荣的纹已深刻地显露在他的两手上。他现在已没有父母，荫庇一点也没有了。家里没有田也没有钱，只有两间破陋的小屋，一道半倒塌的矮场，一扇破洞点点的烂门。饭锅是土做的，缺了口，筷已焦了一头，碗破了一边，凳子断了脚，桌子起了疤。可以说，穷到极巅了。

但他能够活着，能够活下去。

这是谁的功劳呢？

他的手的功劳！

他的手会掘地，会种菜，会砻谷，会舂米，会磨粉，会划船，会砍柴……

易家村极少这样的人物。虽然人人知道他的手不干净，却也缺少他不得。

又例如，易家村死了人，冰冷冷的，谁去给他穿衣呢？——阿长！阴森森的，谁在夜里看守尸首呢？——阿长！臭气冲鼻的，谁去扛着他放下棺材呢？——阿长！

不仅这些，他还学会了别的事情。

"黄金十二两！"

"有！"他答应着，嘭地敲一下铜锣。

"乌金八两！"

"有！"嘭地又敲一下铜锣。

"白米三斗！"

"有！"

"白米四斗！"

"有！"

"白米五斗！"

"有！"

"白米六斗！白米七斗！白米八斗！"

"有！有！有！"他答应一声敲一下，一点也不错误，一点也不迟缓。

当入殓的时候，对着死人，他不吐一口涎不发一点抖。他说着，笑着，做着，仿佛在他的面前躺着的不是死人，是活人。

"啊，爬起来了！"

半夜守尸的时候，常常有人故意这样地吓他，手指着躺在门板上的死人。

"正是三缺一，勿来伤阴德！"他安然笑着说。

"穿得真好啊！湖绉和花缎！"

一次，在守尸的夜里，阿毕鸦片鬼忽然这样地说了起来。

"金戒指不晓得带了去做什么！难道这在阴间也有用么！"阿长说。

"怎么没有用！"

"压在天门，倒有点可怕！"

"你去拿一只来罢！我做庄家！我不怕！"

"拿一只就拿一只！"阿长随口地说。

"只怕阎罗大王要你做朋友！"

"笑话！剥尸也有方法！"

阿毕鸦片鬼笑了。

"你去剥来！"

"一道去！"

于是认真地商量了。

这一夜守夜的只有三个人，其中的一个，这时正熟睡着。他们两个人窃窃地密议起来，没有谁听见。

阿毕鸦片鬼是一个光棍，他穷得和阿长差不多。据易家村人所知道，他走的也是岔路。

于是过了三四天，这事情举行了。

夜色非常地朦胧，对面辨不出人。循着田塍，阿长和阿毕鸦片鬼悄悄地向一家出丧才两天的棺材走去，后面远远地跟着阿长的妻子，因为这勾当需要女人的左手。

阿长的肩上背着一根扁担，扁担上挂着一根稻绳，像砍柴去的模样。阿毕鸦片鬼代他拿了镰刀，一只麻袋，像一个伴。

不久，到了那棺材旁了。

两个人开始轻轻地割断草绳，揭开上面的草。随后阿长便在田里抢了一团泥土，插上三根带来的香棒！跪着拜了三拜，轻轻祷告着说：

"开门，有事看朋友！"

说完这话，也就站起来，和阿毕鸦片鬼掮着棺盖，用力往上抬。

棺盖豁然顶开了。

那里面躺着一个安静的女人，身上重重叠叠地盖着红绫的棉被。头上扎着黑色的包头，只露出了一张青白的面孔。眼睛，鼻子和嘴巴已陷了进去。

掀开棉被，阿长就叫他的老婆动手。

于是拖鸡豹便走上前，在死人的脸上，啪啪的三个左手巴掌，低声而凶恶地叫着说：

"欠我铜钱还不还？"

尸首突然自己坐起了。因为女人的左手巴掌比什么都厉害。

"还不还？"阿长也叫着说，"还不还？连问三声，不还——就剥！"

三双手同时动手了。

这一夜满载而归……

不久，阿长和阿毕鸦片鬼上了瘾了。那里最多金戒指，银手镯，玉簪，缎衣，红绫被。地点又多半在野外，半夜里没有人看见，安静地做完了事，重又把稻草盖在上面，一点不露痕迹。

没有什么买卖比这更好了！

安稳而且厚利。

但一次，事情暴露了。

一处处人家，看见棺材旁脱落了许多稻草，疑惑起来，仔细观察，棺材上的稻草有点紊乱，再看时，棺材盖没有合口。

一传十，十传百，传了开去，许多人都惊疑起来，细细地去观察自己家里人的棺材。

有好几家，发现棺材口边压着一角棉袍或衣裳……

有一家，看见半只赤裸裸的手臂拖在外面，棺盖压着……

一天下午，阿长正在对河的火烧场里寻找东西，忽然看见五六个背着枪的警察往自己的大门内走了进去，后面跟着一大群男女。

阿长知道事情有点不妙了。他连忙在倒墙和未曾烧光的破屋中躲了起来，他只用一只眼睛从破洞里张望着。

对河的人越聚越多，都大声地谈论，一片喧嚷。

不久，人群两边分开，让出一条路，警察簇拥着他的妻子走了出来。一个警察挟着一条红绫的被，那正是阿长最近剥来的东西。

呵，阿长的老婆捉去了！阿长所心爱的老婆！

没有什么事比这更伤心了，阿长看着自己的老婆被警察绳捆索绑地捉了去。

他失了心似的，在附近什么地方躲了两天，饭也没有吃。

过了三天，易家村又骚动起来，街路上挤满了人。

阿长偷偷地看见人群中走着自己的妻子。手反绑着，头颈上一个木架，背上一块白布，写着许多字。七八个背枪的警察簇拥着。一个人提着铜锣，不时敲着。

完了！一切都完了！

阿长的老婆显然已定了罪名！不是杀就是枪毙！

可怜呵，阿长的老婆！这样轻轻的年纪！

阿长昏晕了……

待他醒来，太阳已经下了山，黑暗渐渐罩住了易家村。

这时正有两个人提着灯笼，谈着话急促地走过。阿长只听见一句话：

"解到县里去了！"

阿长不想再回到家里去，虽然那里还藏着许多秘密的东西，这显然是不可能的事了。而且,即使可能,他也不愿再见那伤心的房子。他决计当夜离开易家村了。

他的心虽然震荡着,但他的脑子还依旧。他相信大地上还有他可以过活的地方。

"说不定,"他想,"别的地方更好!"

他的心是很容易安定的。新的希望又生长在他的脑内。

在朦胧的夜色中,他赤手空拳地出发了……

阿长,阿长!

阿长!阿长!!!……

尾声

阿长离开易家村是在民国……年,三十……岁,至今将近十年了。

关于他,没有什么消息,在这冗长的年月中。

新的更好的地方应该有的罢,找到它,在阿长总是可能的罢——

给阿长祝福!

怂恿

/// 彭家煌

一

端阳节前半个月的一晚，裕丰的老板冯郁益跟店倌禧宝在店里对坐呷酒。

"郁益爹，旁大说：下仓坡东边政屏家有对肉猪，每只有百三十来往斤，我想明日去看看；端阳快了，肉是一定比客年销得多，十六七只猪怕还不肯。"禧宝抿了一口堆花（酒），在账台上抓了一把小花片（糖）；向老板告了奋勇后，两只小花片接连飞进了口。

"嗯，你去看看，中意，就买来；把价钱讲好，留在那儿多喂几天更好，这里猪楼太小，雅①难寻猪菜。"郁益安闲地说，

---

① 雅：方言，意为"也，还"。

忽然想起旧事，又懒洋洋地关照着："你去了第一要过细些，莫手续不清，明日又来唱枷绊，翻门坎。他屋里的牛七是顶无聊的家伙，随是什么，爱寻缝眼的。"

"那怕什么，凡事离不了一个理，不违理，就是牛八雅奈我不何！"禧宝满不在乎。

牛七是溪镇团转七八里有数的人物：哥哥四爷会八股，在清朝算得个半边"举人"，虽说秀才落第，那是祖上坟脉所出，并不关学问的事，只是老没碰得年头好，在家教十把个学生子的《幼学》《三字经》，有空雅爱管点闲事；老弟毕过京师大学的业，亲朋戚友家与乎宗祠家庙里，还挂起他的"举人"匾；侄儿出东洋；儿女们读洋书的，不瞒人，硬有一大串。这些都是牛七毕生的荣幸，况且箩筐大的字，他认识了好几担，光绪年间又花钱到手个"贡士"，府上又有钱，乡下人谁赶得上他伟大！他不屑靠"贡士"在外赚衣食，只努力在乡下经营：打官司喽，跟人抬杠喽，称长鼻子喽，闹得呵喝西天，名闻四海。他雅喂过蚕，熬过酒，但都是冒得一眼经验，凭着一股蛮劲去乱搞，每年总是亏大本，没得"打官司""抬杠"那样的成绩好。他的身胚很高大，大肚皮水牛一般的，在文质彬彬的兄弟里，他真是走了种的蛮。他的排行是第七，人们便派他一个"牛七"。他胆量很大，又学会了刀，叉，拳，棍，武艺，黑夜里听见屋前后有响动，一个人敢拿短棍入山赶强盗。有一年清乡委员下了乡，还几乎挨了他的做。横冲直撞，哪里找得到对手；牛眼睛盯住了谁，谁就得小心些；若不幸闯在他手里，就同粘了油漆样，弄不清爽。他那黑漆的脸又油晃晃的，顾名思义，雅有尊他"油漆"的。但"油"与"牛"，厉害很悬殊，因而尊他"牛七"的毕竟占了势力。

禧宝洋腔海白惯了，生意经他知道点巧妙，是非场里可没得他的份。他相信老板郁益的大哥原拔抵得牛七的四爷；二哥雪河而且是牛七顶怕的，而且他家里雅有人挂过"举人"匾；尤其雪河为人刚直，发起脾气来，连年尊派大的活祖宗雅骂的。有一年牛七冲撞了他，托族叔枚五老倌到裕丰放鞭爆赔礼，雪河叫细人子把鞭爆踏灭，跳起脚，拍桌子骂："枚五爷，你书由屁眼里读进去的啊？这事由你放鞭爆就了啦吗？好不粪涨！"枚五老倌给侄孙骂了一顿，垂头丧气，出门投族人，要开祠堂门整顿家规。但是，空的，蛆婆子拱磨子不起，还是由牛七亲自送礼赔罪了事。雪河在省里教过多年洋学堂的书，县里是跑茅厕一样，见官从来不下跪的，而且在堂上说上几句话，可使县太爷拍戒方，吓得对方的绅士先生体面人跪得出汗，他还怕谁！这在溪镇的妇孺都知道，背地称他雪豹子。牛七只蛮在乡下碌的人，撞了他，不是小蛾子扑灯火！裕丰有这样的声势，禧宝哪有"牛七"在眼里。

翌日早餐后，禧宝换了件白褂，赤脚上加了一双袜，扣在裤腰带上的牛骨头烟盒子也取下装一满盒条丝烟，找了一把黑折扇往脖子上的衣里一插，捎着洋伞，出门邀旁大到下仓坡买猪去。

下仓坡是述芳政屏两兄弟的产业。他俚（他们）保管不住，不能不找主儿。牛七是他俚的从堂兄弟，本有承受的优先权，但他那几年事事不顺手，于是述芳将下仓坡的西边，连屋带田卖了一半给裕丰，现在归原拔经理着。卖祖产，就是卖祖宗，这在溪镇人认为是奇耻。牛七瞧着述芳兄弟许多人拖拖沓沓挤在下仓坡东边住着，对东边的祖产真有丧了考妣一般的悲哀。

"你屋里搞成了这个样子，以后真不好办！蛮好的祖产，轻松地送掉，真碰得鬼，我看你，述芳！你想想，当年骅四公创业如何地艰难苦楚，到了你们手里，就风吹落叶样凋零下来，再空两年，怕连东边也靠不住。将来我看你迁都迁到哪里去？"牛七这样说，述芳雅不愿将一口闷气从屁眼里撒出去，仗着牛七和政屏二娘子的娘家那一霸人物为后盾，于是信了牛七的主张，在卖给裕丰的一丘田的那一头耕种起来，原拔质问所得的回答是："妈妈的，我耕我的田，碍着谁的祖坟啊？"裕丰的雪豹子知道了，拍桌子骂牛七。因为原拔自从搬到下仓坡，家里常常闹鬼，黑夜里有石子飞进窗，裕丰就闹贼，这是牛七的鬼，雪河早就有耳闻，于是他派人警告述芳。述芳蛮不讲理，倒许起七日七夜的朝天忏，说裕丰欺他，人不知道天知道。族长贡老爹知道什么葫芦装什么药，牛同豹子会有一架打，于是邀人出来和，哼，白忙了几天，贡老爹缩了颈根，其余没面子的白菜鬼谁来管这闲事！于是雪河在县里告了一状。述芳没料到要见官，逃了。雪河又一禀帖，加了述芳个"恃势凌人，畏亏逃审"的大罪，在县署请动了四差八票下了乡，寻到盂兰会上，将述芳抓了去。祸是牛七闯出来的，就是千斤的磨子，不能不硬着背，只得联合劣绅，上堂抗辩。雪河斩钉截铁的几句话，县官就戒方一拍，牛七随着"跪下"的命令，伏在地下，半句屁都不敢放。那场官司，牛七掉了"贡士"，述芳挨了四百屁股，还坐了一个多月的牢，赦出来后，就一病登了鬼籍。这是牛七一世不会忘记的，而禧宝却忘记了，即令禧宝不忘记，但是裕丰这样的胜利，恐怕更使他没有"牛七"在眼里，况且他是跟政屏买猪，这关牛七的鸟事？

二

买猪，禧宝是老手，政屏自然弄不过他。譬如人家一注牛头对马尾的生意，有他在中间偏偏，没得不服服帖帖成功的。好比一楼猪，他只在楼边吼几声，挥几鞭，那些货就从他那猪腰子眼睛里刻定了身价：大肚皮的那只分量多少；白颈根的油头如何；黑尾巴的吃路太差；哪怕那些货喂过隔夜粮，又磅过斤两，雅逃不过他的神谋圣算。他人和气倒还在次，唯一他那嘴啊，随便放句什么屁，都像麻辣子鸡样塞在人家口里，又厉害，又讨人欢喜。平常倒是跟政屏还讲得来。他一进政屏的门，就搬出他那生意场中的口白：

"嘿，政二哥，发财发财。一向不见啦，两公婆都好吧？"

"好，好，你自己好！"

"这晌如何不到店里来？舍不得二嫂吧？哈哈哈！店里正熬酒呢，你来，我准为四两堆花的东。"禧宝嬉皮笑脸地说，伸出四个指头在政屏前打了个照面。

"有酒呷，好的！明后天许来秤肉。"政屏很欢喜。

"今年府上喂些什么宝楼？我看看去。"禧宝说着，政屏领他进去看猪。

"卖吧，这对货？"禧宝在楼边吼几声，拍几下，试探着问。

"节边子来了，卖是要卖的，但是有好多人来看过，都是价钱讲不好，吴桂和出了五十块，中费归他出，我没答应，至少要五十五六。"政屏表示卖意，顺势吹了几口牛皮。

"政二哥真厉害，这对货四十块卖得掉算气运，你还想五十五六，做梦喽！"禧宝用先声夺人的语句，直往"五十五六"上压。

"五十六么，雅要看什么货啊！"旁大凑着说，"到火房里来谈吧？"于是三人走进火房。

牛七的野猫脚是常在政屏家走动的。他自从跟豹子交过手，掉了"贡士"后，他到政屏家，最爱走后门；那里有茂林修竹，是僻静的地方。这天，他走进政屏的后门，听见火房里有禧宝的声音，他怔了一怔，点点头，悄悄地踱到窗外去窥听。"禧宝之来是什么坏勾当，政屏不经他的同意，擅自跟这坏蹄子干什么！"他急切要探出个实在。他由窗纸破处瞧见政屏在桌上拐着水烟袋，取了插在炉边的火筷，箝着火炭，又将火筷夹入拿烟袋的手指缝里，腾出右手来擦一擦烟袋嘴，才伸出指头到烟筒里去掏烟。烟筒是空的，即刻就起身，于是牛七的头避开了。

"不必去拿了，我自己有烟。"这是禧宝的声音，这声音又将牛七的头引回来。禧宝双手接着政屏的烟筒和火筷，取下裤腰带上的烟盒，上了烟，引火抽着。政屏睁眼凝视空中缭绕的烟，有时还盯住地上的烟屁股。牛七板起油漆的脸，眉毛皱着，似乎有谁欠了他的钱不还的神情，"若是政屏还暗中呼吸禧宝那腐尸喷出来的臭烟味，那真是下流透了顶。可恨二娘子还泡了茶一杯杯分递，禧宝配接她的茶吗？"牛七似乎有些看不上眼，心里在咒骂。

一刻子，政屏竟公然抽起禧宝的条丝烟来了。条丝烟，在政屏家是稀罕的宝贝。他生怕辜负黄生生的烟，抽出半年难洗一次的烟斗，用小棍子通了几通，将周围凝结的黑黄色胶汁往自己的赤脚上一揩，随即装烟抽着，一口长气，连两颔都吸进去半寸深，烟如进了坛，没一点糟蹋的，过足了瘾才递给旁大。"禧宝的和气，堆花，条丝烟"连连地在他的心里打转，楼里的那对货，无形中已轻轻地减了价，如果禧宝诚心买的话。然而在窗外牛七的脑里，却是"政屏那一世没吸过丝烟的丑态"。"禧宝那鬼脸，那刁滑，那可恶的语调，总而言之，处处讨嫌得要死。""裕丰那么兴盛，他妈的禧宝还孝顺他，猪卖给他真是十倍的价钱才行。"

"这对货是真的要卖吗？如果真的要卖，那我真不敢向你开口。政二哥，我买，你总让点，再开个实在价吧！"禧宝正式开口了。

"怎么不卖！你不是别人，让是要让一点的，只是……"政屏在桌上摸了一个算盘，在算盘的横木上扒了一颗子，又在横木下偏右的一行扒了一个"二"，交把旁大，一面将口里含着的"不到这里不成"吐出来，旁大看了，递给禧宝。

　　"什么，政二哥雅真是……，还是这个价钱，那有什么讲头，就是过秤，雅跟价钱差得太远啦。那只大的连毛不过一百二十四五斤！"禧宝说着，掉转头。正伸长脖子在窥听的牛七的头，于是猛然地又缩了。

　　"两边都吃点亏吧！"旁大擅自在算盘上扒了一个"四"，一个"二"，给禧宝看，禧宝接连说了几个"这不行"，可是算盘已到了政屏的跟前。政屏啰唝了半天，才在算盘上扒了个"四"，扒了个"八"，几个"再少就吹了"连翻套似的出了他的口，算盘同时又到了禧宝的跟前。这样地来回三四次，结果是禧宝袖子一勒，坐了个骑马装，一手叉腰，一手劈空气，用劲地说：

　　"当面的锣，对面的鼓，我俚打开窗户说亮话；政二哥，你是三两块钱不在乎，我出价雅实在不算少。一句话，买卖成不成在你，四——十——五——块——钱。你愿意，我俚就空几天来赶猪，不愿意，我俚就对不起，在府上打扰太久——啦——"禧宝本没讲完，眼盯着政屏，站起来，口仍然张着探形势，等回话。旁大雅起身，装出要走的神气。形势很严重，政屏似乎已屈服，很为难地苦笑着说：

　　"这样，我就太吃亏了。你们真厉害！"

　　"好啦，好啦，话就讲到这里止，政二哥，过几天来赶猪就是。恭喜恭喜，两边如意，我俚走了吧！"旁大两边作揖，政屏起身预备送客，窗外的那位客，咬紧牙关，一溜烟地早两步走了。

五天后，禧宝到政屏家赶猪，政屏不在家，关照了二娘子说过几天送猪钱来，随即将猪赶走，又空两天，那猪肉已装进了人们的肚皮。

三

为着这事，一天，牛七起了个绝早，跑到政屏家，在猪楼边张望了一下。

"为什么这样早，七哥？"政屏有点惊异。

"不为什么。……你喂的猪卖啦？"

"呃，禧宝买去了。"

"啊，禧宝买去啦！多少钱？"

"四十五块钱。"

"啊，四十五？只卖四十五啊！钱付清了吗？不卖把张三，不卖把李四，单单卖把禧宝！禧宝的钱好些？……你卖把范泰和何如？他会少给你的钱？"

"禧宝同旁大来，讲了半天，不好意思不卖把他，我原是不大愿意。赶猪的那天我雅没在家，听说猪赶去不久就杀了，钱是一个还没到手。"政屏为积威之所怯，见牛七问得奇怪，敷衍着说。

"既然你不愿意，他俚如何趁你不在家就把猪赶去杀了呢？钱还一个都没有到手，有这样强梁！当初你如何跟他讲的？"牛七假意地盘问。

"那天，我逼住了，他俚只肯出四十五，我说这样我就吃大亏了，后来雅没说不肯。旁大就两边拱手道喜，说空几天来赶猪，随即就走了。"

"那就有大戏唱啦！这件事你硬可以讲没答应他俚。人不在家，胆敢把猪赶去杀了就是，把你当什么东西！事情没得这样痛快！生米煮成熟饭啦！政屏，禧宝送猪钱来的时候，难为他一下，硬要活猪还原，随他是多少钱不要答应。政屏，这是个顶好的岔子！我看裕丰有好厉害，娘卖屄的！"

"看着，今天初六，明天初七，……端阳快了，现在还不到手钱……七哥，裕丰不裕丰，猪是禧宝买去的，如何好奈何裕丰！况且从前吃过裕丰一回亏，现在何必……"

"裕丰怎么样，禧宝怎么样，禧宝买就是裕丰买，你当禧宝是好东西，他专会钻裕丰的狗洞，不管他是谁，我都要请他结结实实上老子一回当。娘卖屄的！从前的事，不必讲得，鸭婆子进秧田，来往有数，于今送肉上钉板，还不砍他个稀烂？政屏，你不听雅随你的便，以后，你屋里的事就不必来问我啦。"牛七跟政屏赌气。"你屋里的事"就是政屏每年少饭谷，少不得拿钱到牛七家去籴，政屏哪敢开罪他！

"不是这样讲，七哥，我单怕是脚伸出去收不回，又是一跤绊倒山磡脚下爬不起。七哥既肯替我出主意，我还有个不好的？"

"那么，这样，政屏，我是无论什么事，没得不卫护你的。禧宝送猪钱来的时候，你硬说从前没答应卖猪给他。不管三七二十一，死人要活猪还原。没得活猪还原，跟他拼了。隔壁原拔伢子同裕丰是一家，叫二娘子死到他家里去。"牛七刚断地替政屏出了个好主意，又眍着眼睛凑近政屏的耳边。"原拔伢子不到这边来的吧？"政屏答声"不来的，从来不来的"，于是牛七放胆地解释那主意的内容："政屏，'要活猪还原'，这不过是一句话，'要二娘子去死'，雅不过是小题大做，装装样子。我的意思是跟他俚闹翻了，二娘子，就悄悄地到隔壁去上吊。你们即刻在外头喊'寻人'，并且警告原拔；事情是为他俚起的，他俚当然会寻人。人既然在他家里，他自然要负责。你屋里有我做主，你就赶快把信二娘子的娘家蒋家村，叫几十个打手上他俚的门，只要一声喊，就够把原拔、裕丰吓倒的。将来人是好生生的，就敲点钱算了。如果人真的死了，那就更好办！"牛七说到这里，顿住了，在腿上拍了一下。"政屏，裕丰有的是田庄屋宇，哼哼，叫他俚领教领教我七爷的厉害！"牛七抿着嘴，保持着盛气，腿上又捶了一下。"雪河伢子在省里，三五天之内，料雅没得谁敢跟我作对。"牛七依然是抿着嘴，板起脸，牛眼睛睁得酒杯一样大，在室内横扫；政屏只有"是"的应声。只是这主意决定了以后，二娘子关着房门痛哭了一场。

四

"嘿，政二哥，老等你来拿钱，牌子真大，一定要人送上门！"禧宝一进门就搬出他那油滑的老调。政屏装作没看见，低了头，板起面孔，预备发作，半天才心一横地答：

"什么话，我并没答应卖猪把你，请你仍然赶回来。"

"猪早就杀了，今天送钱来。你要仍然赶回来，你到那些人的肚子里要去。"

"啊，杀啦？不同我商量好就赶去杀啦？不行，我要活猪还原。"

"要活猪还原？有的是，政二哥，这晌买进来不少啦，嘿嘿嘿，你要哪一只就哪一只，加倍赔你的钱雅行。"禧宝仍然嬉皮笑脸地跟他缠。

"放你娘的屁，你跟你爷老子弄幌子，狗入的，没得活猪还原没得好收场。放仔细些，我告你。"政屏鼓着勇气说完几句破脸的话，几步冲到妻子房里不见面。

"哎呀，政二哥动气啦！这何必呢？无缘无故的，这何必呢？"禧宝朝着墙壁说，事情僵了，只得退出来跟原拔商量。原拔走出来想大公无私地来调和，在大厅上见了政屏，正待开口，突如其来地给政屏臭骂一顿。原拔回了几句，政屏就纵步跳上前，一手拐住他的辫，一手撩着他的阴。禧宝那张空嘴没用场啦，站在旁边只发颤。文绉绉的原拔无可奈何地嚷出几声"救命"。幸而他的恩甫松来得快，甫松是开豁了两下子的，三两个笨汉不会拢他的身。他只在政屏的太阳穴上轻轻地一按，政屏全身软了，甫松又一掌刷去，政屏一鹞子翻身倒在天井里。二娘子听了信，赶来帮忙，给原拔家的长工盛大汉一把搂住，正合其式，她那肉包子似的乳峰，贴胸地黏在老盛的怀里。她那又肥又嫩的水豆腐一般的身体，还给这久旷的鳏夫上了一把暗劲儿。原拔这边人占了优胜，即刻退进房，关上门，让政屏在厅上一跳八丈高地骂，让他的堂客蓬头散发，哭哭咧咧，直朝窗木上砸脑床，额上竟自挂着鲜红的彩。

牛七编的剧，第一出刚闭幕，第二出拿手的又人不知鬼不觉地开始了。常人的口白，"出嫁从夫"，这是天经地义。二娘子虽是响屁都不敢放的贤德女子，标致堂客，本来犯不上做一对死猪的殉殡，但是这幕剧的花旦只有她一个，为着要圆牛七和她丈夫的台，而且可趁此机会以公济私地出出被搂抱的气，她不出马，还有谁告奋勇！因此，在原拔家正午餐时，她援进他家的窗。她单单溜进老盛的房里，在床湾里上了吊。

五

牛七自从替政屏决定了大政方针后，天天只等禧宝送猪钱来，这天，政屏喘吁吁地走进来，他知道是喜信到了。

"有什么事？有什么事？政屏，禧宝来了吗？"牛七奔上前问。

"来了，来了，我跟原拔打了一架，二娘子已经上了吊。"政屏急促地凄然地说，几乎要流泪。

"那么，这样……我俚就去，四哥，我俚一同去吧！二娘子的娘家报了信吗？"牛七三脚两步地奔着，一壁问。

"去是去了，但是这件事情如何好收场呢，唉！"政屏依旧是很凄然。

"有什么收不了场，这样好的盆子，难道还给别人占了上风去！政屏，你真是多心！"牛七有点不心服，但是事情闹大了，如果二娘子果然有差错，说不定惹起雪河豹子的威，他不能全不顾虑，于是他凑近四爷问："四哥，你看要如何才稳当，这件事？"

"我看，这件事我俚只能暗中出主意，出头闹是要靠政屏和二娘子的娘家的。还是等蒋家村来了人再说吧！不过这苦肉计，我是不大赞成，如果二娘子有个什么，就是裕丰倾了家，政屏有什么了不得的乐趣！你……"四爷镇静地低声地说，责备牛七，眼睛防备着政屏，怕他听见。牛七皱眉无语。不久，到了下仓坡的竹山，走进了政屏的后门，在蒋家村没来人以前，一切都照牛七原来的计划。

"二娘子不见啦，寻人啊！""啊呀，二娘子好好的，为什么不见啦！""如果有什么不吉利，和原拔家脱不了枷绊，事情是由他家里起的。"政屏家人来来往往将这套成语送到原拔家人的耳边，原拔家人喷出口里的饭，丢下筷子，纷作一团去寻人。盛大汉是顶关心的，走到卧室取围腰布，预备去寻找；忽然他狂奔出来："不得了，吓死人，吊在我的床架上啦。"

"快点，快点，把她解下来摊在床上。"原拔镇静地发号令，于是大家拥进去，七手八脚把二娘子抬到盛大汉的床上。二娘子的身段颇柔软，脸上依然有几分美丽的桃花色。原拔用手指在她的鼻孔前探探，点了一点头："嗯，不碍事，不过暂时晕去了。"

他想，即刻派人到裕丰取高丽参，西洋参，闻鼻散，顺便要老弟郁益着人找堂侄日年来。原拔娘子用湿手巾将二娘子脸上的凝血揩去，又摸摸她的身体。"身上还有热气，救总有救的。高丽参不知什么时候才能到呢？这真是天大的祸，唉！二娘子，你平常对我俚雅蛮好的啊！为什么心一横，命都不要啊？"她几乎掉下泪来。擦凝血，是受了原拔的指使，因为那凝血很可助牛七、政屏的威，虽则是二娘子自己流的。

政屏过来瞧了一瞧，冲进冲出地很气愤，口里嚷着："遭人命，还了得！"他的带着胜利的威武，很使原拔家的孩子们有些恐惧，因为孩子们雅有看过"遭人命"的。

裕丰在溪镇可算是众望所归的人家，四娘姐为人很慈蔼，最爱周济穷苦人，治家又严肃，儿子原拔、郁益又能安分守己，满崽中过举，在外面很争气，雪河又爱急公好义；家里无论什么事，有的是帮忙的，虽则说人们爱钻狗洞，雅不能说绝无感恩图报的。乱干一百几的小通州得了信，雅赶到下仓坡。他在二娘子的身上摸了一摸，说好救，不过要赶快。他没进过乡立的小学，当然不知道科学的人工呼吸法，但他主张通通气，那通气的方法是：一面吹屁眼，一面吮嘴唇，这是他发明的。淹得半死的螃蟹坳的毛牙子就照他这法子治好的。原拔虽明知不必通气，但他是最谨慎的，又不便辜负小通州的热心，就让他去包治。

这办法决定了后，原拔的家眷躲开了，二娘子的阴魂回来了，脸上红一阵白一阵堆了变幻的彩云。不久小通州拿了吹火筒来，关了房门。

"死在你的床上啦，你不能只在旁边看。我在这头吹，你在那头吮，这算便宜了你，何如？"小通州笑对盛大汉说。

盛大汉只是笑，小通州找不到帮手，迟疑着，对于手里的吹火筒没办法交代，对于吹女人的屁眼免不了有点含羞；一直等盛大汉口里唱出一声"好的"，这才回复了高兴。本来二娘子虽是乡村的姑子，然而白胖带嫩的小胚子，很有点曲线美，礼教森严的溪镇谁敢对她问什么鼎，虽然这是严重的时候，他俚仍是观望着。最后是小通州先告奋勇，吹火筒在地上一蹬地说：

"老盛，这是要救命，管不了那些，动手吧，来！"

盛大汉走拢来，他俩颤着手去解二娘子的裤子，窗外面的孩子们鬼鬼祟祟地徘徊着，发出嗤嗤的笑声。那援着窗户想偷看的，冷不防挨了甫森的"耳巴子"，哇哇地哭。真个，二娘子死了，不知道羞耻，即令没死，想顾羞耻，要奋勇地爬起来，但是这人命案可就功亏一篑了。恐怕这两个莽汉有进一步的举动，为着要贯彻牛七和她丈夫的主张，她雅只有忍着点吧。小通州素来是帮裕丰的，平常雅遭过牛七的铁蹄，二娘子并不在乎通气，他非不知道，但这是借题发挥的好机会，对于桀骜不驯的家伙，只有用通气的方法去治疗。他的吹火筒已经瞄准了，嘻嘻哈哈地送着气，吹了几口又喷了几口唾沫。盛大汉却是甜津津地在二娘子的樱桃口上用尽平生的气力来吸吮。如果吸不转气来，他愿意自己也断了气的，那时二娘子的全身震颤得很厉害，痉挛般在抽引，那种味况，恐是她前生所梦想不到的，在牛七、政屏心里，怕雅是梦想不到的。通气，通了十多分钟，盛大汉还想通着，又通了几分钟，盛大汉开起玩笑来："小通州，我吹着，你吸着，不一样吗？"小通州骂了一声"放屁"，即刻他找了一皮鸡毛在二娘子的鼻前试了一试，鸡毛前后摇动着，这可证明大功已告成，无须再通了，于是他俚才收手，一切恢复了原状。原拔家人得了这喜信，视若无事地笑着，又聚在二娘子身边。

"原拔爹，人是很稳当的，没事着急得，你府上每年闹鬼，以后如果再有这样的事，我还有更好的办法来包治，我预定了这笔买卖。哈哈哈！"小通州当众表功，原拔又笑又气。

六

牛七在政屏家干着急。二娘子虽是上了吊，而政屏一个人闹不起劲，所听到的只有"二娘子脸上通红的，鼻孔里有气流出入"的噩耗，"二娘子被通了气"的消息，也微有所闻，不过不曾证实，他真气得热血倒流，在室内彳亍个不住，直到两点钟后，才见到四五个穿长衫马褂的和两个戴大眼镜杖着旱烟袋的白胡子老倌，带着五六十短衣赤足的大汉浩浩荡荡地拥进下仓坡的大门。牛七的精神奋发起来，春风满面地接待那些蒋家村的绅士，并且请他俚号令带来的那些汉子，四散在原拔家。他跟他俚画蛇添足地谈了一阵，把担负这次事变的重任，堆在他俚的肩上：

"二娘子自从上了政屏的门，两年啦，周围邻舍，没一个不讲她贤慧。政屏对她，重话都没讲过。本来喽，她自己这样在行，谁敢讲她半个'坏'字。这回为啦受了裕丰的欺侮，不明不白地死在隔壁，谁不瞧得气愤，寒家就是死截人毛种，雅要跟他俚拼一下子的。只是讲到来龙去脉，人总是蒋府上的人。"牛七眼睛周围巡视探形势，"诸位老爷是平常接都不到的，今天既是看得起政屏，都发了大驾，那么，政屏吃了亏，雅就不是蒋府上各位老爷的光彩。嗐，嗐，嗐，诸位老爷看对不对。"牛七眼睁着仍在巡视，他效了秦庭之哭，自然得到那些绅士的"是，是，是"，于是他胆壮了，即刻吩咐着政屏：

"政屏，你关照蒋府上的人一声，只管放威武些，这是人命案，不要太便宜了裕丰。硬要在这回把他家里洗成流水坑，想什么就要什么，不好生办出来，就把原拔家毁啦！再讲，这是人命案。"牛七越说越声音大，"闹出了祸，诸位老爹跟我七爷担当就是。我七爷不信邪，就是碰得恶老虫雅要咬它一口。"他一手斫空气地喊，捏着拳头拍胸脯，头向侧面一摆，大有"不可一世"之概。政屏应着，带啦白胡子老倌们到原拔家去查看个实在。

预备来大显身手的这群莽汉，本闷得发晕，忽然得了政屏的暗示，于是原拔家的桌椅跳舞起来，杯盘碗筷，响声杂作，同时还有许多人叫嚣着助兴："把谷仓打开。""把大门取下来当柴烧。""把家里的祖坟掘了，妈的。"……真是天都闹转了。

但天崩地裂的声音，骤给一位来客镇住了。那来客在人丛里挤进去，这群赳赳的汉子竟先让出一条路来，痴痴地站着看。那来客的魁梧，红脸盘，服装的完美，到处显出"了不得"。他虽是戴着眼镜，但似乎不大看见下仓坡有这许多英雄在耀武，只低着头，谁都不理，一直冲到原拔的卧室。原拔家人互相传语，脸上浮出喜色，好像得了救星，吓散了的灵魂又归回了。"这不是裕丰的豹子，就是举人，总而言之，至少是裕丰请来的大好老。"蒋家村的人这样猜着，没得从前那样放肆了。

牛七听说原拔家来了一位红脸汉，知道是日年，他当着许多人臭骂：

"哼，他来了怎么样，日年，我还不清楚，裕丰隔房的穷孙子。他伯伯打流，偷人家的家伙，当众丢过丑。全屋都是跛脚瞎眼的，娘偷和尚还说不定，读了这些年载的书，还是个桐油罐，破夜壶，猫屁不通的红漆臭马桶！这没出息的杂种，我料他跳起脚雅屙不出三尺高的尿。政屏，你去看看，他如果不安分，叫些人结结实实地排他一顿。"牛七跳起来咒，口里的唾沫飞上了政屏的脸。他骂，是会骂，能不能"排"，却没有他的责任。

政屏跑到原拔家，日年正跟蒋家村的绅士开谈判，其余的挤在后面，集中视线，注意日年的议论。政屏知道形势不对，日年果然有些不安分，可是牛七要他排日年一顿的话，竟无从入手。

日年起首对蒋家村的绅士们道歉，借他俚的力量镇住可怕的暴动，随又质问他俚带那么多人来的用意，语意中带有"趁火打劫"的讽刺，又请禧宝、政屏等当事人将事实辩明，那时旁大进省去了，由禧宝、政屏据实报告，辩正。日年再逐项简洁中肯地解释：

什么"买卖手续不清的责任"喽，"禧宝、原拔、裕丰界限很分明，陷害原拔近于可笑"喽，"二娘子自杀嫁祸的无聊"喽，这许多富于理性的事实，竟封住了那些绅士们的嘴。他俚无从抗辩，悄然地先后散去了。然而坐镇东边的牛七却坚持着，大概裕丰不洗成流水坑，他不便就收场。

二娘子躺在床上有呼吸，有热度，脸上红艳艳的，只是口眼紧关的。原拔家人寸步不离地谨防着。胆小的原拔娘子那时雅安闲地说她那老鸡婆孵鸡蛋的要事，孩子们聚在一块儿抛石子，小通州时时"可怜啦，我的二娘子死得真惨啦！"假哭着凑趣，有时也来几句"死得够了吧？"的俏皮话。真个，他俚看二娘子死到几时，大有任其自然之势。二娘子脸上硬露出死得不耐烦的神情，大概她死了这么大半天，不免有些肚饿和尿胀！

这样的情景，谁敢闹人命案，掀天的波浪，竟平静下去，这是牛七意料不到的，半夜三更，不很相干的，谁肯陪着他丧气，蒋家村的不消说，牛七的四爷，雅只顾他自己干净，走了，只剩得牛七在东边屋里对政屏发脾气：

"你们真无用，以后看还找得到这样的好岔子不？蒋家村的人雅真是些饭桶，来了这么好几十条，没得一条中用的，半天啦，没闹出一眼子印象，唉，真气死人，气死人！"牛七拍着腿唱埋怨，埋怨了一阵，仍是不甘心，"政屏，我的话你是不肯听的，事情闹到收不了场，你雅不能怪我，时候不早啦，我是要少陪！"牛七前行了几步又站住。"但是原拔伢子不肯多出钱，人不要抬回来，听见吗？我走了，有什么事你跟五婶婶商量商量就是。"政屏知道他的臭脾气，送他出了门。

政屏的五婶婶跟牛七有意见，因为她怜惜二娘子活受罪，才出头来调和。她向原拔商量，要他出百把串钱，放鞭爆赔礼，原拔不答应。五婶婶是专走五湖四海的女光棍，刁横的牛七雅蛮怕她的。她对原拔说：

"原拔爹，你想想，二娘子尽留在你这里，于你有什么好处。可以抹糊就抹糊点吧！这件事就是政屏没道理，你是读书明理的大量人。家里又富足，就可怜他这一趟辛苦，雅可怜二娘子这趟糟蹋吧！我是不相干的，只愿邻居的和好。实在和不了，雅不关我的事。"

原拔生怕二娘子会饿死，承认出五十串钱，和放爆竹，政屏自然不敢再坚持，于是猪钱和赔款点交清楚，爆竹一响，二娘子依然笔直地死着被抬回了家。

七

第二天晚边，原拔在屋后的竹山散闷，忽然发觉四五丈远的政屏家的后门口走出个穿长衫的蛮汉来。

"这件事，真吵了七哥的心！"政屏送他出门，很难为情地忙鞠着躬说。

"这有什么讲头，都是自家人。"那蛮汉头都不点地仍带责备的神气答，他忽然瞧见了原拔，急忙地直往前冲，即刻，他那伟大的肉胚，在暮色朦胧的竹山黯处消逝了。

二娘子呢，可怜，她自从死过这一次，没得谁见过她一次。真个，她是被活埋了。但是，雅奇怪，空几天，玩青苗龙的玩到下仓坡，谁都出来瞧热闹，政屏也出来了，只是他的房门虚掩着，门湾里有一堆黑影，迎龙的鞭爆就从那儿放出来，惹起许多人打哈哈。

八

热闹的端节过了，在省垣勾留了一晌的旁大回了家，到裕丰闲坐，那时郁益、禧宝都在店。

"哈，我说，宝先生，前回下仓坡那对货味儿何如咧？"旁大莫名其妙地问。

禧宝没回话，涨红了脸，眼向郁益一睃，转背朝着旁大，把舌头吐出来两寸长。

陈四爹的牛

/// 彭家煌

一

有钱有地而且上了年纪的人，靠着租谷的收入，本来可以偷安半辈子的，但陈四爹不是这种人，他是以力耕起家，栉风沐雨，很知道稼穑之艰难的，世界一天天不对，每年雨旱不匀，佃户们若是借口减租，他的家产不是会倾了吗？于是，虽则他家里人手不宽，也孜孜地把佃田收回一部分，而且买了一条很对劲的黄牛预备好好地干一下。

的确，牛是团转左右数一数二的：骨干很雄健，八字角也很挺拔，毛色嫩黄的，齿都长齐了，是条壮年的牛，可以耕几十亩田，秋来还可以宰了吃。

人们很重视牛，尤其尊重这福寿双全实事求是的陈四爹，五十四岁还这般地努力！当黄牛成了交易的那天，谁都抱着羡慕的心情到他家去祝贺，顺便仔细地欣赏欣赏那黄牛。陈四爹和蔼地从草棚隔壁的牛栏里牵出那条牛，手在牛股上拍拍，显显它的架浪，又用鞭在牛背上轻轻地抽两下，探探它的彪势。

"怎样，没买上当吧？"他怡然自得探询着。

"好牛，彪啊，身段啊，处处都好！"人们齐声赞扬着。

陈四爹很快慰，客人走了，他还在牛栏边立半天，痴痴地瞧着牛有悠远的思虑：五六年前也是买了这么一条，它担任百多亩田，一点不费事，家业瞧着瞧着就隆盛，这全是它的力量！耕了四五年田，后来把它宰了，光是皮卖了九块多，肉是卖了三十几。于今这笔款还存在人家手里，利上糊利，已经不是小数啦……在他的想象中，栏里的那牛的轮廓在他的眼里就如银幕上的影像飞快地在扩大，牛身上的肉像海波一般地汹涌，旋旋转转的牛毛都幻成了无数的黄金。

现在陈四爹有的是工作啦，别的不说，单是牛，他得早晚陪它到嫩绿的山林去散步，到怡情的溪边去漫游，有空还在田边割上担把青草回来，作它整夜的储粮；天暖时，他请它到竹山的荫处，替它洗洗身体：用刷子理理它的毛；又怕牛栏脏湿，有碍卫生，他时常替它换枯草。每天除水草的供给外，还将豆磨成细粉和着剩饭给它吃。若是它睡得不起来，他就担心它害了病，即刻将情形报告牛郎中。晚上它偶然叫几声，他也得爬下几回床的，一则怕它饿了，二则也怕偷儿打主意。

老婆说：“七老八老，也该人家服侍你啦，还辛辛苦苦去孝敬畜生！教莫也请个看牛的！”

他惊骇地答道：“你别发痴了，请个看牛的！——看牛的吃不吃饭，要不要工钱？哼，省下这点嚼用又可以买进一条的！当年起家不都是这么办的吗？——这算什么？我于今还昂实！”

“可怜的活祖宗呃，教莫也识破些！这几个钱也去省他！要牛子不吃草，又要牛子好，是没有的事！——你看前面矮蹬蹬的不是猪三哈来了吗？我想起来了，猪三哈这人怪可怜的，只要有饭吃，有房子住，随便什么他肯干。这年纪也得修修福，是不是？他向我说也不止一次啦。……”老婆一大串地烦着。

“啐，他看得一条牛下吗？那副没骨头的样子！”陈四爹牙巴一裂，眉头一皱地说，但眼珠朝上翻了两翻之后，觉着修修福也是人干的事，他还没有一男半女呢，于是勉强答应了：“如果只管吃，只管住，就让他试试也行。只是我单怕他反而把我的牛弄坏了。”

“那是不会的，你就嫌他这样没能为！”

二

猪三哈本叫周涵海，因为种种的缘故，他的真名姓从人们的口里滑啦。滑啦之后才补上一个“猪三哈”。

他是矮胖的个儿，饱满的脸盘和永远带笑的肉眼里与人接谈时，很有鬼子婆牵着的那常常摇尾的巴耳狗的风味。他许是长毛的余孽吧，蓬乱的头发老是从脑袋顶团团地披下来，罩齐了眉，远看他的全景，就像一堆烂牛屎；不过涵海究竟是涵海，他有特具的和蔼与吓吓的笑声。在溪镇，他有几亩良田，五六间瓦屋，又讨了个比他好看的老婆，自耕自食，本来不必替陈四爹看牛的。

　　邻近有个周抛皮，以同姓的关系在他家里走动得很勤；一来二去，竟"涵海嫂能干""涵海嫂贤慧"地给涵海嫂瞧上了，涵海田事很忙，简直是在泥水里过日子。于是波澜渐渐在他的小家庭里荡漾起来啦：从这时起涵海嫂就染了一个坏脾气，爱使性子，涵海无论怎样也不惬她的意。她常对着他指鸡骂狗，杯盘碗盏无缘无故在她手里奔奔跳，拍拍响；尤其当他晚上上床睡觉的时候，她不知从哪里找来的由头，动辄翻江闹海地咒：

　　"你个死东西呃！——一身膨臭的，教莫死到河里去冲一冲，懒尸！这副模样也配上床来享福呀！——滚，滚，滚，——赶快给我滚开些……"

　　涵海很中意他那老婆，事事体贴她，尤其感谢她每天替他烧饭洗衣。平时晚上给她骂几声，敲两计，他好像是应该受，甚至跪上三两个钟头的踏板也情愿；至于始终不准他上床是罕有的事。这于今怕是自己有什么得罪了她的地方吧，有什么事不称她的心吧，他得原谅她，责备自己，伏在床沿连连打自己的耳巴，诚虔地哀恳着。但是床上只有劈啪的声音，这自然是无效，他知道，于是他赧颜地走出房，重新洗洗手脚，弹弹衣服，甚至再洗一个澡，像偷香稻的小雀子，脚步轻轻地踱进房，探着形势还想往床上爬，口里审慎地烦着他能力所能创造的抱歉求饶的句子。只是床上还是一片撞打碰统的声音，弥漫着战场一般的杀气，弄得他进退两难。寂静了好一阵，懿旨才颁下了："莫在这里讨厌咧，贼骨头，惹起了老娘的火可就——"他又知道老婆在盛怒中，他想不出自己的过失在哪里，赔罪的方法该怎样，弄得不妙反而气坏了她，于是他就恋恋地退出来，仔细地揣摩了好久，这才另打睡觉的主意。即令有时能得她开恩，可是他上床之后就像钉在床板上，丝毫动弹不得的。

往后的形势更加严重了。他每天工作回家，桌上摆着的是剩饭残羹，厨房里是冷火秋烟，脏衣服脱下来，臭了，烂了，也没人管。他心想怕是她害了病吧，每回瞧见她懒洋洋的不快乐，或瞧见她愁怨地躺在床上，他像失了灵魂一般，不禁就一阵心酸，殷殷勤勤地服侍她，也不敢动问她究竟是怎么一回事。

邻里渐渐流传关于他老婆的谣言，他装作不知且自信自己有田产，有房屋，抛皮是光蛋，老婆决不会爱光蛋，虽则抛皮比他美，身体比他高大。有人提醒他："喊，听说抛皮昨晚在你家里……"他回答说："未必吧？"于是旁边人动怒了："'未必吧'呀，你鬼闷了头哟，猪！"

"猪"，他猛省了一下，默念老婆近来对他的情景与抛皮常到他家里盘桓，吃现成而且大摇大摆的，于是忧郁笼罩着他了。他三番两次相找着破缝，一鼓作气把老婆收复，把抛皮赶走。他常由田间怠工回家，常常借口到远一点的地方去又从半路上赶回，但不曾发现过一次。

是玉山庙赛会的一天，溪镇的男男女女都去瞧热闹，他也跟着。在路上他隐隐约约听见相识的人们在他后面讥嘲："真是个混沌的猪，戴了绿帽子还有脸看赛会！"他又瞧见许多人对他表示轻薄的样子，他就闷了一肚气回来了。他由老婆房里走过时，听见里面有一种不堪入耳的声音，他惊慌地向窗隙里去窥看。"呸，这下子给我找着了凭据了。妈妈的，正式夫妻还没有这样子，这才教气死人呢！"他默咒着，真气得热血倒流，顺手拐了一根扁担，咬紧牙齿，生龙活虎似的几下打开门冲进去。可是那两个东西早已下床了，老婆赤条条地张着两手用身子遮着抛皮。当他的扁担落下时，她一手接着，母老虎一般跳到他前面："干吗？干吗？你打死我啦，你打死我啦。"她向他迫着，即刻就哭起来了，叫起来了，"你个没良心的呀，你个不识相的东西呀，你管得着我们呀，我，我，我活不了啦！"这一来倒把他吓住了，他从来没听见老婆这样对他哭过，虽则自己的怒气为她的积威所镇压，也实在给她的肉体麻醉了，给她的所谓"良心"征服了。他自问自己的样子赶不上抛皮，气力也敌不过他，他觉着过去的两三年里不知怎样能做她的丈夫的，那真是做梦，那真是委屈了她。她同抛皮真是相称的一对，他胜不过他们任何一个，他也忘不了她的以前的好处。这一扁担如果下得快，仇人没打着，她那柔嫩的肉体会变成肉泥，血花会纷飞着，悲惨的声音会渐渐地微细，会渐渐地寂然，室内会停着一具雪白而美丽的死尸，这全是他的无情的做作。他还活着有什么意义……电影似的一幕一幕在他的意识里开映，他的灵魂如陷落在黑茫茫的大海里，随着波涛转旋，脸色灰白了，泪光莹莹的，全身抖颤了一阵，终于手里的扁担落了，他晕倒在地下。

从这以后，他没有再用武力解决这事的勇气，也没有那念头。老婆的举动是当然的，他得责备自己，顾全她的名誉。他只将固定的和颜悦色收起，将吓吓的笑声藏着。有谁叫他："涵海，涵海！"他哭丧着脸像丧了考妣一样沉着脸，点点头。有谁打趣他："喊，怎么，变了哈巴了吗，不说话！"他还是那样子。"喊，周涵海，你变了猪三哈啦不是？哈，哈，哈，猪三哈，念起来倒还响亮！"他还是那样子，似乎没听见，甚至于孩子们都胆敢这么取笑他，他也还是那样子不计较。千不是，万不是，总是他自己不是！这样"猪三哈"三个字传开了，不知道他的出身的，都叫他"猪三哈"，因为念起来顺口，熟习，再根据百家姓上有姓牛的，他姓一下子"猪"当然不会错。于是，起初，"周涵海""猪三哈"闹不清，终于"周涵海"失败了，湮没了，"猪三哈"却留在世上称雄！

"猪三哈"称雄不久，似乎又不合人们的胃口，大有变为"黑酱豆"的趋势。因为他不但丢了老婆，而且丢了家产。他不能够回家住自己的房子，吃自己的饭，虽则这是老婆和抛皮挟制他，也因为他不愿在这上面计较的缘故。起初，他能卖气力做零工骗人们一顿两顿吃的，终于为着忧郁，害病，咳嗽，身体一天一天虚弱下来，他简直是一个丧了灵魂的痴子，呆子，这就没有谁照顾他做工了。他流浪了，挨饿，受冻，囚首垢面，真是一身膨臭，像牛屎一样，而人们却有尊称他为"黑酱豆"的，这真出乎他的意料。老是这潦倒下去是不对的，但是身体坏了，干不了大事，他想替人家看牛，已经做过许久的梦了，世间牛虽有，谁肯给他看，于今陈四爹买了条牛，公然给他谋到手看牛的职务，这算交了运。

<h2 style="text-align:center">三</h2>

陈四爹的牛似乎是专为猪三哈而设的，当猪三哈上工的这天，他庄严地训诫着：

"猪三哈，若没有我，你是莫想到人家家里讨碗饭吃，在人家屋檐下安一夜身的，这你该知道！于今牛既是归你看，这算看得你起，你瞧，别人肯是这么办吗？你得知道好歹，做事勤力些，不能还像先样懒懒散散东游西荡的，是不是？于今米珠薪桂，谁肯饭白给人家吃，房子白给人家住？我得在先说明白，你听见啦没有？"

"嘻，嘻，嘻！是，是，是！"猪三哈欢天喜地地答应了，干瘦的脸皮皱拢来，连眼睛鼻子都分不清，来了一回"自古以来未之有也"的微笑。

"你不能只是'嘻，嘻，嘻！是，是，是！'呃！我得跟你约法三章：每天绝早起来，把牛牵到山里去，拣有青草的地方，还看哪块青草多！这是一，海，海，海！看牛，看牛，得两只眼睛瞧着牛，哪些草它欢喜吃，哪些草它不欢喜吃，你得随它的意，它到哪里，你到哪里，不能只是抓着牛绳站着不动，眼睛只顾打野景！这样子要你看什么中啊！海，海，这是二。到了十点多钟的时候，那时候工人都回来休息了，你才牵牛回来，还看牛饱了没，牛肚子大，得吃得多，是不是？到下午四点钟光景又牵出去，煞黑回来，这是三。海，海，海！还有，按时候换牛屎草，喂水，有空杀青草，忙的时候你得帮着工人到田里去耕种，总而言之，人是活的，瞧什么可做就做什么，用不着人教的，是不是？海，海，海！"

"是，是，是，这我能办，看好了牛，是，是，……见什么做什么就是。"猪三哈于今记忆力不强，冒了一把汗，才死死地记住总而言之的那句，凑成了一个完备的回答。

"看着，我还有什么交代你的没有……呵，你把你的身上洗洗干净，晚上就睡在下房里的窄床上，那里有席子有夹被，已经是三月啦，不会冷的。将来牛子看得好，给你做身棉裤褂也作兴！"

"嘻，嘻，嘻！"猪三哈喜得开不了眼睛。

猪三哈看牛看得真起劲，每天起得早，睡得晚，磨豆粉啊，换牛屎草啊，到田边杀青草啊，事事用不着陈四爹关照。田事忙的时候，他跟着工人做这样，做那样，弄得陈四爹没有什么可说的。虽则猪三哈还是那么瘦，那么肮脏，而黄牛却一天一天肥壮，毛色干干净净的。每当猪三哈牵牛出去，牵牛进来，陈四爹总站在牛经过的路边仔细地欣赏，发福的脸上透出欢喜佛的微笑，但是他没有什么可说的，只说："猪三哈，牛身上怎么还有虱呀？总是一晌没刷喽！"猪三哈虽则触发了自己身上也有虱，但顾不得自己身上的痒，赶快拿刷子给牛刷。于是陈四爹又没什么可说的，便重温一回当年起家的梦：这条牛到秋天总该有二百多斤了吧？十六块买进来，于今总可以卖三十开外，到秋天自然是四十几。这牛发头大，卖也不卖，杀也不杀，喂两年再说吧！许两年之后牛价会涨……有时候，人家来了，他又自得地探询着：

"怎样，你看，这牛比初买进来的时候怎样？"

"好牛，比先壮得多了，彪啊，身段啊，处处都好。"人们更加赞扬着。

猪三哈很得意，虽则他没被陈四爹赞赏过，没被人们赞赏过，牛总是他看的，这九十九分是陈四爹的福分，也有一分是他的力量。他想他于今抖起来了，他有了职业了，加倍地努力，加倍地努力，希望陈四爹发财，帮助陈四爹发财，陈四爹没有一男半女，作兴给好衣服他穿，给好饭他吃，请他睡到上房里去，甚至于给他娶老婆，比抛皮占去的那个还美，甚至陈四爹百年之后，他承受他的全部财产，这虽不能办到，但陈四爹发了财，至少他可以得点好待遇。当牛被陈四爹称赞，人人称赞时，他很想对陈四爹说弄件干净点的衣服穿穿，但一转念他并没帮陈四爹发大财，他终于不敢启齿，他吃的是陈四爹的，住的也是陈四爹的。

四

猪三哈满盼着好运的到来，但好运却远远地避开他了。他自以为有职业，抖，但看他那囚首垢面一身稀烂的样子，连孩子们都看不出他抖。人们对于他那尊称依然很厌恶，依然想拥戴他为"黑酱豆"。

每当他牵牛出门后，路遇着谁，总有关于"黑""酱""豆"的声音传进他的耳边，他于今抖起来了，他不怕谁，也不愿还像先前那么老实。虽则他是替陈四爹看牛，但陈四爹是溪镇数一数二的人物，势力大，自然，他家里看牛的也势力大，于是他估量着对手也在喉咙里叽咕了一句："娘个大头菜。"不管人家听见没有，他总以为出了气，胜利了。胜利之后，就连人家当着他说什么"乌云""泥泞"等等有关于"黑""酱"的，他都骂着"娘个大头菜"。

有一次，"娘个大头菜"被人家驳翻了，说那很像他的蓬乱的头发，于是以后有谁欺侮他，他就改变方针，将牛拴在树上，拿着棍在手里挥舞，或打拳显显他的拳术，借此示示威。这许是他的身体虚弱，得了神经病！他从来没这样现丑过的，这纵能吓吓孩子们，大人们却越看越有趣，越看越好笑，更加逗他，嘲他，公然"黑酱豆""黑酱豆"叫得特别地起劲。这够把他气死的，于是他哑然地忿忿地牵着牛到别处。再遇着这样难对付的事又牵牛到别处。有一次因为这缘故，他回家时，牛肚子是凹凹的，这逃不过陈四爹的眼睛。

"四碗，四碗，你记住，你的肚子饱了，可想起牛肚子是凹的？牛能耕几十亩田。你能做什么？它是活的！你知道肚子饿，它也知道不是？真是教不服的猪！"当猪三哈吃饭的时候，陈四爹在他前面站半天，一碗一碗地数着，一面骂。

猪三哈汗淋淋地低着头，一声不响，饭还在口里就忙着做别的。或在田边多杀些青草回，弥补弥补他的过失。但陈四爹永远不能忘记牛肚子曾凹过一回，他也就不忍让猪三哈的肚子凸一回。他固然爱看牛吃草，也爱看猪三哈吃饭。

"饭么，一个人两碗顶够了。酒醉聪明汉，饭胀死呆驼，其所以你不灵活么，全是饭吃多了散！穷人肚皮大，越吃越饿，越吃越穷！这是至理！海，海！像我，难道吃不下，难道没有吃，这原是不愿做死呆驼！其所以，海，海，海！一句话，多吃总是不好的！"陈四爹发挥了自己的高论，眼睛盯住猪三哈。

"是，是，是，嘻，嘻！"猪三哈汗淋淋地答着，为着怕超过两碗，口里嚼得也就很细密，倒是越嚼越有味。他相信有福气的人的话是真的，虽然只吃两碗有点肚子饿。

从这时起，猪三哈总是肚皮空空地牵着牛往外跑。饿极了常常挖出山芋充充饥，也常常为着吃山芋拉肚子，回数拉多了，躯体便缩小了越像颗豆，因而外侮也就纷乘起来了。

在一天下午，他牵着黄牛到山里去，不料对门山上也有两个看牛的，他们瞧见了猪三哈就高声唱起骂歌来：

对门山上有颗——呵喝呃——黑酱豆，
我想拿来——呵喝呃——喂我的狗。
对门山上有只——呵喝呃——哈巴猪，
舐着黄牛——呵喝呃——的屁屁股。

　　猪三哈听见了，呕得他喘气吁吁的，唱骂歌得有蒸气，嗓子尖，大，还得押韵，他的肚子凹凹的，哪来的蒸气；他连话都说不上口，更何能押韵，于是，起首，他骂"娘个大头菜"，或"化孙子"。但这声音传不过去，自骂自受；于是他打拳，跳，做种种的威武的样子，但这像玩猴把戏，更加使他们打哈哈，于是，他丢了牛，猛虎下山地奔过去。那两个看牛的有一个是看抛皮的牛的，他认识那条牛，也认识那孩子，因而他不顾一切地追去。但是等他到了对门山上，那两个孩子又在另一座山堆上唱起骂歌来：

桐子树上——呵喝呃——好歇凉，
对门牙子——呵喝呃——没婆娘！
看我三年四年——呵喝呃——讨几个，
咧咧啦啦——呵喝呃——接你的娘。

　　这真骂在猪三哈的心窝上，过去的悲哀兜上心头，几乎把他气倒，他哭丧着脸，一蹬一蹬仍然向着歌声的来处追去，晕晕沉沉地不知路的高低，也不知山里有荆棘，他滑跌了，手脚刺破了，还是鼓勇向前追去。然而等他追上了那座山，那两个孩子又在另一个山上骂：

　　　对门牙子——呵喝呃——矮呀矮，
　　　不是我的孙子——呵喝呃——就是我的崽。
　　　对门牙子——呵喝呃——跑路蹬一蹬，
　　　我睡你妈妈——呵喝呃——乐而融。

　　猪三哈听着刺心的歌声，望望悬崖叠嶂的山谷，心想再追上去，然而身体实在虚弱了，肠胃辘辘地在哀叫，手脚一画一画地刺伤了好几块，血痕斑斑的。他的气馁了，忽然念及自己的牛，他即刻舍了他们，咒着，恨着，噙了一把血泪，昏昏茫茫地向原先那山里走去，万般凄切在交攻着他时，还隐隐约约听到远处的"有歌去，无歌回，……"的奚落声。

　　好容易折回了原先那座山，然而睁眼一看，黄牛不见了，团转左右一寻，仍然不见，他慌了，已经是夕阳西下的时候，难道牛吃饱了，自己走回去了吗？他偷偷地跑回来一看，牛栏是空的，幸而陈四爹没瞧见他，他飞快地又走到山里去，穿谷过坳地寻，"尢ㄇㄚ，尢ㄇㄚ"[①]地喊，但是渺然无迹。深山中渐渐铺罩着

─────────────

① 尢ㄇㄚ：ang　ma。

一层黑幕，星星渐渐在天空闪烁，芦苇丛中似乎有牛的悲鸣声，也有金钱豹的吼声，猪三哈绝望了，恐惧了，只好走下山到田野边，河池边，凄愁着，徘徊着。

"管他，回去再说吧！唉，但是，陈四爹怎样爱他的牛啊！在平常，我挨过他多少的骂，于今空手回去这当然没有我的命。不回去吧！在哪儿度夜呢，明天怎样见人呢！天凉了，夜深时不冷吗？我身体虚弱，咳嗽，而且肚子也绞饿，这怎办呢？如果牛还健在，明天寻着了，还可以见陈四爹的面，不过挨一顿骂，或一顿打，开除我或不会，但是，好像黄牛悲叫了几声，那怕有点不妥当吧！"

猪三哈想来想去地打算，始终想不出办法，越挨越夜深，他就忍着饿，两手紧抱着身子一蹭一蹭地向陈四爹家走去，侧着耳在大门口静听，陈四爹大厅上蹬脚捶胸地对着老婆骂：

"我早就疑心他是贼骨头，靠不住，妈的，你定要收留他，好啦，好啦，于今牛给他偷走了。到这时还没看见回。请大家去寻，天黑了，夜深了，向哪里寻去。都是你这死婆娘误我的事。海，海，海！明天牛如果还在这里，猪三哈我也不能再容他的。如果牛不见了，只要找着了那贼骨头，是不放手他的。……"

猪三哈听着，渐渐神经紧张起来，他抖颤着，又一蹭一蹭地两手紧抱着身子走开了。东走西走，不知不觉走到他自己的屋门前，他心里一跳，想起了老婆于今不知是怎样了，于今不知还同抛皮要好不？她心中还有我周某不？他怯羞地走近门，贼一般地去窥探，里面传出一阵一阵谑笑声，唧唧哝哝的情语声，但那不是抛皮的声调，却像曾经嘲笑他戴绿帽子的那人的声音。于是他的身子又抖颤着，眼泪汪汪地在门上亲了两嘴，紧抱着身子一步一回头地向田野的僻静的池塘边走去。忽然，他在池边站住了。他瞧着池中闪耀的星星的倒影，默察着池水的幽静，肠胃咕噜咕噜响了两下，寒风在褴褛的衣衫里一来往之后，他抖了两抖，就把手朝上伸直了，仰着头让眼泪遮住了世间的一切。"牛丢了，真对不住您啦，陈四爹啊，我在这儿祝您往后福寿双全吧！妻啊，我去了，你好好地去寻快乐吧！人们啊，世人不再有猪三哈、黑酱豆供你们玩笑了！"

池水激荡了一下，随即就平静了。

五

第二天清早，陈四爹到处托人找他的牛，顺便也探探猪三哈的踪迹，他以为找着了猪三哈就可找回牛的。

在山里，人们按着牛的足迹，渐渐发现了血痕，终于在深谷的芦苇丛中，找着了黄牛的尸体，头上一个洞，腹上破裂不堪，不是一个完全的尸体。他们叫啸着，将牛抬到陈四爹的门前。陈四爹得了凶信，说不出话来，只垂头丧气地冲进冲出要寻出猪三哈来质问个究竟。一会儿又痴痴地瞧着那黄牛叹气，嗓子有些发颤，牛身上的撕出的肉就像他自己的，牛毛就像千万颗针在他的心上刺。

"唉，该，该，还能卖，卖十几块钱的吧！这点皮，肉！……猪三哈，这，这，这畜生……"陈四爹怅怅然断断续续地骂着，老泪纵横的。

黄牛的噩耗传开了，团转左右的人，老的，少的，拖儿带女的堂客们，那些尊敬陈四爹又羡慕那黄牛的，于是都走来安慰安慰陈四爹，而且挂着浓厚的愁容围着这不幸的黄牛的尸体：

"好牛，彪啊，身段啊，处处都好，唉，真可惜！"

一九二七年十二月七日深夜

烛焰

/// 台静农

晚春的一个早晨，市上人早餐以后，大家都期待着吴家的少爷出殡。妇女们盼望更切，在后街住的，却早到认识家的店铺里等着。这些人好像上元节看春灯似的，然而大家的心情却不是那样地愉快。有些人家将表示哀悼的门灯已经挂在门口了，虽然烛犹未燃。

"说是辰时，现在应该发引了。"天宝号的东家王华亭向他对门糖号的管事江仲和说。

"要真是辰时，就该到了，为什么现在还无消息呢？吴三爷家近几年命运实在坏，这样好的少爷居然不在了，没想到将媳妇娶到家冲喜也无用。"

"依讲冲喜是见效的；不过新人一到家，病人即有起色才好；要不然，是不好的。吴家少爷当喜轿到时，还在床上发烧得人事不知呢。"王华亭有经验似的说。

"唉，人的运气真不是玩的，什么事都有一定的安排啊！"

"对啦，吴三爷他就是这样；娶了媳妇，死掉儿子，谁也没想到的。这年轻的寡妇……将来……"

这时候开路铜锣的声音，锵锵地响起来，大家都知道吴家的灵柩是快到了，于是都伸了头向南望。

不久，棺是到了，送棺的人很多，有老人，有少年，都是很凄楚的，在棺的后面，是一个十三四岁的小孩，穿着通身的白孝服，拿着引幡，有认识的说是死者堂兄的儿子。在棺的最后，一群妇女们拥了一个白服啜泣的少妇，头下低着，走路好像一点力气都没有，伊的哀伤不胜的样子，使大家更敛容地注视，大家虽平日不认识伊，然而知道伊就是死者的新妇。

棺是渐渐地远了，伊也随了棺渐渐地离开了人们的注视，有些妇女们依旧含了眼泪向伊的背影怅望。

"这姑娘真可怜啊！"

"姑娘是这样的漂亮，婆家和妈家，又有钱又有势，偏偏命薄！"

"吴家少爷并未听说有病，居然一病就去世。"

"这是谁也没料到的。可是吴家少爷生就无福，有这好的妻子反而不长寿。"

"为什么冲喜也无用呢？"

"是呀！去年张家二少爷不是冲喜冲好的吗？"

　　妇女们都是对于命运不可挽回地太息，纷纷地议论起来。

　　伊是伊的父母唯一的女儿，伊没有姊妹，伊没有兄弟。伊既颖慧而且美丽，从幼小到长大，无日不在双亲珍爱的怀中。

　　一天伊的一个远亲表叔来，——便是伊的媒人，他是受了吴家的托，来要求伊早日出嫁。他曾表示吴家少爷是在病，但病却不是如何厉害，据吴家双亲的意思，是希望伊能过去冲冲喜。当时伊的父亲听了，便有些踌躇，于是模糊地回答了他，就是说嫁妆恐预备不及，等想一想才决定；而且一再申说，一生只这一个女儿，总想事事妥帖，做父母的才能放心。

　　当晚伊的父亲便同了伊的母亲商议。

　　"吴家要翠儿去冲喜，到底要不要答应他呢？"

　　"我想还是迟迟，现在什么也预备不及；吴家少爷病既不厉害，何妨跟他说，等一等，两家都从容些。"伊的母亲说。

　　"究竟吴家孩子病得怎样并不清楚，也许病得厉害。"

　　"啊！"伊母亲很惊异的表情，"既然是这样，那么，还是迟一迟再说。"

　　"女儿毕究是人家人，你不答应也不成话。"

　　"那么，"伊的母亲深深地叹了气，"或就答应吴家，我想，当不会有什么……"

　　"那么就要预备。明天就可以回人家的话。"

　　第二天伊的事便决定了。又过了几天，伊的母亲便告诉了伊，但没有说到冲喜。伊很羞涩而且茫然，好像感觉到将孤零地向另一个的世界走去。

在伊的出嫁的前一晚，男女的宾客来得很多，伊家的远亲近邻，都来参加伊的盛礼。伊的父母也非常地欢慰，很忙碌地招待来宾。伊的亲近的姑母、伯母、舅母和姨母们都有很好的添箱礼。

伊的姑母在大众的女客中，向她们夸耀她的侄婿：

"俺的翠姑真是有福气的，女婿是那样地漂亮。听说他的学问一切都好。"

"是啊，一个月以前，我还见着他呢。实在长得好！"舅母说。

"姐姐的心也算安顿了，女儿嫁了这样的人家！"姨母接了说。

"你看，她是这样地忙，都是为了女儿。"

她们谈到这里，伊的母亲正从别的房中走来，向大家欢欣地笑，往伊的屋里找了东西，却又匆忙地走了。

当女宾在正堂屋吃饭的时候，母亲都招呼了以后，便悄悄地到伊房中，见伊在床上独自倚卧着，在那里嘤嘤地啜泣。母亲知道，这正是少女将出阁的意态。问伊想吃点什么，伊拒绝了，什么都不愿吃。于是母亲坐在伊的床沿，低声地同伊说：

"到了婆家去，一切事都要放好，千万不要像在家随便的脾气。吴家少爷在病着，我的意思本想迟迟，不过吴家一定要冲喜；父亲也无法，总觉女儿是人家人，只得应允了。不过日子很急，衣裳嫁妆都预备不来，父亲说，将来要什么再买罢。现在叫刘妈去侍候你，顺着再侍候病人。事事要谨慎，因为婆家比不得家里。

好者听说婆婆性情好，又没有妯娌。……"

伊由微泣而更呜咽起来，这时候使伊感到将要离开母亲的凄伤，伊什么都没说，而且也没有力量说，母亲是怎样说便是怎样了。

母亲的心虽然很喜悦，但是总以为冲喜是不幸的事；所以当全家庆祝的时候，心里却好像有什么东西似的放不下。

伊上轿的时候到了。母亲自己很严肃地在神灵和祖宗的面前烧了香，复后将两只深色红烛燃起。女仆们在地下铺好了红毡。

伊已妆扮齐备，于是由姑母和姨母引到堂屋，行辞家的礼仪。

在奏乐与爆竹的声中，伊是辞开了二十年来朝夕不离的双亲。伊的啜泣的声音，使大家顿时变成了静默。

母亲更是怅然了，好像是一只可爱的鸟从伊的怀中飞去，不由得落下了眼泪。

"嫂的一生，倒算完了一桩事。"姑母安慰地说。

"是啊，甥女嫁了这样的人家，心总算安顿了。"舅母微笑着说。

"翠儿这婆家，我也倒放心，不过吴家孩子在病着……"母亲含了眼泪说。

"太太还不知道，昨天吴家听差来，他说少爷听小姐去，病早好了呢。"老仆妇李妈站在一旁，突然憨笑着接了说。

"这老东西，说话不三不四的！"姑母笑了申斥她。

母亲也微笑对着姑母。虽然是觉得李妈的粗野，但话是吉利，却也很安慰。

在这温欣的谈话中，一种不幸的预兆无端地袭来，使大家即时变了颜色。

在香案上，左边的烛焰，竟黯然萎谢了，好像是被急风催迫的样子；至于右边的，却依然明闪地发光。大家都知道，在这时的烛焰，正可以看出两人间将来命运的。她们并不以这为迷信，她们是有确凿而可信的经验。现在先昏暗下去的是左边的烛焰，自然这不幸的预兆便在吴家少爷的身上！

母亲的颜色惨白了。大家也凄然地对着。

这右边的烛焰，愈颤动了，烛泪不停地流满了烛台，大家都感觉着，不幸将即刻来到；都默默地，在期待着。

终于姑母在惊慌中想起了：悄悄地走到神灵的眼前，将双烛吹熄了。

从此以后母亲的心中，时时刻刻，都不曾忘记伊的不幸的预兆。虽然伊出嫁才三四日，却以为是很久很久了。

伊的哭声，在伊上轿时痉挛得尤其厉害，所以母亲的耳边，仿佛还听着那哭声。好像那盛礼，并不是喜事，是将女儿拖送到厄命运的领土去。故伊的哭声，已不是普通的女儿常态了，那是惨痛，那是绝望于将来的声音。

母亲在夜中总是睡不着，有时迷离地睡去，噩梦便随着来了。往往梦见伊在空旷的原野上哭，如同伊的幼小时被人欺负了似的。一次竟梦见伊的新婿静肃地在尸床上卧着，一些人都冷然地为他筹备丧仪。

母亲是渐渐地颓唐下去，形容为之枯瘦了；都说是为了嫁女劳瘁，其实母亲的心却有说不出的隐哀。

一天晚间，母亲同父亲说："翠儿嫁了这几天，我的心神总是不安……好像就觉得吴家少爷的病很厉害。"

"这不过是心里的疑惑，哪有的事？我们一生没有做过亏心事，难道只一个女儿就是这样不幸么？"父亲自信地说。

"要晓得——这还未同你说过，就是那天翠儿辞了祖宗以后，左边的烛焰当时就昏暗了，不久……就谢了下去。"母亲声音夹着咽呜。

"怎么，是这样吗？"父亲惊异了，顿时低下头，现出一种极其惨沮的神情。从此都默然坐着。

这时候隐隐听着外面大门，有人紧急敲着，这声音是冷峭而且锐利，刺进伊的双亲的心中，都战栗了。不久，李妈没有表情地从外边来，蓦然地说：

"吴家派人来送信，说新姑爷……申时去世了！"

伊的双亲的心，是碎裂了。昏昏的灯光，笼罩了全室，好像有无数阴灵隐伏在这昏沉的阴影里。

一九二六年十二月十九日

蚯蚓们

/// 台静农

虹霓县的人民，今年真不幸，十来年没有遇见的荒年，他们竟碰着了。其实有钱的田主们，早已知道了虹霓县的人民免不了要遭大劫的。吕洞宾不是在这些有钱的家里下坛说过么？下界的穷人，心术太坏，一天狡猾似一天，凶恶之气已冲到九霄，早迟有一天玉皇大帝一怒，降下一道御旨，叫这些坏人一个个都死亡灭绝。这些有钱的早就替天行道，将这预兆告诉大家了，无奈大家不改，终于免不了这一场大劫。

前几天稻草湾的穷人，闯下了大祸，他们真胆大，居然联合起来，一起向吃租的田主们讨借贷，逼得田主们当面非承认不可，有的允许给钱，有的允许开仓给米。但是田主们连夜派人进县，递了禀帖，告了稻草湾"民变"，顿时上头派下来了兵，将这些大胆的人，一个个不提防捆走了。听说省里公事一到，这些人都要割头的。这些人真傻，钱没到手，米也没到嘴，二斤半还保不住。

这么一来，别处穷人的嚣张，确是好得多了。就拿我们的住处五家村来说，没有人敢向田主人胡闹的，像张三炮、吴二拐、黄鼠狼这些家伙，在太平年岁的时候，田主人都觉得他们难缠的，可是现在他们反老实了。很奇怪，李小平常很老实，这时候偏胆大起来。他居然跑到他的主人那里去，向他的主人讨借贷；幸而他的主人待人厚道，仅仅向李小骂了几句："你这东西，还不知道厉害；要晓得我一个禀帖送了，你这条命就没有啦！"李小听了以后，不禁有些怕了，终于哑口无言带着感激的神情跑回来了。

天要叫虹霓县的人民遭一场大劫，谁也没有法子挽救。就是有钱的田主们，天天也在埋怨：穷人们不修好，累得他们的仓里少收成。

到这当儿，大家都不得已各人想各人的法子。自然是往别处逃荒的多。李小于是也免不了走这一条路，但没想到，他的老婆竟不愿去。分明是缺了吃的，他的老婆偏说他有钱不拿出来，有时还骂他没有本事，连老婆也养活不了。闹得三番五次，终于依了他的表舅母的调停，让伊改嫁。在他本不愿意，不过这年头，实在没有办法，而且改嫁又是出于伊的意思。表舅母知道他心里难过，一再劝他，心放宽些，年头变好，弄点钱还可娶一个。终于，他想到这大概是命里定的，也只得顺从了。

成事就在第二天，在头一天的晚间，他约了范五明天一同去，帮他将钱拿回来。

在月光之下，他独自回到家。这时候，他的四岁的小孩，正孤独地在柳下站着，见他回来了，很快地跑到他的面前，高兴地问：

"爸爸，明天你也去么？"

"什么事，你知道？"他冷然地说。

"不是妈妈说，明天带我走人家么？"

"是的，"他的神情顿时惨沮，"你睡去罢！"

他的孩子听了，跳着走了。

他坐在柳树根下，嘴里衔着旱烟袋，烟头闪灼地发光。他看今年八月十二的月光，特别明亮，好像十五六似的。但是今年中秋节，却是冷清清的；要是年头好，大家都忙着结账送礼。他想到去年的这时候，他正忙着碾谷子，那时碾了两斗米，往镇上卖了，买了些牛肉、猪肉、月饼，还给小孩缝了一件夹衣。大家都痛快地过着中秋节。小孩刚会学话，老是"月姥姥"地唱着，半夜才睡。谁也没有想到，今年是这样的结局。他的口中喷出青烟，映着月光，更显黯淡。他回过头来，对着面前一大堆枯萎稻草瞧着，他的眼中闪闪地发光，不由得他对这稻草仇恨和愤怒，因为这稻草给他带来了极不幸的命运！他向来没有仇敌，然而这枯萎的稻草，竟成了他的仇敌了。

现在是做噩梦罢？他这样想。要不是梦，为什么是这样离奇呢？眼看妻子小孩，马上要遗弃他，要离开他，要向一个陌生的人欢笑去。他的目光昏聩了，他看见他的茅屋，他所插的柳树，与那凶恶的稻草堆，都一起向他轻蔑地笑，好像它们都在同声地说："天下竟有这样卑怯无用的男子！"

他站起来狂放地在稻场上走来走去，心中越纷乱，脚步越急促，安然卧在一旁的小黑狗，这时候也被他的脚步声惊醒了。这狗居然向他汪汪地叫起来，于是使他更愤怒了。厄运来了，一切事都改变了，狗也不认主人了。他举起了脚，吃力地向狗踢去，狗受了伤，顿时更凶横地咬起来。

他仍旧坐在地上，微微叹息，将烟头向着树根磕灰；重新安了烟，搓了火不停止地吸。他的满腔愤恨，渐渐随着青烟消逝，心情也渐渐随着平静了。他认识了命运，命运的责罚，不在死后，却在人世；不在有钱的田主身上，却在最忠实的穷人。最苦楚的，命运不似豺狼，可以即刻将你吞咽下去；而命运却像毒蛇。它缠着你慢慢喝你的血！现在这命运忽然降临在他的身上，他不反抗，他知道，反抗是毫无用的。他预备了忍受，忍受着，终有尽止的日子。

于是他回到他的茅屋里，这时候他的妻在床沿哄小孩，他便轻轻地到床里头和衣躺下。屋里满是月光，照着他妻的神情，正如平常一样，忽然他感到一种将要离别的情味，他的心不由得凄怆下去。他想此刻可以同伊叙叙旧日情分，但是想到伊当他艰难的当儿撇了去这样的薄情，他便冷然静静地叹了一口气。转而想这也难怪伊，即使伊不改嫁，给伊母子什么吃呢？难道竟叫伊们喝风么？

惭作与忧伤交攻着，使他不能安然睡去。终于似睡非睡地闭了眼，不久又惊醒了。醒后睁了眼，见月光依然明亮地照着房中一切，妻在门口迎着月光坐着，正在收拾伊平日的针线，隐隐地还听着伊伤心地叹息。于是他向伊问：

"为什么还不睡呢？"

"哪有心肠睡！"伊低声说。

他听了，全身立刻震动了，又战栗地向伊说：

"我真对不起你，使你走到这条路。"

他说了，并未听见伊的答话。少顷，他看见月光之下的伊的影子，在那里颤动，原来伊是在啜泣。于是他也忍不住哭了。

在这伟大的夜幕里，清光照着这一双不幸的男女。除了两人无声的暗泣而外，唯有小孩的低微的鼾声，美满的微笑的面容，表现着正在幸福的梦中。

四月渐渐西沉，远处的晨鸡渐渐地叫起了。

他的不幸的晚间到了。在他的心中不仅存留着伤痛，还重重地蒙上一层耻辱。但是他可以自慰的，就是他所以到这种地步，不是个人的意志，却是受了命运的指使；大家一起生活在人世间，又谁能非笑命运呢？因此他很坦然。

在一间矮的朴陋的客厅里，生客有七八位，有的坐在长凳上谈家常，有的默默地吸水烟袋。最使他局促的，便是一个短胖子向主人道喜，并且啰唆地说：听说这位大嫂贤慧，一定会过日子，真是你老哥的运气……这些使他不安的话。

终于吴官人站起来向主人说：

"那么，将字写了罢？"

"请哪一位写呢?"

"自然是请张朗翁。"

这时候这位张朗翁正在同一个麻脸人谈他教《三字经》的经验,忽然听到有人提起他,便扭过头来向主人问:

"还是请杨二哥写罢?"

屋角站起来一位红脸大汉,笑着说:

"亏了朗翁你,何必这样客气,老夫子不写谁写?"

朗翁哈哈大笑,手摸着下巴胡须,一屁股坐在预备好的座位上了。于是故意向大家问:

"请教大家,怎么写呢?"

"哎呀,读书的人礼节真周到!朗翁经多见广,还不是那一套吗?"吴官人说。

朗翁于是从口袋里摸出一个眼镜盒子,将眼镜拿出来戴上,抽了笔,铺好了纸,转过头来向大家问:

"哪位是本夫?"

李小听了,木然地站起来。朗翁一双眼睛,出神地向着他:

"贵姓哪?"

"姓李。"

"名字呢?"

"国富。"

朗翁便不理他了,他又木然地坐下。朗翁旁若无人地在红纸上沙沙写了两行,又向大家问:

"说定的是多少钱？"

"四十串文正。"吴官人接着说。

"还带来一个小孩吧，是男，是女？"朗翁又问。

"是的，一个男孩，五岁了。"

朗翁仍旧偏着头写下去。不久，将笔扔下，头摇摆着念了两遍，站起来说：

"请大家看看，对不对？"

"朗翁又客气起来了，哪有不对之理。"吴官人说。

"好罢，我来念给大家听听：立卖人李国富今因年岁歉收，无钱使用，情愿将女人出卖于赵一贵名下为妻，央中说合，人价大钱四十串文正。女人过来以后，事后不得反悔。外者女人带来小孩一口，亦由买主养活，日后不得借此生端。恐口无凭，立此字为证。同中蒋三星、陆华堂、江福贵、周三、范五、刘六蹩子，张朗翁代笔。……对不对？有什么遗漏没有？要是没有什么，那就教本夫画押。"

李小听了不作声跑到桌子前面，拿了笔画了一个粗大的十字。

"不成，不成！"朗翁忽然叫起来，"画十字没有用，这桩买卖，比不得卖田地呀！你这本夫，要打手记的。"

"什么叫手记？"

"怎么，你连手记也不知道？见识真浅。手记就是将手涂上黑墨，印在这卖字上。"朗翁讥笑着说。

李小重新拿了笔，将左手涂了墨，重重地印在卖字上。

"对了，对了！"朗翁对着李小叫，头即刻扭向大家，"我看，要是没有什么意见，那就可以交钱，交了钱，吃了饭，俺们还要闹新娘子啦！"

"是了，是了。"主人一面答一面往后屋里跑。

李小这时候孤独地坐在一个小椅上，觉得四面的人都是向他冷笑，虽然侧身在大众里，但是一种可怕、阴森抓住了他。在大家不留意的当儿，他听见后面一个老女人说："现在你不跟他了，小孩子你给他养活着，还不向他要点钱，作小孩子的私房吗？……"

主人将钱当面交给李小，他刚点了数，忽然他的小孩跑出来：

"爸爸，妈妈叫我问你要钱。"小孩说了，便眼巴巴地看着他。他冷然地瞧了桌上的大钱，忍着眼泪拿了一串钱放在小孩手里，小孩拿不动，曳着走，高兴地说：

"爸爸给这些钱！"

这时候同他来的范五走到桌边，拿了布口袋，一起裹成了两包。主人留他吃晚饭，他辞谢了，于是同范五背了钱走了。

当他同范五走出的时候，主人的门口挂着一对红灯，已经辉煌地点起了。

走过半里路的光景，便隐隐地听着鞭炮声，这声音深深地刺透他的心。

一九二六年作

拜堂

/// 台静农

　　黄昏的时候，汪二将蓝布夹小袄托蒋大的屋里人当了四百大钱。拿了这些钱一气跑到吴三元的杂货店，一屁股坐在柜台前破旧的大椅上，椅子被坐得咯咯地响。

　　"哪里来，老二？"吴家二掌柜问。

　　"从家里来。你给我请三股香，数二十张黄表。"

　　"弄什么呢？"

　　"人家下书子，托我买的。"

　　"那么不要蜡烛吗？"

　　"他妈的，将蜡烛忘了，那么就给我拿一对蜡烛罢。"

　　吴家二掌柜将香、表、蜡烛裹在一起，算了账，付了钱。汪二在回家的路上走着，心里默默地想：同嫂子拜堂成亲，世上虽然有，总不算好事。哥哥死了才一年，就这样了，真有些对不住。

转而想，要不是嫂子天天催，也就可以不用磕头，糊里糊涂地算了。不过她说得也有理：肚子眼看一天大似一天，要是生了一男半女，到底算谁的呢？不如率性磕了头，遮遮羞，反正人家是笑话了。

走到家，将香纸放在泥砌的供桌上。嫂子坐在门口迎着亮绱鞋。

"都齐备了么？"她停了针向着汪二问。

"都齐备了，香，烛，黄表。"汪二蹲在地上，一面答，一面擦了火柴吸起旱烟来。

"为什么不买炮呢？"

"你怕人家不晓得么，还要放炮？"

"那么你不放炮，就能将人家瞒住了？"她深深地叹了一口气，"既然丢了丑，总得图个吉利，将来日子长，要过活的。我想哈①要买两张灯红纸，将窗户糊糊。"

"俺爹可用告诉他呢？"

"告诉他做什么？死多活少的，他也管不了这些，他天天只晓得问人要钱灌酒。"她愤愤地说，"夜里哈少不掉牵亲的，我想找赵二的家里同田大娘，你去同她两个说一声。"

"我不去，不好意思的。"

"哼，"她向他重重地看了一眼。

"要讲意思，就不该做这样丢脸的事！"她冷峭地说。

这时候，汪二的父亲缓缓地回来了。右手提了小酒壶，左手

———

① 哈：方言词，意为"也，还"。

端着一个白碗，碗里放着小块豆腐。他将酒壶放在供桌上，看见了那包香纸，于是不高兴地说：

"妈的，买这些东西做什么？"

汪二不理他，仍旧吸烟。

"又是许你妈的什么愿，一点本事都没有，许愿就能保佑你发财了？"

汪二还是不理他。他找了一双筷子，慢慢地在拌豆腐，预备下酒。全室都沉默了，除了筷子捣碗声，汪二的吸旱烟声，和汪大嫂的绱鞋声。

镇上已经打了二更，人们大半都睡了，全镇归于静默。

她趁着夜静，提了篾编的小灯笼，悄悄地往田大娘那里去。才走到田家获柴门的时候，已听着屋里纺线的声音，她知道田大娘还没有睡。

"大娘，你开开门。哈在纺线呢。"她站在门外说。

"是汪大嫂么？在哪里来呢，二更都打了？"田大娘早已停止了纺线，开开门，一面向她招呼。

她坐在田大娘纺线的小椅上，半晌没有说话，田大娘很奇怪，也不好问。终于她说了：

"大娘，我有点事……就是……"她未说出又停住了，"真是丑事，现在同汪二这样了。大娘，真是丑事，如今有了四个月的胎了。"她头是深深地低着，声音也随之低微。"我不恨我的命该受苦，只恨汪大丢了我，使我孤零零的，又没有婆婆，只这一个死多活少的公公。……我好几回就想上吊死去，……"

"唉，汪大嫂你怎么这样说！小家小户守什么？况且又没有个牵头；就是大家的少奶奶，又有几个能守得住的？"

"现在真没有脸见人……"她的声音有些哽咽了。

"是不是想打算出门呢？本来应该出门，找个不缺吃不缺喝的人家。"

"不呀，汪二说不如磕个头，我想也只有这一条路。我来就是想找大娘你去。"

"要我牵亲么？"

"说到牵亲，真丢脸，不过要拜天地，总得要旁人的；要是不恭不敬的也不好，将来日子长，哈要过活的。"

"那么，总得哈要找一个人，我一个也不大好。"

"是的，我想找赵二嫂。"

"对啦，她很相宜，我们一阵去。"田大娘说着，在房里摸了一件半旧的老蓝布褂穿了。

这深夜的静寂的帷幕，将大地紧紧地包围着，人们都酣卧在梦乡里，谁也不知道大地上有这么两个女人，依着这小小的灯笼的微光，在这漆黑的帷幕中走动。

渐渐地走到了，不见赵二嫂屋里的灯光，也听不见房内有什么声音，知道她们是早已睡了。

"赵二嫂，你睡了么？"田大娘悄悄地走到窗户外说。

"是谁呀？"赵二嫂丈夫的口音。

"是田大娘么？"赵二嫂接着问。

"是的，二嫂你开开门，有话跟你说。"

赵二嫂将门开开，汪大嫂就便上前招呼：

"二嫂已经睡了，又麻烦你开门。"

"怎么，你两个吗，这夜黑头从哪里来呢？"赵二嫂很惊奇地问，"你俩请到屋里坐，我来点灯。"

"不用，不用，你来我跟你说！"田大娘一把拉了她到门口一棵柳树的底下，低声地说了她们的来意。结果赵二嫂说：

"我去，我去，等我换件褂子。"

少顷，她们二个一起在这黑的路上缓缓走着了，灯笼残烛的微光，更加黯弱。柳条迎着夜风摇摆，荻柴沙沙地响，好像幽灵出现在黑夜中的一种阴森的可怕，顿时使这三个女人不禁地感觉着恐怖的侵袭。汪大嫂更是胆小，几乎全身战栗得要叫起来了。

到了汪大嫂家以后，烛已熄灭，只剩了烛烬上一点火星子了。汪二将茶已煮好，正在等着；汪大嫂端了茶敬奉这两位来客。赵二嫂于是问：

"什么时候拜堂呢？"

"就是半夜子时罢，我想。"田大娘说。

"你两位看着罢，要是子时，就到了，马上要打三更的。"汪二说。

"那么，你就净净手，烧香罢。"赵二嫂说着，忽然看见汪大嫂还穿着孝，"你这白鞋怎么成，有黑鞋么？"

"有的，今天下晚才赶着绱起来的。"她说了，便到房里换鞋去了。

"扎头绳也要换大红的，要是有花，哈要戴几朵。"田大娘一面说着，一面到了房里帮着她去打扮。

汪二将香烛都已烧着，黄表预备好了。供桌捡得干干净净的。于是轻轻地跑到东边墙外半间破屋里，看看他的爹爹是不是睡熟了，听在打鼾，倒放下心。

赵二嫂因为没有红毡子，不得已将汪大嫂床上破席子拿出铺在地上。汪二也穿了一件蓝布大褂，将过年的洋缎小帽戴上，帽上小红结，系了几条水红线；因为没有红丝线，就用几条棉线替代了。汪大嫂也穿戴周周正正地同了田大娘走出来。

烛光映着陈旧褪色的天地牌，两人恭敬地站在席上，顿时显出庄严和寂静。

"站好了，男左女右，我来烧黄表。"田大娘说着，向前将表对着烛焰燃起，又回到汪大嫂身边。"磕罢，天地三个头。"赵二嫂说。

汪大嫂本来是经过一次的，也倒不用人扶持；听赵二嫂说了以后，就静静地和汪二磕了三个头。

"祖宗三个头。"

汪大嫂和汪二，仍旧静静地磕了三个头。

"爹爹呢，请来，磕一个头。"

"爹爹睡了，不要惊动罢，他的脾气又不好。"汪二低声说。

"好罢，那就给他老人家磕一个堆着罢。"

"再给阴间的妈妈磕一个。"

"哈有……给阴间的哥哥也磕一个。"

然而汪大嫂的眼泪扑地落下地了，全身在颤动和抽搐；汪二也木然地站着，颜色变得难看，可怕。全室中的情调，顿成了阴森惨淡。双烛的光辉，竟黯了下去，大家都张皇失措了。终于田大娘说：

"总得图个吉利，将来哈要过活的！"

汪大嫂不得已，忍住了眼泪，同了汪二，又呆呆地磕了一个头。

第二天清晨，汪二的爹爹，提了小酒壶，买了一个油条，坐在茶馆里。

"给你老头道喜呀，老二安了家。"推车的吴三说。

"道他妈的喜，俺不问他妈的这些屌事！"汪二的爹爹愤然地说，"以前我叫汪二将这小寡妇卖了，凑个生意本。他妈的，他不听，居然他俩弄起来了！"

"也好。不然，老二到哪里安家去，这个年头？"拎画眉笼的齐二爷庄重地说。

"好在肥水不落外人田。"好像摆花生摊的小金从后面这样说。

汪二的爹爹没有听见，低着头还是默默地喝他的酒。

一九二七年六月六日

疯妇

/// 许钦文

从前，十三四年以前还是这样，在这前后二百余家的泰定村里，妇女们不做活的毋庸说，做活的是唯一的做布；就是把弹松了的棉花卷成花条，由花条绩成棉纱，然后经、织成布。虽然难以严格地分别，无形中大体是分工的。卷花条和绩棉纱是一种人，经、织又是一种人。会经织的比会卷会绩的少；会经、绩的比会织的更少，因为在这村里经布照例只教儿媳妇，不教女儿，以为女儿外向，教她会了，"好笋生在笆外面"，无非令人可惜。所以在这村里会经布的一定已是太太们。自从"放纸船"摇到了这村以后，一般年轻的太太和姑娘们都有锡箔了。因为这比做布的工资较丰，每褙一捆，三千六百张，可得小洋一角。褙得快的两天可完，锡箔大的还得另加制钱二十文。可是年纪大的因为手腕硬了，就是学会了，也是褙不快，只好依然做布。

矮矮的两扇摇门里，短短的明廊前面，一个狭长的小天井，是双喜的家。这时他二十八岁，在过去的二十八年中，他委实还是在上洋的时候多。这些印象留在他的脑筋是很深刻的，那天早晨，他十三岁时的一个春天，天还只怕有白蒙蒙的一点亮，他捎着衣包经过小天井，走出摇门去乘航船，到上洋的酒店里做学徒。他的母亲手捏着一把细竹丝，眼泪汪汪地跟送他吩咐他说："双喜，你爸爸只有你一个，你总要熬点志气，好好地做去，早早出山，那么为娘虽苦也甘心，你爸爸在泉下也高兴；千万不要半途回来，给人叫'回汤豆腐干'，是多么难听呀！"惘惘然一别，他到了十九岁的下半年才得第一次回家乡。嗣后每年至多不过两次，合计在家逗留不过一个多月。他已娶了妻，每天，除非是四时八节或者有祭祀等事，天气晴朗的时候在天井前的廊下，风雨的时候在廊前的堂内，晚上在堂内点着灯，总有个脸孔圆稳稳、矮胖胖的二十多岁的妇人在那里滴得滴得地褙锡箔，她就是双喜的妻。晚上直到十一点过，早晨七点钟就起来。她褙锡箔是比较快的，并且褙的是大锡箔。她自定规律，上午六百张，下午六百张，晚上也是六百张，两天褙完一整捆。如果上午因事少褙了几张，下午就得努力多褙些；如果上午多褙几张，她下午仍褙六百，把可以早息的机位留到晚上去。她每褙二百张，把褙好的拿进房去，未褙的再拿出来，稍微息一息手。她把未褙的一整捆打开，高高地竖在四仙桌上，二百张地拿下，旁边褙好的渐渐地高将起来。褙好的高过未褙的以后，她知道大半已告成功，她心里也就高兴了。未褙的渐渐地低去,已褙的渐渐地增高,"快了,快成功了!"她总是这样想。然而领得了一角小洋二十文钱以后,整捆的未褙的又竖在眼前,褙好的又须从空褙起了。领得的工资呢,三十文买煤油,六十文交给婆婆买蔬菜,留作自己的零用的不过二十多文。开始,告成,开始,告成,两天两天,一个月一个月地过去,究竟为的是什么,她从未切实地想过。这正如她的丈夫在上洋的酒店一样,一天到晚,从柜头跑到店堂,从店堂跑到柜头,三百二十多天的忍受,似乎专为一个多月的好梦。

一天上午,双喜的妻照常地坐在明廊里褙锡箔。灵敏地,迅速地,她把薄薄的锡片搬一页到黄纸上,反转手掌用指头轻轻地整一整,先用"砑头"在四角按几下,然后尽力砑几砑,不绝地做出滴得滴得、叽咕叽咕的声音。这时她穿着绿布夹裤,簇新的月白的包棉袄的布衫外面罩着青布的背心;头发梳得精光,脸上搽着胭脂,这是她的丈夫回来了的记号。——在这村里凡是年轻的妇人要丈夫在家才得花花絮絮地装饰,否则就要被人议论的。——她把秋海棠叶形的耳环也挂在耳边,裹金的调羹簪也插在头上,鞋子也换上了新的,双喜刚给她买归的粉红洋袜也穿在脚上。这虽然是双线袜,但是在她的心中,比什么都还贵重。粉红色的颜色夹在黑的鞋和绿的裤的中间,一般人或者以为太欠调和了,但是在双喜的眼里,却比什么都好看。她的对面,小板桌子的那边,竹制的纺花椅上坐着个五十左右、高颧骨、尖下颚的老太太,手捏着针线,俯着头在那里缝衣服,这是双喜的母亲。

"哼,我好容易把双喜苦了出山,倒给你这婆娘来享福。"

老太太正在愤愤地想,忽然呀的一声,摇门开处,现出一个满脸生着水波纹的老妇人。

"难得,难得!廿六婆婆,你怎么高兴了起来到这里走走。"老主人放下针线,站起来欢迎说。

"真是越嬉越懒,越老越变,整天地只是到东到西地闲逛,可是你也太肯苦了,老了,双喜的娘,像我辈的做人还有几年,真是今朝不知明朝事,许多事情让媳妇大娘去做就得了!"来客说。

"哪有这种福气呀,我!"老主人说完叹了一口气。

"廿六太婆请坐!"小主人停下工作,从堂内端出一把大木椅招呼来客说。

两个老太太一齐坐下,谈起话来,小主人继续工作。

"哦,还说没有福气,真是好福气呀,如花似玉的,又会做,又肯做,这样的好媳妇村里有几个!"

"可是一朵鲜花插在粪缸边了,因为我老太婆的福气实在太差了,也没有个老妈子服侍她,也没有个小丫头供她遣使,只有我的老……"

"你别这样说了。双喜的娘,年纪轻轻的时候总是——"

"啊,廿六婆婆,做人实在是空的,多房媳妇,少个儿子!"

谈话的声音忽然低下,两个老太太的头靠拢在一起,双喜的母亲的嘴接着廿六婆婆的两耳。双喜的妻的动作不由得缓慢起来。

这时她的婆婆所说的她虽听不清楚，是在说她的不好，她很明白，因为她有许多地方使她的婆婆不满意。最大的两点：第一，她的婆婆是会经布的，而她连卷花条、绩棉纱也不会，教她经布是简直无从入手，使她的婆婆有不得其传的慨叹；第二，自从她进门以后，双喜对于母亲常常有不顺从的神气，有时老太太诉说媳妇的不好，他总是不开口，似乎不承认是他老婆的错处。

冬天夜长，到上洋去的航船仍然按照时刻开行。这时天空中还只有绯红的一点光，双喜的妻便送丈夫出摇门去乘航船了。他背着印花布的衣包向前走去，渐渐地模糊起来，后来一点也看不见形状了，她还是呆呆地站在摇门旁边。光明渐渐地战胜黑暗，门前的道路已一目了然，她终于明白，她的丈夫不在眼前了。但她似乎以为这是梦境，醒过来总得仍在一块。

懵懵懂懂地，好像是凭着筋肉的记忆，她量好了米，就捡了点小菜，一个鳌头，一把腌菜，捏起淘箩到后门去洗涤，预备做早饭。

后门是在一个埭的河沿，对岸是块葬地，有许多高高低低的坟墓。埭里的水通一条广阔的河，站在河沿就可望见葬地的那边白蒙蒙的水，是从泰定村到上洋去必经的航路。不知怎么一来，她自己并没有觉得，忽然之间，已把米淘箩等物放在河踏步上，直挺挺地站在高凸的坟墓上了。她的面前只有白洋洋的一片水，但她的眼睛里似乎有一只尖头的篷船，载着她的丈夫飞也似的从东边破浪而来，拨起着无数的泡沫，向西边过去。一只在西边没去，一只照样地又从东边起来。后来有一只将要在西边没去的时候，忽然掉转头来，并且似乎就有人告诉她，说是不再到上洋去了，刹那间双喜就在她的眼前了。

她绕过楼底，将走回到后门口的时候，看见一头白毛黑斑的动物翘着尾巴地蹲在河踏步上，放米淘箩等物的地方。"吓！"她不由得惊嚷了一声，那动物惊着耸了耸身子，就含着鳌头飞奔地爬上一株枯枝的樟树上去了，她追赶到樟树根下，那动物高高地站在枯树枝上，缓缓地将鳌头放在枝权里，用着一爪按住，伸了伸舌头，向她睁着碧油油的两眼，"咪呜——"地叫了一声。她没法赶它下来，想去找一支棒，旋转身去，可是又看见盛米的淘箩底朝着天地浮在水中，渐渐地离开河岸去了。她赶紧跑到河踏步里，蹲在离水面最近的一级石阶上，尽力地伸出手去找淘箩，可是觉得手臂不够长，却看见河底上散着无数的白米，一群小草鱼活泼地游着在那里吞食。

这些情形终于都给她的婆婆知道了，这是免不了被责罚的了，她只得希望应受的责罚早早发生，快快地过去。可是她的婆婆知道了以后却即向外走。她很明白，她的婆婆出去无非去宣传她的不好。于是她的希望只得改为她的婆婆早点回来。只是等着，直到傍晚五六点钟，她的婆婆还是不见回来。

她没有法子可想，也觉得没有事情可做，就把摆在堂内的煤油灯点上。做了一忽的事情，她似乎觉得一忽都难过。

太阳的光渐渐地减退，煤油灯的光渐渐地得势，靠着明廊的窗板也就渐渐地显露真相，倒挂的椽条历历可数了。室内的每件东西似乎都变了条件，而她行走的时候也就有个人忽小忽大地跟着她移动。这样地过了好久，她的婆婆才板着脸孔地回来，仍然不即责罚她，却放声大哭起来了："还做什么人呀，讨得媳妇，连鋈头、米淘箩也……"

一星期以后，"双喜大娘疯了，也不吃饭，也不睡觉……也不褙锡箔，把褙好的锡箔都撕破了。"这消息已传遍了前后二百余家的泰定村。

"我的苦媳妇呀，叫我怎么过日子呀！你要来早点叫我去呀，我要同你一道去呀！……苦……呀……一道去呀！"过了三星期又二天，双喜家里后门的对岸的葬地里，就是双喜的妻站着望过她丈夫的高凸的坟墓旁边，有个五十左右、高颧骨、尖下颚的老太太，坐在一堆新堆成的土旁，凄凉地哭泣。

在双喜家的东边第五间的楼上，临河沿的窗口，有个满脸生着水波纹的老太太坐在那里表同情地想："真难怪她，现在讨房媳妇多为难，一出一进，像双喜的十年难翻身呢！"幸而这些情形一时还没有人写信去报告双喜，他在上洋的酒店里仍得安心地从店堂跑到柜头，从柜头跑到店堂。

一九二三年十月十一日

石宕

/// 许钦文

住在这村里的差不多没有一个不和石宕发生关系。

这里本来并没有一户人家，因为山上开石宕，别村的石匠们往来很不便，而且费时，就在这里建筑起房屋来住下。于是他们的女人也搬过来。于是生下来的小孩子也就在这里养大，而且也就学做石匠，或者给石匠做配偶了。

开杂货铺子的长子泉生，和村里的人都叫他麻花阿昌的做油条的周昌，既没有做过石匠，也不是石匠的亲戚，似乎和石宕没有什么关系。可是倘没有开石宕的石匠们，他们是不会到这里来的；他们所制造所贩运的货物，无非供给在开石宕的石匠们。

因为开石宕比别的工作格外费力，所以同行规定，每天只需做半天工，就可以拿到全天的工资。他们学做石匠或者就是因为贪图工作时间短的缘故罢。可是金生做了半天的工仍然不能休息，每天如此，因为他的父亲已经患咯血症死了。他的额定的工资不能应付家用，便非做额外的工作以增收入不可。而且因为他只会做石作，额外的工作也只好仍然做石作。然而这工作很费力，而且很容易损害肺部，在他二十四岁的时候，也像他父亲地咯起血来了；而且渐渐地无力得不能再工作，终于连呼吸的力气也没有了。

　　于是他的兄弟有水继承他的负担。然而有水只活得二十岁就像他的哥哥地死了，因为他在开始工作的时候身体还没有长成，而家用的负担却不能使他少做额外的工作，年老的祖母、母亲和幼小的弟妹都在等他的供养。

　　铎，铎，铎，……

　　用铁锤敲着铁锥凿石的声音村中时时可以听到。有时哼呀呵呀地起劲地嚷一阵，是石匠们在那里搬移石板或石条。

　　村中的女人们听到了这种声音，知道她们的丈夫或者儿子正在那里努力工作。孩子们听到了，知道他们的爸爸或者哥哥是在那里为他们谋衣食。

　　正是阴沉沉的秋天，因为昨天刮了西北风，天气骤然冷了，石匠们却照常到石宕去工作。妇女们还在灶上收拾碗碟——这是刚才吃早餐用过的——铎铎铎的哼呀呵呀的声音已在那里响起来了。

　　忽然间，全村的人都听到猛烈的轰的一声响，脚下的地面便同时震动起来，铎铎铎等声音突然停止了；巷间的狗乱跑而且狂吠，正在生蛋的母鸡也出神地狂叫起来。他们凭空地感觉到这于他们是不利的，就不约而同地跑到石宕面前去看了。

一大片石块已从高处落在地上了。这是这样大的，想用人力轻易把它移动是万万不可能的。这是因为采取石板和石条总是向里面向底下开凿下去，日子长久了，这山便早已改了形态。表面的石层高高地留在那里，好像一把掌扇在空中张着。现在那边的一大部分即由裂缝折断，突然掉下来了。

二十多个石匠几个东几个西地都好像木鸡地站立在那里。离开掉下来的石块两丈多远的地方歪斜地躺着一条臂膊，那近旁是一颗涂着鲜血的头。三八太娘见了这个，便知道是她丈夫的，于是叫着"天呀！"大哭，而且倒在地上打起滚来了。

在另一处发现一只带着小腿的脚；起初认不出这是谁的，后由小牛从系在草鞋上的布条认定，知道这是他父亲的。于是他和他的母亲都发狂地哭将起来。

人声稍稍静息以后，那石块里面喊着的呼声听得见了：

"救命！救命……"

惊慌得已像木鸡的石匠们定了神，会聚在一起以后，于是查点人数。小牛的父亲和三八以外还少五个人。于是找不着亲人的向那石块大声地发问："里面有几个人？"

"三个。"隐隐约约的声音回答。

"是哪几个？"找不到儿子的有福太娘用劲地问。

"长生，爱堂，阿贵。"

"没有受伤吗？"贵太娘赶紧追问。

"没有。快点想办法使我们出去罢！里面很暗呢！救命……"

于是贵太娘和长生太娘，爱堂是只有年老的母亲的，她们逼近石块，出神地从石缝间叫喊她们的亲人。六只手在那石块上乱摸，似乎想在那里找出一道门，可以使她们的亲人走出来。

有福太娘和九斤的母亲知道了石块里也没有她们的儿子，就到处发狂地凭空呼叫：在石宕的近旁，在村中的各小巷，又在那附近的山野。但都毫无回音。她们在那石块的附近找寻，以为也可以找到一颗或者一件什么，但也毫无所得。后来她们从那石块的脚根发现几处从草地渗出来的血水，知道她们的儿子大概已在石块底下压死了，但是不知道哪一处的是自己亲生的儿子的血。

已经正午了，贵太娘她们拿着饭菜想从石缝间送进去给她们的亲人吃。但是石缝哪里有这样大呢，声音是弯弯曲曲地传出来的。

"救命……"

会聚在石宕前的人们走散以后，石缝里这声音比先前响亮了。

两个妻子都在地上打滚，母亲也倒在地上，头发是早都披散了。

"救命，救救命！"

她们应和地呼喊。

但是，有什么法子呢？这样大的石块，移动固然不可能；凿一个洞罢，这也不是在他们饿死以前所能成功的；因为这石又是这样厚的。

她们是哭得这样厉害：好像想使这石块自己裂开，救出她们的丈夫和儿子来；也像如果救不出他们，自己就情愿哭死。

贵太娘和长生太娘都被她们的娘家人硬拖归家去了，爱堂的母亲也被邻人拖开石宕了。因为他们以为在那石块里面的营救不得，她们是可由他们救护的。

两天过去了，石宕里面仍然不绝地发出求救的呼声。这呼声已经变得这样悲惨，村中的人再也没有勇气走到那里去了。

后来连住在那里附近的人也很不安了，从别处来的经过那里的人总是吓得见了鬼似的发狂地去向他们告慌，因为那种呼救的声音已像什么冤鬼所发的了。

但是，过了不过半个多月，铎铎铎的用铁锤打击铁锥凿石的声音又从山的另一面起来，石匠们又在那里开石宕了；有时也哼呀呵呀地嚷一阵。这并没有人预言过，以后不会再有那样危险的事情，也并没有筹妥预防那种危险的方法。只是因为他们都有负担，不能不做工以得衣食。而在这村里只有这种工作可做，他们也只有做这种工作的本领。

一九二六年

鼻涕阿二

/// 许钦文

一　幼时的鼻涕阿二

　　她在一周岁以内的时候人都叫她作"小毛"，这本是小毛头的普通名词的简称，并不是她的正式的名字。在她满周岁的时候，她的祖母给她取名字，因为是在秋天，正当菊花盛开的时候，就把她名作"菊花"了。于是人多叫她作"阿菊"，只有她的祖母老是叫她作"菊花"。可是一到四五岁，过了孩儿时期以后，就连她的祖母也跟着别人叫她作"鼻涕阿二"了。

　　"二"是排行，她有一个比她大两岁的姊姊。"阿"是发语词。加上"鼻涕"的形容词，或者以为她的嘴唇上老是有着两条鼻涕挂在人中两旁的。虽然她在幼小的时候，因为少有人注意她，冬天给她穿着老棉袄的时候她自己又不能擦去鼻涕，委实常有这种情形；但是所以叫她作"鼻涕阿二"却并不因此。原来松村人如今重男轻女，产生男孩才算正当，产生女孩是很厌恶的。第一个是女孩，因为以为这是"头生"，又以为第二个可是男孩，还不十分厌恶。等到第二个又是不符预期的东西，表示厌恶已极，总是叫作"鼻涕阿二"的。所以，在松村，"鼻涕阿二"实像是个普通名词，不过在菊花的家中是她的特有名词了。——她既生在松村，又生作第二个女儿，"命运"早已规定她；比她的"命运"更坏的，那是差不多只有不会生蛋的母鸡，和贼来不会吠的癞皮狗等人类以下的畜类了。

有人以为她的祖母把她名作"菊花"，是因为以为她像菊花的可爱的缘故么？这完全不是，"菊花"这种名字在松村原是个丫头名字。她的祖母知道当时松村中的丫头已经有了"春桃""秋桂"和"荷花"等，把她名作"菊花"，原是已经当作丫头看待，因为松村中的"鼻涕阿二"大半是卖掉给人做丫头的。而且这个老太太并不以为菊花是可爱的，虽然她常故意地对人说到她家的菊花，那只是以为有菊花在家里似乎是颇有点阔气的罢了。

菊花鼻涕阿二到了十三岁时，她已有了两个兄弟，一个十岁，另一个五岁；她还不曾卖掉给人做丫头。但是，丫头是什么？一问到她究竟是不是丫头，这很有点难说了。在松村，像她家的当时的情况，本可以有一个丫头或者"白吃饭"的，因为松村人不喜欢劳动，只要勉强可以不劳动，总是不劳动的；喜欢奴隶人，只要略有一点点可以奴隶人的机会，总是尽量地设法去奴隶别人的。因为有了她才不去找丫头或者"白吃饭",还是因为没有那种人才叫她做那种人应做的事,这不曾有人考查过。可是她在像做丫头地做是的的确确的。

她所穿着的衣服,不是由她的姊姊穿旧了或者因为人长了衣服不长觉得太小了的,定是由她父母的陈年衣服改做的。就是陈年衣服,质地较好的也得让她的姊姊和兄弟等先挑选。她并不因为没有新衣服做觉得怎么样,但在看人试穿新衣服的时候实在觉得难堪。

她曾穿过一双新的皮底布面的瓦片鞋,那本是做给她的大兄弟穿的,因为做得小了点,他虽也可以勉强穿进去,可是太紧了,痛得不能跨步。她姊姊的脚更大,她小兄弟的脚太小。试了又试,终于觉得大的太大,小的太小,紧的实在是太紧。这一天不知道为着什么,她的父亲特别高兴,忽然,他毅然决然说:"这就给了鼻涕阿二穿了罢。"

当时菊花鼻涕阿二正在一边站着出神地呆看,听了她父亲这话,好像是忽然触着了电气地吃了惊,也像是读了许可求婚的信地喜欢,又像是正在梦的情境中。

她伸出她的颤动着的手去接受那鞋,一拿到手就向她的寝卧处跑去,好像以为只要是新的就一定是好的,于她一定是可喜的了。她的父母等也像以为别人既不适用,于她是一定相宜的了,给了她就已处置好,并不叫她试穿,也不想到于她合适不合适,任她拿走以后,也就各管各的事去了。

她穿着新鞋并非不觉得疼痛，但是痛的感觉被喜欢的兴奋压倒了；她只是脚步跨得很快，好像这鞋原是富弹性的橡皮底的，所以使得穿着的脚步轻快起来了。

她这新鞋只穿得一天，其实还不到一整天，只有一个晚上和一个上午，两个脚后跟就都现出了很明显的破缝，而且被她的母亲看明白了。于是骂她，说她穿得太不当心了。

"怎么一双簇新的新鞋，不到两天就穿破了。"她的母亲用手指着她狠狠地说，"你这贱货，实在是不应该给你穿新鞋的！"

"真是簇簇新的，"她的母亲一见到人就这样说，"不到两天工夫，鼻涕阿二把一双簇新的新鞋穿破了。"

她祖母的口气更是可怕，好像以为不但不应该给她这种新鞋穿，什么新的都是不应该给她穿的样子。她说：

"鼻涕阿二怎能给她穿新的东西呢！"

于是她的姊姊轻视地笑她，她的大兄弟也轻视地笑她，她的小兄弟跟着渠们一同大笑。

对于这事情，她觉得最难堪的，却是息了怒以后的她母亲的话：

"这样一双簇新的新鞋，铜钱且不说，做做也犯难，只是工钱，花脱一百只缺得一双！"

虽然有了新鞋，她依然是在难堪的情境中；不过这不能说是没有变化，本来她是在疲劳厌倦的难堪中的，这时是在又恐慌又惊异的难堪中了。

　　祖母觉得腰痛了，要人给她敲背。儿子儿媳妇的拳头都太重，也太硬，大孙女和大孙儿都上学去了，小孙儿还太小，就叫菊花鼻涕阿二去服侍。可是一两次以后，就是早晚大孙女和大孙儿都在家里的时候，一经腰痛，也总是找着她的了。有时祖母只是凭空地说："啊唷，我又腰痛了。"大孙女或者大孙儿听了会就高声地嚷："鼻涕阿二，快来给娘娘敲背，她又腰痛啦！"

　　声音嚷得很自然，祖母以及别人听了，也都是很自然的样子。

　　有人以为因为她次数敲得多了，有了经验，敲得比别人好，所以一定要找她的么？但是祖母时常说她敲得不得法，而且因此骂她的。

　　她的大兄弟于七岁时就上学。照松村的老例，大儿子是一定给他上学的，只要可能。她的姊姊是自己要求的，可是所以能达到目的，却大半是因为松村新设女学校，一般人都以为有女儿在这神秘的女性窠里是值得注意的，很有点荣耀的样子。给女儿进学校算是一种维新的举动，她的父亲因为觉得当时讲维新的多很得法，也就讲起维新来，除给大女儿进学校以外，又把平顶秋帽藏起，换戴可以折拢放在衣袋里的尖头秋帽，还把绿色小呢的水烟筒袋晒燥，收拾干净，藏在书橱里，出门的时候嘴上含着燃着的纸烟，衣袋里藏着纸烟匣子，见了人便说："新的东西委实不错，带香烟比带水烟筒委实便当得多呀！"她的祖母却因为她一向所信服的赵举人的孙女也已进了"女学堂"，所以并不反对，虽然在发怒的时候往往不以为然地说："大姑娘读书做什么呢？我做大姑娘的时候是只知道绣花的。"

她并非不想上学，她渴望也到那又有"手工"又有"图画"的地方去。她觉得"女学堂"里是很好玩的。她愈觉得家里是苦闷的，愈想到女学校里去。但是不敢像她的姊姊地要求，因为她觉得就是要求了，也是不会发生效果的。她虽不曾正式要求过，却曾表示过意思，露过口气。可是一经她表示，她的祖母就这样说了：

"连鼻涕阿二也想上学了么？鼻涕阿二也可以上学的么？"

她的父母等等并非以为她上了学就要怎么样，只是不能少她供差遣，所以不准她离开家庭。大家都因为她是"鼻涕阿二"，所以她是有供人差遣的义务的。——因为她有供人差遣的义务，所以渠们就有任意差遣她的权利了。

到午到晚先由她淘米，再由她烧火。吃了饭又须由她洗涤碗筷，洗了碗筷还须由她洗涤衣服和袜子等东西。

祖母、父亲和母亲，时常因为认为她把事情做错了而骂她，恶声地骂她，有时竟动手打她。大兄弟等本来还没有确定的错不错的成见，只是因为觉得不如意了而骂她，也是恶声地骂她，有时竟也像父母等地动手打她。

祖母并不是重视女子的读书，但她说是大孙女既然拿出了买书籍的钱，总得好好地读了。上了学的她的姊姊，别人固然看重从那"女学堂"里出来的"女学生"，自己更是自尊了。于是本应由她们姊妹同做的事情，有的是因为有更要紧的事，忙不过来，所以叫她独人去做，有的却只因为认为事情下劣而叫她独做了。

　　她可以反抗么？如果她仍得用姊妹的资格，那当然可以。但她是被人们叫作"鼻涕阿二"的；这是屡试屡验的了，一有争执，如果和她有关，无论是祖母、父亲或者母亲，总是说她错的。这好像是她要和人争执，无论是她去和人争执还是人来和她争执，总之是她的根本大错了。所以渠们一经知道她在和人争执，总就不加审察，也不加思索，迅速地恶狠狠地说：

　　"是鼻涕阿二么？她怎么会好呢？"

　　"怎么鼻涕阿二又要闹事了！"

　　"时常闹事，鼻涕阿二实在是讨厌呀！"

　　而且，她是被认为常做坏了事的。在松村，并非只是在她是这样的，不过在她也是这样的罢了，凡是做事有过失败的总是不好的；就是自己以为并不失败，只要一般松村人认为是失败的也就是不好的了。算为好的人大概都是非"古已有之"不做的，就是"古已有之"的也不多做的，因为不做事才会没有失败，所以松村人尚"藏拙"，有着"毋多事，多事多败"的格言。

　　但是，菊花鼻涕阿二的身体，在姊弟中比谁的都要强壮点。她实在长得比她的姊姊还高了，臂膊和大小腿都比她姊姊的粗大而且结实得多，皮色虽然黄黑点，可是两面腮上的红肉块显露着她体内血液的旺盛，和只是粉白似的她的姊姊比较，实在是有生气得多。

　　父亲从办公处回来了，固然须由她打脸水，倒茶；就是姊姊兄弟由学校里回来了，也得由她代找东西，递给点心。这些都是因为把她认为处在供人差遣的地位了的缘故。但是她总也有偶然得到闲空的时候。她一闲空，她的天真的生命力总就在她的身上活动起来。她做她的玩意儿，把零碎的纸张剪成许多花样，用老虾公的壳做成蜻蜓。在烧火的时候用草尾心编成种种花样，编得许许多多，有仿效别人所编的，也有自己创造的，也有仿效别人所编而加以改良的，同时嘴里还不绝地唱着细声的自由调。

积存在灶窝里的由她用草尾心编成的花朵被人发现以后，大家大大地惊异，她的姊姊更其爱玩它。这原是寄托她的小生命的于无意中形成的作品，也可以说是也就是她的"苦闷的象征"。于是都赞美她，父亲母亲都好像因为生了这样能干的女儿而得意。连祖母也很高兴，似乎以为她家的人连鼻涕阿二都这样能干，足见她家原是很好的；虽然她的眼睛已经老花，又不用劲注意，终于不曾看清楚，她家的鼻涕阿二所编成的草花究竟是怎样的。

草花姊弟委实都很喜欢。姊姊要得最多。但是因为送给同学，分配不够，还要她添编。可是她因贪编草花一不留意把饭烧焦了。因此，听了母亲的骂声她又听祖母的骂声。——从此，本是有趣的游嬉也变为苦痛的工作了。然而她的姊姊还是一再地要她添编，她也不敢拒却。

这种事情本是不应该强迫人的，也是无须受人的强迫的。但是松村原有着"多能多劳"的话，就是，会做的事就得给别人做，不会做倒是不要紧的。譬如会画花的，到了夏天就有给人画扇面的义务；会写对联的，亲友有了喜丧事情固然要渠写，就是亲友的亲友为着亲友的喜丧事情也就要渠写。做了就了，否则就见怪，不论渠是为着什么而不做的。她的姊姊向她表示这要求的时候虽然是笑着的，但她觉得好像是笑里藏着刀的样子。

或者以为她的姊姊知道了她有这样的技能，要求她多多地编了草花，对于她的态度总得改变点了。可是只有正在要求她的时候把称呼上取消了"鼻涕"两个字，其余一切都照老样，以后依然都是老样。而且，只叫她作"阿二"，这原是简称也很难说，她们母女等急于要她做事的时候往往简称她作"阿二"，其实"鼻涕"两个字是有的，只是非常短促，所以远远地听起来，好像是在叫作"荸荠"了。

这是应该带便声明的，就是，她的姊姊虽很喜欢这种草花，用着种种手段去弄这种草花，但是自己并不学做，也并不想学做，也并不以为自己是一定做不好的，因为并不曾这样想过。这也是松村人所习以为常的，这个姊姊委实是在松村的环境中生长起来的。

七个人围着矩形的小板桌一道吃饭，各人都有老位置，祖母独人坐在上位，父亲独人坐在下面，母亲和小兄弟并坐在右边，姊姊和大兄弟并坐在左边，菊花鼻涕阿二站在左下角上。祖母因为年老，小兄弟因为幼小，固然都要她盛饭。父亲母亲因为尊重，也要她盛饭。姊姊和大兄弟起初只是贪便，后来以为乐得劳她，也是要她代为盛饭的。虽然她吞咽得很快，因为她的饭碗被她捏着的时候还是摆在桌面上的时候多，所以她总是最后吃了的。祖母吃好了饭，总就坐在一旁捏起她的细长的"乌烟管"来抽旱烟，往往喷着烟雾缓缓地说：

"你们看，鼻涕阿二委实是丫头相，她总是好像吃着偷来的东西的样子。吃得这样快，吃到背桌子了还是吃个不了。"

说了总就轻轻地咳嗽几声。应和她的十次有九次是母亲，所说的话也是有公式的：

"还有走路呢，总是得得地响，真是丫头相！"

因为她常穿着钉着火炮钉的旧鞋，所以走起路来往往有声音从她的脚下起来。

她们婆媳这样照例地唱和，不知道已经有了多少次。可是在谈的时候似乎都还是第一次，说得很是有劲，好像是发现了真理，悟到了什么的样子。

一天，她姊姊的同学来访，同时到来两个，一个胖点高点，另一个瘦点矮点。胖而高的头髻梳在前额上，是蝴蝶形的；瘦而矮的脑后拖着发辫，上下都扎着大红头绳。她们看见了她就都问她的姊姊：

"是你的妹子么？叫作什么妹妹呢？"

"鼻——"她的姊姊回对她们，"阿——菊妹妹，她是我的菊妹妹。"

于是她们都叫了声："菊妹妹。"

菊花鼻涕阿二一时不免张皇，定了定神，也就现出高兴的笑脸来了。

"这位就是秀兰姊。"她的姊姊指着瘦小的同学为她介绍说。

"哦，秀兰姊！"菊花鼻涕阿二随即叫了声。

"这位是靖贞姊。"她的姊姊指着高而胖的同学又说。

"哦，靖贞姊！"

"多少年纪了？"靖贞姊同学看着菊花鼻涕阿二问。

"十三岁。"被问的人回答。

"还只十三岁，倒是长得高，"秀兰姊同学说，"我也是十三岁，不知道是谁大，生日是在几月里呢？"

"七月里。"被问的人又回答。

"哦，我还得叫你作姊姊呢，菊姊姊，刚才叫错了，还得请你原谅！"

菊花鼻涕阿二听了"菊妹妹"的新名称，又听"菊姊姊"的新名称，委实有点喜欢得忘形了。可是她有她的生命力使得她活动，她仍自然地应对，也就向着瘦小的来客叫了声"秀兰妹"！

她们亲亲热热地谈笑，不时"姊姊妹妹"地称呼，愈谈笑愈加亲热起来了。

来客打算告辞了，姊姊留客，她也帮同留客。来客决定走，也就预备走了。

"一道出去玩玩罢，"秀兰姊——虽然菊花鼻涕阿二已改叫她作"妹妹"，但是她的姊姊依然叫她作"秀兰姊"，——的同学招呼说，"菊姊姊也去！"

"自然也去，"靖贞姊同学附和说，"是很难得的，一道去是很好玩的！"

四人同行，菊花鼻涕阿二好像原是队伍中的人，她自己也并不觉得不像样。但是，走出门口以后行得不到十步，她的母亲赶出门去，就大声地叫唤她了：

"鼻涕阿二，你到哪里去？晚饭归谁烧？"

只停得小半分钟的样子，她正在开始踌躇的时候，她的母亲又在她的背后重声地说了：

"还不当即回转去淘晚饭米吗？时候已经不早了，还想怎么呢？晚上我问你，鼻涕阿二！"

二　拒绝亲吻的悲剧

当时的松村，不能说是没有进步罢，设立了女学校以后不多久，就又设立起简字学塾来了。虽然不久就停办，而且学校里也就恢复了读经，着实有过开倒车的事情，但那是另一问题。正当简字学塾成立的时候，总不能说是没有进步的罢。

因为上课是在晚上，所以菊花鼻涕阿二有加入的可能。至于她的父亲所以许她去上课，她的祖母所以不反对，全和她姊姊的上学一样，就是因为这也是维新的举动；当时讲维新的对于这种事大概只加以劝导，不加以阻止的。举办塾务的又是乡董赵举人；虽然实行其事的，是由钱庄伙计转成幕友的赵师爷子香点王。但在她祖母的耳朵所听到的，却是赵举人的名义，所以老太太并不反对，只是于黄昏时分腰痛了无人敲背的时候，"屠头屠脚"地骂人罢了。

到了十五岁的菊花鼻涕阿二，身子固然长得比她姊姊的高了，脸上的两块腮肉更其红得鲜明了，眼睛和皮肤上好像都已涂上了一层富于光泽的油。如果加意观察，可以看出她的胸部颇有点高突的样子。肉的丰满和腿的粗壮，更其使得爱好强壮的喜欢她。总之她是很有点像正在由蕊开放的花的可爱了。

简字学塾原分男女班；菊花鼻涕阿二虽在妇女班肄业，但是男女各班并设在松祖祠里，出入的时候是有和"男塾生"碰到的机会的。

"人刀手尺……牛羊犬马"，菊花鼻涕阿二读得很有滋味。上课前后又得和"同塾"闲谈。她觉得"同塾"都很和气，都很可爱；同班中固然没有像她祖母的凶恶的，也没有像她母亲的厉害的。就是"男同塾"，也都是尊重她的，碰到了的时候总是笑嘻嘻地对付她的。无论是同班的或是各班的，"男同塾"或是"女同塾"，会见的时候总是很亲热地叫她，有的叫她作"白菊花姊"，有的叫她作"白菊花妹"。

她从听闻知道，"男同塾"中泥水匠阿恩年纪最大，已有四十二岁了。木匠阿龙最聪明，字写得很好，每张都有双圈，"教习"时常称赞他，说他是有希望的。

时令虽然还没有到应放暑假的时候，但在人数众多的室内，已经觉得太热，一下课就须赶到室外换吸新鲜空气了。菊花鼻涕阿二等的课本，已由"人刀手尺"读到了"牛耕田，马拉车"。她觉得愈读下去愈有滋味了。

喜欢的情绪常在她的脸上跳跃，得意的兴致常使她的四肢灵活地活动。因为点煤油的保险灯容易被风吹灭，一有风就得把窗门如数关上。也是因为读书太用劲了的缘故罢，她常是满脸油汗，好像是一朵满着露水、初在晨间开放的花。可是正因为她这种种，一幕滑稽的悲剧就此开始酝酿了。一个月亮半圆、天晴气清的晚上，她因为在这一天家里的事特别多，时候迟了，匆匆地赶去上课。到了松祖祠的门口，她看见有一个二十岁左右长白脸的少年从门里出来。从他的手里捏着的花布书包，她知道他是自己的"同塾"，却不知道是谁，只是有点面熟罢了。

"白菊花妹！"那少年却一见了她就这样叫她了，"是刚刚来的么？"

"是的。"这样应了，她只是一眼不瞬地注视他。

"就回转罢，今天教习都告假了。"说着他就停止了行进。

她也就停止行进了，仍然瞪眼看他，嘴里轻声地说："你是什么哥呀？我还叫不来名字呢。"

"我是龚阿龙。"他立即回答。

"哦，就是龚阿龙哥，"她惊异地说了，不觉现出高兴而且得意的神气来了，"怎么以前会不知道，你是常常给教习称赞的。我的名字你倒早已知道了。"

　　龚少年听了她这话，就很得意了，也就高兴地说："我怎会不认识你，哦，你，我是——白菊花妹，你就回转，我们一道走罢。"

　　如果是在家里，菊花鼻涕阿二对于初识的青年男子，未必会这样地自然。这时她是正在兴奋中，她对于"同塾"委实当作都很可爱、都是很可亲热的看待的。只怕对付不好，她毫不想到要不要对付的问题。

　　龚少年跟着菊花鼻涕阿二在月光下的大路上行走，两个人影随着渠们缓缓地移动。渠们一问一答地谈笑，她在听他问答的时候老是哎哎地应和。他是老是唔唔地应和她的。渠们先都约略地探问对方的身世，随即随事论事，论到天上的星，论到空中的蝙蝠，又论到路旁的草。他直送她到她家的门口。她跨进了自家的门，才觉得异样起来，以为怎么会在这样的夜里，被这样的男人跟了这么多的路，而且和他谈了这么多的话。

　　第二天，刚退下第一堂，菊花鼻涕阿二独自在松祖祠的后天井里散步，正在暗诵刚受了的课文，"父种田，母织布……"忽然面前出现了个人形，却看不清楚是什么人，因为月光和灯光都没有直接照到这天井。同时她的右手上搁着了件东西。她心里正在诧异，手却凭着不随意神经似的把那东西捏住了。她的手一经捏住那东西，面前的人形一会儿就不见了。

　　她惊异了，连忙跑到明亮的地方去察看手里的东西，知道原是个纸包，上面写着几个字：

纸包乙个，内送里，白菊花古娘小姊收。

龙

她略略感到得意，仍然惊异，也就赶紧打开来看。打开了包，就先见到一个字条：

全川纸二刀，洋笔乙支，十里红乙支，小刀乙巴，送巴白菊花古娘小姊。

龚阿龙鞠躬再拜

她虽不认得龚字，阿字是早就认识的，龙字也刚读过了，一看到有着两个龙字，就知道是龚少年送她的了。她检点东西，果然是两刀荆川纸，一支十里红的毛笔，一把小刀和一支双 B 鸡牌的红皮铅笔。

她就用小刀把铅笔削了头尖，却把有牌号的一端削尖了，她用铅笔在荆川纸上写了几个字，她就觉得有意思了。想到了这些东西的来源，她觉得这件事情有点神秘，也就觉得这些东西都是神秘的了。

她想去向龚少年道谢，但就以为这是不妥当的。为着什么？并没有一定的理由，只是凭空地这样感到。她又想把这些东西如数去交还他，但是也就以为是不妥当的；自然也是并没有一定的理由的，只是自然而然这样感到罢了。

　　终于她把这些东西照原样地包好，放进书包里面，照常地上第二堂课了。

　　收到礼物以后第三天的晚上，菊花鼻涕阿二上了课，独自走回家里去。路被月光照得很亮，连石板缝也可以看得很清楚。月亮在她右旁的蔚蓝的空中露出鹅蛋般的脸来，向着她不绝地微笑。走过了松村桥，转了弯，月亮转到她的背后，她的面前就现出一个黑影来了。她在一条细长的石板路上走着，路的两旁都是青草地，前面是一所楼房的砖墙。走到了离墙只有两丈多远了的地方，她就在那粉白的墙上发现一个人头的黑影。她仍一步一步地向前进行，黑影上项颈下面渐渐地添露人身的黑影，并且渐渐地腾高，终于形成她自己的影子了。

　　菊花鼻涕阿二索性站住，细看她的影子了。她摇一摇头，那白墙壁的银幕上的形态就起变化；她擎一擎手，那形态也就发生变化。她就觉得自己的影子玲珑得非常可爱了。正在感到得意，忽在她影子的脚旁显露出个人头形的黑影来，也就渐渐地添露身子，正如刚才她的一样，同时又听到一种单皮底鞋摩擦石板的声音。她小小地吃了惊，不由得旋转脸去探视了。因为月光很猛，她把眼睛细了细。

　　“哦，白菊花妹！”

　　一旋转脸，她还没有看明白来人的脸相，就听到了这呼声。

　　只从这呼叫的声色，她已知道这是木匠阿龙龚少年了，也就叫了声“龚阿龙哥”。

"怎么你走得这样早，而且走得这样快？"龚少年随即向她问，"我以为你还在课堂里，在门口等了好久呢。"

"如果回去得晚，阿妈又要多话，娘娘还要骂人呢。"

"可是今天总要请你稍微迟点回去了！"

"为什么？"

"我要同你谈谈天呢！"

"谈什么呢？"

"这一个送把你！"

说了，他就擎起一盏玻璃灯来。玻璃擦得很透明，插在中间的红洋烛可以看得很清楚。擎起以后他就把它送到她的身边去。到了她的手边，她就把它捏住了。

但她当即把玻璃灯交还给他，说："今天有月亮，我用不着这玻璃灯。"

"给你在没有月亮的时候用的。"他连忙补充地说。

"没有月亮的时候我有纸灯笼。"她拒却地说。

"那没有这灯亮，也不便当。"说了他仍把玻璃灯送给她。

"可是我拿不回去，家里也没有地方可以藏，给家里的人看见是要责骂的。"

听了这话，龚少年不免感到失望。但他只于玻璃灯感到失望，以为这无非是微小的失败。他对于她还有很大的希望，而且因为他这希望太大了的缘故罢，他把这小小的失败的小节早已置之度外了。他委实毫不悔心，就伸过手去把她的手握住了，而且非常亲热地说：

　　"白菊花妹，你真好呀！"

　　菊花鼻涕阿二已由玻璃灯联想到了荆川纸和十里红的毛笔，以及铅笔和可削铅笔的刀，觉得龚少年的握手不好意思拒却。她对于他原是只有好感，并没有恶感的。在她的眼中，他实在是个完美的男人，实在也是不愿意拒却的。

　　不知道是由于他传达到她的，还是由她传达到他的，渠们的手接触以后，老是不绝地颤动。她的心更是猛烈地怦怦地跳跃。

　　"白菊花妹，你真好呀！"

　　龚少年照前地说了，菊花鼻涕阿二觉得应该回对他句话，但是一时想不出适当的话，觉得很是为难，终于只得向他笑了笑。于是从唇间露出她的细洁的牙齿来，被月光照着，瓷质反射出精亮的光，把她的脸庞点缀得更加鲜丽了。

　　"白菊花妹，你真好呀！"

　　她照前地笑了笑。

　　渠们的手颤动得更厉害了。

　　龚少年觉得舒适，但也惊慌。他觉得他的身子正在飘飘然轻浮起来。他感到甜蜜，但也感到不满足。

　　他觉得自己做不得主了，但是并没有人主使他；他忽把玻璃灯放在地上，也就放掉正被他紧握着的菊花鼻涕阿二的手，随即张着两臂向着她揪抱过去，同时俯下了头，迫切地说：

　　"让我亲一个吻罢，白菊花妹！"

他的手刚到她的腰间，他的上嘴唇将要在她的前额接触的时候，他听到啪的一声，嘴巴上就得到一种压觉，接着她的声音狠狠地说："你这小活鬼！"

一只手移开龚少年的面前以后，菊花鼻涕阿二就伴着她的影子飞也似的跑去了。

菊花鼻涕阿二慌忙地到了家里，好像以为对于龚少年责罚得还不够，就告惊地，也像是求援地，和她的父亲说：

"阿爹爹，龚阿龙哥想在路上抱我！"

因为她的神气已有点反常，她的父亲早在注意她，听了她这话，不由得起劲地问她："哪一个龚阿龙？"

"就是做木匠的。"

"那是岂有此理？他简直是畜生！"

父亲这样说了，母亲就责备自己的女儿了：

"叫木匠佬做阿哥，鼻涕阿二实在是自己先做轻骨头，怪不得游荡光棍要来看想了！"

祖母也就露着没有牙齿的牙床大声地骂人了：

"不是早经说过，大姑娘书是不用读的；又是男女混杂，又是黑夜里，怎会弄出好事情来呢！"

于骂声中，菊花鼻涕阿二记起把书包丢在路上的事来了。父亲也已决定赶去问龚少年。于是父女一道走出门去。

龚阿龙这位少年却像以为还不够使人厌恶，也像以为被责罚得还不够数，白家父女离开了门前的照墙，他就挟着连同他自己的两个书包,一摇一摆地寻上门来了。"你就是木匠阿龙么?"菊花鼻涕阿二的父亲见了来人就用劲地问。

"是的,"龚少年低声下气地回对,"我是来给白菊花妹送还书包的,因为她把它遗落在路上了。"

"谁要你来叫她作'阿妹'?你这游荡光棍!"菊花鼻涕阿二的父亲愤愤地说了,就在龚少年的脸上打了个耳光,很响的啪的一声。

"怎么就动手打了呢?"龚少年惊异地无聊地说,"白点王,我是来送还书包的呢!"

"还要多嘴,你刚才做了什么事?你这游荡光棍!"

菊花鼻涕阿二的父亲擎了擎右手臂,龚少年的脸上又发出很响的啪的一声。

龚少年不再作声,木鸡似的站着,好像正在踌躇,也像觉悟到了自己的错了,所以毫不表示反抗。

静寂一会儿以后,菊花鼻涕阿二的父亲在龚少年的身上尽力地一推,挂在龚少年捏着的铜链下的玻璃灯猛然撞在照墙的砖上,乒的一声,铜链的负担骤然减轻分量了。菊花鼻涕阿二吃了惊,叫着"爹爹"哭起来了。右邻王家的黄狗从狗洞赶将出来,不绝地汪汪地狂吠。斜对面张家的狗也就从墙内连声"呜汪汪,呜汪汪"地响应了。

菊花鼻涕阿二的母亲听到了噪声,赶紧跑出门来,见了龚少年,就"屠头屠脚"地大骂。不久菊花鼻涕阿二的姊姊和大兄弟等也就赶到：姊姊帮着母亲骂"小活鬼"，大兄弟和小兄弟只是嚷着"呵呵"助威。渠们回家走到门前的时候，祖母老太太还在门口站着，露着没有牙齿的牙床，凭空缓缓地恶骂："屠头呀，你这游荡光棍的屠头呀！……"

人散以后，月亮依然在蔚蓝的空中露着鹅蛋般的脸，在那里不绝地微笑的样子。照墙脚下的碎玻璃片不停地发出闪烁的彩光。不知道是哪里的什么样子的狗，还是远远地吠个不了；于隐约中，可以听出发那吠声的本体，并非只有一两个的数目呢。

三　拒吻悲剧的余波

因为菊花鼻涕阿二拒绝龚少年亲吻，闹成悲剧以后，余波所及，于松村很生影响，这可以分作几方面来说：

第一方面是关于木匠阿龙龚少年的；

第二方面是关于菊花鼻涕阿二的父亲的；

第三、四方面是关于简字学塾和菊花鼻涕阿二自身的。

木匠阿龙龚少年因为求吻不遂，反被人打了两个耳光，晚上老是红热着脸，睡着得很迟，第二天也就起得很晚了。

他一离床，就发现了插在玻璃灯中的红洋烛已经缺少了一部分，而且在断去的地方现着齿形的曲刻。他把这灯当作仍有玻璃地摆在桌面上，洋烛自然要被老鼠啃去的。

正在对着残留的洋烛和没有了玻璃的灯慨叹，他忽听到咚咚咚的打门声，接着"阿龙，阿龙！"开竹管声音似的接连的叫声。

他还以为是有人来叫他去做工了，开出门去才知道原是地保乌烟阿宝。

"你怎么啦？"乌烟阿宝一见龚少年的面就用地保的口气问他。

"什么怎么？"龚少年摸不着头脑地回问地保。

"什么？"乌烟阿宝起劲地用他的开竹管似的声音响亮地说，睁大着眼睛，神气很是凶狠了，"白点王已经如数告诉了乡董，现在是赵老太爷差我来的，你昨天晚上闹了什么事情？"

龚少年到此才明白地保的来意，也就惊慌起来，又像木鸡似的站着不动了。

"赵乡董本来打算当即把你赶出村境的，"乌烟阿宝照前地说，"现在我已代你向各方说了情，只要你两对足红烛，四百红鞭，亲到白家的祠堂里和神堂下去叩头。这是十分便宜你的，因为有我代你出力，只要你自己明白就好了！"

龚少年终于亲自拿着红烛红鞭去谢罪，又给了乌烟阿宝六角小洋的地保钱。

他为什么不反抗？不愿反抗，不敢反抗，还是不能反抗？

他是因为觉得就是反抗了，也是无益，所以不反抗。或者以为松村这种社会，就是没有人来赶，也可以自动地走了。但是可以走到哪里去呢？松村的四周，东是梅村，南是槐村，西北是柳村和桃村，都是和松村一式一样的。原来这五村都是属于鲁镇的，松村的所以这样，原因为大范围的鲁镇是这样的缘故。然而，大而鲁镇，小而松村，所以会形成这种社会，而且并没有就会改变的情形，原因为龚少年之流诸事不反抗，因为觉得就是反抗了也是无益的就不反抗了的缘故。这在松村实在已经习以为常。木匠阿龙龚少年确是个松村人，原是在松村的环境里生长起来的。

龚少年亲自拿着红烛红鞭谢了罪的当天晚上，吃了晚餐，他仍然挟着他的书包走向松祖祠去上学。可是进了松祖祠，一见了他，"女同塾"就远远地避去，"男同塾"都向他嗤嗤地笑了。他感到异样，觉得自己好像是个生客了。

走到了暂作"教习室"的客堂门前，龚少年看见有许多"同塾"都仰着头脸，于稀薄的路灯光下在那里看一块牌示。他走近去，也就仰起头来看了：

为牌示事：

　　查高级班塾生龚阿龙，行为不端，有犯塾规，应即斥退，以资惩戒，而儆效尤。姑念该生平时尚知努力塾业，准免其缴还笔墨书籍。

　　特此牌示。

塾长赵鸿示，六月七日。

双轮子的人力车，在松村也是维新以后才通行的，叫作"东洋车"，坐的人多半是讲人道主义的，因为松村本通行着把乘坐的全重量如数放在肩上的轿子，所以比较起来，乘坐东洋车可以算作抱人道主义的了。乘坐这种车子的自然也就是讲维新的,因为在松村,"人道主义"也是新有的名词。自从一个处斩刑的犯人坐着这种车子上法场去被执行以后,一般反维新的就把这种车子呼作"杀头车",于是连讲人道主义的维新家也就不坐;车子渐渐地减少,终于绝迹了。

维新以后,"自由恋爱"这名称也就可以在松村听到,本还作为有趣的话,自从一只大黄狗和一只癞皮狗在路上交尾,被人呼作"自由恋爱"以后,就变作污秽的名称了。

菊花鼻涕阿二的父亲因为这两桩事情,对于维新,本已渐渐地感到不妥,很有点怀疑了;但仍继续维新,只是于维新中择善而行,择妥而从罢了。自从龚少年向他的女儿求吻,这事被人传作"自由恋爱"了以后,他就大大地懊悔,好像深悟前非,打算从此痛改,以为既知今是而昨非,自当"从前种种譬如昨日死,以后种种譬如今日生"了。愤恨助他决断,菊花鼻涕阿二固然不得再到简字学塾,她的姊姊也就被他严令禁止上学了。

于是他就停吸纸烟,仍然带着蓝色小呢的水烟筒袋出门,见了人便说:"新的东西究竟不如旧的好,古老人所做的终究是不错的。你看,半包皮丝可吃十把日,两盒香烟吃不到三天,价钱却是相同的,吃皮丝才合算呀!"

到了秋天,他又戴上平顶的秋帽,不再想到尖头秋帽可以折拢放进衣袋的便当了。

简字学塾停办的原因,据"教习"报告,是因为没有了"塾生"的缘故，说是因为"塾生"没有了才不去授课的。可是"塾生"的报告，却是因为没有了"教习"的缘故，说是因为没有了"教习"才不去受课的。究竟为着什么，终于没有弄清楚。总之这倒是很的确的，就是因为"教习"也没有了，"塾生"也没有了，所以停办了。

而这也是很的确的，就是龚少年向菊花鼻涕阿二求吻，这事被人传作"自由恋爱"以后，"妇女班"中的人数突然减少，只剩得几个很小的和长大的，随即连男性的"塾生"中也骤然少了青年的分子了。

由龚少年送上门来交还的菊花鼻涕阿二的书包，被它主人的父亲从龚少年的手中拿来带回家里，一到堂前就被掷在八仙桌上了。菊花鼻涕阿二的祖母看见了它，就一摇一摆地走近它去，把它打开，把内中的课本如数撕破了，连赠品的荆川纸也撕破了许多张，把小刀和铅笔放在地上踏了几脚，随即露出没有牙齿的牙床来，颤动着头脸狠狠地说："如果再不下点辣手，总说我做大人的太没有牙齿了！"

说了就把书包布团拢，交给菊花鼻涕阿二的母亲，吩咐她说："这将来可以给小兰用的，以后大姑娘不准再读书！"小兰就是菊花鼻涕阿二的小兄弟。祖母说了就向他瞪了一眼，他也就回瞪了一眼。

因为龚少年向菊花鼻涕阿二求吻的事，松村人当作了大黄狗和癞皮狗交尾的自由恋爱传论，因之菊花鼻涕阿二在家里的称呼为之一大变，除非父亲和兄弟，老是叫她作"贱小娘"了。祖母叫得最多，也叫得最有神。譬如是在觉着了腰痛的时候，总就这样说："贱小娘呀！为什么还不来敲背呢？"

有时因为相距很远，叫了不能就到，就又大声地责问：

"贱小娘鼻涕阿二，为什么还不来？"

在松村，"贱小娘"本是个普通名称。"贱"是形容词，"小娘"是指小老婆、妓女或者土娼而言。"小娘"上面加一"贱"字是鄙视不知守贞操。但在菊花鼻涕阿二的家中，转成她的特有名词了。在祖母的口中固然，在母亲的口中也是这样，譬如叫她去烧火的时候，她的母亲总就这样说："贱小娘，快到灶下去烧火！"

更其可以证明这名称的转变的，就是在祖母或者母亲嚷着"贱小娘到哪里去了"的时候，菊花鼻涕阿二听了会应声说："哦，我就来了。"

她的姊姊不大当面叫她作"贱小娘"，却常于背后叫她这名字，譬如因为有事找她的时候，往往探问她们的母亲说："阿妈，贱小娘到哪里去了？"在发现了做坏了的事情的时候也会这样说，"这一定又是贱小娘做坏的。"所以，在这个姊姊的口中，"贱小娘"这名字又像是菊花鼻涕阿二的特有的代名词。

总之，如果"贱小娘"是个好名称，那么菊花鼻涕阿二从拒绝龚少年的亲吻，被人传作"被木匠阿龙自由恋爱了"以后，可以说是加了一个徽号，祖母和母亲在怒着骂她的时候都叫她作"贱小娘鼻涕阿二"了。

可是这名称终究是被鄙视的记号，菊花鼻涕阿二自从拒绝龚少年的亲吻，被人传作"被木匠阿龙自由恋爱了"以后，不但不能再到松祖祠里去，而且不得任意到门口以外去了。如果无故跨出门口去，被她的祖母或者母亲看见了，就要遭同样的骂的。

"贱小娘鼻涕阿二到哪里去呢？又要去滥人了么？滥人滥得还不够么？轻骨头，骨头痒了么？又非打不可了么？"

菊花鼻涕阿二自从拒绝龚少年的亲吻，被人传作"被木匠阿龙自由恋爱了"以后，一经自行出门，她的祖母或者母亲见了，总就唠唠叨叨地将前面所说的骂语如数说一遍，固然两人相同，而且先后也是一样的，好像原是个留声机器，而且一开就非唱了一遍不可。有时菊花鼻涕阿二因为听到了骂声，早已回进屋里，但是骂她的人还是当作她还在外面地骂个不了。

祖母是常在眠床里的，母亲也是常在房里的，本来菊花鼻涕阿二在门外偷偷地玩一阵是容易办到的事。但是她们婆媳有她们的侦探，使她不易有轨外行动。这侦探并不是外人，就是她自己的姊姊和兄弟。渠们对于她本也是同胞姊妹，但是渠们只把祖母和父母等认作同类，却把她认作仇敌了。

为着恐怕挨骂，不私自出去是自己可以做主的，但是菊花鼻涕阿二须供人差遣，她常为着三文钱的醋或半斤的黄酒被差到外面去，如果回来得稍晚，就要挨骂。出去的时候走得太快了也是要挨骂的：

"并不是要你去报死，何必走得这样快，赶去滥人么？贱小娘终究是轻骨头！"

　　总而言之，菊花鼻涕阿二本为家里的人所轻视，从拒绝龚少年的亲吻，被人传作"被木匠阿龙自由恋爱了"以后，愈加被轻视了。本来虽被轻视，只是把她当作不是好的看待罢了。如今是把她当作有着坏处的看待，把她算作不祥的东西了。

　　松村人重视童贞，譬如"摇会"，急于"先进会"的总是找童子或者处女去代摇。菊花鼻涕阿二本来常被邀去代做这种事情，如今没有人再叫她去代做。岂但如此，还常有人向着她叹说："哦，本来又可以要你去代，阿……"

　　从拒绝亲吻的悲剧发生以后的第三天起，松村接连着下了一个多星期的雨。各人都觉得沉闷极了，于是由姊姊发起做"扫地娘娘"。做好以后，刚要照例地从菊花鼻涕阿二的手指上刺血，祖母知道了立即阻止说："滥了人的贱小娘的血还可以用的么？如果用了她的血，恐怕雨要下得更加长久了！"

四　悲剧余波的余波

　　已经说过，菊花鼻涕阿二从拒绝龚少年的亲吻，被人传作"被木匠阿龙自由恋爱了"以后，家里的人更加轻视她了。因为要表示更加轻视她的缘故罢，祖母、母亲和姊姊常于闲空的时候戏谑她，瞪眼看着她鄙视地笑。有一次，祖母就于戏谑中指着菊花鼻涕阿二断定地说："贱小娘这种滥人精将来只配嫁给换料客人了！"

松村把人粪叫作"料"。在松村，差不多每户人家都有一个料缸或者料池，把人粪积存着等种田的人来买。"换料客人"就是收买人粪的农人。他们总是在早上到人家的面前去叫："换料呀，换料呀！料有没有？"

松村虽也有人说是以农立村的，但是对于农人并不重视，更其是对于"换料客人"，好像以为这是村人中最下流的样子。这好像和一般在都会上的小姐们的心理差不多，以为车夫原是最坏的人，所以在骂政客们的时候她们总是这样说："他们的居心真像车夫地坏了，他们实在是像车夫一样地讨厌了！"说是菊花鼻涕阿二只配嫁给"换料客人"，也就是把她算作最下流了的表示。

一个有月亮的晚上，菊花鼻涕阿二拒绝龚少年的亲吻，被人传作"被木匠阿龙自由恋爱了"以后，过了两个多星期的时候，祖母又说到菊花鼻涕阿二只配嫁给"换料客人"了的事，接着又说：

"将来她乘着料船上市去，坐在料船头上，换料客人的老公摇着船……谁叫贱小娘要滥人，骨头轻只配嫁给换料客人了。"

松村是水村，搬运东西不像都会上的十有八九靠车子，也不像山乡里的老是肩挑，差不多全是利用船的。"换料船"就是农人搬运肥料的船，在船中算是很下等的。

当时菊花鼻涕阿二也在一旁听祖母的话。她曾见过坐在"换料船"上的女子，曾经有过好几次，有两次她还能很清楚地回忆起来，不过她们都是坐在船尾上的，都蓬着头，身边摆着竹丝斗篮，篮里是酱油瓶和麻油碗一类东西。摇那船的都赤着脚，其中有一个头上还盘着辫子。另一个因为戴着凉帽看不清楚，不知道是否也还留着发辫。他们的脸都是黑紫紫黄老老的，手像是枯老的树枝，脚上满涂着泥，裤脚上都缚着稻草绳。

她又回想起木匠阿龙龚少年的长白的脸孔来，两相比较，她觉得龚少年可爱得多了。但她觉得和那长白脸的龚少年不能发生关系。

菊花鼻涕阿二想见了自己的"命运"，不由得悲哀起来，几乎放声大哭了。

从此以后，一听到"换料呀，换料呀！"的声音，菊花鼻涕阿二的心就会不期然而然惊动起来，因为这种声音能使她设想起坐在"换料船"上的情形来。所以一有了这种声音，她总早就远远地躲避了。可是自家"换料"的时候她是无法躲避的。在她觉得十分讨厌的是退了学的"女学生"的姊姊，和老而不死的等死的祖母。她们，姊姊是要卖弄聪明，显扬清高以破她的烦闷；祖母是要任意苦人作乐以解她的无聊，所以菊花鼻涕阿二愈表示觉得苦恼，她们愈加得意了。

只要是在一起，"换料客人"一到，她们总是瞪着眼看看菊花鼻涕阿二，又看看"换料客人"。等到"换料客人"一走，她们总就议论起来，一大套话又要像留声机器地开唱了：

"这个换料客人倒不错，又高又大的。"姊姊说。

"可是打起老婆来也是很厉害的，你看他的脚手多么粗大！"

祖母说。

"如果嫁了给他，倒是不怕邻舍隔壁欺负的了。"

"可是在打老婆的时候，邻舍隔壁也是不敢来劝的了。"

"换料客人总是很高很大的。"

"所以贱小娘将来总不免给老公一拳头打杀。"

一个久雨初晴的早晨，菊花鼻涕阿二正和她的祖母在一起，她的姊姊忽从门外进来，笑着说："外面有一只换料船，是很大的，也是很新的。"

"哦，"祖母故意吃惊地说，"如果坐着上市去，那倒是——"

"所以我特地进来通告：换料客人也是很高很大的。不知道新人自己中意不中意？"

菊花鼻涕阿二明知道"新人"是指自己而言，对于她的姊姊立即发生了十分的痛恨。她想攻打她的姊姊和祖母，但是她觉得这在理论上是不应该的，实力也是寡不敌众、小不敌大的。

五　余波余波的余波

菊花鼻涕阿二因受祖母和姊姊的戏谑，弄得总是死字当先，常是这样想："还是死了好了，我这样做人还有什么意思呢！"有时啊地叹了声，竟就独自这样说："给我早点死了罢，我不愿意这样活下去了！"

虽然不曾嫁给常到门口来的"换料客人"，菊花鼻涕阿二终于嫁给一个叫作"阿三"的种田人。这原因很简单，就是因为既是"鼻涕阿二",又是"贱小娘",而且自从祖母断定地说了只配嫁给"换料客人"以后,代她主婚的人就有了这样才对的成见。虽然母亲之所以这样主张是因为贪吃油菜蕻,以为有了种田人的女婿才可有新鲜的好油菜蕻吃,可是会这样想到,也就是因为已经有了只配嫁给"换料客人"的成见。

拒绝龚少年的亲吻,被人传作"被木匠阿龙自由恋爱了"以后的第二年,就是被称作"贱小娘"一年多以后,也就是被祖母说定只配嫁给"换料客人"十八个多月的时候,菊花鼻涕阿二带着她的一只箱子、一只箱橱的嫁资到阿三的家里去。

阿三是个塌鼻子的圆盘脸,身子很高,项颈却很短,在这一点上,很像是只正在站着睡着了的什么鸟。他已有了三十二岁,脑袋后面拖着一条辫子。到了他的家里,菊花鼻涕阿二就和他同床睡觉。

和阿三一同拜过了三朝,菊花鼻涕阿二就被一个梳着架子头的老太婆叫作"三娘";她的老态正像菊花鼻涕阿二的祖母,也是老瘪着嘴,说起话来就露出没有牙齿的牙床来。又被一班粗手大脚的农夫农妇叫作"三弟媳妇""三婶婶""三婆婆"或者"三舅母"等等,还得回叫什么"婆婆""大伯"和"二伯"等等。

和塌鼻子圆盘脸的阿三一同睡觉以后的第九天,菊花鼻涕阿二指着她丈夫的辫子向他说:"喂,这为什么不早剪掉呢?现在总可以把它剪掉了!"

"辫子不能剪掉,"阿三当即回对她,"上田野去要戴笠帽,戴笠帽要用辫髻，没有了辫子就不能戴笠帽，上田野去不能不戴笠帽，你们女人家是不晓得的。"

"怎么许多种田人都已剪掉了辫子，你的大哥不是也已剪掉了？难道他们都不要上田野，都不要戴笠帽的么？"菊花鼻涕阿二又问她的丈夫。

"可是我戴笠帽一向要辫髻，我要用辫髻戴笠帽，所以不能够剪掉辫子。"

阿三这样说了，就现出讨厌他的妻子的神气来，使得她不想再同他辩论了。

嫁了阿三满月以后的第二天，菊花鼻涕阿二开始到杨家汇头的河埠去洗涤东西。她刚捞起青布裙伏下踏道去，"来看，来看！"的一阵招呼声以后，就有一群村人在稻篷旁出现，男男女女大大小小都有，随即谈笑声不绝地从那里传过来——

"倒是不错，是谁家的新娘子？"一个男子的声音问。

"你还不知道么？就是寿头的老婆。"女子的声音回答。

"哪个寿头？"另一个男子的声音问。

"就是寿头阿三的老婆啦！"又是女子的声音说。

"寿头阿三呆头呆脑，老婆倒是很不错！"第一次发言的男子的口音说。

"呆子有呆福，寿头阿三讨好老婆！"另一个的男子口音说。

"你不要羡慕，她是——"一个有了年纪的妇人的口气说。

"怎么啦，她？"同时好几个声音混杂地问。

"她的年纪虽还小，倒是很有经验的了，否则怎会到寿头阿三的手上来。"有了年纪的妇人的声音又说。

"哦，哈哈……寿头阿三，寿头阿三！"五六个声音一同嚷，同样的人数跟着笑。

"寿头"在松村是和"猪头三""阿木林"同样的意义。于是菊花鼻涕阿二知道自己的丈夫不但是个"换料客人"的种田人，而且还是个寿头呆子。她就回忆起许多他的言行来，也就觉得他确是有点呆头呆脑的样子。只论称呼人，她的大伯和二伯叫她的婆婆"阿妈"，他必加一个"呀"字，而且总是"阿妈呀，阿妈呀"地连叫好几声。对于牛，别人只称"大牛""小牛"，他总又是"大大牛""小小牛"地称呼的。这也使她觉悟到了，就是家里的重要的事都由她的大伯和二伯去干，他只做点零碎小事情，喂猪舂米已经算是重大的工作了。许多人时常朝着他发笑，这时她也认为这原因为他是呆头呆脑的缘故了。愈想她愈觉得他的确是有点呆的了。

当天晚上，关拢了房门，阿三发出"喂"的一声以后，就出神地问他的妻子："你以前究竟和别的男人困过觉没有？"

"谁说我已和别的男人困过了觉？"菊花鼻涕阿二起劲地回问她的丈夫。

"自然有人说，你可以老实告诉我。"

"我怎会已和别的男人困过觉呢！我和哪一个男人去困觉呢？"

"不和别的男人困过觉，怎样渠们都说我头上包着绿头巾，在吃泡过茶叶呢？"

"冤枉呀，渠们都是冤枉我的呀！"

菊花鼻涕阿二哭嚷起来，也就和衣倒在床上了，并且不绝地摇动着四肢，表示受了大屈了。

阿三也就走到床边，抚摸着他妻子的身子说："不要嚷，何必哭响呢，说就是了。"

"我真的没有和别的男人困过觉，"菊花鼻涕阿二停止着哭说，"我一近男人就害怕，怎么敢去一道困觉呢？"

"好了，好了！"阿三说，"只要没有给别的男人困过，这就好了！渠们可恶，老是和我开玩笑！"

"喂！"阿三抚摸着他妻子的身子又说，"你当真读过书吗？渠们又说你是读过书的呢！"

"是的，"菊花鼻涕阿二承认地说，"我曾经读过书。"

"大大下，明明德，是不是？"

"不，我读的不是大大下。"

"那么赵钱孙李，妈妈偷米？"

"不，不，我读的也不是这个。"

"还不是？"

说了阿三笑了，菊花鼻涕阿二也就仰起脸来，瞪着挂着泪珠的眼睛看她的丈夫。

"那么究竟读过什么呢？"阿三问他的妻子，现着非常疑惑的神情。

"我读过的是夜课，是在晚上读的。"

"在晚上读的野窠？野窠是什么？"

菊花鼻涕阿二觉得解释不来，难以回对，而且因此就回忆起拒绝龚少年的亲吻，和被人传作"被木匠阿龙自由恋爱了"的事，也就觉得她丈夫的神气有点变了。她很窘了，但她是有她的聪明的，她又有她的能力。她就用她的聪明运用她的能力，这正如一般自命聪明、自算能干的小姐太太们一样，不久她就现出种种神气，做出种种态度，想使男人受她迷惑，什么"我读的书是由赵举人的本家教的"，什么"我曾经得过许多奖品，因为说是我的成绩很好"。抛开本题，避去"晚上"和"夜"的字样，枝枝节节地说了一大串。可是寿头阿三也有他的强烈的特性，许多花样他似乎都没有感受到，可以说是毫无反应。他顾自问他的妻子："那么你是会写信的了？"

"信可是写不来。"

"那么账总是能记的？"

"账？如果繁杂，账实在也——"

菊花鼻涕阿二说不下去，缄默着，使得她的丈夫知道，她实在是连账也是记不来的了。

阿三知道了他妻子这情形，就板起脸来瞪眼注视着菊花鼻涕阿二的脸孔，很不满意地说："连账也不能记，读了这种书有什么用处？这也可以算是读过书的了么？"

六　拒吻悲剧的研究

菊花鼻涕阿二为她家里的人所轻视，龚少年是重视她的，但她在他向她求吻的时候打他一个嘴巴，并且骂他作"小活鬼"。这是"士绅知己"的行为么？不，龚少年并非故意污辱她；他实在是看重她，他看重自己的。他向她求吻是真心爱她的迫切的表示，原无"绅"的必要的。被打嘴巴以后寻上门去，固非图报复，也非自首，因为仍然爱她而给她送书去，这就是他并非故意污辱她的明证。在她，也并非因为认为受辱了而打骂他的，虽然打了他，骂了他，她自己也不明白这缘故，究竟为什么要这样做，为什么会这样做，连怎么一来就这样做了也不了然。她这举动固然不曾加以考虑，也不经过由理智加以什么前提的判断，只是好像被什么虫咬着了的皮肉地不知不觉地抖了抖，灰尘到了眼前眼睑就不期然而然合拢了似的，很快地一来，她就啪地打去，"小活鬼"地骂去了。

或者以为菊花鼻涕阿二拒绝龚少年的亲吻，是因为身体还没有发育成熟，不需要异性的接触的缘故。这也不是，她不是隔了十多个月就嫁给阿三了么？虽然在上轿的时候留恋地叫唤"阿妈"，这无非是习俗，不能作为理论的根据；但她委实害怕，如果照着"性的"什么来说，十多个月前后，她月经是同样地有了的，什么腺和什么管的发育程度都是相差无几，差得微乎其微的。她被阿三破坏童贞的时候，因为很不自然，嚷得几乎被门外的人听见，她并不打阿三一个嘴巴，也不曾骂半句"小活鬼"。而且龚少年并不表示就要和她怎么样，只是想在她的额角上亲一个吻；在额角上被人亲个吻，这又是她幼小的时候所受惯了的，在她幼时，和她异性的人也是常在她的额角上亲吻的，她也并不反抗。

至于这拒吻悲剧的发生，初看好像是由龚少年发动的。可是如果没有菊花鼻涕阿二，他独自怎么能发动？而且他的发动委实由于她的诱惑。譬如磁石吸铁砂，动的虽是铁砂，使动的究竟是磁石。如果打算责备，倘若偏罚铁砂，未免不公平。但是如果某铁砂被这磁石吸引，成了坏事，就偏罚磁石，也欠公平了，因为磁石虽然有着吸引力，却并没有一定吸引某铁砂的成见。如此说来，照一般的习俗，龚少年固然"罪有应得"；照松村人的理论，也不能说是无辜的了。然而他究竟为着什么要这样？这是因为有一种力在暗中鼓动他的缘故，使他瞪眼看菊花鼻涕阿二，使他看见了她跟着她走，使他为着她买荆川纸、小刀……终于被她啪地打嘴巴，骂"小活鬼"。不过这种力虽在他的身上鼓动他，却并没有一定在菊花鼻涕阿二的身上发生效果的成见，这正如菊花鼻涕阿二的诱惑力，并没有一定诱惑龚少年的成见一样。

照这样看来，这拒吻悲剧的促成，至少是媒介，是简字学塾的设立了。没有简字学塾，渠们不会同在晚上到松祖祠去。就是去了，也不会"哥妹"称呼；或者至死未曾晤面，或者到了白头才以路人的资格相互看一眼。简字学塾是举人老爷的乡董赵鸿办的，但他是承官厅的公文而办的。官厅是因容纳维新党的主张而行这公文的。推源而论，似乎这悲剧应该由维新党负责。可是照维新党的主张，在额角上亲个吻是算不得什么的，做父母祖母的无须因此令人停学，做"塾长"的无须因此斥退"塾生"。自然更不能因此轻视人，毁辱人，是不会闹成悲剧的。菊花鼻涕阿二的父亲原是假维新的。

也许有人以为一切都可不论，只要检查得严，管束得紧，无须考查原因，只要不使结果出现就是。但在路上的事怎能管得如数？能否个个人后面都跟着管理人？管理人又该由谁去管理？菊花鼻涕阿二不原是被家里管束得很严的么？

也许又有人以为这悲剧的发生，是因为菊花鼻涕阿二停留在月亮下游嬉的缘故，如果早回了家，龚少年追她不着，也就无事了。如果这样说，何妨说是因为有月亮使她停留的缘故。但月亮是遍地都照，时时明照的，为什么偏于这时在渠们的身上成了问题？如果这样，又何妨说是因为菊花鼻涕阿二，把龚少年求吻的事告诉了她家里的人的缘故。只要不声张，虽已闹了小悲剧，总不至于大闹了。但是她的告诉，正如拒吻时的打骂行为一样，都是凭着一种暗示的。

或者会有人在这样想，以为只要把在龚少年的身上鼓动着的力，"提升""升华"或者"升高"掉，只要他已没有了这力，菊花鼻涕阿二的诱惑力也就失了效用。岂但如此，凡和菊花鼻涕阿二一类的就都失其效用了。但是，龚少年在日间是忙于工作，勤于工作的，晚上读书是心力并用的，可算是在"提升""升华"

或者"升高"的，只是鼓动他的力颇有点强，"提升""升华"或者"升高"不尽罢了。除非是一时难以使他领会的什么静坐法之类，如果想把鼓动他的力完全"提升""升华"或者"升高"尽，大概只有这两个办法：

第一个办法是被动的，就是把他杀死。

第二个办法是自动的，就是由他自杀死掉。

说不定也许有人以为这拒吻悲剧的发生，是因为龚少年读了所谓无聊的文学作品的缘故。可是当时松村委实还没有见到这种文学作品，就是旧有的《金瓶梅》一类的书，他也没有赏读的能力。

再说菊花鼻涕阿二的打骂龚少年，她的啪地打他一个嘴巴和"小活鬼"地骂他，委实不曾加以考虑，也不经由理智加以什么前提的判断，原只是好像被什么虫咬着了的皮肉地不知不觉地抖了抖，灰尘到了眼前眼睑就不期然而然合拢来了似的。但这是为什么呢？譬如善蹴足球的，皮球抛到了面前，会自然而然提起脚来蹴去，那是因为经过了练习，有了筋肉记忆。菊花鼻涕阿二对于拒绝亲吻何尝早有经验，打人嘴巴这还是第一次。她这举动，大概可以说是因为她生活在松村，她的"下意识"天天受着这种趋势的暗示，渐渐地酝酿成功这种举动的潜力，一有机会就攻上来了的。

或者以为在维新党中，有许多女子也是在松村生长的，为什么不是这样？那是因为已经有了能够战胜这种潜力的理智。菊花鼻涕阿二所以会这样，就是因为没有这种理智的缘故。

究竟，这拒吻悲剧的发生，是因为菊花鼻涕阿二没有这种理智，还是因为她生在松村的缘故？这问题可以说是很有点滑稽，如果不是在松村，没有这种理智并不要紧；如果有了这种理智，就是在松村也就不妨了。

可是既在松村，总的说是因为没有这种理智的缘故了。

七　再醮以后的言行

阴历五月一日，在松村是赛元帅会的日期。每到这一天，村中的人不是从事赛会，就是去看热闹，除非是行动不能自主的；连学校里的学生也十有八九跑出学校，教员也十有八九，因此把房门锁上出去的。虽然馄饨店里仍然有人做着馄饨的工作，馒头铺里也仍有人为着馒头而劳动，但是无非供给看会和赛会的人。又把工作多日所积的香烛尽量地拿出来燃烧，平时所顾惜的东西随便花用。

已经说过，松村是水村，所以元帅会也是在水上赛的。会货中重要的是扮着繁杂的故事的大龙船，扮着"水漫金山"的泥鳅龙船和大敲船等。以快为特色的小泥鳅龙船虽很简单，却很有劲，往往使得一般人无目的地尽量呐喊。可是容易颠覆，不会游泳的是不能去划的。

这时菊花鼻涕阿二已有二十一岁，和阿三做夫妇已快满五周年。下午一点多钟，她提着水桶站在河沿里，等候菩萨船过来，预备在菩萨船到的时候汲起一桶水，放到自家的水缸里去，以为可以杀邪气；松村人这样相信，她也这样相信。

忽然一个她的女邻人匆匆地跑来和她说，声音很有点异样。

"三太娘，你快去，阿三沉死了，你的老公已经沉死了！"

她连忙跟着那人跑去，水桶仍然捏在她的手里，愈走她的步子愈是跨不大了，好像是有着一条链子在她的脚上链住了。

她心里非常着急；她并没有感到什么，只是非常地着急。

她终于哭了，却并非为着阿三的爱情，也不是贪恋他的人，只是因为感到了悲哀，就不由得哭了。

她愈哭愈凄惨了，声音非常响亮，身子颤动得很厉害，但是仍然不是为着阿三的爱情，也不是贪恋他的人，只是觉得实在是悲哀，因为自己是在更不幸中了。

阿三本会游水；他的沉死，和他同道划小泥鳅龙船的说是因为他酒喝得太多了，所以龙船覆转以后，他只游得几游就沉下去了。但是许多人都说因为他不诚心，所以元帅菩萨罚他了。他的母亲却说是因为前世的冤家寻着了的缘故；她确以为她的儿子并不坏，只是前世的冤家寻着了，——前世的事是并非她的儿子不好的缘故。可是无论是因为酒醉，元帅菩萨发威，还是前世的冤家的缘故，总之菊花鼻涕阿二是死了丈夫了。

还不曾正式生育过的二十一岁的菊花鼻涕阿二，悲哀只管悲哀，她脸上的两块腮肉仍然红润得很，举动姿态也还很是动人。

守了五个多月寡的"小孤孀"菊花鼻涕阿二，因为孤单使得她寂寞，寂寞又使得她愁思，渐渐地她的脸上现着一种可怜的苦相了。可是正因为这个，菊花鼻涕阿二"小孤孀"愈显得动人，愈使得一般好色的男子觉得她确是可爱的了。

寒冷的西北风不绝地阵阵刮来，江水上面漂浮着许多红叶，映在稀薄的日光下，显得刺目的红。"小孤孀"菊花鼻涕阿二脸上的两块腮肉似乎想和红叶比个高低，究竟哪个红。因为她脸上的色彩增加了浓度，她委实更是引人注意了，这就使得她改变境遇，就是住在村的东头的"钱师爷"已经看中了她。

一天，菊花鼻涕阿二的婆婆叫她走近去和她说："三娘，你总也晓得，有子守子，有财守财，阿三不晓得前世做了什么恶事，已经无法了，现在既无子，又无财，固然难守，也是无须守的了。昨天钱师爷派人来说，要你过去。他是有钱有势的，只要你自己会做人就好了。"

婆婆嘴里虽然像是专为着她着想地说，心里却是另有打算的。这有好几方面：第一是贪图雪白的银圆，因为答应了"钱师爷"这要求，就有整包的银圆可以收入；第二是由于大媳妇和二媳妇的竭力主张，以为答应了"钱师爷"这要求，她们就可以把八亩的堂中田只作对分各得四亩了；第三是以为已经"被木匠阿龙自由恋爱过了"的总不是好东西，与其将来出丑，不如早点卖钱；第四就是以为拒绝有钱有势的"钱师爷"的要求是不应该的。

菊花鼻涕阿二听了她婆婆这些话，只是默认服从，这正如嫁给阿三时服从她的父母一样。她并不因此觉得怎么样，并不因此对于自己有所主张，正如在平时一样地并不想怎样地为着自己主张。

立好了单据，菊花鼻涕阿二的婆婆收下了一百二十块银圆，"寿头三太娘""小孤孀"就被一只乌篷船像载稻载麦地载着离开杨家汇头了。

"钱师爷"就是钱少英；他买菊花鼻涕阿二的名义，是因为没有儿子，要她生儿子。买妾传后在松村是很正当的名义，但在他的夫人以菊花鼻涕阿二也不会生儿子的理由阻止他的时候，他却这样说了："就是不会生儿子，我也是要买她的了。"

菊花鼻涕阿二被乌篷船像运货物地运到了钱少英的家里，她的名字就又改变，当面的由"三太娘"改为"新少奶奶"，背后的由"小孤孀"变为"小老婆"。不久就新添几个名称，由"新少奶奶"转成了"新来佬"和"新来的"，由"小老婆"转成了"二婚头"和"两嫁头"。

不知道是为什么，菊花鼻涕阿二最讨厌有人叫她作"二婚头"或者"两嫁头"，但是许多人偏喜欢这样叫她，往往指着不相干的东西在她的面前凭空地说是"两个——"或者故意多说几个"二"字，直到她的脸色变得很厉害了，才觉得很是得意。

菊花鼻涕阿二自己讳说"两"和"二"，往往用"一双"和"一对"来代替，因此发生许多笑话，像称两斤萝卜作"双斤萝卜"，称两斗江米作"对斗江米"，等等。

钱少英是个圆脸盘的胡子，身子不高，肚子却凸得很高，每到一处，总是肚子先到的。他的气管似乎很小，呼吸的声音很响，说话的时候老是啊啊地叹气，说话以后老是喘不过气来。如果三天不刮脸，他的脸孔就像是个大板刷。他不喜欢刮脸，所以他的脸孔常像是个板刷的样子。

这时他不过四十岁，但已很有几种老人所常患的病，如夜里不绝地咳嗽，常常要腰痛等。他因为觉得菊花鼻涕阿二好玩，所以爱她。因为爱她，所以常用他的板刷般的脸孔到她的脸上去亲吻，她额角上的皮肉常被他的又硬又粗的胡子刺得很痛。

到了钱少英的家里以后，菊花鼻涕阿二并没有想到过去留问题，虽然觉得这男人很可怕，以为这也是只好忍耐的，所以不曾拒绝过他在她的额角上的亲吻，哪怕是觉得很痛的时候。在被人讽骂的时候，菊花鼻涕阿二也曾想念到她的前夫阿三，所想念到的就是这一件事情。有一次，一个邻人当着她的面，说她是个"滥人精"，又当面叫她作"寿头三太娘"。阿三知道了，就现出凶狠的神气责问那人，好像就要动手大打，直到那人讨饶为止。她觉得很是痛快。如今钱少英并不像阿三地为她出气，不觉生了今昔之感。但是不久也就不再觉得怎样了。

不知道究竟是地位委实能够变更人的性情，还是因为人原是容易受地位的影响而变更的缘故：这正如做了官的就有官的架子，做了军人的就有军人的举动，也像是做了新闻记者的就有新闻记者的行为，做了商人的就有商人的手段，做了姨太太的菊花鼻涕阿二，也就有了姨太太的言行。她利用"师爷"的宠爱，占据家中最好的房间，把较好的用具如数搬进自己的房里。不过半年工夫，她已经从"大太太"手里夺转经济权，俨然自作主妇，把做了多年的老妈子辞退，找进一个十三岁的女子海棠来代替，使得"大太太"情愿老是留在娘家。

海棠的身体很健，脸貌也还过得去。没有人知道她本来姓什么，她自己也无法设想起她的父母来。她以前被一家农家从育婴堂里领做养女，因为那家人已死光，所以转到菊花鼻涕阿二这里来。有人说她也是个"鼻涕阿二"，因为她吃东西的时候总像是在吃偷来的东西，走路总也是得得得地好像是在逃难的样了，但也断不定她究竟是谁家的"鼻涕阿二"。

关于海棠，菊花鼻涕阿二对人说是丫头，对于钱少英却算是"领女"，她往往对着他指着她说"你这女儿……"，有时竟说"我们的女儿，海棠这孩子……"。其实是当作丫头的，所以这样说，是怕得钱少英把海棠"收起"做姨太太，是防患于未然的办法。这并非菊花鼻涕阿二所新创的办法，无非袭用松村人的故智罢了。

"大太太"在家的时候，菊花鼻涕阿二总是利用"师爷"的宠爱和海棠的服从，和她为难。无论于自己有利没有利，就是反有害，也是这样的，总要使得"大太太"为难了她才感到适意。"大太太"愈痛苦，她愈高兴，"大太太"愈窘，她愈得意。

"大太太"被迫得回到娘家去了，菊花鼻涕阿二就感到无聊。但她不肯在无聊中生活，自从身为姨太太以后，她是时时刻刻想快乐，时时刻刻在求快乐的了。当在这种时候，她总就同海棠为难，打她，骂她，有时在她的脸上用劲地扭一把，使得她脸上的皮肉有一部分变成青色，正如菊花鼻涕阿二自己幼时被她的姊姊扭时的样子。

海棠常常为着打一盆脸水，被菊花鼻涕阿二骂了又打。往往，海棠照常地给菊花鼻涕阿二打脸水，因为不高兴，菊花鼻涕阿二总就说是打得太烫了。于是用着主妇的地位骂丫头海棠。等到海棠给她稍微加上一点冷水，她就说是太冷了，并且说是故意捣乱，就毫不留情地痛打海棠。

菊花鼻涕阿二委实好像想在海棠的身上报复一切，她的不留口的骂，不留手的打，有时很像她幼时的她祖母的，有时很像她幼时的她母亲的，有时又像她幼时的她姊姊的。更其是在骂海棠作"贱小娘"的时候，眼睛一瞪，眉头一皱，"贱小娘！"地大嚷以后，她的脸容宛如幼时的她老祖母的。

至于把海棠叫作"贱小娘"，是这样开始的：有一天，一个青年农人挑着一担白菜，上门来卖。买了白菜，海棠和那男人多说了几句话，菊花鼻涕阿二就说她在"滥人"了。于是由"滥人精"的称呼转为这"贱小娘"的名称了。从此以后就老是这样叫，不过在高兴的时候叫得轻点好听点。

这样冲动地凭空报复，在松村已经习以为常；菊花鼻涕阿二委实是个松村人，她原也是在松村的环境里生长起来的。

菊花鼻涕阿二给钱少英做了姨太太第二年冬至的前两天，已是傍晚的时候，她独自坐在廊下，忽然听到这样很轻的一声：

"她就是新来佬么？"

她连忙仰起脸来，看见迎头走来两个四十来岁的妇人，其中有一个她不认识，一个就是"大太太"；"大太太"正在点着头向那妇人承认这问话。

"哪里来的贱小娘？"

菊花鼻涕阿二向来人瞪了眼，随即这样恶狠狠地骂去了。

"呸"，"大太太"因为觉得对于同道来的太不好意思，就这样回对了："真是贱小娘！"

菊花鼻涕阿二连声地哼了几下，就迅速地走进她的房里，并且当即差海棠去叫钱少英立刻回来，因为这时他正在邻家打牌。

钱少英回到了房里，看见他的爱妾独自静默在窗口，也不像是站着，也不像是坐着，脸上现着欲哭不哭神气。他就用劲地问她："菊姑，有了什么事情了，叫我赶紧回家来？"

菊花鼻涕阿二不作声，只用含着泪的眼睛向她的"师爷"看了一眼。

"究竟有了什么事情了？"钱少英更是用劲地问他的爱妾，"总得好好地说，身子不舒服了么？"

"她要我死，我已活不下去——"

不曾说完两句话，菊花鼻涕阿二就唉唉地哭将起来。

"她已回来了么？"钱少英赶紧再问他的爱妾。

"还不是已经回来了么？带着娘家人来逼死我。师爷，我死不要紧，不过死在这种东西的手上实在不甘心，所以打算自杀；

不过想和师爷再见回面，所以叫海棠来请师爷——"

"哦哦，不要这么说了，"钱少英连忙安慰而且规劝地说，"她不好，我可以去责罚她；她欺负你，马上给你出气，诸事有我，不怕她怎么样。她怎么欺负你，赶快和我说就是了，菊姑？"

菊花鼻涕阿二过了好久仍然不说什么，钱少英又起劲地问她：

"她究竟怎么欺负你？快说罢，菊姑，我总马上给你出气。"

"唉唉，还说什么呢，总之她要逼我死，带着娘家人来逼我死。现在我已经见过了师爷，死就是了！"

说了，菊花鼻涕阿二把套在左手上的金戒指用右手取下，擎起捏着戒指的右手，做出将要放进嘴里去的手势。

"不要这样，不要这样！"钱少英出神地说着就向他爱妾的身上扑去，从她的手里夺取戒指。

被钱少英的手捏住以后，菊花鼻涕阿二就把捏着戒指的手放松，又呜呜地哭将起来了。

"说啦，菊姑，她究竟怎么欺负你？我马上给你去出气！"

"总之她要逼我死，带着娘家人来逼我死，"菊花鼻涕阿二哭着说，"你去问她就是了。"

钱少英把夺下的戒指放进自己的衣袋，对他的爱妾说了些宽心的话，就向他夫人的房间跑去了。到了他夫人的房里，他就用劲地诘问他的夫人："你怎么啦，这样胡闹？"

"我有什么怎么？"他的夫人回问他，"我有什么胡闹？

只是因为已经到了冬至，冬至的节气是不能在娘家过的，所以我就回来，这能算得胡闹么？如果你的——如果不准我回来，那么我只好去死了，因为我已没有地方可以去；你想我可以到哪里去呢？"

"回来回来就是了，何必带着人来和菊姑为难呢？"钱少英又问他的夫人。

"我有什么人带来？我只因为没有人送我回来，由一个堂姊娘趁便送我回来就是了。那人一送我到就走了，谁去和她为难呢？"

"你不是要逼她死么？"

"谁说我要逼她死？"

"她还在哭泣呢。说是你带着人来逼她死。"

"好了，好了，如果你已相信了她的话，那么我也无须多说了，总之既已让她进来，我早就完了。这是在逼迫我死了，要我死也可以的，不过要这样地逼我死，我倒非要你去问个明白不可了。说是我要逼她死，可已有了什么凭据？"

钱少英不再和他的夫人辩论，连声地叹了阵气，就默默地退出他夫人的房来了。

钱少英退出了他夫人的房，见了海棠便骂她，骂了又起劲地打了她一阵。吵闹了一阵，钱少英就走进菊花鼻涕阿二的房里。一进房便独自倒在床上躺下，喊了声"啊唷"，迫促的呼吸声嘻呼嘻呼嘻地响起来了。

菊花鼻涕阿二连忙跑到床边，先把帐门放下，随即在床沿上坐了下来，伸出手去给她的"师爷"缓缓地抚摸胸膛。

钱少英的嘻呼嘻呼的呼吸声渐渐地平下，菊花鼻涕阿二的手就由胸膛一点一点地向他的下半身摸去。后来，她伸手从他的衣袋里摸出她的金戒指来，重新套在左手的无名指上。

菊花鼻涕阿二伏下身子，把她的脸凑近在她"师爷"的嘴旁，同时轻声地说："师爷！"

"什么？"

听了这回音她就轻轻地问："今天和师爷一道打牌的是哪几个？打了几圈？"

"赵举人的阿侄，近鼠眼和铜鼓阿高，一起只打得八圈。"

"师爷赢得多少呢？"

"几几乎输了；后来和得一副清一色，总算赢得两三块钱。"

"轻一些①？什么叫作轻一些？我还是听不懂呢，师爷，我将来总要师爷教个会。"

"就是都是筒子，万子或者束子，今天我和的是万子清一色。"

"饭②子？"

"我和的全是万子，一万五万都碰倒，二三四一顺，六七八九落听捉六九万的盘，自摸九万和倒。"

"哦哦，唔唔，师爷！"

---

① 些：松村话，"些"与"色"同音。

② 饭：松村话，"万"和"饭"同音。

"什么？"

"今天赢来的是角子还是大洋？"

"都有。"

"让我看看！"

"自己摸，在肚兜里。"

"师爷！"菊花鼻涕阿二手里捏着四块大洋，二十多个角子，轻声地温柔地说。

"什么？"

"玳瑁镯要多少钱一副？"

"不一定，几角钱的也有，几块钱的也有，十几块和几十块的也都有。"

"我想买一副！"

"将来给你买。"

"这些钱就留在我这里，将来买一副。"

"只给你今天赢来的，其余的还我！"

"不，我都要了。"

"老是这样，小婆娘！"

"'小婆娘'是骂谁的？"

"骂你！"

"骂我么？"

"是的，骂了你便怎么样？"

"骂不来！"

"已经骂了！"

"要赔！"

"怎么赔呢？"

"就这么赔——"

说了菊花鼻涕阿二把她的脸庞紧凑到她"师爷"的嘴旁，钱少英就用他的长着板刷般的胡子的上嘴唇，在那温柔的肉上嘻嘻地乱吻。

菊花鼻涕阿二被钱少英开始用板刷般的胡子亲吻以后的第三年，一个春天的下午，她看见了她的"师爷"已从门外回来，立刻努起嘴巴，并且默默地走进房里。钱少英到了她的面前，她只向他瞪了眼，可是非常凶狠，仍然高努着嘴巴。

"怎么了，一声不响的？"钱少英看着她懒懒地问。

她不作声，只又照前地瞪了他一眼。

"我还没有吃过中饭呢！"钱少英气急地说。

"你还没有吃过中饭，那个婆娘为什么今天不留你吃小饭了？"菊花鼻涕阿二突然开口，语气很重地说。

"什么'那个婆娘'？"

"还要问么？你又干了什么了？"

"干了什么呢？我不是去给何家做呈子的么？"

"做呈子要这么多的日子吗？你去的时候不是说至多两天就够了的么？"

"因为许多事情都等查起来，很费时，所以多耽搁了几天。

这又算得什么呢?"

"哼!可是你在何家只住得两天,前天就不在那里了。"

"谁说是这样的?不在何家我到哪里去呢?"

"哼,哼哼!还想来欺骗,可是我是亲自去探问的,你不是又到那个婆娘家里去了么?"

"就是算得去了便怎么啦?"钱少英十分气急地说。

"现在只好承认了?"菊花鼻涕阿二昂着头狠狠地说了,向她的"师爷"逼近了一步。

"是的,就算是这样的罢,我又在她那里过得两个夜,那么你便将怎么呢?"钱少英顿着脚愤愤地说,"可恶的东西,自己不好,还要来干涉别人!"

"啊呀!苦呀!啊呀呀!"

菊花鼻涕阿二尖声地嚷,也就呜呜地哭将起来,随即连头带脑地倒在地板上,乱摇着四肢,不绝地打滚;地板接连地发出骨落骨落的声音。她的头发也就披散了。

钱少英并不理她,只"啊"地叹了声,随即向后退走了几步,因为他的脚上被她滚着了。

"啊呀!啊呀呀!真是苦呀!……"

骨落骨落地响了两三分钟,菊花鼻涕阿二停打了滚,重新这样嚷将起来。

钱少英仍然不理她,只又"啊"地叹了声,随即走到床边,倒在床上躺下了,嘴里轻轻地喊了几声"啊唷"。

钱少英停喊了"啊唷"，菊花鼻涕阿二也就不再嚷苦，也就不再打滚，却仍然躺在地板上。她的头发固然已经尽行披散，而且已经蓬乱了，好像是一团黑色的乱丝，一部分蒙在她的脸上了。两只眼睛都挂着泪珠，眼旁还有半干的泪痕。手上满染了灰尘，脸上不知道是因为也已染上了灰尘，还是脂粉脱下了的缘故，总之有一部分已经变换了颜色。——在当时菊花鼻涕阿二以在脸上厚涂脂粉为能事。

她的呼吸很是迫促，她的心脏怦怦地跳动得很厉害。正在定神静思，忽有一种呼呼的声音传入她的耳朵；这声音渐渐地加响，听明了发自床上，她就知道这是她"师爷"的眠鼾了。

八　鼻涕阿二的死亡

到了四十七岁的钱少英，肚子仍然凸得很高。他的气管却像愈加缩小了，时常嘻呼嘻呼地喘不过气来，身子也愈是笨重的样子了。近来他已不大出去做呈子，牌也少到外面去打了，只是他的一处未曾公开而各方面都已明白了的小家眷里，每月都要去几趟。十天不去，总就差人来催他了。菊花鼻涕阿二对付"大太太"虽然可谓游刃有余，却终于战不胜这小家眷。原来她的所以能够战胜"大太太"，是在利用她"师爷"的宠爱她，对于"那个婆娘"，她就处于"大太太"的地位了。所以，闹一场，不过是白闹一场。滚一场地板，虽然"师爷"也很苦痛，但她自己更苦痛，"那个婆娘"却连听也听不到，一方面又要给"大太太"在暗地里笑。

钱少英能够养一个未曾公开而各方面都已明白了的外妇，这是因为他能够做打官司要用的呈子；这在松村也是一种通例，但只限于像他这种人，否则"捉奸捉双"，就是不被割去耳朵，也将打得皮破血出了。

立冬以后的第三天，钱少英又到他的外妇里去。去的时候天气很和暖，回来的时候骤然起了寒风，他在路上感了风寒，第二天就不能起床了。躺在床上嘻呼嘻呼地喘得很厉害，他还时常"啊唷！啊呀！"地叹气。天气渐渐地严寒起来，他的病势一天一天地加重。医生说他须看到了冬至怎样，说是"到了冬至好了便好，不好便一时不能好"。但他到了离冬至还差两天就死了。

因为终于没有儿子，"大太太"哭他作"天"，不过加上了"冤家"的形容词。菊花鼻涕阿二也大哭他作"天"，许多人都嗤嗤地笑她，但她依然顾自叫着"天"很响地哭。

菊花鼻涕阿二委实哭得很厉害，但她这哭并非为着"师爷"的爱情，自从有了"那个婆娘"，钱少英对她早就淡薄了；也不是贪恋他的生，自从有了"那个婆娘"以后，他早就不能使她满意了，和人争夺，无非闹意气。她的哭，只是因为觉得悲哀，觉得自己又处于更不幸的境地。

"师爷"死后过了两年，菊花鼻涕阿二仍然在钱少英的家里。她不曾想到过要为"师爷"守节，并非一定不再醮，只是因为没有像钱少英的拿出洋钱来买她的人，所以她仍然算是"钱师爷"的"小老婆"。这时的她，和阿三死时的"小孤孀"委实有点不同了，脸上虽然用粉涂得雪白，但只是像粉的白罢了，总之她已不能使得像当时的"钱师爷"的注意，没有像"钱师爷"的为着她来拿出钱了。

阿三死时，钱少英的家里和阿三的家里比较，自然是有钱有势得多了。固然他能和"赵举人"的侄子一道打牌，"赵举人"见了他也会问他点个头，而且穿的是绸，吃的是油；在夏天，算是讲究的"赵举人"的家里不过用着藤棚马头椅，他却躺在帆布的折叠椅上看《三国志》。可是，正因为这种种，以及有了菊花鼻涕阿二的姨太太还要去养外妇。所以，在平时，入款只够作出款。虽然本还有点财产，但是，如果是阿三的家里，足够两三年的用的，在他只能作两三个月的开销。"搁笔"以后不过两年，已把所有的田地如数卖光，到了病重时，医药费已须从当典零碎东西着想了。死葬以后，菊花鼻涕阿二和"大太太"只有一所空空的房屋可以算是她们的财产，她们的生活全靠典卖她们的衣服首饰了。

到了二十岁的海棠，她自己固然不愿意再留在死了"师爷"的钱家，菊花鼻涕阿二也不愿意再留着她，"师爷"死后，连她的饭食都在计较之列了。于是由一个三十四岁的木匠，姓龚，名字叫作阿龙的交了八十四块钱把她领去做妻子。这也算是聘金，也算是赎身钱。总之交了这钱，龚阿龙就来领海棠，收了这钱，菊花鼻涕阿二就让龚阿龙把海棠领走了。

至于龚阿龙和菊花鼻涕阿二为着海棠的事会见的时候，渠们只各说了声"原是认识的"，不再多说关于海棠以外的事，也并不发生什么感想，因为龚阿龙的注意力已集中在海棠的身上，菊花鼻涕阿二是注意在八十四块的银圆上了。

八十四块的钱，只敷亟待偿还的为着钱少英欠下的棺材钱和道士钱，街上的店账仍然一文不能偿还。

没有了海棠，菊花鼻涕阿二只好拿着淘箩到河埠去淘米，并且提着水桶去汲水。

河水很冷，菊花鼻涕阿二已经久不接触这种冷水，伸下手去连忙缩住，好像是被什么针刺着了。一个矮小的女子在对河岸的乌台门口出现，接着又在乌台门里露出一个包着包帽的黑长脸来。菊花鼻涕阿二都认得，矮小的是"癞头三太娘"，黑长脸就是"铜鼓阿高的大老婆"，她们当即谈起天来了。

"小——""癞头三太娘"首先说，"从前的确不错，可是现在——实在衰老得快。"

"二——""铜鼓阿高的大老婆"应和地说，"活着的时候真快活，可是死了就要吃苦了，一到阴司间就须赤着脚走火砖头，给她做媒的还得为她捧火砖头呢！"

"可是像她的，现在也不见得快活了，你看，不是正在亲自上河埠么？"

"可是总已快活过了，要风得风，要雨得雨，老公听话，就可以任意作威风。"

菊花鼻涕阿二只向她们瞪了几眼，并没有对她们说些什么，虽然很想说几句话泄一泄愤；因为她很知道，如果开口说了，她就要吃更大的亏了。

菊花鼻涕阿二俯着头跪在踏道上，扎着白头绳的懒惰头一抖一抖地正在用劲擦米，忽然听得"好——"的一声，仰起头来，她看见一个穿着蓝袍子的少年，正在笑着注视她；可是看见了她去看他，他就现出失望的神气，败兴地走了。她也就明白，那人原以为看见了"钱师爷的小老婆"，所以得意地喝好；可是这时的她已不是一般人的心目中的"小老婆"，所以看了她的脸面就失望了。

讨账索债的人来到的时候，菊花鼻涕阿二和"大太太"总是互相推诿，对于唯一留存的空房子，却激烈地争夺管理权，闹得很厉害。"大太太"要把上房租给别人，要菊花鼻涕阿二搬到下房去住。菊花鼻涕阿二不肯搬出。她并非一定要住上房，是想由她招人来住，为的是租钱可以归她，至少可以得到一部分。但是"大太太"不再和她软说，就于一天下午，叫得自己的兄弟和弟媳妇等，就把她的东西搬到下房。这时她的东西已很简单，因为许多已被"大太太"拿走，许多已被"大太太"卖掉，许多已由她自己换了饭吃，一会儿就搬完了。只是她的身子不肯走出，骂了她一大通还是不肯走。于是"大太太"就动手拖她了。因为拖她不动，于是兄弟和弟媳妇都来助手；她知道就要被拖走了，就倒在地板上哭将起来。可是这一来，引起了拖她的愤怒，六只拳头就在她的身上乱打，而且终于把她拖出了。

菊花鼻涕阿二被迫到了下房，一躺倒就不再起床。起初是因为愤恨，不愿起来，后来因为忧郁，病得很厉害，无力起床了。

菊花鼻涕阿二的父母和祖母虽都已死了，她本也有她的兄弟和姊姊，而且渠们姊妹早就和睦了，因为都不得意，在她受"钱师爷"宠爱的时候，还得到过她的不少的接济。可是这时的她，已为松村的习惯上所规定，就是欺负她不要紧，帮助她的是错的。松村又是如今还是竭力保持旧习惯的地方，所以无法为她报复。其实是因为无力；如果有力量，也可以给她打个"还风阵"了，因为松村的习惯上明明有着这一条，有力的就是有理的。其实如果可以打"还风阵"，也就无须打了，因为"大太太"等原是因为可以打她而打她的。

她发燥得很厉害，整日整夜地躺在床上，也不想吃东西，也没有人拿东西去给她吃。躺了九天，她的姊姊因事来看她，知道了她的病已很重，就为她到钱少英哥哥的家里去商量，因为钱少英的木主上已经写上"不孝钱企新"等字，算是已把钱少英哥哥的第二个儿子作为承继子。以为她是钱少英的人，所以就到承继子的家里去说。于是每天送去一碗稀粥。病人并不想吃，因为觉得不吃更无聊，总就随便呷一点。

菊花鼻涕阿二病后的第十七天，钱企新因放寒假从学校里回到家里，知道她的病重就去看她，却并非因为承继的关系。所谓承继，除木主上写着名字以外并没有发生过别的关系，而且他是算作维新人中的一个，不承认这种承继等事，只是以为她已处于被压迫的地位，实在是怪可怜的了，在故乡中又是熟人中的一个，她待他又是一向很客气的。

菊花鼻涕阿二看见了钱企新就高兴起来，似乎以为得到了救星，连呻吟声也响得较有劲了。他走近察她的病状的时候，她就伸出手来把他的手握住了。

不知道是因为病久了，由她发动的，还是因为突然接触了异性的手，由他发动的，握住以后渠们的手不住地颤动；他于因为她的病以外确又感到一种异样，成人以后他委实不曾这样地握过异性的手。

因为知道已有医生正在为她看病，他就跑去探问。到时医生已在开药方，他就问他她是什么病，医生不作声，当即放下笔杆，又到她的身上去诊视了一下，才吞吞吐吐地回答他："是伤寒症罢。"

医生换了张纸开药方，他不懂药性，但觉得这种医生实在不行，以为应该由西医医治。可是进城去接西医非十多块钱一趟不可，他在学校里只六十块钱一月，每月寄归二十元，自用二十元，积储二十元作来往的旅费等。这时因为还欠两个月薪水，身边早已没有余钱。总之他对于她，虽然不同一般人地尽量压迫她，但她仍然不得安适；他固然不能给她好好地医治，也不能阻止别人故意给她难受，像"大太太"和"铜鼓阿高的大老婆"等，老是故意说给她听什么"捧火廊柱""走火砖头"和"用锯把身子锯开来"等话。他也曾阻止她们过，但是愈阻止，她们说得愈是有劲，也愈是有理了的样子，这正如窃政时代的亲民军，虽然不扰民，也不任意奸淫，也不胡乱地抢劫，但只是本身不扰民罢了，徒手的民整队地被杀，还是不射出一粒子弹为民请命。这大概是因为心有余而力不足，所谓心余力拙罢。但是菊花鼻涕阿二的病不但不能减轻，而且仍然一天不如一天地加重起来。如果不曾遇到所谓维新家，那倒也罢了；既然碰到了钱企新，却仍不得保护，这不能不说是菊花鼻涕阿二的悲哀了罢。

知道了病更重了，钱企新又去看他叔父的姨太太。到了病人的床前，菊花鼻涕阿二的姊姊已先坐在那里，看见了他就叫他作二少爷。连叫了几声，就提醒病人地说："妹妹！现在趁二少爷来看你，我也在这里，你有什么话要和他说，就可以和他说了。"

于是菊花鼻涕阿二用着她的大舌头缓声地说："二少爷！我是全靠二少爷可怜的了。二少爷是个再好没有的人，二少爷总得看二少爷叔叔的面上，可怜我这苦命人，答应我这苦命人的要求，就是我死后必须在上房成殓，停①也必须停在那里……"

"不要说这种话罢，"钱企新打断她的话说，"我正在设法给你医治，活着虽也很苦，但我总希望你当即好起来。你的病并不要紧，不要这样想，调养调养就会好起来的。静心点罢。现在应该注意的，是在设法怎样可以使得你赶快复原。"

但是病人仍然用着她的大舌头，缓声地继续说："二少爷，棺材也得给我用得好点的，虽然并不想怎样好，总得不至于身子

---

① 停：陈尸。

还没有烂就破散了的。还有，忏也总得给我拜几堂，免得到了阴司间里——啊啊，二少爷，真是苦命人呀，我是——"

"千万不要这么想，"他又和她安慰地说，"并没有那种事情，一切都可放心，总之尽我的力量使你安适起来。安心点，病可以好得快点。"

钱企新离开了病人的床，菊花鼻涕阿二的姊姊就跟在他的后面，随即和他说："二少爷委实是个好人，真是感激不尽，现在总算已经都蒙二少爷答应了。那么我也可以安心了。不过她实在是可怜，不知道在前世作了什么恶，现在已经到了这步田地，将来还不知道究竟要怎样。二少爷大慈大悲，总得格外可怜她，我想最好将来就给她拜一堂皇忏，免得她……"

"将来的事将来可说，"钱企新懊恼地说，"总之现在应该从医治她着想，应该使得她早点好起来。"

"可是二少爷，"菊花鼻涕阿二的姊姊赶紧又说，"她的病是不能好的了，她怎么会好呢！"

"为什么？"

"她已看见了师爷。师爷说是就来叫她同去。前几天还只于晚上梦中看见，现在连日间也会看见师爷了。你想这种人怎能好呢？"

他含混地说了几句，就顾自走了。

或者以为菊花鼻涕阿二的姊姊曾在"女学堂"里读过书，曾被人叫作"女学生"，不应该再这样迷信，是不会说这种话的。

如果真的这样想，那是大大的错误，正如以为按时教完了一千个字的课本，就以为已经给了人平民应有的知识一样的错误。在松村，创办"女学堂"的目的虽在改良社会，打破迷信，但是接办的人，外貌虽也似乎这样，其实是在占个地位，支点薪水罢了。总之松村的"女学堂"创办的目的虽是改良社会，维持的目的早由改良转为迎合的了。既然重在迎合社会的心理，于是当"教习"的一个一个地改聘素为松村人所信服的，不久就成了清一色。于是固然不再发生什么"打破迷信"等呼声，而且重行提倡"三从"和"四德"。就是学生，也是好像恐怕不能在固有的松村中占到个地位，真是所谓服从之不暇，除服从以外哪有别的心思。所以菊花鼻涕阿二的姊姊会这样地迷信，说这样的话固然并不足怪，而且，她的同学中，前班后班的同学中，更其是后班的同学中，像她的是有着许许多多许许多多呢。

　　因为送稀粥的说是"新来佬"一点东西也不要吃了，钱企新又去看菊花鼻涕阿二。

　　"哦，二少爷，"到了病人的房门口，菊花鼻涕阿二的姊姊就迎上来和他说，"正打算来请二少爷，就是想趁我也在这里的时候答应她，将来给她和师爷葬在一起，千万希望二少爷当即答应她，使得她早点安心罢！"

　　钱企新不作声回对，顾自走去看病人。病人见了他也就喃喃地说起话来，却听不清语句。

　　菊花鼻涕阿二的姊姊就代为解释："就是要二少爷把她的名

字写在师爷的神主上，要二少爷为她另立署二少爷的名字的神主，那是不敢当的，也是不敢想的；可是总得给她附在有了二少爷的名字的师爷的神主上才好！"

钱企新觉得没有话可以说，也就老是缄默着，又看了眼病人的神气，就顾自走了。

从此钱企新不再想去探视菊花鼻涕阿二，实在是不敢再去，因为觉得太为难了。但他还在打算给她医治。可是病人听着姊姊的话，已只要求"高王经"的路引，拒却医治了。于是钱企新的母亲就筹备为她送活无常用的草鞋和纸锭。他虽很是反对，说是既不为她设法医治，何必管她死后的事情。但他的母亲就这样说了："这并非为着她，活无常不送是不行的，送得迟了，人家就要难发达，所以必须早就预备妥当。"

海棠也来望病，可是不久就走，因为龚阿龙就来接她。龚阿龙没有看见病人。海棠一听到她的丈夫到来接她了，当即走出房来。渠们会见以后就一道走了。

菊花鼻涕阿二的姊姊晚上必须回去，每晚由专打短工的斗太娘陪夜。一天晚上，斗太娘拿着一片秋白梨叫菊花鼻涕阿二吃。病人摇摇头，斗太娘再三地硬要她吃。她勉强吃了点，斗太娘就接连地念起"解冤结"来，一起念了四十九遍。

听了"解冤结"这念声，菊花鼻涕阿二就知道刚才吃的秋白梨是"大太太"的东西了。——这是的确的，"大太太"还因此给了斗太娘一件半新旧的洋布衫呢，因为松村一向有着这样的话，就是妻妾不和，死了以后下世还是冤家对头，但如给临死的对方吃了东西，又念了上七七四十九遍的"解冤结"，就可以免做冤家了。

　　菊花鼻涕阿二并非喜欢有冤家，但她因为"大太太"的辱打而生病，因为病，快将死亡，而且将要到可怕的阴司间去吃苦，对于对方还是怀着满肚子的仇恨，以为不应该就给"大太太"解去冤结。一经气急，眼珠就向上瞪，脸色也就变得更青，四肢头颈也就不会自动。只有鼻孔仍在呼吸，胸部仍在微微地扇动，表示仍然活着。可是从此菊花鼻涕阿二不再和人通话，从此世人再也听不到菊花鼻涕阿二的话声。第二天，菊花鼻涕阿二的姊姊又来到，看明了病人这神气，就毫不疑惑地说："她是在等路引了，快去买得路引来罢！"

　　于是亲自到钱企新的母亲那里去商说，为的是想把妹子的路引弄得丰富些。

　　于是赶快到西方庵去买"高王经"，赶快把两千卷的"高王经"烧成纸灰，又赶快包成路引，赶快给菊花鼻涕阿二捏在手里。

　　好奇心和同情心都使得钱企新想去，看看说是已在临死的叔父的姨太太，算是维新家的心理也使得他想去，但他一想到了那尖嘴巴多话多要求的妇人菊花鼻涕阿二的姊姊，立即把想去看个明白的念头打消了。

　　菊花鼻涕阿二一手捏着红纸包的路引，也不苏醒转来，也不完全死去，仍然瞪着眼睛，老是一动也不动地躺着。这样地到了第三天，菊花鼻涕阿二的姊姊忽然悟到了什么似的，又是毫不疑惑地说："这是因为路引不够的缘故，赶快给她添配罢，让她可以早点走路！"

于是又亲自到钱企新的母亲那里去商说；于是又到西方庵去买"高王经"，一切又都赶快地办去。

菊花鼻涕阿二两手各捏着一个红纸包的路引，可是又过了两天，仍然也不苏醒过来，也不完全死去，都照两天以前的一样，瞪着眼睛，老是一动也不动地躺着。于是各方都惊异起来。钱企新的母亲预备为她送活无常用的菜蔬已觉陈腐，开始重新另备。斗太娘也不肯再行陪夜，说是这种半死不活的神气看得怕透了，而且已把被铺拿走，说是自己也已生病了。

好奇心和同情心，以及算是维新家的心理又使钱企新想去看个明白，究竟他叔父的姨太太已经怎样了。但他一设想到病人，就联想起尖嘴巴多话多要求的菊花鼻涕阿二的姊姊，也就打消去看的念头了。

斗太娘已不别而行，晚上没有可陪病人的人了。于是去叫海棠。海棠一叫就来，但是天色一黑，她也就走，四只大红花碗和同藏在木橱里的十只红花调羹也就从此不见了。

于是去叫腥臭的癞头毛太娘来陪夜。也是一叫就来，可是只在病人的房里打量了一下就走，说是看来没有什么"寿货"可得，何苦来呢。

于是重新去找斗太娘，却也一叫就来。终于由钱企新提议，由他母亲和她约定，每夜添给她两角小洋。斗太娘答应了继续来陪以后，钱企新算是已经安心了。

当天晚上，钱企新和他的弟妹等还在灯光下闲谈。正谈到他学校中的情形，就是教员可大别为师范派和非师范派，师范派占多数。师范派又分本地派和非本地派，本地派占多数。师范派中的本地派又分校长的亲戚和非校长的亲戚两派，校长的亲戚派占多数。刚在开始说职员的情形，斗太娘打门进来，说是"新来佬"已在断气。

于是钱企新的母亲重新从床上起来，以为既然已在断气，那么就要断气了；气一断就死，恐怕来不及，赶紧把草鞋放在笼筛上，把蜡烛插在烛台上，也摆上笼筛。又把预备送活无常用的菜蔬从挂篮里取下，一同摆上笼筛。同时打发李妈跟着斗太娘去察看，临行郑重地嘱咐李妈："……断气赶快来通告，千万不要误事。这不是好玩的，如果送得迟，活无常一在家里便溺，那就永远不能发达了！"

李妈跟着斗太娘走后，钱企新的母亲又点上许多灯笼，又预备送活无常时其他应用的一切东西。

钱企新的心摇摇地动将起来，他又想去看个明白，他叔父的姨太太究竟怎样了。但他一经再念就中止，虽然他明明知道，这时菊花鼻涕阿二的姊姊，那尖嘴巴多话多要求的妇人已经回家去了。

不久李妈就笑着回来，说是斗太娘太没有眼力，"新来佬"

的身子仍然温热，并没有就会断气的样子。

于是许多等着的人就都现出失望的神气来，也就开始议论斗太娘的无用。于不满意的议论声浪中，钱企新的母亲把菜蔬一碗一碗地从笼筛搬上挂篮，为的是怕被猫吃去，以后送不成活无常。又把蜡烛拔下，重新放在抽屉里，为的是怕被老鼠咬坏，使得活无常不高兴。

第二天早晨，虽然并不很迟，可是有名迟起的钱企新也已起了床了。斗太娘得意地走进门来，开头哈地笑了声，随即高兴地说："现在可是真的已经死去了。"

"那么，已经到手了，你的寿货！"李妈羡慕地庆祝地说了，向斗太娘看了眼，也就现出笑容来了。

钱企新的母亲却就起劲地问斗太娘："怎么了，究竟？怎么知道她真的已经死了？"

"太太！"斗太娘说，仍然现着得意的笑容，"固然已经像冰的冷，而且也已像石子的硬了！"

"在什么时候死的呢？"钱企新的母亲吃惊地问。

"不知道呀，等到我看见已经这样了。"

"那么活无常——"钱企新的母亲懊恼地说，也就着忙起来了。

斗太娘连忙收起笑容，也就忙碌起来，她就帮同整理送活无常的东西。

这次钱企新是先开始行动，跨步以后才想到要不要去看的问题的。而且还没有解决这问题，已经信步到了菊花鼻涕阿二尸体的面前了。

菊花鼻涕阿二平静地躺着，半开着眼睛，眼珠仍然轮向着上，两只手依然各捏着一个红纸包的路引。钱企新看见了死人面上苦闷的余容，不禁惭愧起来；想到了死者的可悲，也就感到他自己的可悲了。

一九二七年

水葬

/// 蹇先艾

"尔妈，老子算是背了时！偷人没有偷到，偏偏被你们扭住啦！真把老子气死！……"

这是一种嘶哑粗糙的嗓音，在沉闷的空气之中震荡，从骆毛的喉头里迸出来的。他摇动的躯体支撑着一张和成天在煤窑爬进爬出的苦工一样的脸孔；瘦筋筋的一身都没有肉，只剩下几根骨头架子披着皮；头上的发虽然很乱，却缠着青布的套头；套头之下那一对黄色的眼睛膨着直瞪。最引得起人注意的，便是他左颊上一块紫青的印迹，上面还长了一大丛长毛。他敞开贴身的油渍染透的汗衣，挺露胸膛，他脸上的样子时时地变动，鼻子里偶然哼哼几声。看他的年纪约有三十岁的光景，他的两手背剪着，脚下穿的是一双烂草鞋，涂满了溜泥。旁边有四五个浓眉粗眼的大汉，面部飞舞着得意的颜色，紧紧地寸步不离地将他把持住，匆

匆地沿着松林走。仿佛稍一不留心，就要被他逃走了似的。这一
行人是在奔小沙河。

他们送着骆毛去水葬，因为他在村中不守本分做了贼。文明
的桐村向来就没有什么村长等等名目，犯罪的人用不着裁判，私
下都可以处置。而这种对于小偷处以"水葬"的死刑，在村中差
不多是"古已有之"了的。

行列并不如此地简单：前后左右还络绎地拖着一大群男女，
各式各样的人们都有，红红绿绿的服色，高高低低的身材，老老
少少的形态……这些也不尽都是村中的闲人，不过他们共同的目
的都是为看热闹而来的罢了。尤其是小孩子们，薄片小嘴唇笑都
笑得合不拢来，两只手比着种种滑稽的姿势，好像觉得比看四川
来的"西洋镜"还有趣的样子：拖住鞋子踢踢踏踏地跑，鞋带有
时还被人家踩住了，立刻就有跌倒的危险，小朋友们尖起嗓子破
口便骂，汗水在他们的头上像雨珠一般地滴下来。

妇人们，媳妇搀着婆婆，奶奶牵着小孙女，姑娘背着奶娃……
有的抿着嘴直笑，有的皱着眉表示哀怜，有的冷起脸，口也不开，
顶多龇一龇牙，老太婆们却呢呢喃喃地念起佛来了。她们中间有
几位拐着小脚飞也似的紧跟着走，有时还超过大队的前面去了；
然后她们又斯斯文文低悄悄地慢摇着八字步，显然和大家是不即
不离的。被好奇心充满了的群众，此时顾不得汗的味道，在这肉
阵中前前后后地挤进挤出。你撞着我的肩膀，我踩踏了你的脚
跟，……便一分钟一秒钟也没有宁静过。一下又密密地挨拢来，

一下又疏疏得像满天的星点似的散开了。这正像蜜蜂嗡嗡得开不了交的时候，忽然一片更大的嘈杂的声浪从人海中涌起来，这声音的粗细缓急是完全不一致的：

"呀！你们快看快看，那强盗又开口了！"

"了"字的余音还在袅袅不断，后面较远的闲杂人等跟着就像海潮一样拼命地撞击过来，前排矮小力弱的妇女和小孩却渐渐向后引退。但骆毛（便是他们呼喊为强盗的）的语声，这时嘶哑的程度减轻而蓦地高朗了许多，颤颤的像破锣般地在响成一片：

"嘿！瞧你们祖宗的热闹！老子把你们的婆娘偷走了吗？叫老子吃水？你们也有吃火的一天！烧死你们这一群狗杂种！"

骆毛口里不干净地咕噜骂着：姑娘奶奶们多半红了脸，把耳朵掩起来；老太婆一类的人却装作耳聋，假装问旁边的人他说的是什么；村中的教书先生是完全听进去而且了解了，他于是撇着嘴觉得不值一钱地喊道："丧德呀，丧德！"骆毛自己的两耳只轰轰地在响，这时什么声音都是掺不入的，他只是一味大步地走出村去。摇摇摆摆地走，几位汉子几乎要跟不上了。看看已经快离开了这个村落。后方的人群"跑百码"般地起来，一路还扭嘴使眼嘻嘻地嘲笑，骆毛大概耳鸣得轻了一点，仿佛听见一长串刺耳的笑声，他更是一肚子的不高兴，用力地将头扭回来，伸长着脖子狂叫道：

"跟着你们的祖先走哪儿去？你们难道也不要命吗？……老

子背时的日子，你们得色啦！叫你们这一群龟子也都不得好死，看你们还笑不笑！"

　　但是当他的头刚好转过，枯瘦的脖子正要像鹭鸶似的伸长去望时，才一瞥，就被那长辫子的力大的村农强制地扭回去。他气愤愤地站住不走了，靠着路旁一棵大柏树。

　　"走！孙子！"长辫子咚地给了他背脊骨上一拳。

　　"哎哟！你们儿子打老子吗？"他负痛地叫了一声，两条腿又只得向前挪移，"那不行！尔妈民国不讲理了是不是？……"他几乎要哭出来。

　　这时离开村庄已有半里的光景。这是一个阴天，天上飞驰着银灰的云浪。萧萧的风将树吹动，发出悦耳的一片清响。远处近处都蔓延着古柏苍松，路是崎岖不平的山路，有时也经过田塍或者浅浅的山丘。大家弯弯曲曲地走，似乎有点疲乏。在一座坟台之下略略休息，这一个好机会，群众都围拢来。萧飒的松枝掩盖在头顶，死寂的天空也投下几丝阳光来，透过了绿叶，骆毛傍着那一块字迹模糊的残碑坐下了。

　　"尔妈，老子今年三十一！"他换了一口气，提高嗓音又开始说，"再过几十年，又不是一条好汉吗？……"

　　"骆大哥！啊啊，说错啦！干老爷子！你老人家死咧的话，我儿子过年过节总帮你老人家多烧几包袱纸。你就放心去吧，有什么身后开不了交的事情，都留下让我儿子帮你办。干奶奶——哎呀！啥子干奶奶，简直就是我那嫡亲奶奶呀——我养他老人家一辈子还不行吗？……"

小耗子王七踮着脚走过坟前，用手搓着眼睛，把眼睛圈都搓得快红了，向骆毛请了一个大安，亲热地说了上面的那一大段话。小耗子在今年跟骆毛交过手，败仗下来，就拜了老骆做干爹，是个著名的小滑头儿！

"七老弟，我就再不要干老爷子湿老爷子的啦！"老骆冷笑了一声说，"好汉做事好汉当，也用不上牵累旁人！我的妈呢——"

老骆心里忽然难过了起来，他也不再说下去，站起身来就往前走。人群又被他拖着像一根长绳，回环在山道上了。

登程以后的途中，老骆几乎绝无声响，除了习惯成自然的几声哼哼之外，不啻顿然变成哑巴。这些随从的人们都加倍地疑惑起来了。而几条大汉却很高兴，他们以为这样可以使大家安宁一点；进一步，也可以少伤点风化，因为老骆的话，没有一句不是村野难听的。所以就是老骆走得慢了，他们也不十分催逼他。

骆毛只是缓缓地走，含着一脸的苦笑，刚才王七那几句话引起他无限的感触；他心里暗暗悲酸着，想到他的母亲，便觉心里发软。那热狂的不怕死的心登时也就冷了一半。他的坚强的意志渐渐软化下去。

因为他精神上的毁伤，使他口都不愿意再开了。他心里完全是犹豫和踌躇了——"我死后，我的妈哪么办呢？……我的妈啊，你在哪儿？你可晓得你的儿子死在眼前了吗？你如果在家紧等我不回来，你不知道焦心成哪个样子！唉！唉！……"

　　老骆虽然是个粗人，可是想到死后老母无人养活，他也觉到死的可怕。直至他们捉住他的两臂，要往水下投他的时候，他狠心把眼一闭，他老母的慈容仿佛在目前一样。

　　天依旧恢复了沉寥的铅色，桐村里显得意外的冷冷落落。那黄金色的稻田被风吹着，掀起了轻轻的很自然的波动。真是无边的静谧，约略可以听见鹁鸪的低唱，从掩映着关帝庙那一派清幽的竹林中传来。远的山峰削壁地峙立着，遥遥与天海相接。阖村都暂时掩没在清凄与寥寂的空气之中了。

　　村后远远地有一间草房，圮毁地仁立坡上，在风声中预备着坍塌。木栅门拉开后，一个老妇人拄着拐杖走出来。她的眼睛几乎要合成一条缝了，口里微微喘气，一手牢牢地把住门边，摩挲着老眼目不转睛地凝望，好似在期待着什么。看她站立在那里的样子，显然身体非常衰弱；脸上堆满了皱纹，露出很高的颧骨；瘦削的耳朵上还垂着一对污铜的耳环，背有点驼，荒草般的头发，黑白参差地纷披在前额。她穿着一件补丁很多的夹衣，从袖子里伸出来的那只手，颜色青灰，骨头血管都露在外面。

　　她稳定地倚傍着门柱，连动也不动一下，嘴唇却不住地轻颤。最后她将拐杖靠在一边，索兴在门限上坐下来了。深深地蹙着额发愁道：

　　"毛儿为什么出去一天一夜还不回来？"说着又抬起头来望了一望。

东邻招儿的媳妇，掠着发带笑地扭过来。她是一个村中少见的大脚婆娘，胖胖的脸儿，粗黑的眉毛，高高地挽起一双袖子。大概是刚从地里回来。她正要同这个老妇说话的时候，只见她的十岁的孩子阿哥沿着田边喘吁吁地跑过来，口里喊道："妈，真吓死人的！我再也不敢到河边上去了。"

"什么事，这样大惊小怪的？"招儿媳妇向她的儿子说。

"他们刚才把一个人掷到河里去了。"

"因为什么事？"

"偷东西叫人捉到了。"

"是谁？"

阿哥把嘴向那个老妇一扭，说道："是她的……"

招儿的媳妇急忙把儿子的嘴用手握住，不让他说出来。其实那个老妇本是耳聋的，这回又因为等儿子着急，越发听不到他们讲的是什么话。只见他们的嘴动。她因问道："你们讲什么话，这样热闹的？阿哥，你见过毛儿没有？"

阿哥不敢答，只仰了面望他娘，他娘替他高声答道：

"没有看见。"

那个老妇把耳朵扭向招儿媳妇道："你可是说没有看见？"

招儿媳妇点点头。那个老妇叹了一口气，口里咕哝道："他从来没有到这个时候不回家的。哪里去了！"说着又抬起头来向远处望一望。望了半天，又叹了一口气，把头倚在门框上。招儿的媳妇拉着她的儿子慢慢地躲开了。直至招儿家里吃了晚饭，窗外吹来的风，入夜渐凉起来。外面冷清清地只有点点的星光在黝黑天空中闪烁，招儿的媳妇偷偷地跑到那个老妇的门前看一看，只见她还坐在那里，口里微弱听不清楚的声音仿佛是说："毛儿，怎么你还不回来？"

一九二六年

在贵州道上

/// 蹇先艾

多年不回贵州，这次还乡，才知道川黔道上形势的险恶，真够得上崎岖鸟道，悬崖绝壁。尤其是踏入贵州境界，触目都是奇异的高峰：往往三个山峰相并，仿佛笔架；三峰之间的两条深沟，只能听见水在沟内活活地流，却望不到半点水的影子。中间是一条两三尺宽的小路，恰好容得一乘轿子通过。有的山路曲折过于繁复了，远远便听得见大队驮马过山铃在深谷中响动，始终不知道它们究竟来在何处。从这山到那山，看着宛然在目；但中间相距着几百丈宽的深壑，要经过很长的时间才能到达对面。甚至于最长的路线，从这边山头出发是清晨，到得对山时已经是黄昏时分了。天常常酝酿着阴霾，山巅笼罩着一片一片白縠似的瘴雾，被风袅袅地吹着，向四处散去。因为走到这些地方，也许几天才能看见一回太阳；行客照例都摸不清时间的早晚，一直要奔波到夜幕低垂，才肯落下栈来。

在最称险绝的九龙山沟、羊角茔、石牛栏、祖师观……这几处，都是连绵蜿蜒的山岭，除了长壑天堑之外，石梯多到几千级。从坡脚遥望耸入云端的山顶，行旅往来，宛如在天际低回的小鸟，更没有想到自己也要作一度的登临。

这天，我们从桐梓起程，一离客栈，天便下起蒙蒙的阴雨来，真使人不快。清晨，算是走了一段平阳大路，饭后，便要翻闷头井、祖师观、石牛栏三座险峻的长岭。据说上坡下坡，总共三十几里。这些险峻的山谷，从轿夫和挑夫们口中的歌谣听来，已经够可怕了。他们常常喜欢唱道：

> 分水岭来不算行，
> 石牛栏才累死人！
> 闷头井来还不算，
> 祖师观要走天半。

下午的雨，从蒙蒙一变而为淅沥的大点了。道路非常泥滑。最是在山路上，大小不等的青石块，高一块低一块地乱嵌在土里，晴天已经就凹凸不平，很容易使脚受伤；雨天更是泥塘深坑，时时有使人跌扑的危险。加之，田里的水有时还要满溢出来，泛滥在路上，汩汩地流动。幸而山洪没有暴发，要不然，难保不是一场很大的水灾。

轿夫们戴起斗笠，扎着裤脚，一滑一溜地走着，没有一个不是口里喃喃地抱怨着贵州为什么不修马路。大家又不敢走得太慢了，怕前后的轿子与挑子衔接不上，中途有意外发生。夫头这时像热锅上的蚂蚁一样，一会儿跑向前面去，一会儿又跑到后面来，招呼不迭，总是用好话鼓励着大家前进。乘客如我们，坐在轿内望着这样不好的天气与坎坷的道路，也觉得惴惴自危，因为脚下就是万丈深的悬崖；万一跌下崖去，那就太值不得了，哪个肯把生命当着儿戏啊！

九点钟的光景，我们才在山坡下的一个小村落歇脚，吃早饭。据说，再向前便没有什么好路走了。启程之前，夫头和颜悦色地走过来，请求富商们让一段路的轿子，官眷因为都是女流，算是免让了。那几个满面烟容的商人很不耐烦地跳下轿来，穿起线耳草鞋，打着洋伞慢慢地爬坡。我坐在一家小茅店的前面，和轿夫们一起谈天、喝茶，他们有的已经湿透了衣裳，脱下后，便露出红肿的双肩；有的弯着压驼了的背在喘气。雨是漫天而来，远山的白雾很迅速地向西南移动。

蓄着短髭的夫头操着两手，皱起眉头，望着天空，向一个一走一喘气的白胖商人说：

"方老板，天气糟得很，你怕走不起了，我们喊加班来抬你吧。"

胖子看见雨还是那样地下，山又很陡，早就气沮了，却假装客气道："哪有这个道理，叫你们来贴钱，真过意不去啊！"

"我们还不是可以得歇气，胡小山已经喊加班去了。"

方胖子满意地笑着，立刻就跨进了停在台阶上的那乘新油漆的轿子。

"抬加班，抬哪乘轿子？"

"尔妈，老子昨儿个才来，今儿个又要回三坡去了。"

夫头的话还没有说完，胡小山已经带着两个加班匠来了，一边走过来，口里一边叽咕着。一个身材很高大，样子有二十几岁，穿得还干净；那一个和他恰恰相反，是个矮小而瘦削的三十多岁的黑汉子，穿件两半截连成的破汗衣，腿上一条又小又短的裤子箍着，屁股的一部分就露在外面。

"是不是这乘？"黑矮子颤动他脸上的肉问。

"对啰！"胡小山回答他。

黑矮汉子喊了一声"来，弟兄！"高汉一大步跨过来，两个把轿子提了一提。矮黑汉笑嘻嘻地说："不轻，不轻，有好几百斤！"

气歇够了，夫头便催着大家赶路。

那两位加班匠仿佛争功似的，抬起胖子的轿子先就走了，也不等后面的大众。原来抬商人的胡小山和另一个轿夫老李都有点老迈龙钟了，自然精神差得多，喘着气紧跟他们跑。我就参加在他们的行列之中。我们一路上并不寂寞，时时可以听到加班匠的谈话。从他们边走边谈中，我才知道那个黑矮子姓赵，他的口气很大，似乎是一个抬轿的老手；抬后头的那个叫贺光亭。

"贺光亭，我们两个抬起都还对啊！"在路上先是老赵得意地迈着大步说。

"还跟得上步数吗，老赵？"贺光亭在后面响应他。

"弟兄，顶呱呱！"老赵回答道，一面又忙着报路，"泥塘不知深浅！"

贺光亭回答道："踩边边还要浅点！"

两个加班匠摆起龙门阵来了。

"弟兄，老赵抬轿该有一把手吧！不客气地说，下雨天，老子都敢放开脚步跑，翻山同走平路是一样的。"

"老实老赵，你前会儿些不是说家里出了什么事情，你怎么还是这样欢喜法？"

"这叫作黄连树下抚瑶琴，——洋洋坡！"

"慢慢梭！"

"越走越陡！"

"越上越好走！"

"滑得很！"

"踩得稳！"

老赵口里虽然在报着路滑，脚却故意向泥塘踹去，水溅得很高，发出清脆的响声来，好像有意开玩笑似的。

"赵大哥，你看，你的草鞋都穿烂了！"老贺的眼光忽然落在老赵的那双脚上。

"尔妈，你真是校场坝的土地——管事管得宽，不穿草鞋，又碍啥事！弟兄，你不晓得，我身上这两天干得起灰吗？"

"你帮黄荣发家当长年，好好的为什么又出来了呢？"

"那个日子我过不来：他们吃肉，我们吃猪菜；他们吃米，我们吃糠。出来好久了哟！只有我的婆娘还在他家。"

"怪不得你会搞得这样又黑又瘦的。"

"滑滑路！——人尽管瘦，力气还是有。"

"踩干处！——到石牛栏我看你还是买双草鞋去吧，这样拖起拖起的，怎么走？我借几百钱给你都使得。"

"不瞒你老弟说，我脚上穿的这双草鞋都是捡来的。尔妈，老子再捡一双，就可以穿到河洞了。"

这两个穷苦的加班匠吸引着我，我只顾低头听他们的话，险阻艰难的祖师观已经快走完了。虽说是下坡又上坡，时刻在山顶上回旋，自己的身躯仿佛与对山的白雾相齐，下望是低陷数十百丈的淙淙溪水与纵横的阡陌，我的心也十分坦然。直到贺光亭叫我看祖师的石像时，我才觉得走的路真不少了。

老赵这时更加快速度，右手掌握着肩板，左手前前后后地甩着，把后面的贺光亭简直拖着走，急得老贺乱嚷起来：

"不要尽跑，这样拖，我就来不起了，背时鬼！"

老赵笑道："呵，就来不起了啰，年纪轻轻的人，你才是个背时鬼！"

贺光亭很顽皮地说："我背时，你背利，我敲当当你落气！"

我在轿旁走着，看见老赵两只压得发了紫的肩膀在肩板下不时调换，口里喃喃着。我很喜欢这样一个人，我和他攀谈起来了：

"老赵，你是什么地方的人？"

"三坡，就是你们今晚上要歇的那堂儿，先生！"

"你的家也在那里么？"

"我有个棰子家！从小就打烂仗，在四川、贵州跑来跑去，娘老子早就死了。前年讨了一个婆娘，这阵都还在帮黄荣发家，不准走，听说还要收她上房。我忍不住气，一个人就跑出来了。先生，你说我老赵还有什么家呢？这如今变成校场坝的桅杆——独人了！"

"你抬得很不错，为什么不找一个长路抬呢？"胖子商人很欣赏老赵的抬轿技术，在轿内发问道。

老赵一老一实地说："从前我还不是抬过长路到云南，上成都，下重庆。一来，这阵子的身体赶不上先前了；二来，哪堂儿去找抬长路的生意？人家都说我们是跑流差的，放不下心。"

贺光亭在轿子后面插嘴道："老板，你不要小看老赵呢，他先前还是个做庄稼的，顶有力气的人；后来才背了时，把田并给黄荣发家了。这阵出于无奈，才来抬加班轿子。"

轿子里的商人没有出声，大概他对老赵的历史并不感到什么兴趣。

我仗着人年轻，鼓着勇气，步子几乎和老赵们同时起落，走得相当快，连胡小山们都没有跟上。但是始终有些勉强，一直到石牛栏的小店歇脚，才觉得脚后跟隐隐作痛，有点累。雨这时已经渐渐停止，偶尔还飘过一点两点从树上飞来的残滴。我和同路的两个学生，向一个店家借了一条板凳，在路旁坐下来。

忽然大路上有一个中年妇人走到我们的身边来，挂着一根柴棍，包着白头巾，好像走了很长的路，面红耳赤，显出十分困顿的样子。我们疑惑她总是到哪里去赶场的，在路上这样的人物，我们遇见得很多，几乎一见，就可以辨别得出来。不过这位大嫂仿佛有什么心事似的，埋着头只顾走路，走到店子那座石台阶前，居然坐下了，大概是想歇歇气再走。但是不知道她的眼睛为什么忽然抬起来，向斜对过在抽着叶子烟的一群人盯着，看得真入神，连瞬都不瞬。她的头渐渐地有点颤动，口里咿唔起来。那个年长的学生向我说：

"你们看，那个女人好像疯了一样，怕人得很！"

我们起先还不大注意，等再注目去看时，那个妇人的头发已经披散了，两脚一阵乱跳，没有想到她竟会放声大哭起来，嘴唇边还吐出一些含糊的字眼，夹杂着哭声，正好像清明节女人哭坟的那种凄酸曼长的调子。但后来她的声音骤然转入高尖了，我听清楚了几句，是：

"赵洪顺，你过来，我问你：杂种东西！我有哪样事对不起你？"

她的哭声把四围的人都感动了，大家一齐围拢来问她：

"大嫂，你在这里哭些什么？"

"有啥了不得的事这样伤心啊？"

那个妇人不住地摇头，半天才说："诸位，你们管不到我的家事。叫赵洪顺过来，我跟他说个明白！怕了他，我不姓谢！"

"哪个叫赵洪顺？"有人问。

"就是抬加班的老赵，这是他的大嫂。"旁边有知道的便替代回答。

那个学生的猜想，完全错误了，那个女人并不是疯子。

"诸位，请你们评评这个道理，嗯嗯，"那个妇人一路哭着，一路申诉说，"我家就住在石牛栏，赵洪顺就是我的男人。我们两口子都帮黄荣发家，我不晓得他为啥一下爬起来跑了。黄荣发的大婆娘昨天来跟我说，赵洪顺已经收了他家二十块钱，把我卖给黄荣发家做小。我来他家这两年，啥事对不起他？嗯嗯……他要想卖我，我情愿到昭忠祠去剪了头发当尼姑。我们从今以后，各干各的，我在石牛栏找他两天都没有找到，他这个忘恩负义的东西，以为跑脱了哩！黄家还拿人跟着我。嗯嗯……卖自己的婆娘，太可恶了！嗯嗯……"

"大嫂，你也不要伤心了。我们喊老赵来问清楚了再说，恐怕不会有这样的事情吧！"店家的老板娘走来劝道。

"我倒要看看他敢不敢卖我！"赵大嫂眼睛哭得像红肿的桃子，跑到街心去，把头发一阵乱摆，高声喊道，"赵洪顺，你出来！我姓谢的哪点对不起你，七出之条犯了哪一条？"

老赵这个粗人，觉得他的女人当众扫了他的面子，从对面一大步跳出来，扭住他的女人就是几巴掌。

"你这个烂婆娘，不要脸的东西！哪个卖了你，你去问个青红皂白再来泼，你在这儿给我丢什么底！"

赵大嫂借着机会，就坐在地上，简直不肯起来，只是伤伤心心地哭。

"老赵，你发神经病了？"

"尔妈，你好好地跟赵大嫂说，不能就伸手打人。"

轿夫们都愤愤不平地上前来拖赵洪顺，有人便把他往远处推。老赵有一股子劲，推了过去，他又按过来。

"你的轿子不抬了吗？"夫头气得吹胡子，走过来给他背上一拳。

"不抬，讲好了的，哪有不抬的话说！"老赵轮起眼睛道，一面怒气勃勃地向着他的女人，"这一定是黄荣发搞的圈套，等我回石牛栏来，我们再扯。老子答应了人家的生意，要干扰。你要是不放心，就跟倒走，我不会像岩鹰飞到半天云去的。猫抓糍粑，脱不了爪爪，我早晓得有今天了！"

那个尾随的长年催着赵大嫂起身，她抽泣着向石牛栏的山垭里走了。老赵抬起轿子来，一肚子的气，横冲直撞地狂奔着。

"老赵，你这家伙也太没有情分了，她是你的同床共被人呀！"走到一座松林里，胡小山带着讥剌的语调向老赵说。

"弟兄！"他看见胡小山年纪太大，这个称呼有点欠妥，连忙改过口来，"胡大哥，你不明白！"

"你明白啥？我看你简直是人穷志短！"

"胡大哥,你哪里会晓得老赵家里的事情。你去打听打听,石牛栏的保长黄荣发是不是个好惹的家伙。这里头一定有古怪!赵洪顺穷尽管穷,还并不是这样没有良心的人。……前踩左!"

"后踩右!"老贺应。

"……"

"赵大哥,"老贺听了他的话并不满意,大声地说,"你鼻子生得矮,会转拐。你家大嫂并不是一个不贤德的女人,你为啥从黄家开小差的时候,连说都不跟她说一声呢?论情理,这就说不过去了。"

赵黑子低头不语,只管伸直了腰赶路。

翻山翻得我们的头脑发昏。雨虽然没有了,天边也已经透露出一两丝阳光;路却非常难走,并且沿路都是盐巴客,把他们沉重的背篼横梗在大路当中,不肯让人;一不小心,轿夫便会和他们吵闹起来。

黄昏时候,我们才到河洞,这个地方是寥寥可数的几家人户,一座顶上盖瓦、两旁有栏杆的木桥,桥下水声潺潺。我们歇在桥头,抬头可以望见那些官员眷属的轿子从山谷的曲路蜿蜒而下。在河边,大家聚齐后,又出发了。赵洪顺挺起胸膛,正走得起劲,哪知道又有意外了,从路旁冷不防走出一个卖粑粑的老太婆,把他一下抓住。这位婆婆年纪虽老,却真有力气,无论如何不让他走。老赵却大声喊叫起来。

胡小山从后面赶来了,忙问是什么事情。

"他欠我的钱不还！"老太婆恨恨地说。

胡小山问道："多少钱，值得这样闹？"

"四百文！"赵洪顺说。

"还钱不还？"老太婆把赵洪顺扭得很紧。

老赵挣扎着，高声说："前是胸膛后是背，要钱就是定子会！"

老太婆哼了一声说："耍赖皮！不还钱，你就不要走路好了！"

胡小山过来，吼了老赵一声说："老赵，你这个烂干人，吃人家的家事，不给钱，有这种道理吗？四百钱，好大个事情！"

"大哥，没得钱，就是还不起，有啥法想？"老赵给自己辩解。

胖子商人在轿内发言了："胡小山，在加班钱里扣他四百就是了。"

"老板，那不行。"这好像挖了老赵的心。

胡小山在裹肚里拿了四百钱递给老太婆，踢了老赵一脚说："抬起走嘛，你这个欠账不还的干人！"

老赵瞪着眼睛，招呼后面道："又走啦！"

走了好几里，老赵一句话都没有说，只顾向前冲。就是看见对面的挑子来，也不喊"踩左、踩右"了。

贺光亭问道："老赵怎么回事，不开腔了？"

"胡小山就不该扣我四百文。粑粑钱，我打主意再欠她几天，我不存心赖账。"

"早还晚还不都是一样吗？"胡小山说。

老赵道："扣下来，我还有个屁的钱！"

"不要怄了，我帮补你四百。"贺光亭劝道。

我也安慰他道："到栈房，四百文算我的好了。"

老赵不同意道："先生，哪有我欠账，反来连累别人的道理。"

"唔，你们下力人哪里挣得了几个钱啊！"方胖子也同情起老赵来了，叹息着说。

晚上九点钟，才到三坡，栈房已经由夫头定好了，就是他们告诉过我们的荣隆栈。搬行李、铺床，再加上吃夜饭，一忙乱的结果，我已经把老赵忘记了，主要是疲乏包围着我，我想躺下来休息。忽然一个矮瘦的黑影在我的面前一蹲，低声说：

"先生，你不是答应帮补我四百文吗？"

"你是谁？"我一定睛，才看清楚说话的人，"呵！老赵，你们也住在这里吗？白天太累了，还不去早点睡觉。"

赵洪顺又天真又老实地说："我们也住在这间栈房。先生，你怕走累了吧？钱，你要是不方便的话，明天早上拿也行。"

"拿去吧，我答应了你的。"我从衣箱内抓了几个值百的大铜圆给他。

"多谢你，先生！"

老赵的黑影闪进东厢房里去了。

我们住的这家栈房虽然很大，但是并不十分清洁，满屋的壁上都是打油诗和漫画，光怪陆离，无所不有。屋子靠近河边，河风不时吹来，刮得窗纸呼呼乱响。我躺下来，正睡得模模糊糊的时候，忽地听得店门嘎的一声响亮，我立刻就惊醒了。以后声音更嘈杂了，好像是有不少军队大踏步地进店来了，脚步声一直响到东厢房之前，接着就有几个灯影在乱晃，只听一片吼声："起来！起来！"那边屋子里的人大概都惊醒了，立刻形成一种紊乱：有的在发梦仲，有的在满地找草鞋。我战栗着，想起轿夫们都睡在那边屋子，难保不是拉夫的呢。我坐起来了。一个同屋的老人很镇静地对我说：

"不相干，大概是查号的吧？"

"那么！他们一定要到上房来。"

"不，店老板会应付的。"

我漫应着，又重新睡下，却再也睡不着了。同屋的有几位都沉默地听着，想了解是怎么一回事。

"我原说在这点，你看对不对？"一个非常粗鲁的声音，把喧嚣的空气压沉了下去。

"军士，我们真不晓得……"

这仿佛是店老板的求饶，又有点像么厮们的口吻。底下的声音就乱得听不清了，好像有人厉声说："连老板一起都带走！……"

接着，便是轿夫们的吵闹，有些在廊檐下睡的，正睡得蒙眬，也翻身起来，口里直问：

"啊呀，啥事，啥事？半夜三更闹个不清？"

骚扰的队伍这时完全挤在东厢房门口了，还进去了几个人。

"捆起来，杂种，老子们也叫你跑得脱！"

"军士！军士！军士！"半哑的破竹似的声音忽然喊起来，这个声调，我觉得非常熟悉，好像从前在哪里听见过。

"在拿人啊！"睡在我旁边的一个学生伸过手来，拉着我的衣裳颤抖着说。

我低声回答道："也许这家栈房住的有坏人，团防打听到了，来拿他的，不要怕！不要怕！"

似乎是一个小军官发出命令："架起走，这家伙真可恶，把他拉来才几天，又跑了，枪毙他！"

轻微的哭泣声在那边屋子里抽搐着。绳子捆绑和拳头抨击的巨响，使人有一种森冷寒缩的感觉。接着，一阵杂沓的脚步声，队伍走开了，大门又关起来。受了纷扰的人们，似乎都无法再睡了，到处都听见叽叽咕咕的议论，像蚊虫似的嗡嗡了半夜。

第二天，我们起来，又重新整理行装出发，天完全放晴了，我们的头上是一片蓝天白云，大家都非常欢喜。我刚一出店门，迎头就看见昨天抬方胖子的那个高汉加班匠贺光亭，我忽然想起他的同伴老赵来，便问他道：

"你一个人在这里，老赵呢？回石牛栏去了吗？"

"先生，老赵遭抓走了。"他凄然说。

我愕然问道："怎么，昨晚上抓走的是老赵？"

"你晓都晓得了，还来问我。先生，我只晓得老赵是黄荣发家的长年，哪个晓得他后来遭拉兵拉走了，又逃出来的。他今天算不到就要把命送掉。唉！只可怜他的女人，还在石牛栏等他回去，跟黄荣发算账哩！"

我已经走到街上来，贺光亭还在远处眼泪淋漓地望着我。

方胖子正跨进放在街心的那乘新油漆的轿子，向我摆头说：

"你还跟他谈啥！抬加班的、烂流差、逃兵，都是一流货！"

我还想回头再看贺光亭一眼，行李挑子的大队已经拥挤过来，横放在街上，把我阻拦得什么都看不见了。

一九二九年

盐巴客

/// 蹇先艾

在川黔道上行旱路的时候，常常有一种人最容易引起我憎恶的心理，为了他们我曾经整天都不愉快过。他们都是三四十岁的汉子，身材高大，周身的筋肉都鼓胀着，脸上看不见一点烟灰的影子，透露着赧红的健壮色。不过背部因为重载的压迫，一般驼背较多。同普通的轿夫和挑夫比较起来，显然他们是另外一种不同的苦力。惨白的脸色和孱弱的身体的分子没有参加这个行列的可能。他们有一种特别的本领，便是背上驮着仿佛大理石块子的盐巴，重叠着像两三尺高的白塔，和骡马一样，跋涉十天半月以上的坎坷长途，每天走七八十里或者一百里，不算一回事——他们被大家叫作"盐巴客"。我对他们不表示好感的原因很简单，就是由于他们常常无理由地阻碍交通。这班"盐巴客"出发的时候，是照例几十个人结成一帮，最喜欢把背子横梗在大路中间，用"打杆"支着，美其名曰休息；事实上却往往成为行旅往来的障碍物。他们络绎地连成一线，你从旁边侧着身子过去，会担心那些盐块滚下来，击破你的头颅，使你感着无名的紧张。倘若有轿子路过，轿夫远远地就得喊道："背子！背子！背子！"意思是给他们一种警告，要求这些客人略微移动一下他们的重载。他们每一个人仿佛都害着聋病，那呼喊等于秋风过耳，只是用污黑的手巾拭擦脸上的汗粒，不肯让开一点。这帮汉子的脾气都极为暴躁，缺少忍耐的美德；有人偶一触犯了他们，便会高声地叫骂起来，甚至于故意把盐块倒在地上，和轿夫们为难，借以阻滞旅客的前进。有时我们落栈过晚，都是由于这一种纷扰的耽搁。

　　我常常想起故乡喜欢说"盐巴老二客"，我不知道究竟出于何典。为什么"盐巴客"一定要和"老二"相提并论呢？"老二"是川黔对于土匪的一种称呼。照这看来，和"老二"比美的"盐巴客"，当然不是什么善良的人了。

　　五年前，我为了一点私事回贵州，没有依照寻常的行程走，总是赶路。有一天，因为时间太晚，宿在一个小镇上。这镇里密密麻麻住满了老鼠似的川军，遍街都插着三角形、红黑色扁体字的军旗，又赶上下大雨，远天鼓频频地乱震，急雨像深山瀑布似的泻流。轿夫们都淋得像蘸入水底再浮起来的家禽一样，虽然戴了斗笠，也避不开那雨水的冲击。我们躲入一家小得可怜，只有三间客房的茅店。

　　伙计一看见我的轿子落下，便站起来，用手一拦说：

"先生，这个栈房你是不能住的！"

"不能住的？"我心想，"难道这间小栈房也扎得有军队么？可是又没有插旗子！"

"……"

"为什么？你要多少房钱我都可以出。"我很不高兴地问道。

"不是钱的关系！这儿的房子都住满了，并且还很脏。"

"不要紧，我带有行军床，把它铺起来就是。"

伙计听见我的话，皱了一皱眉头："不过，先生，你愿意两个人住一间屋吗？"

"你们实在腾不出屋子，我也只好两个人一间，将就住一晚上。"

一位鼠须老者，坐在柜台前面，站起来补充伙计的话，向我说："先生，我们靠走廊倒有一间房子，就是住的有一个病人，不碍事么？"

我听说是有病人的房间，犹豫了一下："什么病，他害的？"

"没有啥子相干！"伙计插嘴道，"一个跌伤了脚的'盐巴客'。"

"跌伤了"这三个字使我心里还觉得坦然，因为这不是什么了不得的传染病。但是"盐巴客"——这位病者的头衔终于从伙计嘴里吐露出来。这名称，真刺耳！天知道，他是我最憎恶的一种人。

外面的雨还是漫天而来，街上的水像江潮般汹涌着。我们实在没有法子再前进，或者另觅别的旅店了，而且灰黑的夜雾已经整个笼罩了这个小镇。

"将就一下吧。"我心里这样决定之后，便向那年轻的伙计说：

"请你叫我的轿夫把行李搬进去好了。"

伙计点起一支红烛，淡黄的光辉飘摇着，照着我一步高一步低地傍着走廊走。

刚走进了院门，便有一种令人恻然的"哎哟"的声音断续地传出来。在这半黑不明的地方，听见这一声惨叫，我几乎疑惑我是踏入了地狱的铁门。

在酒糟脸的伙计的殷勤引导下，我走进一间霉湿的小屋。因为篱穿壁漏，我觉得它有点像一座破烂的、草草搭成的木棚。桌上的桐油灯已经油干灯草尽了，还没有停止它最后的呼吸。这灯光把屋子照出一个黯淡的轮廓来。我的脚竟碰在一个大得可怕的夜壶上，立刻起了一点刺痛的反应。屋里的陈设是一张方桌，两间床。靠东边那一间便是病人的卧榻。因为我们进来之后，那里的呻吟也就越发响亮起来了。

我忍住气，只怪我为什么要来住这样的一个栈房！

轿夫把轿子后面的马灯解下拿进来，屋里居然大放光明了。谢谢灯光，我看清楚了对面的情形：躺在床上的人是一张蜡黄的脸，满嘴络腮胡，有几分像法国天主堂的教士。虽然是那样的热天，他却仿佛害寒病似的，用厚被把全身裹着，而且有点颤抖。——

绝不似"盐巴客",然而我无从否认伙计的话。

我微微笑着,一边把网篮里的零星用具搬在桌上,心头遏不住一种幸灾乐祸的情绪:你这倔强的汉子!你那背子横放在大路当中,和轿夫们挑战骂街的勇气到哪里去了呢?你知道吗,这就是你应得的惩罚!

又是一声"哎哟",还加上了一句"我的妈"。这位准法国教士用奇异的眼光向我注视了,窥探了,他似乎整个地明了我的心头是在讪笑他。也许是在怀疑着为什么这样的客人竟会来和他同住,难道不嫌弃他的地位,不憎恶他的连续的呻吟?但是他没有知道:我是在隐忍着,在勉强地矜持着。天把我陷在这样进退两难的情境中,全然失去了抗拒的力量。他对于军队的过路,大概是很茫然的了,更不用提这一场滂沱大雨了。因为这小屋虽然破坏了,它的位置在一个非常偏僻的长廊里,听不见外面的任何声音。真像一间隔离病室。

他的呻吟逐渐地减少次数了。一定地,他把我认作了寂寞中的安慰者(这却是绝大的错误,鄙人委实没有负得有安慰一位"盐巴客"的义务)。也许他是在勉力遏制着自己对于别人的无理由的纷扰。——但是,这算不得什么,这是绝不能减轻我的心头的不快于万一的。病,并没有什么可以憎恶的地方;谁能保证自己一辈子不抱"采薪之忧"呢?他的被我拒之于千里之外是他不该是"盐巴客"!

他的头发真长,简直是一个长毛贼,我懒得看他。

　　把被褥铺好了，我的事情算是告了一个段落，开始吃夜饭。在此时，我竭力想忘掉这屋里有一位受伤的人，而且是属于和"老二"们一样的"盐巴客"。然而不可能。我的脑海中不知道为什么，总时刻出现他的阴影。他适才呻吟的余音，也似乎总在耳边回旋地低鸣着，虽然现在已经听不见了。

　　我点起一支烟卷来。他在我抽烟之前，并没有来搅扰我。直到这个时候，看见我有闲暇，才从被窝里伸出一只毛茸的手来，很费力地要想坐起来。他的牙齿紧紧咬着，身上似乎有什么痉挛的痛苦牵掣了他的挣扎。他低声向我恳求道：

　　"先生，费您的心，我想吃口茶，喉咙干得要死。就是那桌子上的瓦壶，请先生伸手递给我一下子。"

　　我觉得自己为什么要递茶水给一个"盐巴客"呢？我又不是他的仆人。但是他的哀求的声音又起了：

　　"先生，直当做点好事，我并不是啥子好吃懒做的人！"

　　这病人和其他"背盐巴的"完全不同，说话的语音是那样地和蔼，我终于被他带着颤抖的乞怜声所感动了，不由自主地便把桌上那把缺把的茶壶递给他。他接到手里，立刻脸上露出一丝笑容，好像感到一种安慰；喝了一口，把茶壶就放在床边，向我点头道谢，并且说道：

　　"先生，对不起，住在这间屋子不怕吵么？我是有病的。"

　　我摇了摇头，表示没有什么。

　　"你先生从哪堂儿来？不像这儿的人哩，看样子！"

"从北平来。我离开家十多年了，这些年都在北方。"

"怪不得咧，说话都不像我们这儿的口音。"

这位胡须蓬茸的苦力的态度，竟会这样地温和，同他的职业完全不相称，真是出人意外的事情。他没有我以前所遇见的那些"盐巴客"的特征，一开口就是最粗俗的字眼。我对于他的憎厌的心情，竟渐渐像退潮似的降落了。

"你真的是背盐巴的吗？"我的心里还不能完全释然。

"先生呀！"想不到大滴的泪珠竟从他眼里热腾腾地滚出来了，"是的，一点都不假，我们只配也只能做这些下力的事情。但是，现在想背盐巴都背不到了，说不定要成残疾哩！"

"怎么？摔伤了哪点？怎么会这样厉害？"我把烟灰在床沿上弹了一弹，心境已经全部平静了。

他用一只手撑着头，叹口气道："唉！真是说不得！把人家盐号的事情耽搁了还在其次，家里头好几口人都等我的钱吃饭呢！幸而好，跟这儿的老板有点亲戚，才得住在这儿养几天。前两天拜托人往家里去信，叫他们喊乘滑竿来抬我回去，还不晓得来不来，把人的眼睛都望穿了。……唉！腿跌断了，恐怕要成养老疾咧。"

"为什么会跌坏了呢，你们都是老于行路的人？"

"有啥法子，碰见队伍过路，没有躲得开，被他们推下崖去了。你是晓得的，先生，贵州山里头有的是几十丈深的悬崖，跌下去就会没得命的。背上还背得有一百多斤盐巴，你说吓人不吓人！

那天，我们听说张师长的队伍开起下来啦，我原本叫大家在炒米场多歇一天再走，让他们这些老虎豹子先过，都是有几个人不肯，才碰到这种灾难。我跌下崖去的时候，人简直晕死过去啦，啥子都不晓得。那些十恶不赦的军队，哪里管你这些，吹起他们的鬼号，赶着运子弹的骡马，走他们的路。死一个穷民百姓，在他们好像死一个蚂蚁。同路的把我抬到这儿来，灌了我好些姜开水，才醒转来，腿的骨头全跌断了，醒转来有啥子用？店老板拿些虎骨酒来给我擦，越擦越老火！"

我带点讥讽的态度问道："你们'盐巴客'不是很凶么？我知道你们跟轿夫打架向来是不肯松手的，怎么还是怕军队呢？"

"军队，哪个不怕！——先生，说'盐巴客'凶，真是黑天冤枉了我们。你不晓得我们背盐巴的才是下力人里面最苦的一种人，比轿夫他们剩下的那一点都比不上。我们一天就只那有数的几角钱，又没有茶钱，又不打牙祭。说起来，这真是一件伤心事。我们上路，顶不好做人了，背上背着百多斤重的东西，压得你气都缓不过来，在路上碰见抬轿子的，简直是冤家对头。他们仗恃抬的是老爷，总是叫我们让路。想一想，哪个该躲哪个？哪个的东西重点？有山，我们自然可以靠倒山坡歇口气，让他们过去；没有山，难道我们往悬崖底下跳不成！背子比不得轿子那样轻巧，随便在哪儿一停就停得住了。我们躲得慢点，他们张口就骂人，骂我们啥子'一辈子都背盐巴'。先生，你是读书人，很明白的，我们都是一样的下力人，哪个受得了哪个的冤气，少不得就要跟他们吵嘴。他们动不动就把老爷们请出来压我们，还有，我们的盐背子连在人家柜台上靠一靠，都要遭骂的，怕把他们的板壁压碎啦。碰到军队，我们更背时！一不小心就被他们推下崖去。我们凶不凶，菩萨晓得！……"

他的满腔悲怨，好像从前被水闸拦住了似的，这次突破了水闸冲出来了。虽然是带着病容的人，蜡黄的脸，也布满了极紧张的愤慨的情绪。

从前，我的心为什么那样窄狭？我憎恶着这样可怜的人！现在啊，敌忾的心理像天空的云影一样消散了，我竟忘却我是在和一个"盐巴客"谈话。

他继续颤抖着说道："先生，不是同行劝倒我，我早就不吃这碗饭了。现在好了，还是回家同我们爹摆干胡豆、地瓜摊子去；脚没得用了，挑也挑不得，抬也抬不得。"

"你家里离这儿很远吗？"

"不很远，只有两天多路。信是早就应该到了，家里头不晓得做啥子还没有人来？"

"你们家有些什么人呢？"

"爹妈妻室儿女一大群。——我的爹在先也是背盐巴的，如今背不动，才轮到我身上了。我的大的个娃儿也有十五岁啦，打死我也不叫他再干这一行！……"

我把烟卷头投在地上了，长途跋涉的疲倦包围了我，使我支持不住，便躺在行军床上。他张大了含泪的两眼，望着我道："睡吧，先生，你的瞌睡都来了，你是明天还要上路的人。"

我点头。

这一夜非常地古怪，我虽然合上眼，从一二三四数到一百，又数回去，但是无论如何也睡不安宁。我深深地忏悔着从前对于"盐巴客"的误会，然而我又十分地欣幸着我的不正确的观念已经得到了纠正。对面的呻吟声，在深夜里又慢慢地、带着节拍地、低微地断续发出来，大约是受伤因为在睡眠的状态中，缺乏驾驭能力的缘故吧。

我捻灭了灯，怕看邻床的那蜡黄的、可怜的脸。

好容易东方泛起了鱼肚的颜色，雄鸡也唱起催人的高歌。这时，我的同屋特别地睡得沉酣，鼻息的声音替代了呻吟。他的腿上的痛苦，是不是已经减少了呢？我无从知道。

离开这小镇的时候，一轮红日已经在云海里驶动了，我庆幸着我们将有一个晴美的天气。但心里仍然印镂着那位"盐巴客"的影子，我希望他家里早晚一定有人来，用滑竿把他抬回去，并且祝福他的前途犹如那初升的朝阳。

一九三三年

赌徒吉顺

/// 许杰

上

　　吉顺和他的两个朋友匆匆地走上了三层楼，就在向东的窗口择了一个茶座。堂倌跟来，问他们要吃什么东西。吉顺吩咐他先泡两壶绿茶，再拿几碟瓜子和花生。

　　三层楼是我们县里新兴的第一间酒菜茶馆，建筑有些仿效上海，带着八分乡村化的洋气。它的地址极好，是全县商业最繁盛的中区，风景也不错；左边靠着五洞的西桥，与县城的西门相连，倒翠溪从东北掠来，迤逦成曲折的绿带，到西桥的下面，就折而向南，再转向东南流去，与赭溪汇合；右边是一望的平野，疏柳与芦苇，绵亘到赭溪涧边。若是在三层楼的屋顶上，往四周一望，全县的屋舍，就鳞接地毗连着，几树疏散的果树或桑叶，从人家的园中升起，稀朗得如寥落的汀洲水草。倒翠溪与赭水合流的渚口，流水洄成几个旋涡，淙淙然别有一番风韵，合着野鸭入水、落雁翻空的清音，时时在空气中回翔。而楼下西桥上的市集，小贩的喧嚣，人声的扰攘，却又带着十二分的都会气味。

　　三层楼的顾主，都是防营里的士兵、衙门里的司法警察和一些吃大烟的赌徒。凡是上那里的人物，都有其行中的衣钵，受过严重的戒律的；随便什么人，想不顾身手地在那里鲁莽，必有堕入他们的笼中之一日。吉顺能够这样轻易地踏上那里，自然也是他这两年来日夜在赌场上生活的成绩。

　　那时已是傍晚，落日的余晖，从三层楼的西窗射入，光线穿过室内的尘烟，结成几株方形的光柱，投在吉顺们坐着的桌上和他的朋友金夫的脸上。吉顺指点着金夫换个位置时，堂倌就殷勤地送上两壶绿茶和三碟瓜子到他们的桌上。

　　他们开始喝起茶来，瓜子壳片片地飞扬；的的地嗑瓜子的声音和吉顺们谈笑无序的声音错杂着起来。

　　吉顺是一个二十八九的泥水匠，住在离这里三四里远的枫溪村。枫溪是赭溪的别名，因为这一支溪流的涧底，都积垒着红色的卵石与大岩；流水在石上走过，涧底荡漾着的红色石砾，正似满天枫叶，在秋的晴空中颤动，枫溪的村名就是从这里来的。吉顺的父亲是一个木匠，在枫溪一带是以吝啬起家擅名的。后来抛弃了本业，就在枫溪村上开了一间小杂货店，人们号为"脚酸店"的，竟然积蓄了许多钱财，买了几亩田产。在吉顺六岁那年，他的父亲就死了。吉顺的老婆，是他父亲在时给他定下的；他的丈人是一个泥水匠。他母亲抚养到十一岁的那年，就留下他父亲的财产和田业，交卸了代管的责任，又自己寂然死去。他的丈人见他只有孤苦一人，就把他接了过去；住在他的家里，一面就跟他学业。他从小就伶俐，无论学什么工艺，一学便会；到十六岁那年，就是一个上好的禀有灵巧的匠心的泥水匠了。

但是吉顺既占有他父亲的遗产，又禀有他一身的好手艺，对于经济的收入，感得十分轻易而丰裕，所以对于金钱的重视，也没有他父亲那么见钱如命，那么郑重而宝贵。他在二十岁的那一年上，便由轻视金钱的心思，演成挥金如土的事实，与几个堕落的朋友，日夕堕入赌博场中徘徊。他觉得他的丈人屡次告诫他的讨厌，声言不要他的丈人再来多事，就把他的老婆与三岁的孩子带回枫溪居住。从前，他在一年当中，总还做半年的工作；近几年来，他简直以赌博为正业，以茶楼酒馆为家庭了。他除了偶一晚上回家以外，差不多整一个月都不回家。现在，他有四个儿子与一个女儿；而他父亲所遗下的田产，却早已售罄。他老婆在每况愈下、困苦艰难的家境中，虽然要挣扎着给人家服役，以自养活与支持家务，却为定期的每隔一年的生育儿女所困厄而不得超升。她每想劝诫她的丈夫，叫他不要这样长住在赌场与茶馆中，以赌博为正业，以至家庭的生计和财产破坏到这样空虚。但是他的性格，变得与从前大不相同，谈话的时候，都要抢拳反眼，凶狠暴戾地骂她多管闲事，骂她吃得太安稳了，要问他讨一顿恶打和谩骂。他告诫她，只要好好地住在家里，他自然会赚钱来养活他们。但是有钱的时候，他是没有闲暇的时间回到家里；若是在无钱坐不下赌桌时，回到家里，却又是多一番家庭间恶声的谩骂。几回她吩咐大儿子追到赌场，也挨得几个巴掌，哭丧着回家。从前在赌博赢了之后，也有几次买几斤猪肉回去，大家吃得一个惬意；但是现在可没有了。

金夫是吉顺近几年来在赌场中时刻不离的好友。他是长方脸儿，高伟的身材，正方的下颌的四周，连到耳根，长着半脸的曹操胡子，阴森森地直立着如一个壮毛的刷子；目光睖睖的眼睛，尖角而矗立的眉毛；横广而多皱纹的高额：到处都显露出一种凶狠的气象。他曾在邻县的关局，当过一名护哨，因为同别人同时爱上一个山村妇女，以致用尖刀把那人杀死，才逃奔回家的。以后，他曾经开过一间小店，但是，不知怎的，没有几时，便把店门关了，尽日地沉湎在赌博场中。

平春，大家都叫他小平，是中等身段的中年后生；比较起来，只有头部特别的小；但是面部各部分的位置和大小，却是十分匀称；眼珠分外地灵活，与满脸带有发光的油脸相辉映；说话时，常常带着狞笑，笑得除眼角的皱纹如燕尾般地分成三叉外，两颊格外地丰润而油滑，显出一种奸猾的、时常弄小巧的小鬼神气。他不像他的兄弟们那么勤俭敦厚；他从小就要背着他父亲偷偷地逃去掷骰子和拔签，虽然他父亲严重地责骂他，他转眼间又如水过鸭背一样，毫没有影响地去了。他父亲刚死了一日，他还跑去赌博。他说："我父亲在日，这样打我骂我，我还要赌；现在可没有人打骂了，我不应该尽量地赌一个痛快吗？"

他们三人，现在是刚从忘忧轩赌场出来，因为在那里获了一次侥幸的胜利，所以应该到三层楼去享乐一下。

"今天的运道真不差啊！"吉顺说，"那一定是财神跟着了，这是什么'手风'，一连会赢到十几盘，我们的心还是不狠；要不然，庄家早被我们敲倒了。"

小平笑欣欣地，好像在得意自己的成功说："第三盘不是依了我的配法，不是把你配好的重新配过，那不是被庄家吃去了吗？我知道庄家的心苗，只有这么配的。"

金夫喝了一口茶，又把头部斜着转来，嗑着瓜子。他把一片瓜子壳吐了出来，低垂的眼光，跟着看到地下。他抬起头来，瓜子的白末，结在他嘴角的黑胡子旁边，很明白地上下摇动着。他说："我们吃什么点心呢？"

"随便什么！"

"喂！堂倌！来！"

金夫的声音有些惊人，他说话的时候，正与小平相反，常常是板着一副呆板的脸孔，眼睛圆睁着的。堂倌刚欲往楼梯走下，被他这一叫，便缩住了脚，急匆匆地跑到他们桌边。

"吃什么？先生！"

"你店里什么东西有？"

堂倌念了一大顿的菜名，在每一个菜名下面，加上一个"好吗"的问句，叫他们细心地选择。他念菜名，比乡村私塾里的学生背《百家姓》或《三字经》还要纯熟。他说了之后，顺便又用胸前夹着的抹布，反复地在桌上无意地揩抹。

吉顺和小平都说"随便"，金夫就随便点了几碗菜。堂倌殷勤地退去之后，在楼梯头就往下叫起菜名了。金夫又重重吩咐他一声"快些！"堂倌也如应声虫一般叫了一声："嗄，快些！"

吉顺呆呆地注视着壁上的日影，又从这一支辉耀的光线，逆溯到那向西的楼窗。他眼光在楼窗口徘徊了一回；窗外的曲折的枫溪，溪边的疏柳和芦苇，芦苇丛中的一声声的断雁，断雁声中的悲哀情调；它们都在枯黄的夕阳和将老的秋的景色中，引诱他追想到近年来家庭衰落的情景，和妻儿们在穷困的境遇中过活的情形。

吉顺的幻想的心，忽然长出双翅，灵巧得像鸿鹄一般地飞出窗外，丢开那些夕阳荒草、疏柳丛苇的景物在脑后而不一顾，翩然地在那株多叶的樟树边沿落下，走入那樟树阴下的小门。那正是他自己的家庭——近来已经一月没给钱养活他们，半月没有回去看他们了。他是在三年以前才搬入这间小屋里的，他从前住的他父亲遗下的老屋，已经押给房族的大伯，所以他只能住入这间小屋里过活。他从那扇小门走进，他的老婆背着两岁大小的幼儿，坐在靠墙的床前那条阔而矮的凳上打草鞋；她眼眶里饱含着奇异的绝望，与偷生的泪珠，不时地潸潸滴下。五岁的女儿与七岁的儿子，沉默地坐在灶下，从他们的呆视中间，便知道他们心中正埋着一种绝望的悲哀，欲诉无门的苦痛。地上杂乱堆着的稻草，正如他们心中结着的复杂的悲哀。他走了进去，老婆开口就问他要钱，告诉他这几日来大家绝食的情形，和儿女们的哭泣。坐在灶下的两个儿女，听见他们的父亲回来了，就抢着跑到他面前，紧紧地牵住他的衣襟，非常亲昵地叫着爸爸。他胸中觉得有一支非常悲痛的箭，骤然从对面穿入，同情而自责的心思，与自己卑薄而反悔的决心，就同时如蟒蛇一般地在他胸中乱滚。他许久说不出一句话来，只能沉默地抚摸着孩子们的可爱的头颅。他正欲把一切的欲念撇出，把孩子们的父亲的责任，与重整家业的欲念撇去，心愿过着眼前的独立生活，仍消磨自己的悲哀生活在赌博与酒烟的兴奋中，就弃了孩子们，回头往外走时，他的灵活的第二个儿子，又哭丧着走入屋中，悲哀地拖住他的父亲，说他并没有偷过那人的东西，那人偏偏要说他偷过，要抓住他打，求他的父亲搭救。他想，我的儿子，难道就做了贼吗？这不是我所造成的成绩吗？在三四个小孩的哭声中，他正埋葬着悲哀的沉默，忽然他的大儿子的那个主人，又牵着他的大儿进来，说要交还他，说他的大儿没有家教，几次教训他都不听，这种坏的脾气，是生成永久不能去除的了，现在就要交还他们。他一时不能决定，复杂的悲哀，自卑与自责的心思，又把他重新系住在可怜的妻儿们悲哭着的家庭中，他沉默着好久，看看乱发蓬松、面容憔悴的老婆，看看哭丧着脸，眼泪在枯黄的面孔当中奔流的儿女们，他们好像都在讨伐他，责问他，咒诅他；他们悲哭着的声音，他们带着泪痕、迟钝地闪着的目光，都如利箭一般地穿透他的心坎。悲哀在他心头旋绕，酸泪从他的心坎中涌了出来，扑簌地落在他前面牵着衣襟而悲哭的儿女们的头顶。忽然，一阵超逸的遐思，正如他屋外樟树梢头吹过的清风，在他脑际一闪，他想到忘忧轩赌场中赌友们哄笑欢呼的情形，三层楼上喝酒猜拳的乐趣，与他们终日哭丧着脸是大不相同，不免又生起退避的思想：我还是疗救自己罢——至少自己是可以安适地快乐地过去。

　　吉顺把停在嘴边的那只手放下，那里还夹着一粒未嗑的瓜子，他不过在那里一停，一时间并没有想到嗑瓜子的事。现在他无意中放下那只手来，视线也无意间随着转移，注意从幻想中飘了回来，栖集在那粒未吃的瓜子上。他又在瓜子的四周再一飞翔巡视，他明了地知道自己正坐在三层楼上，金夫和小平们正坐在他面前吃茶。

　　那不过是一瞬间胸中的幻影，只在他们的一个默坐中生出来的心像。酒菜还没有送上来，堂倌正送来酒杯和竹筷。他们看着他一双双地放好，又看他走开。

　　小平拿起两根竹筷，如擂鼓一般地在桌沿上猛敲，带笑的两唇间，滑稽地咕噜着绍兴戏的开台锣鼓的曲调。

　　"晚上再把那人拖下来。"金夫睒着眼角说："那我们可以'出山'了！"他声色俱厉地又说："不是我不客气，自己夸口，要是我的手一'红'起来，我一定三五日可赢；今晚我一定把那人抖了'钞'再说。"

小平的头颈微微地一斜，油腻的笑晕又在嘴角边荡漾；他无意识地缓了绍兴戏锣鼓的敲打，翻动了轻薄的双唇："那自然，运气来了不拿钱，还等几时？老顺！我们今晚的台价可以高他几倍，老顺！对吗？"

今日的主人是吉顺，而小平们不过是帮助他赢了那人的钱罢了。小平的嘴巴虽然在平时说得那么伶俐，但是他的家里毕竟还有年长的兄弟，不敢任意地自己做主，拿出钱来大赌；况且今天又是吉顺赢了，有了本钱；所以他在谈话中，口口声声要喊吉顺，得他的同意。金夫和小平的言外的意思，自然要讨吉顺的好，一面又表示自己各有高人头地的识见。可是他们谈话的时候，吉顺都没有听见。及至小平最后喊着他的名字时，他才含糊地问一声："什么？唔！"他似乎是进入昏迷状态，一时全失了意识。他追想着眼前幻觉时的心像，依违两可的心事，正如幻觉中所表演的一样。他想趁现在有钱的时候，先到家里去一趟，给他们几块今天赢来的钱，恐怕再同平时一样地，第二次就连本钱都送了，不能伸手，后悔无已；但是，他又恐怕，若是除了现在吃的菜钱，今夜大赌的本钱就不能再减了，本钱少了，哪里还能赢得大注的洋钱呢？今夜赢来之后，自然可以多拿几块钱到家里去了。有钱的时候，家庭里父和夫的责任，自然是应当负的；没有的时候，是没有法子，他想自己绝不是那些忘了来源去路、不顾良心不负责任的流氓。

小平见吉顺坐着有些呆气，料定他心中是在计划今夜大赌的妙计，自己也不便再问，又无意识地念起锣鼓的曲调。

在菜馆中的静默，若是被动的静默，那么心思的唯一的潜逃所就是无意的唇齿的咀嚼，与津液的分泌。小平和金夫们，自然脱不了这种生理上与心理上的支配。小平伸手去拾那附在碟上的一粒无肉的瓜子，送到口里，好像是很有滋味。他又举起那双筷子，重重地在碟上打了几下，瓷器的响声，丁丁然走入楼下，他讨厌似的说，——可是这时脸上好像没有油光了，——"菜还不来。"急躁的金夫，却被他引动了，觉得喉咙痒得很，好像什么哽住似的，就骤然如爆裂般地喝了出来："喂！喂！好了没有？"

金夫的喊声，差不多就有骂的神气，引得楼下三两个堂倌，齐声而同调地答应："好了！来了！"

在这一阵混乱的声音中，楼梯上的当当的脚步声响了上来；在他们期待而紧张的垂涎心情中，早就预料到堂倌送上热气蒸腾的好菜来了。

他们都回头注视着，注视那用木栅拦住的楼梯；从一柱柱的木栅的空隙中，他们都看到一顶时式而破旧的呢帽，然后，再看呢帽一步步地高了上来，就是油腻发光的缎马褂，和积了许多油渍的灰布大衫；他只是空手，却没有什么好菜奉献；——但是他不是堂倌。金夫正欲向那人发一顿脾气，眼睁睁地盯住那人的动静。好像在这一瞬间，骤然被他抢了许多宝贵的财物，比在赌场中人家把他的赌牌看了还要发火，非使他见个辣手不可。那人在楼梯的最上一级停了一停，立刻就很自然地翻过身，向着他们走来。

"老顺先，你真的在这里？我找你呢！"

他搭讪着走近他们的座旁。吉顺就拖了一条圆凳叫他坐下。他是个半文人，在村庄不紧要的讲事场中，是时常列席的；他的嘴巴很会说话，又会自己吹嘘。他时常夸口说，某一场人命案是全靠他收场，某人的讼事是全靠他获胜。他现在时常在某邑绅家中出入，和几家富室门前行走，随便的人，是不能获得叫一声"老某先"的。——"老某先"的"先"字，实在就是"先生"二字的缩音，是尊重非文人们的称呼。——吉顺现在被他叫了一声"老顺先"，顿时觉得身上一热，眉宇间就现出一丝丝慌张的血纹。

吉顺把他重新看了一眼，心里想着："他难道晓得我赢了钱，要我的生意吗？"他想问他一声，今天为什么要找他呢？他想叫他的名字，"质彬"，声音发到喉头的时候，又缩转来。他想："直接叫他质彬，似乎太唐突了，还是同大家一样地叫他别号罢！"

"文辅先生！你找我吗？"

"我找你呢，我到忘忧轩去过，知道你赢了钱。他们说你在三层楼，我就到这里来了。"

吉顺心里很害怕，料想他是在走衙门的，若是说出向我拿借几元，那时答应不得，不答应又不得，我将怎么对付他呢？他只是沉默着。

小平的绍兴戏的锣鼓也无意地煞了中台，金夫紧张着凶狠的面孔呆着，一时举座默然。

文辅看他们的情形，好像在错悔来了的时机；当赌徒们有了

钱的时候,是什么都不可以说话的。但是他又忍不住自己一向在
讲市场中的习惯,便说了出来:

"老顺!我要同你说话呢……你赢了钱,你的运道真好
哟,——福星降临在你的头上。……"堂倌捧上了一中盆的虾仁,
就打断了文辅说话的语意。吉顺吩咐堂倌再添一副杯筷;金夫已
垂涎地拿起筷子,拣选几粒青豆,先去餍足他眼中的饥渴。

吉顺十二分地纳闷,不知文辅的找他,是祸是福。因此除了
几声殷勤地叫"请哟!请哟!"以外,就偷偷地注视着这位意外
相找的贵客。

一盆虾仁吃了,大家都放下了筷子;只有小平是孩子般带着
滑稽的笑脸,注视着盆上残余的几粒青豆,在一粒粒地把它送到
口里。金夫的脸上已如火烧一般地通红了,——红到圆睁的眼白
都满了火线般的丝络;虽然他是没有吃了多少的绍酒,但他那凶
狠的面色,已够使人害怕了。第二盆的菜,堂倌还没有送来;文
辅料想着还有余空的时间,可以供他们说话,便立了起来,轻轻
地把吉顺的衣袖一曳,说:"我要对你商量一件事情呢!"

他便走出那扇向东的小门,在天棚的一角立定了。吉顺跟着
走来,也无意地站住。

"你的好运到了!"文辅说,"我是很知道你的,你近年来
的家境,近年来的生活,子女是这么的繁庶,家室之累,是这么
綦重:谁不想着向上飞升呢?谁不想享乐一下呢?但是,老顺,
你听我的话!我现在将享乐送给你了,将幸福送给你了。而且,

你的子女是这么缠绕，你的家室是这么累赘！你一定是很愿意听我劝告和办法的。……"

吉顺听他重复地讲到自己的子女，自己的家室，觉得就有一块郑重的石块打在他自己的心头；忽然间，那块石块又如一只疾飞的小鸟一样，闪过他的眼际，向他的家乡枫溪溜去，他的眼光就如闪电地跟了过去。立刻，他的眼前又幻觉着刚才的一副残败的惨象了。

"正是呢，我的家室，我的妻儿，我都完全负责的。"吉顺把刚才在胸中犹豫两可的心思决定了，"不过我应该弄一些钱归家呀！——现在正是我的时候了，我只有尽量地赌，尽量地用现在的赢本再去发一笔大财；我是没有别法，我只好走这一条捷径了。不错，我只有走这一条路；我不要等你的劝告，我已决心赢了钱，不再赌博。文辅先生，你是否劝告我这样？你的办法是否是如此？我很感谢你！"

文辅一面听着他的说话，一面看着夕阳疏柳的景象，鼻孔不住地嗤嗤作响。他想起赌徒们的一片赌话，不知相差到几许远近了。他呆了一会儿，又好像十分随便似的说：

"倘使家室和子女，有人代你负责呢，你不是轻爽得多了吗？而且——而且邑绅陈哲生先生还想津贴你的行用呢。——倘使你是，——愿意的话。——"

吉顺的心头忽然发跳，脸上的血潮立刻涌了上来。他明白了文辅所包含的一切的语意。他知道以前的疑心的错误，但现在却正是比以前料想着他的情形更难措施了。

在文辅的语意当中，明明是叫吉顺暂时把自己的老婆租与陈哲生。陈哲生是全县中的一个富绅，可惜没有半个儿子，他也曾经娶过二回的妾，但是只添增了几个女儿；近年以来，他又在各处张罗着"典子"了。——典子的意义，就是说在契约订定的时期以内，所产生的儿女，是被典主先期典去，属于他的。至于血纯之纯杂与否，那是不成问题，总算有过那么一回事，他就可承认那是他的儿女了。

吉顺想到了一切，就觉得这是何等可耻而羞人的事！宁可让他们饿死罢，我不能蒙这层羞辱。

他回头走了进来，刚走到小门的旁边，便听见金夫的喊声了。文辅在后面跟来，又轻轻拖住他的衣角，问他："怎样呢？"他便很坚决地回答一声"我可不能"。

他们重新入了座。当吉顺举起筷子，插入盆子里面的时候，便在盆子当中看见他衣衫褴褛，抱着幼子，牵着儿女而哀哭的老婆。他看见她在对面指着他自己的鼻尖骂他，她骂他是一个流浪者，是一只畜牲……

下

第二天的傍晚，夕阳已经收敛了余辉，黑暗如轻纱般地渐渐笼罩着大地的时候，吉顺从忘忧轩乘间逃了出来，走出西门，便沿着溪流走去，穿过那细沙铺成的锦地，走入将近残败的柳林当中。他的心神已如柳林中栖宿着的飞鸟一样，在一瞬间以前，被他惊逐得飞翔天外了；他现在的身躯，正如萧萧的残柳。他想起刚才赌场中的情形，他想昨日三层楼的快饮，他想起家中妻儿们的现状和未来的命运，他想起自己的前途的绝壁和危崖，……他想到他一切为大力的巨神之手所拨弄、所支配的命运，他几乎向天哀哭了，他于是颓然地坐下。夕阳收尽了余辉，大地全给黑暗吞没；吉顺深深地葬在这浓厚的黑暗之中，除了围绕着他，而为他微微点头叹息的几枝柳梢以外，便谁也不知道了。

吉顺与小平们昨天在三层楼畅饮了下来，便又走回忘忧轩中，预备第二回的大赌。他一直经过了漫漫的长夜，只是不曾有过一次稍可惬意的胜负，他的心里便异常地纳闷。酒力早已醒了，疲倦如偷入胸中潜伏着的心贼，频频向外攻袭。小平不知在什么时候睡在台旁的床上，呼呼酣睡的声音，不时穿入赌徒们的耳孔。金夫便不由自主地骂人，上下的眼睫毛一连了眹几眹之后，便无神地盯住任何一处呆看，面色怪凶狠的。

正在这个人疲马乏、精神困倦的时候，吉顺的手气忽然"红"了起来，一连赢了两场。陡然间，金夫也振起了分外的精神，在吉顺的背后一掣，又轻轻地在他耳边一说，他俩便十二分地得意。

"虽然不能够大赢，但这次赢来之后，一定先为暂时结束，不让它再有脱网逃回之危。"

他俩心中都在这样计划着，便欣欣然现于喜色。

但是，事实却正是相反哟！吉顺的最后的重注，却出于意料之外，被敌家揽了过去。这是一个巨大的打击，加在他们的脑门上，他们已忘了一切智力的抉择的制止，热火就在裂开的脑门涌出，他们是狂迷了。金夫立在背后只是放声瞎骂，吉顺就无主地重新压了一个重注——这差不多是一个最后的孤注了；但是，又被揽去。他们是好像很相信盈亏消长的道理，盛极之后，必有一次衰歇；而敌家这一次衰歇的降临，又被他料定在这最近的时机中，无论如何，应该紧紧地追逐着这个时机，不可让它轻便地逃过。但是，一切的发生，好像都有大力那边在指使似的，吉顺们终于败到不能收拾残局而负了敌人几十元的赌债了。当时收束了赌具，吉顺的灰心与反悔，便如两支钉枪，在他的眼前如蟒蛇般地乱滚。他无力地躺在小平的身旁。赌徒聚集在他的面前，问他清付赌债的日期。他又挣了起来，把他们抢白了一顿："做得鬼成怕要没羹饭吃？"他说他是不会少了人家的债的，怕他的都是小胆鬼。他见那些赌徒，不敢有第二句的说话，便又躺了下去，翻了一个转身，就呼呼地睡熟了。

吉顺醒来的时候，小平已不在他的身边，他四面地看了一下，第二的赌场已经掌上了灯火，人们的精神，已全副注在桌上的赌牌上，没有半个人注意着他；赢了他的巨款的赌人，已一个都不在那里，大概同吉顺们昨天一样地跑到三层楼去吃凯旋酒了。吉顺便在那个时候跑了出来，他觉得四周都没有他的路，许多难堪的思想又如逐臭的苍蝇一般麋集在他的胸次，挥去又立刻聚了转来；他忽然好像有人告诉他似的，便走到柳林深处坐下了。

秋风在疏柳梢头萧然地掠过，空间便轻轻地飞下几片落叶，秋晚的凄凉，唤醒了吉顺昏迷的睡梦。他十二分地错悔，错悔昨日不归家一趟，先抽下几元钱在家里零用；他十二分地怨恨，怨恨金夫们没有劝他不要下这样的重注；他又十二分地恐惧，恐惧着他们的索债之难以应付，致丢了他一向在人们面前的面子。

他顺手撩起一把轻松的细沙，就恨不得尽量把自己堕落的身躯埋葬。柳林外涓涓的流水在响，柳梢头的碧天，已嵌上一颗颗闪烁的明星，四周觉得无限地扩大。忽然有一声惊人的哀鸿，顿然间感到万籁的阴森，周身不由得发了一个寒噤。孤鸿在他的头上飞过，羽声霍霍然，向着吉顺乡村飞去，这正似吉顺现在的处境的写照，又好像象征着他妻子的未来的运命。他把手中握着的那把细沙散开，无意间又触着一片落叶。他从落叶推想到钞票，从钞票推想到洋钱，他又不由得在沙上乱爬；他希冀着，万一能够发现一些财宝。远处村狗的吠声，忽然随着柳梢的秋风送来，他爬着的手，便稍稍地停下；在他的心神当中，那只村狗是已经发觉着他在发掘，而且偷盗人家埋葬着的财宝了。

他立了起来，走出柳林，穿过芦苇丛，才踏上大路。他向着自己邻村一步步走去。远处的树桩，好像许多蹲立着或是佝偻着的人影，对他指手划脚地乱骂。他在卑薄自己的堕落，对不住自己，对不住祖上。在他村庄的入口，有一株阴郁的老樟，秋夜的树叶是分外响得凄凉，他的一身不觉恐惧起来。他放快脚步，匆匆地走入街头，却又引起群犬追逐着的狂吠。村上的人们，有的已经熟睡，有的还有一丝丝的灯火从壁缝中透出，正如他们灯前的喁喁私语，从壁缝中透出，在黑夜征人的胸中荡漾着一样。他的两脚，如着了魔术不能自己制止似的，机械一般地移了过去，好像那些语声和灯影，一点也不能使他介怀。他走到自己家中的前门（知道是早已照例关闭），便又绕到后门。老樟蔽天的黑影，好像豢藏着许多可怕的猛兽，呼声簌簌然，将一只只向着他猛扑出来，林木为之震动，懔然使人毛骨耸峙。他不敢骤然打门，因为他已几日来没有归家了。他从门缝偷偷地窥视，门缝大可容指，令人于室内景物一目了然。室中一切的陈列，都显得没有变更。灯光如豆，几濒于灭，转成青绿色，看了使人疑心是一颗鬼火。光线所及，仅仅限在一个小小的圈内，稍乎远了，便看不清楚；这正如一粒微细的石砾，落在浩渺的潭水中，仅仅漾成一个小小的水晕。儿子们都已睡下，幼儿在他老婆怀中，时时放开乳头叫哭；她频频摇着自己的身体，又拍着他的背部，表示是十分亲昵而怜恤。她面容憔悴，乱发纷散在脸上，映着惨淡的灯影，初见令人疑惧。油灯的光圈，仅仅笼罩到她的面部，另外都成黑暗，他目光稍稍地移了上去，不由得周身起了颤抖。他发现了她的周身，尽是狰狞可怕红毛绿发的鬼魅，他们正张牙舞爪，要收拾她的性命。他差不多就要叫喊出来，但是他又如梦魇一般，好像无论如何挣扎，喉咙里总透不出一丝的微声。他的耳朵里，微微地听到有人训斥他的声音，他眼前一闪，忽然就换过一层黑幕。

　　"你正是年壮力盛的时候，便这样地堕落，沉沦入无救的赌海中，不自振作，把自己正当的职业抛弃到九霄云外，甚至自己的妻儿也不能兼顾，将濒于饿死。我现在除开把他们的生命取回以外，特来警戒你堕落者，使你晓得人生的责任，是不是这样随便可以卸下的，你对社会有工作的责任，你对妻儿们有保护维持的责任哟！但是，你……"

他觉得空中有一只大手对了他的鼻尖指来，他几乎退避无地，他的头忽然无意间"砰"地打着了板门，室内的她就带着颤碎的凄惨的声音，问一声："谁呀？"他如着了魔似的，惊慌失措间，便放开大步跑了。

他想着刚才的情境，心中犹不住地颤跳。

"真的吗？我的老婆和儿女们将为了我的不尽责任，而饿死了吗？"他又推想到他们死后，他自己的孤独情形，和只身漂流的境况，"啊！那是怎样能忍受呢？我真能让他们饿死了吗？"他想到此处，忽然他的脑筋一闪，好像有人告诉他还有一线生望似的。他忆起昨日三层楼上的不速之客文辅的说话了。

他匆匆地往文辅的家跑去，好像心内毫无牵挂，什么都是有望的，都可以迎刃而解了。因为他昨日在三层楼上所持以排斥文辅的主体——金钱，现在已经尽数崩陷；而他心中倔强的羞耻心，又因金钱的大力，几至消灭无形了。他心中毫没有矛盾的现象，毫没有怀疑的心思，神色反而清醒得许多。

他于是便离开了枫溪，又回至城内；城内还是灯火辉煌，几间饱含着现代社会的象征的点心铺子，正是生意兴隆，坐着一些游闲的男女，任意地据着高座谈些社会上丑恶方面的逸事，望之大似巴黎社会的充满颓废者的咖啡店。吉顺从前也曾在这等地方出入，但是今夜却觉得那边之可以厌恶，不心愿进去。

他一直找到了文辅家里，就在门外叫喊。黄犬如同代他主人逐客一般，发狂似的迎了出来。吠声惊动了它的女主人，才在睡梦中问是谁人。吉顺回答是来找文辅的，且有紧要急事。但是她说，他出去还没有回来。

"他要到几时回来呢？"

"那是说不定的，有的时候简直不回家。"

"我今夜有紧急的事情，要和他商议，那怎么好？"

"他或者在衙门前的茶馆里也说不定，请你到那边去罢？"

他们各人都提高了喉咙，隔着石墙，在一问一答；黄犬还不住地狂吠，早已引起邻犬的附和，他俩问答的声音几不可闻。他踌躇了一会儿，决定到县署前去走一趟。

衙门前茶馆的顾客，正同三层楼上的一样，而此地格外多的，是司法警察，衙门内的当差们。他们每日都在十二点钟左右起床，现在正是他们办事和享乐的时候；因此衙门前的茶馆，也是终宵不寐，以待嘉宾。

吉顺真的在那里找到文辅。文辅坐在东首的福字座下，左手靠在桌上，身体倚着糊满花纸的破壁，右手时常任意地伸出一个指头，对着他前面坐着的乡下财主，和两位便衣的司法警察指画。这一席的东道，大概就是那位乡人，所以他是十二分殷勤，看着文辅和便衣警察的眼色。吉顺走了进去，一直走到那位乡人的背后，文辅还装着没有看见似的，及至他喊了一声文辅先生，他才如大梦方觉似的，收回那搁在凳上的右脚，急得立了起来，殷勤地请他座上喝茶。那位乡人见文辅这样诚恳地招待吉顺，也匆匆地立起，在中间周旋。吉顺还没有坐得安稳，便不安地说：

"现在，我找你呢！文辅先生！"

"你找我吗？"

吉顺的身上如浇上了一桶冷水，满身打了一个寒噤；他发觉了昨天三层楼上的冷淡的报复，好像决定前途就无希望。他只得呆呆地坐着，文辅又对着他们讲起他从前收束的一桩最得意的风化案件了。吉顺无意地拿起一杯茶来，还没有送到唇边，却被文辅讲得最有声色的词句怔住，无神地举着停在口旁。他倒翻着眼睛，偷看着文辅的神色；后来，文辅说到得意的时候，起劲地在桌上一拍，同时吉顺手中的茶杯就受了一种意外的惊吓，杯中的茶，满溅在他自己的衣上。他们笑了一顿，文辅又向他说了一个"对不住"，吉顺就好像有许多话不能再说了，于是便乘机说自己要说的话：

"我找你商量一件事情呢！"

文辅还没有答应，那位乡人便先在他身上打量一番，愈觉得这位文人的能干，什么人都要请求到他，和他商量；一面就无形中，觉得他自己的身份也抬高了不少。

吉顺小心地把文辅拖出茶馆的门口，街上的店户，早已关了店门，黑暗如漆。他们走到一个黑暗的转角，骤然在灯光之下走出来的眼睛，就是对面站着的那人的面孔也辨不清楚。吉顺开始说起，声音十分破碎；至于他的脸上的表情如何，恐怕只有他自己知道。

"你是很知道我的，你昨天的说话，我完全同意，——我知道你是很体谅我，很心愿帮助我的。"

"我怎么不体谅你呢？你只要看，我为什么要找你，就知道了！"

"正是呢！"

"我恐怕你还没有明白罢，我是劝你把你的老婆'典'了，不是叫你'卖'，卖是永久不是你的了，'典子'却一面可以得钱，老婆还永久是你自己的呢。"

"我怎么不知道呢？不过名……"

"你真发昏！我说你有些呆了，现在的世界，还说到什么名誉；金钱要紧哟！若是说名誉，你自己赌博的名誉有什么好听？——有钱就有名誉。"

"那么，钱怎样呢？"

"那是很容易的，你可以不必说，我们为的什么呢？"

"不过……"

"咦！你还舍不得老婆吗？几年的期限满了，仍旧是你的老婆；就是平常他不来的时候，也还是你的，——他不过至多一月来一次两次罢？——总而言之，老婆还是你的，他不过要在这几年的期限以内，拿去你老婆生下的儿子罢了；——儿子你已有几个了，你再生下的儿子让他去养不好吗？还有什么呢？"

吉顺呆了多时，好像文辅的说话完全都是对的，再不能有句辨难疑心的话。

"那么就这样决定了罢？"文辅再靠实了一句。

"好！"吉顺决然地答，"但是，须要赶快，我等钱急用呢！"

"我就到哲生家里去罢。他大概还在乌烟榻上，没有睡觉呢？"

他们又走回茶座，乡人已经会了茶钞，呆坐着等文辅回去。文辅向他们告了一声别，又向那乡人道了一声谢，便与吉顺一同走了出来。

吉顺看着文辅往前走去，觉得自己又是非常虚空，并且这一个决定，根本上有些疑惑。他现在将到哪里暂时安顿呢？到哪里再等文辅的回信呢？他想至此，便放声叫住文辅。呼声在深夜的穷巷中，正是和秋野的一声喇叭，同样惊人；他履声橐橐然地追过墙角，两面夹住的高墙的回音，格外朗然。他追了两个转弯，喊了几十声的文辅，才把他前面已去的文辅叫住。

"我到哪里去等你的信呢？"

"老顺做事是这么急的，"文辅笑了起来，"你先回到家里，睡你自己的觉罢！明天我总一定回你的信。"

"明天？我想就是晚上呢。我到哪里去等你？"

"你可以同我到哲生家里去。"

　　吉顺又似乎有些难以为情，含糊了一声；意思是不心愿到哲生家去露丑，好像他的良心教他，这种买卖，毕竟是堕落的勾当，无耻败类的行为，至少只能如做贼似的，在窝家和朋类前面稍一张皇，除此便丝毫不可泄漏。文辅明了了他的意思，便决定要他到哲生家的门外等他。

　　文辅兴匆匆地走去，吉顺默然地在后面随着，正似一只被主人殴打了而又跟着他跑的低头垂尾的家狗。深巷中自己的足声，时常疑心有鬼魅追踵而至；他恐惧着，又想回头，又不敢回头。有时走过人家的乌黑的门口，他惊惶的眼，就告诉他，那里隐着一位捉他的武士。他正如做了贼似的，内心深自愧恨，唯恐人家看破了他的虚情，剖开他的胸板，取出他的黑心，向众显示。他们走到了哲生家的门口，文辅就往门上砰然打门。许久许久，门上还是寂然，文辅疑哲生已睡，决定暂时归去，明日一早再来。

　　"老顺！我们先回去罢！他家已睡静了。——只是奇怪的，平素躺在乌烟榻上非到一点钟不睡的烟鬼哲生，今夜也如何睡得这样早，这样寂然如死的呢？"

　　"你再打一下罢！或者哲生还没有睡呢？"

　　文辅再狠命地打了几下：哲生隔壁小屋中的居人，已经在床上转动，被他们叫醒了。最后，似闻里面有些声音，文辅再打一下，又报告出自己的名字，侧耳倾听，只见拖鞋的声音，嗒嗒地自远而近，文辅知道是哲生自己，便叫了一声"哲生先生"。以后便走近了。

"文辅吗？"哲生一面在开门，口里这样问。文辅说："是的。"

"夜这样深了，还来干什么，明天不可来的吗？"

"我真奇怪，我道连你也睡了，——我打了许久的门，你要是不再来答应一下，我真的决意明天来了。"门砰然地开了，吉顺如有人指使一般地，当即随那从门中透出来的烛光避开，站入幽暗的墙阴。哲生立在门的中央，背后的墙角下，放着一支洋烛，烛光随风摇摆，几沦入黑影中残灭；有时竟小成一颗豆形，被风吹得喘不过气来。哲生是穿着一身湖绉的短棉袄，在颓唐、委顿的神色中，还含有兴奋活泼的风采；——大概这正是他吃饱乌烟的表示。

"你一个人来吗？"哲生问。文辅含糊地答应了一下，便吩咐他关上大门。

吉顺在墙角的阴影中站着，明了地看着他的酬酢。他心境十分模糊，好像不知在何处地方，正如梦中的境界那么隐约，辨不出情境和方位。及至哲生的大门又砰然地一阖的时候，吉顺才如在梦中受了一次意外的打击，灵魂就缥缥缈缈的，好像从悬崖跌下，在无限的空间，心弦十二分地紧张着，想在最短的无限的绵延的时间中，得到一个归束；顿然间，他的脚底一重，火花就从踵跟往上涌起，他周身觉得火热，眼前星火乱迸，才觉得自己的存在，——正如任何人从梦中惊醒后，觉得自己的存在一样。他好像眼前被什么神明指引了的，骤然明了自己的卑污、羞辱、无可忏悔的恶行……他确信：他们把这一双门关了之后，就是剥夺了他的名誉和生命，而又挤出他于幸福的范围之外，任他去流浪，挨冻，挨饿，受人们的唾骂，这是一个预兆。他想深深地跪下，向着头上几点星光闪耀着的上苍膜拜，祈求那伟大的天帝的大力，挽回那已经铸错了的命运。

"我将从什么地方忏悔起呢？——从晚上的决定，从昨晚的输钱罢？呵！还是从我沉沦入赌博的那年起罢！大概那年就是我堕落之年了：从那年之后，我简直无可救药，一往直下，啊！我一定要悔改了赌博的恶习，做我的正业了。啊！我一定要勤谨地做我分内的工作了！

"现在，是铸错了罢！'典子'，是多么难堪的惨剧，竟从我的手里编演出来；'典子'，是何等讨厌的名词，竟从我的堕落，而加到我纯洁的孩子们的母亲的头上，——虽然她的丈夫是卑污的。

"我将怎么对我明天的朋友们呢？我将怎样回到家里，见我那些纯洁的孩子们呢？我将怎样告诉她呢？啊！'典子！'那不是同'活离'一样的吗？我不是直截了当地把她如货品一般地卖了不好吗？啊！我应了我十几年前，从丈人家中把老婆负气带了出来，回到枫溪自立家门的时候，我丈人的恶毒的预言了。不错哟！他的女儿从我，一定要被我卖了而不得善终的；现在不是应验了吗？——我要用什么话去否认我丈人呢？啊！

"啊！最纯洁的还是孩子哪！但是，我现在也把他们弄污了，他们的额上，将永久刊着不可磨灭的烙印，他们是为了我而永久被社会所遗弃，所凌辱，永久是社会放逐的罪犯了啊！这种无上的罪恶，我恐怕只有砍了我的头，自己陈出颈血和心肝，或者还可以忏悔，不然，就是沉在大海里饱了鱼鳖们的饿肚，与跌在万丈的深渊里，永久做那不可超拔的倒死鬼，也不能洗去我的罪恶的万一罢。"

忽然一个灵巧的黑影，在他的眼前闪过；他就疑心是什么精灵感受了他忏悔的愚诚，前来超度他的灵魂，解脱他的罪孽。他睁开眼睛，迈步追了上去，却看见两只放光的眼球。啊！那不过是一只黑猫，哪里有什么精灵呢？他又自己嘲笑自己起来，正如一个人在路上认错了朋友，大呼地赶了上去，却被那走路的生客白了一个眼似的，反悔自己的鲁莽，嘲笑自己的发昏一样。他从嘲笑自己的思潮出发，于是就怀疑到刚才的忏悔；他从否定了刚才的忏悔出发，于是肯定了他已往的人生。

"对呀！人生行乐耳！有了钱就是幸福，有了钱就是名誉；物质的存在，是真实的存在，精神不过是变化无常、骗人愚人的幻影罢了！譬如，我现在为什么要站在黑暗的墙阴中呢？那无非为了几个臭钱，——为了我没钱，想人家的钱；人家有了钱，就可大吹大摆摆起许多臭架子了。什么忏悔，什么恶孽，那完全是鬼话！我刚才大概是着了迷的了。没钱的人，应该受辱，应该受苦，挨冻，挨饿，那是一条唯一的真理，千古不破的真理！真理是如此的。我没钱时的受辱，受苦，牺牲名誉，那不是十二分地该应吗？"

他想到此地，精神便如释了严重的枷锁，眼前的天地，真是空旷得很，何处不可任他自由飞翔，自由欢唱？他推想以后的命，飞黄腾达的萌芽，便在今夜的墙阴小仁，埋下了种子；他决定未来有了钱时生活得美满，正如操着左券。

"我有了巨大的资本，还有什么不可为呢？赌博，经商，投资，企业，……何一非获利的机会？那个时候，怕什么人不如称现在的俊卿、哲生们一样的，称我作什么顺老爷了吗？

"呸！你们滚开，听你顺老爷的咐吩！什么？你不认得我是顺老爷吗？——啊！城东赵老爷喊我打麻雀。去，去！你说我顺老爷没有工夫，今天县知事还要我吃酒，请我陪他的夫人打牌呢！什么赵老爷，我认也不认得！你们现在可认得我了！……"

哲生家的大门开了，文辅点着头走了出来！洋烛的灯光，从门缝中射出，引回了吉顺的幻想。哲生把大门关上，一线的光明，仍旧被他收了回去，空间仍留着黑暗。文辅新从灯下出来，觉得外间格外黑暗，任何物件都不能看见，除了自己的身体存在以外，四周简直是一个无限大的空虚。

吉顺意气高傲地跑过来，问文辅接洽的情形，还带着五六分幻象中得意时的气概。

"很好，他是答应了。"文辅说。

"钱呢，拿来没有？"

"现在哪里有钱呢，一定写了契约，签了花字，还要择个日子，请了媒人，才可以拿钱呢！天下事哪里这样便利的，你又不是圣旨口的皇帝，一说出口就依你的话当即实行。"

吉顺的心坎中渐渐地又狭窄起来，他觉得文辅这几句似讽非讽、似骂非骂的说话，在他的胸中颤动，正如一个多刺的球。他幻想中得意时的风云叱咤，好像还在真实当中；而文辅的几句热嘲冷骂，却使他分外地难当。他几疑文辅不是一个人：怎么他近来已经阔到县知事都请他吃饭，赵老爷请他打牌还不肯去的顺老爷，都不认得了？——都敢肆无忌惮地讽刺他！但是，他还是似醉非醉地，问道：

"多少钱呢？说好了没有？"

"多少钱？说好了。他说因为我去说，特别客气，八十；人家去说，恐怕还不到六十呢！"

"多少哟？"吉顺还恐怕自己的耳朵听错，重新吃紧地问了一遍。八十块钱，算什么钱呢？仅仅八十块钱，还能赌什么钱，经什么商，投什么资，……好了，八十块钱，简直是不算钱，没有钱。他不相信极了！他的空中楼阁，是任意地建筑在有钱之上，却不料他典了子之后的有钱，也不过是极小数的"有"罢了。他哪里会相信只有八十呢，那一定说错了或者听错了，所以又重新问一遍。

"八十。"文辅很不耐烦地重述一句。

"只有八十吗？"

"八十。"文辅坚决地答，"你还相信吗？那是我的面子，才多了二十块呢。"

　　文辅的形容，差不多就要决裂，吉顺才清楚地领会了这个数目。神奇的"八十"，把吉顺从幻想中拉了出来，又在他的头上，洒翻了一桶的水。他微微地有些觉悟过来，觉得文辅的嘲骂是应该的，他正有功于他，因他的面子而增加了二十块钱呢。他于是向文辅说了一个"对不起！"又说了一个"再会！"便各自走开。

　　他一路走出城门，走过三层楼下，深夜中倒翠溪与赭溪合流，铮铮然如音乐之悠扬。下弦月已经上山，东方笼罩一片灰白的浓云；月光从浓云中射出，四周的景物，已沉默地显示了些微的轮廓。忽然一阵西风，透骨地吹来，他打了一个寒噤。他两手交互地插入袖中，又紧紧地绞在胸前，头颈尽量地低垂，——低垂到贴伏在肩膀和胸际。他心中毫没有思想，也不费踌躇，就回到自己的村上。枫溪的人，自然比不上城内的带有都会气味，他们是早已酣游黑甜乡去了；——就是一只小狗都睡熟了。他在自己的门上打门，老婆当即醒了，问他是谁。他听着老婆在睡梦中颤震的声音，心里就好像射入一支火箭。

　　他含糊地答应了，老婆就走来开门。灯台中的灯油，已经点得干净得很；她只好擦着一根自来火，照他走进。他总觉得这种家里，不应是他住的地方。一种特别的气味，是儿童们的便溺，成人身上的汗酸，和各种辨不出滋味的腐物的混合体，格外使人难闻。"怎么一点火油都没有了吗？"他明知家里是没有半个钱，但他却要说一句官话，好像非如此，便不足以雪仇似的。

"小儿要吃奶，我又没有奶，他只是哭，只好把灯点上陪他坐着。他才哭倦了睡下不多时候，我的眼帘刚蒙眬地合下，你便来了。"

他觉得他老婆的说话是对的，行事也是对的，反是自己的行为，太辜负了她了。自来火熄灭了，他们都在黑暗中。他心中好像有一颗烧红的铁球塞住，痛彻心胸，似乎非吐出来不可。他的面上，忽而如走近火山喷口般地发烧，忽而如俯临寒冷的深潭般地颤震。他的心正如磔在十字架上受刑，血痕狼藉，一块块撕得粉碎地四裂。

他的老婆已经躺入床上的破被窝中，乳她身旁被她转动醒的幼儿。他只是呆呆地坐在床沿上，一声不响地，想起眼前的情境来。

"幻想恐怕终究是幻想罢，穷人们，——尤其是像我一样的赌鬼——想发财，恐怕比象鼻穿过针孔，蜈蚣穿起皮鞋，还要难得多呢。

"呵！典什么子！我牺牲了名誉，牺牲了儿童们纯洁的名誉，而决心地实行'典子'，心愿把自己的发妻——虽不能说是爱妻——割爱了，把儿童们的母亲廉价出售了，而所得的代价，却只是区区的八十块，拿钱的时间，又不能应我的急需。啊！发什么昏呢，'典子'！

"妻儿们，可爱的妻儿们，毕竟是我的，是我永久的慰藉者；失意时的欢笑，倦怠受辱时的慰安，都是从他们自然的爱中，天真的笑中，永久取不尽的精品，无上而高贵的珍馐。呵！我宁可让我的生命为人家所有，我不心愿把我可爱的妻儿卖了，我不心愿他们前途的未来幸福，为了我的堕落，而亵渎了，而牺牲了。呵！我的罪恶！我的罪恶！我不应该忏悔，我至少总应该向他们赔不是，至少是我辜负了他们，对他们不起。"

他想到此处，便把自己的身体，渐渐地躺了下去，又渐渐地靠近他老婆身边，在她的面上，亲了一个从来没有这样亲爱的嘴。她是从开了他的门后，便一直没有睡着；看着他的情形，证以今晚几个人来找他时的高傲而带轻屑的脸色，便断定他这几日一连地不归家，又是在忘忧轩中赌了一个十二分的败仗回来了。照例，他若是赌输了回来之后，她便不应该去惹他，让他自己坐着发泄。现在，她又看见他这样地向她亲昵了，她便告诉他今晚那两个人来找他的说话。

"今晚天刚黑时，有两个人来找你呢。我说你没在家，他们还说我把你藏起来。说话凶趄趄的，说你在忘忧轩逃出来的，输了钱还想赖。我说真的没归家，他们才去了。但是过了没多时候，他们又来过一趟。"她停了好久，好像要等他的回答。他还是一句话也说不来，好像喉头有什么哽住。她又轻轻地接着说："我恐怕又惹起你的怨恨，还不敢就对你说呢。"

"唔！"他只能在鼻孔中回答出一个字来，但是他的心已经难过极了，"谁能在失意时，和她一样地，体贴我，安慰我呢？啊！我今晚如入了神似的，请文辅所接头的事，将怎么对她说起呢？啊！我简直是被什么恶鬼迷了！"他的心一酸，眼眶里的酸泪，就不由得滚了出来。他自己也奇怪：他平素倡言，他是永生没有眼泪的，如何今夜反有更多的眼泪呢。"泪泉复活了罢！泪泉复活了罢！"

他的热泪，滚滚地滴在她的面上。她的心弦，也分外地紧张起来。她知道他此时的心情是非常难堪的了，反悔自己说话的唐突。她不能用任何语言去安慰他，她只轻轻地叹了一声气，算对他表示同情。

他俩的心弦合奏了，他们的中间，虽然是隔一条破棉被，但是他们觉得胸贴着胸的，他们两颗颤跳的心房，相互地体贴着，简直比两颗红宝石，放在柔软的法兰绒上还要安适。他忘怀了一切的苦痛，一切的烦恼，一切的被人间所凌辱、讪笑、卑弃的愤恨；他陶醉在柔软的乡里，正如他的心安贴在她的心里，便蒙下眼睛，蓬蓬然入睡了。她感着他的鼻息，知道他是渴睡了，就伸出一只手来，紧紧地搂住他的项颈，叫他进入被窝里就睡。他从蒙眬中醒来，伸了一个懒腰，复打了一个呵欠，觉得全体的筋肉都弛缓了，便胡乱地躺在她的外面。他的板床实在太狭，所以他都任意地挤着。当他的脚穿入被里的时候，却推醒了在脚上睡着的第二个儿子。他在睡态蒙眬中，还不知他是否回家，却如呓语一般地叫了一声"爸爸"。他在这一声"爸爸"当中，又感得胸膈中的情调也是两样了，眼泪又不觉而然地走出眶来。

一九二五年八月二十二日，上海

惨雾

/// 许杰

上

自从新嫁的香桂姊从她的夫家环溪村回门的那天以后，我们的村里就接连地和环溪村聚起兵来。

环溪村和我们的玉湖庄是隔着始丰溪的邻村。溪水在它俩中间流通，天然地划了一道界限。我们的村舍的后面，从前都是一片膏沃的土地，正如现在我们从村后望过隔溪的树林隐藏着的土地那么丰饶。无情的溪水，因为距离它的发源地不远，还带有奔暴的气概，在东冲西决地奔腾，差不多每日都要改换它的故道，践踏我们的田地。现在流到我们的屋下了。我们的建筑，因为要避免溪水的要挟，在村外筑上坚固的城寨；溪水奔腾地冲来时，破不了那坚固的城寨，就在它的下面漾洄了一回，转了几个旋涡，泛成澄碧的深潭，骊马一般地向下驰去。

我们到村后的溪滨眺望时，我们可以看着溪流的后面，是一滩黄色的沙石，沙石的后面是一片草地，草地上面生长着丛密的柳树，和许多芦苇，柳林长满了绿叶，直遮蔽了远山的山岭，与苍碧的青天相接；相离不远的隔岸的环溪村，已埋没在柳浪之中，找不到一个屋角。

我们的村舍尽处，恰与村后相反，流水荡荡地从西南方冲来，直到了村舍的靠壁；在那边顺势成一个反动，汇成一个射出角，向东南方流去；因此就堆成了一个沙渚。

沙渚渐渐地涨大起来，有几处已可种作。我们玉湖人希望在那边有一个最大的开垦，虽然在现在是满眼的蓬蒿。

这里靠着我们的溪滨，倘若用始丰溪的界划做证，环溪人当然管不到这些未来的财富。但是他们说那是他们从前所有的地址，他们有重新开垦的权利。

这是一个权利和财富的冲突；因为他们看重它，正如一座国际的矿山。

已是五月的天气了，小麦早已收获，大豆和田禾，正待耕耘。村人们虽然不是正忙的时候，却也不能十分怠惰。

暖风轻拂柳梢，新蝉开始歌唱，善鸣的黄莺儿飞过时，正直地投下一个黑影。我和我的妹妹杂在村人们的行列中，在祠堂前的樟树下纳凉。

那边坐在石凳的尽处的老人，是加裕大伯，他穿着一件青布小衫，豁开了胸口，很安闲地吸着旱烟；他说话的时候，额纹一定折成三叠，短短的胡子，一根根地矗了出来，正似一个脱了毛的旧刷子。他最爱说话，大家都喜欢听他。靠着加裕大伯右面蹲着的是多理哥，他是一个二十几岁的后生，头上还有一条辫子，终日盘着；他手里拿着一大碗的粥和一块麦粉的饼干，蹲在石凳上吃。再顺数算过来：第三个是做鞋子的老六，他比较懦弱一点，不大说话。第四个是麻皮加来，他是一个最憨的人，而且是最黏滞的人，大家都叫他麻皮加来，就是我们下辈，也没有一个叫他加来叔的。第五个——这边的尽处，是金樱妹扶着她的刚才周岁的弟弟站着。这边呢：那个坐着的独眼，是独眼三，因为他不是我们同姓，所以大大小小都叫他三哥，他侧着头，坐在门槛上；同样地坐在门槛上面的，是江林公，他抱着他的小孙女儿拍着，俨然似一个白发的保姆。此外还有许多小孩子，都随意地立着跳着；而最使注意的，是穿着全身白衣服的香桂姊的弟弟多能，我叫他能弟，他也在那边。

加裕大伯俯下头去，要找寻一块大些的石头，敲他的旱烟灰，一面在讲笑话。一阵凉风在柳梢上发笑，拖乱了柳条，却不能移动了荫在树干下面的树影；但同时加裕大伯新落地的旱烟灰却被它吹散了。

癞头金气喘喘地从村舍的尽处跑来，惊破他们的沉静；他带来一个可怖的消息，说环溪人已有四五个带着锄头短棒，在下溪渚的芦苇丛里，凶狠狠地垦地。这是一个很可惊人的消息，对于玉湖庄的村人们，因为这是一桩伟大的财富。癞头金还接着说，他已和环溪人争辩起来，相互地骂了一回；但是环溪人欺他只有一个人，恶狠狠地想来打他。幸亏他手脚快，在芦苇丛里一隐，就一溜烟地跑来了。

癞头金的话还没有说完，多理和麻皮加来已经跳了起来。

"去！去！那还了得！"

"金！你再去喊一声加启和保东，他们都在大屋厅的中堂里。——你说我们已在祠堂前等他们了；——带短棒来！……"癞头金已经走了，多理立刻拿出了一束短棒和棒头装有尖刀的猪刀枪，这些都是藏在祠堂里的。

祠堂前的空气，顿时各样；那些跳着玩着的小孩，立刻套上一副骇异的鬼脸，直瞪着两眼呆呆地站着。

多理把那束短棒和猪刀枪丢在地下时，铿然的声音，与灰尘同时飞起，震得金樱妹的小弟直哭了起来。

多理解开那束着的绳，自己拣起了一支猪刀枪，用手掌去揩那柄上的灰尘。麻皮加来拣起这根，又拣起那根。老六也拣了一根短棒。独眼三还没有起来，多理就拿了一根短棒给他，催他起来。

接着，癞头金跑了回来，后面跟着加启、保东、多智、来富等一批人。他们都仓忙地走到祠堂前，只有加启带来一根铁尺，保东和多智等便顺手拾起一根短棒。

他们一群人，都拿着武器，凶赳赳往前走；癞头金过先，后面就是多理和加启，以后就是保东和多智等了。

加裕大伯好久没有说话，最后也拿着旱烟管，慢慢地跟了上去。不知受了什么暗示似的，能弟和一批玩着的小孩，也随着加裕大伯前进。

江林公发出他破锣一般的沙音，说：

"不要老老实实地打他！把他们吓一下子，赶走了就算！……"

但是大家走得远了，没有听清楚他说的什么话。

在半路上，他们已走入杨柳树的丛里，一个个散了开去。多智回头看见能弟也跟在一群小孩中间，就吩咐他回去。

在柳林中，树影在沙上摇动，恰如活动影片；日光随处地透下几丝光线在他们头上，几疑出没在云彩间的明月，人声随处地惊动了树上的鸣蝉，翼声沙沙然地从这树飞到那树，和人们一步一步地踏着细沙的响声相和。

癞头金开始在柳荫中出现，走近那些凶狠的环溪人的前面，他开口就骂：

"你这批牛生的儿子！快给你的爷爷滚开！谁要你在此地开垦？"

环溪人还没有看见他召来的一班人马，厉声地回答。

"贱贼！不要在你祖宗的坟上爬痒！"

"你快些跟我滚开！不要来送死！"

环溪人自恃人多，如虎一般地追了过来。

"你打吗？来！"

柳荫里面喊出了一班人马，环溪人吓得一跳，就退缩了。加启装着没事似的，把铁尺藏在袖口里，走上前来，好像代他们讲和，要讯问他的原委。他走到环溪人的面前，癞头金也追了上来，重新壮起他的胆量，打那个环溪人一个耳光。同时加启也抽出铁尺，只是对脑门地敲。多理、麻皮加来、保金等都赶上了，加裕大伯和几个顽皮的小孩也出现了。环溪人见来势不好，忙抽身往水里逃，多理恐怕猪刀枪伤得太厉害了，就把它丢在地上，顺手把多智手里的短棒接过来，追到水岸，向那环溪人的背后一击，那人就往前冲，跌在水里。

加裕大伯连忙止住他们，都没有下水。那五个环溪人当中，有一个走得太忙乱了，在急流里滑了一跤，一个水涡儿，滚到深潭里，流水平他的头上；他因为加启的向着脑门敲来的铁尺太厉害了，所以提不起精神，才溜下去。这边的一批人都走出来，立在岸上，看那跌在水里的人发笑。

那先渡过去的三个人就在对岸等着了，还眼睁睁地看着我们这边。及至那两人也到岸时，他们又开始大骂。

多能在那沙堤上，经他的哥哥多智喝回后，就呆呆地彳亍着，走回他自己家里。

他母亲还在灶下洗碗，香桂姊因为是新回门的客人，穿着新衣，在那边和他母亲谈天，一面无意地摇着手中的麦秆扇子。他的爸爸，加庭，没有在家。她们还不知道刚才所发生的事情。

能弟报告她们，说刚才玉湖人已和环溪人打仗，并且告诉她们关于打仗的见闻。最后，他很郑重地说出，多智也是同他们一块儿拿着短棒去的。

香桂姊听说和环溪人打仗，就吃了一惊。因为一面是她的夫家，一面又是她的母家，无论如何，这是使她为难的。

他母亲很埋怨多智不知理路，说他还没有成年，就要被自眩的本能所驱使，很紧地要做后生。况且环溪村又是我们的新亲，虽然姊丈是不一定在那里，但也难以为情。

能弟见着他的姊姊发呆，就跑了出来。他想他的母亲和姊姊们都不喜欢他报告的消息，对于他自己的自信，似乎有些阴晦。

祠堂前的人又站满了。各人的心中，都有一个张皇的情绪；此种情景，平时在那里是很不容易有的，因为平时在那里都是没事的闲谈和嬉笑；今天却如触了电一般的，大家的脸上，都如严峻而削壁的山石，被一层迷蒙的烟雾遮盖着。能弟知道是为了刚才的那件事，就一声不响地走入人丛中，仰着头听他们说话。

因为我家的小门，就靠近那株大樟树，所以祠堂前的空地，简直是我和妹妹的游戏场。

春舟大伯，穿着一件白夏布的大衫在人丛中说话，大家一点都没有声音。他是加裕大伯的弟弟，前清进过一个秀才，现在可以同县城里的知事和警察官直接见面。因为他是一个文人，兄弟又多，家里又在年年地酿酒，年年地买田，所以没有一个不听他的吩咐的。他说：

“糟了！这一件事，我们不应该如此做。……现在那边上风了……我们应该叫警察，……叫警察，说他私自开垦，强占土地！糟了！现在……是他上风了！”

他的语音有许多牵制，正好像什么人把他的舌根拖住；他想使他自己的语言，普遍地及至全体的听众，所以喉咙特别地提高。他说到后面简直是不成声了。他那语言飞散的效力，还不及他口边的泡沫的爆发；而他声音的拖沓和凝滞，却正似嘴角上的白沫一般地渐渐凝结着。

能弟挤在他面前，仰着头，不住地看着他。我从他的泡沫的飞散上，发现了能弟的沉默的头颅，在那边仰承甘露。我不喜欢能弟吃那些泡沫，正如我自己不喜欢别人用唾沫唾在我的头上一样。我挤了过去，牵着能弟的手，要他走到我的后门的门槛上坐；他就随我走来。

在那里，春舟大伯又说话了：

“现在，他一定去报警察了！……但是，不要紧；你们快把那些短棒和猪刀枪束好，藏到祠堂里转去，警察如果当真来的时候，由我去说话！”

这“由我去说话”几个字，春舟大伯，特别地说得重；好像要无论什么人都听见。同时，立着听他说话的人们，心中如放了一块石块，面上都微微地现出一种欢喜和尊敬的颜色。

“说一句私话罢！我们用兵器，是见不得客的。……兵器！是刑事犯呢！……这是我们犯亏的。……好！现在把它藏起来好了。……警察来时，什么事都由我担当……因为这是关于全村的财富……"

春舟大伯讲得满身都是汗，背部的汗珠，已经钻到白夏布大衫的外面，又开始流动了。他说到此处，就退了出去。

祠堂前的人们，又开始走动起来；嘈杂的声音，好像和那些人走动，有很高的相关度。

在那里，癞头金是最容易招人注目；因为他本来是很耐人寻味的，而这次的事实，又直接地与他有关，所以大家都追问他当时情形。

多理也很出众，他说述他用短棒扑击那个落伍的环溪人，真是有声有色。加启也自述他的铁尺的利用，如何地轻便与如何地巧妙。而多理最以为荣，最说得津津有味的，就是他不肯用猪刀枪穿那个人的背部。

总之，祠堂前的空气，是非常地紧张，太阳稍或斜了一点西，火热的光焰，并没有改杀；树梢头静悄悄地凝练着，鸣蝉也没有唱歌；雄鸡和母鸡们，彳亍地在草坦上走着，几只活泼的村狗，也躺在树下，深深地咋舌。

我偷偷地问能弟，香桂姊姊在家里做什么？他说在家里嬉。我想看一看他的姊姊，就要求他同我一块儿到他家里去。香桂姊一个人躺在楼上；向南的窗门关着，正可以望见村外的澄碧的溪潭，和隔岸的密接的绿荫，隐约的绵亘着的远山。

我说："香桂姊！我来看你呢！"

她立起来喊我一声"秋英妹"。

我觉得她出了嫁以后，举止就有许多不同了。我说："你现在的面色，比什么时候都好呢。香桂姊。"

"不见得罢！——你看我很红润，是吗？——那是热得发烧的。"她说了微微地一笑，当即就把她的笑容敛住。我觉得对于她已经非常的隔阂的样子，找不出可以对她说的话。

"你听见了吗？我们玉湖人同环溪人打仗。"我说到环溪人，骤然忆起：她是出嫁到环溪的，她的丈夫，也会到这边来过。

她说："刚才听能弟说过了。"

她的话还没有说完，我急忙抢着说：

"你的姊丈我看见过呢，生得非常的雄壮；我当时还说笑'若是和香桂姊打起来，香桂姊一定是打他不过的'。那天在你家里吃了鸡子面的点心去的。……"

"秋英妹，你的妹妹来叫你了，说：你的父亲回来，要你烧点心去。"能弟的母亲在楼下叫，我便立了起来，往楼下走；香桂姊还勉强地送到楼梯头站着。

我走到家里，果然父亲坐在大凳上，解他的草鞋和破袜，我喝了一声"爸爸"，就走入灶下烧火。

母亲吩咐我去买酒。我走出后门，祠堂前已经没有刚才那么多的人了。

江林公仍旧抱着他的小孙，加裕大伯仍旧坐在那里吃旱烟，做鞋老六很安闲地躺在石凳上，一切的空气，又没有以前那样紧张了。

　　警察没有来，一直到天黑了都没有来，大家期待着的心，于是乎放宽了。

　　吃了晚饭以后，我和妹妹，坐在母亲旁边，听爸爸讲述他在外两年的情形。他末后又叹了一声气，说我不是男孩子，不能帮助他出外做事；又说我没有兄弟，对于他的前途，是很空虚。我沉默着没有说话。

　　能弟在外面叫，说香桂姊要叫我说话。

　　满天的繁星，正如中午的日光，正照在闪烁的沙上，反射到我们的眼帘里的那么晶莹而繁夥，白天的热气，已经躲到群星的背后；凉风隐在树梢上唱歌。

　　能弟紧握着我的手，用力地靠近我走着，我觉得他的手有些热烈地颤动。

　　这是我的幻觉罢！我觉得在这样黑夜的道途上，周围是非常辽旷的，前途是非常空虚的。当我觉着这一种情景时，我的耳朵里好像有人告诉我，能弟的热烈地颤抖的手，就是这空虚的黑暗的安慰者。

　　大概，那时的能弟，也有这样的感觉了，他愈握紧我的手，愈靠近我来。他轻轻问：

　　"英姊！你今年是几岁了？"

　　我觉得他的无端的诘问，是含有深意的。我说：

　　"你呢？能弟！你先对我说了。"

　　"十四。那么你呢？英姊！"

"我，十六。"

他的几句"英姊"，真是一支刺透心肝的钻，一句句都透入我心的深处。

他愈加挤了过来，我就把他抱住，搂在我的左怀走着。

我好像是超于现实的了，我的心内的舒适，简直是戴上伟大的王冕；世界是融和了芬芳的花香与柔和的鸟语的春晨，我俩是游泳其中的两尾五彩金鱼了。繁星嵌在深碧的天底，正似我俩游泳着的鱼池的水底，嵌着的晶莹射目的宝石。

香桂姊仍旧在那个楼上，向南的窗门犹是开着。和风从窗口吹来，回复到我的在屋外走时那么清爽，脱除了刚才进入室内时的许多混气熏陶。窗外看不见澄碧的溪潭，潀净的水声，是中午时享受不到的天韵。天河从她的屋背横过，小星填满了河街，一颗颗细洁得可爱，直挂到南天的尽处，与那些隐隐约约，用远树与山影组成的如长堤一般的黑影相接。南大人头上戴着纱帽，天庭上的帽饰，愈灿烂得出神，穿着朝衣，偏向西面跪着；正对着窗口，礼拜我们屋后的北斗星。

室内的灯光，还及不上两颗萤火虫的明亮；因为南风吹得太强，故意把它放置在箱子的后面，光线更加微弱。

香桂姊的麦秆扇子也没有扇。多能弟还搁着我不肯下楼。我也不心愿要能弟离开。她说：

"英妹！你对我的话没有说完，你就走了。——你告诉我，他们同环溪人相打时情形怎样？你说我的他（她说到这个'他'

时，语音特别地放低，悠久而轻和，我知道她的脸上同时有一
阵清风掠过了），你在那边看到吗？你告诉我！英妹！"

我看了她这种说话神气，我平时的好多话而直爽的特权，早
被她驳落了。我告诉她：今天并没有看见她的丈夫，不过那时他
到她家里看她的母亲时，我看到一次。她轻轻地哼了一声。

她吩咐能弟到楼下去；她要求我今夜宿在她家里，伴她睡眠。

能弟还踌躇着不肯下去；我说要回去对母亲说一声再来，她
催促我就去，我又要找能弟同伴。

这一次的来往，我觉得能弟的心完全同我的心黏住了。我们
俩相抱地走着，一句也不言语；我只觉能弟的心同我的心完全黏
住了。

我的母亲没有话，因为我的爸爸新来，要重新铺眠床；现在
更加便当了。

我没有把能弟的事对香桂姊说，因为我知道她要笑我俩的。

多能还搦着我，他见我可以同香桂睡，也说要伴香桂睡。香
桂姊嗤地一笑，说他还同小人一样地不识情事。我的意思，就是
三个人同睡也不妨，因为这张床子很阔；但我没有说出。

香桂姊叫她的母亲把能弟叫去；我就去拂了蚊子，吹灭了灯。
窗门仍旧开着，夏夜的凉风，不能有冬天的朔风那样尖锐与坚实，
它只能在帐子的外面，微微地摇动，不敢骤然穿入。

她说她昨夜一夜没有入睡，只是左右地转侧，现在虽是住在
她从小长大的母家，她总觉得是异乡，自己是离乡的孤客。她想

要回转环溪，或是明日差人去叫她的丈夫来，但是她都不敢说。

她还说她的丈夫待她怎么样好；怎样她来的时候，送她到什么地方；怎样他对她说什么话；……但是我早含糊着答应，迷迷蒙蒙地睡去了。

在睡梦中，她把我叫醒，要我到窗口听那沙滩上的奔腾的人声。群星仍是彩灿地闪烁着，西南角的天上，多了一颗如日一般的大星；我张开蒙眬的眼睛找寻溪滩的人影，却被一圈圈的灯光的红晕遮住；激湍的声音，更尖锐得可怕，渐渐地把那些石滩摩擦着的奔跳的人声冲去。

香柱姊说我睡了同死去一般；刚在和我说话，我就入睡了，老死也喊不应。她说：

"我到现在还没有睡过，连眼角都没有交接。我以前似乎听着溪滩有沙沙的人声，我道不知些什么野兽在追逐，以后我听那些声音渐走渐远了，我就伸长了我的耳朵去听。我听他们好像走到水岸了，好像在渡水了，好像渡过来了。我心里在想：怎的今夜到这样地更深了，还有这许多人过水呢？我刚想到这里，只听得外面一阵喊声，接着就是磕磕碰碰的短棒声敲门声，和不堪入耳的大骂声，以及各种的辨不出的声音，混作一堆：我怀疑是哪里失火，或是强盗来抢春舟叔的家里了，我心头不住地跳着，我推一推你，你还是睢睢地酣睡，以后我听见我们村里也有人响了，我楼下的智弟也开门出去了。听说还有许多人在大屋厅的堂前打牌，大家都没有睡，齐声喊了几阵哨喊，他们因为来的人不多，所以就退了回去。他们的喊声真如雷震一般，只有你这位年老而龙钟的老太婆，福命生得好，有些安静的睡眠的命运，是喊不醒的。"

我听了她说的这许多话，以及末后的几句讥讽的语句，心里很难以为情；一再追想她和我述说的情景，又使我心里微微发寒。

中

我终于转入睡乡。

第二日下午，我们的祠堂门也大大地开了，许多的人都在那里进出。这一双门上画有门神的大门，是不常开的，除了正月和春秋二礼的祭祖。可是今天也开着了。

春舟和肖峰，都穿着夏布长衫，在那边人丛里很仓忙地跑进跑出。癞头金的死尸躺在祠堂门的旁边的石板地上：他的眼睛还是睁着，左边的面上有一很深的刀痕，鲜血流染遍了头部，转成红黑色，将颡后的几根毛毵毵的黄发膏住。此外，胸口、腹部和臂部，都有尖刀的伤痕，而臂部的肉已经紧涨得反花；腹部的伤口，还流出一节小肠，大家都很悲愤地观看。最后就用一张草席盖上，要把他抬到上祠堂去。

癞头金不是我们的同姓，他是和肖峰属亲。我们的村里，就是这两姓的人氏。虽然有两个祠堂，各姓由各姓自己管理，但是平时总没有多少界限可分的。何况这一次是对外的呢？是全村的财富关系呢？是全村的名誉关系呢？

我们的一族，自然是春舟做主；他们呢，不用说是肖峰了。

那边，多理最激烈。他说："不是我们把他追赶了，他不是要把我们村里的人都杀完了吗？他是预备来同我们打的。好了。癞头金已经被打死了；我们是小村，横竖再同他赌死几个罢！"大家没有人响了。他又眼睁睁地对着独眼三说：

"三哥，打死的是你们的兄弟呢！反是你们贵族不倒霉，要我们倒霉吗？"

"好！不用说了，我们自然是要同环溪人比一个胜负的。"三哥奋前地起来，睁着一只大眼，好像要把这一只眼睛睁得比两只还要大的。

三哥不比麻皮加来一般，是随便说话的；他一说定这一句话，就是"过五关斩六将"，也要把它魔到。多理见他毅然地决定了，就喜得跳起来。

肖峰虽然是一个文人，却不及春舟的有魄力；他十分地踌躇着，不主张复仇，要请人正式地讲和。春舟知道村人们的勇力是冲天般的；不能再压了，也想听凭他们做到怎样，再来收场，做个结束。

癞头金是昨夜被害的。他自己没有老婆，家里只有一间养着蚊子的小屋，和一张板床。他的父母，早已死了。他做人很好，代人家做事，很勤谨，村里的人都相信他。因为他家里没有帐子，又没有贵重的东西，所以他就向外关着门，走了出来，在祠堂前的石板地上躺着。这是一处清闲的幽境，又没蚊子和热闷的空气所苦闷。这是他平常的事，却不料昨夜的环溪人走了过来，竟认定他是个对主；可怜落拓的头颅，竟做了死罪的佐证！环溪人把他拖了起来，顺手在他的臀部一刀，接着有三四个人会来，把他抬到那边柳荫外的水岸，杀死在那边了。今天他们无意中要看那些环溪人新开垦的荒地，却发现了癞头金的死尸。那边的石滩上面，已经流了四五大堆的血，鲜血被严厉的太阳晒干了，转成黑色，凝在石块上，有几分厚薄。他的死尸躺在那边，一群苍蝇知道了，会集起它许多的朋友来吃食以外，什么人也不会知道。他们在那边发现时，成群的苍蝇，已不许人们走近，好像这是它们的专利，不许人们侵占似的，嗡嗡然起来做示威运动。

对于枉死的癞头金的传闻，经他们无意间在溪滩发现以后，也如苍蝇的世界一般地轰动得热闹；那个消息的飞散，真要比癞头金的临风的尸臭还要快便而辽远。在邻近的村庄，和较远的村庄的亲戚，都上玉湖来问讯，说外面传闻，玉湖与环溪，不久就要开火。

村中的勇士，如多理一批的人，都主张当日出兵。癞头金的死尸，也不要报官检验。现在可以先把他葬入白盐或者黄沙当中，待再打死几个，将来一共总结账。

春舟不赞成当日出兵的提议：他说乘人不备，固然有道理；但是既能知道他昨夜来偷了我们一次营，今天就不预防我们的报复吗？而且迟一天，我们自己也可以多预备周全一些。

大家都没有说话。多理红了的眼睛也退了一些热度，正如被太阳烧热了的霞彩，慢慢地被晚风扇凉一样。

玉湖村的空气，是茶壶内的空气一样地紧张；那些人心的惶恐与震荡不宁，真如壶内沸腾着的气泡。全村里的人，都有这样的感觉；就是金樱妹的刚才周岁的弟弟，江林公抱着的小孙女儿，和那些黄的黑的花的村狗，大大小小的母鸡和雄鸡，都不能例外。

在我们的祠堂角头和各家的门头间，农具储藏室里躲着的稻桶，都抬出来效劳了。它们是些压寨的老将，一个个分布向南的临水的巷口，里面装满了郑重的石块；要是两三个叠着，简直是一座城垣。这是几个要扼，各处都要有人把守，多理差不多最忙，他俨然是一位总督，跑来跑去地巡察。

靠近香桂姊的那个巷口，一样地叠着几只稻桶，桶内填满了石块；那只新的稻桶，桶外的四个"五谷丰登"的大字，和"积德堂能记置"几个小字，都没有磨灭净尽；这明明还是香桂姊家里的农具。多智拿着一根短棒，就在那边守寨。

那天晚上，大家都没睡，好像什么大难要降临的样子。多能坐在家里，时常要跑出去看看街上的动静，并且有没有奇异的消息。

我因为同香桂姊约定的，今夜也要去伴她。不过我的母亲吩咐我做了许多事情，所以出来就迟一些。

路上毫无声息，我的心脏直提到喉头。我的足音如幻影一般地引起了巡察的多理的注意，他在我面前闪了出来，问我是什么人。我的心中明明晓得是多理的声音，不提防心旌却跳得愈加厉害。我说：

"是我！理哥！"

"谁哟！"他好像还听不清楚似的更郑重地问。

"是我！理哥！"我不心愿自己的名字在自己的口里说出，再答出一个，"是我！"

"是秋英妹吗？你怎么到现在还要出来走？——到哪里去？"

"到香桂姊那里去。"

"你不应该到这时还在外面走，——女人！"

我不欢喜回他的话，我觉得他的"女人"两字当中，有许多轻褒的意思埋着。

能弟瞥眼间瞧见了我，就跑了过来，牵住我的手，口里不住地"妈妈姊姊"地叫，说"我已经到他家里了"。他的母亲说：

"唔！多能今夜对秋英这样好！你停一些不要反转脸来骂她！"

我觉得她的话有些话外的深意，要使我难以为情的。我想把这话头岔开：说能弟不会反脸的，哪里晓得她更加有一个反面的证据；我觉得自己已经说错了话，不禁脸上烧了起来。

能弟立在旁边淡笑；香桂姊牵我上楼，赴那和平的女神所召集的睡眠的音乐会。

多智兴匆匆地走进来，像一个在酒柜上吃醉了的酒鬼，手里拿着为明日战争而摩擦锋利的尖刀，凶赳赳地放在桌上，闪闪的白光印着灯影，使人生出一种凄惨而恐怕的景象；他又把那支藏在门后早被灰尘盖满了的"前膛"拿了出去，形势也要使它擦净，待预备好了，明日就可显他和它的身手。

他的母亲说：

"你自己还没有长成十足，多智！正如一株娇嫩的茅竹，哪里可以临风呢？这些公共的事情，你只要不落了人后，已算好了；怎么还要出人头地呢？"

多智如没有听见一般，回头对他母亲说：

"我自己不知道吗！要你多说！"

说着，走了出去，他母亲随着他走上门首，觉得全村的屋顶，都罩着一层凶狠的网。她告诉多智，要关门了，让他一人在外面；他没有异议。

睡神是和我结了缘的；在黑暗中我迷蒙地入睡，好像酒醉后，在落花细雨中看桃花一样的轻浮与微鲜。及至我被香桂姊喊醒时，我的眼帘才招受了清晨的可爱的阳光，听它把眼底遗留着的黑暗逐去；心境开了喜悦之门，来欢迎那些戴上露珠的小草上的晨光的跳舞。窗外的流水的歌声，好像告诉我这睡乡的羁旅者以悲怨的恋歌。我的心灵像感受一种多方的人马驰骋地闯入的复杂之感，使我心境一时难以分释。

震人的锣声，已经响着第二遍了，第三遍就要会齐，第四遍就要出发。

我从香桂姊那边走来，迎面的太阳，刚在我家后门的那株大樟树的树上，猛烈的惊人的阳光，已经表示出不是平常的日子；

祠堂前的两边墙上，都竖着猪刀枪。约有一尺多长的雪亮的刀锋，都张着牙齿冷笑；我觉得一阵寒栗，身上就长满森森的汗毛。那锋利的刀锋的下面，都系着一簇鲜红的，如传说故事和戏台上所看到的，厉鬼的红毛，晨风很急躁地吹动了它，我幻想着一个长满了獠牙善于吃人的阔口，就在那个下面。此外还有短棒和长枪，都很使人惊怖。

路上走着的人，都如着了魔一般。

那边多理和多智，都在弄着前膛枪。加裕大伯从前是善于打飞鸟和松鼠的，他在那边指示多智。多智这小后生，一支前膛，已经把他的面孔弄青了，还要去打仗。

那边麻皮加来拿着一根猪刀枪，在试验着，好像要杀人的样子，向着来富。来富连连地退避。加启走上来骂他，说他不应该这样无诚心。

这边，保东喝退了一群小孩子，不要他们来玩弄这些危险东西，同时就开始计算它的数目。

老六仓忙地跑来，说春舟要多理去一去，多理把洋枪递给加裕，走往春舟家里去。春舟还在家里吃早饭，他问多理预备好了没有。

"你去再打第三遍的铜锣，告诉他们是会齐的时候，不要再延迟了。"

"他们还有许多在吃饭呢！"

"那么稍微等一等罢——你可先去，我吃了饭就来。"

多理仍旧跑回祠堂前。可怕的战事就要开始了；大家开始恐惧起来。多理要大家看一看，还有什么人没有来，不许他们躲在家里幸灾乐祸。

第三遍的锣声响了。这是一种带有辣椒一般的兴奋性的警告，对于那些不惯于吃辣的妇人小子一般的男子，已经觉得太为过火，而他们的喉咙的作梗与发烧，和鼻腔里异样的刺激之沟通了眼泪的奔流，都使他们有退缩和迟缓的可能。

"吃过早饭了的，都到祠堂前聚会！"

锣声反复地鸣着，这句话语也反复地唱着。它们从村的这边走到村的那边。骇人的警告如浓烟一般地绕着树梢好久不散。

春舟没有穿着那件大衫，却穿了一身老布的短衫，在锣声与呼叫声的中间杂了出来。大家的视线都聚集到他的身上，哗然哄了一声：

"春舟先生来了！"

"预备好了没有？"

"这边都好了，只是人还没有来齐。他们来了就可出发。"

锣声还继续在响，勇往的人们都穿了短衣，缚好了很阔而很坚实的腰带，一阵一阵地从锣声中涌来，各人都自告奋勇，不欢喜自己有怯弱的表示，致人们看出他是一个怕吃辣椒的弱鬼。

一声震天的枪声，震得大祠堂的石壁和大门轧轧地摇动，祠堂外的大樟树和村庄外的柳树梢头的栖鸟，也随着骇人的枪声四起，直到缭绕到远山的山谷，而辽远的山谷的回声响着时，第二个的枪声又起了。

在人丛的头上，还矗出船桅一般的短棒，棒头一齐的高低，好比斩了树荫的树干。猪刀枪露出一尺多长的锋芒，若刀山一样地竖列着，太阳的光线一闪一闪射入灵魂，红胡子就在震怒般竖立了。

第四次的锣声还没有响，他们就动身前进了。肖峰和春舟忙着要点一点出发的人数时，可是前面的人已经喊不回来。

他们走过自己的门前，各人的母亲和妻子们的口里都衔着一个梅子，胸甲上装着一副水堆，眼睛里的泉水并没有溃发。可是全身上的冷汗却流得不了。

多理和加启，差不多是个少年总督；春舟和肖峰，就是运筹帷幄之中的军师。多理背着一支前膛，腰间缚着腰带，胁下挂着火药袋和子弹箱，胸口插着一把小尖刀。刀柄圈成一个圆圈，用红洋布绕住，露在腰带外面。脚底穿上一双棉丝草鞋，可以使它的运用，前进与退后，上山与过水，都显出轻便而灵敏。腿部绕着腿布，腓部如躲着一只小猪，足见它的精壮。大家都是差不多的装束，可是总没有像多理的那样引人注意。

多智的脸色，已经有些发白，他背着的一支前膛枪，特别地高出他人头上，早被他自己门口的香桂姊和他的母亲看到了。他走到自己门前，也不看一看那边立着的是些什么人，好像对于他的出阵，是有无意间的禁止与讪笑存着。多能看得发呆，要跟他的哥哥去；多智把他白了一眼，他的母亲就把他叫住了。

人马走完之后，村上非常地静寂；它是兼着大水后的凄清与暴雷后的惊恐的两种情调渲染成的一幅图画，有令人置身在千丈飞瀑之下的寒栗与恐怖的魔力。

他们走出了村庄，就分成三路；每路又各各分散，各向适当的地方埋伏。

村上的妇人与小子们，都紧张着十分期待的心弦，希望得着一个什么消息；耳朵也竖起来，什么一点微细的震动，都可以引她们出外张望。

野外的枪声连续地响了；要不是先告诉人说有战争，他一定疑心清明时节的扫墓的爆竹了。有时竟然隔着许多时候，一点也没有动静。妇女们的心旌，正如看着大火一样；她们不能前去救火，只能在辽远的异方看着它的势焰的凶猛与缓和，而用自己的心弦的紧张与弛缓同它相应和了。

樟树上的日影，一点点地移动；一朵飘荡的白云，忽然遮住那绯红的太阳，光线顿时转换。

老六在战地走来，吩咐大家煮几桶热茶。她们问他情形怎么样。他只说还没有交锋，我们的兵，都在老虎山下。

停了一会儿，老六又回来了；这一次他代春舟先生找箬帽的。她们问他现在怎样了。他说环溪人已经在对岸树林隐出来了，已经接过几声枪声。

加裕忽而一趑一趑地转来，她们很怕他是受了伤，但是不敢问出，只问他现在情形怎样了。他说：

"可恶的环溪人，实在太顽皮了。他们知道我们这边没有深密的树林，老虎山的几株乌桕树，哪里及得他那杨柳树林的藏身的巧妙呢？他们都取巧地躲在林中，太阳又照不透，你们又看不到；但是你们一动一走，他倒可以看到了。他那边到现在只放过两三枪。他静待着我们的动静。没有法子，我们又不敢上去，他们又不敢出来；恐怕打了几日，也没有一个输赢。

"我们大家都没有戴箬帽的，太阳直照得汗油直流。我老人家，横竖在那边也没有什么补益，不如让我抽身回来吸几口烟罢！"

她们还要问他她们自己的亲人的情形如何时，那边震人的枪声，又一连响了起来。大家一句都没有说。加裕大伯说这几枪响得特别，恐怕是环溪人出来了。

接着又是连续的枪声，在这许多枪声中，可以听出有几声枪声实在远而且微，可以证明是环溪人在那里接战。

加裕大伯对于吸烟，好像有特别的缘分，虽然他吸的不是鸦片。他要回头向她们告别时，那边又是一个枪声。可是，这个枪声太奇怪了；我们只能想象它是一种轻飘的，而且是扁平的横流的发响。加裕大伯很发愁，说不是火药的不足就是倒坐。但是他仍旧走了。

我和香桂走回她的楼上，太阳射入窗内的光线的位置，已经告诉我们是烧昼饭的时候。

窗外的景致，又是异样；隔岸横列着如屏障一般的柳林，叶片渗透淡淡的阳光，觉得还是十分娇嫩。整个大地，笼罩着带有杀气的表情，使人感得心怀不宁。香桂犹系念着她的丈夫所居住的环溪，和她的丈夫。她站在那边呆呆地出神。她平时不爱说话，尤其不喜欢说及男性的话。她对我说及她的丈夫的事情，她总算是破例，因为她相信我还是一个可说话的人，虽然说我年纪太轻，不识情事。

她幻想着她归来的那天。他们醒来，天还没有大亮。他握着她的手，说不欢喜她到母家去。她回去了，使他太觉寂寞。她也这样回答。她起来梳洗的时候，他坐在她的面前，眼睁睁看她梳头。他送她到那座小石桥头，又穿过那座松林，在那个荫着一株老树的路亭里面，他说她到玉湖后，过了几日就来看她。那时亭外的老树，被微风吹得佝偻地摇动，好像在告诉他们说青年人不要太缠绵了，转瞬间就要衰老；而它自己的凋零，正是他们后日的象征。她好像感到这不是留恋的时候，不应该在这新婚的一月后就这样地悱恻而柔情。她回头看着他走去又回头看她，正如她频频看他一样。多智弟伴着她走回家里时，她还没有想到她的母亲的渴念。

她想到她的一切，——对着对岸的深密的柳林，和柳树外的松林，幻想着关于她的丈夫的一切。

我看她看得出神，料定是在想着她的丈夫了，我也不去理她。

忽然楼下发生了一种惊异声音，她的母亲的哭声，两三个的男子的嘈杂声，隐隐之中还带有呻吟声，混然相和，传到我们楼上。

我知道有不幸的事在这种声音中发生了，我的心头便蔓延着一种不可言说的恐怖，香桂姊也被一种声音打醒。我俩一同走下楼来，只见老六背着多智，加启跟在后面，走进门来。多智的左脸烧得漆黑，正如涂上一脸的黑煤，连那眼珠的地位，都不能清楚地找出了。左耳的耳轮，微微地在流血；血痕延长到颈上，造成几条河道，在黑色的面颊流过，好像黑云中的闪电。一部分的斜披的黑发，已经变成黄色，圈成许多小球，退了许多地位。肩头上的衣服和领口，也烧了几个细孔。这都是他自己放的前膛倒坐了火的伤痕。

　　多智的眼睛微微地闪着，脸上飞舞一种凄惨的情调。他那种倔强的气概，和自傲的表情，现在正如两只捉入网内的野兔，虽然它不住地要跳出这个网罗，但是它的能力，却只许仍旧如此。母亲的心，自然没有这种怀抱，但多智的过敏的神经，虽然没有听他的母亲怨语和诽谤，甚至于轻视或冷淡，他总觉得他母亲告诉他"不要太想后生事了，少年人！"的几句话，是在他的耳膜外敲门。他不敢说出伤口的那样痛，就是套上这种心情的面具。

　　多智躺在他自己床上，老六和加启早已归去了。

　　香桂姊觉得这是一桩不幸的事情，对于多智的受伤，似乎还有什么更不幸的事的预兆。我因为多智的冒失，却联想到能弟的同他哥哥的相反的性情。我想若能弟的郑重将事，定没有这种冒失。

　　他家中没有一个流泪的，我更无从为他心酸，虽是她们的心觉得是酸的。

多能不知从什么地方听来的消息，说环溪人已经有两个被我们打死，还有几个被我们打伤的。香桂姊听环溪人打死和打伤，又怔怔地心酸。

多能牵着我的手对多智与他的母亲和姊姊说话时，外面忽有一阵严重而嘈杂的喊声（直比山崩地陷还要惊人与震耳的喊声，直可以喝得山也崩了地也陷了的喊声）传来。我们呼吸都被它塞住了。这是很可以给我们以推想的事实，那一定是短兵相接了。

这种声音与推测，很使我的心地不安，尤其左右为难的是我的香桂姊。她的脸色已经和那喊着的声音，高低曲折地转了几转了。

喊声又渐渐地停止下去，这是我们推想着他们停止的时候，我们刚默祷着不要伤失任何人的生命，但是那悠长而悲哀的妇人的哭声，已经在村上旋绕了。她的三哥的老婆，她听着传闻，说她的丈夫三哥已经被环溪人轰死，她就哭了出来，要上老虎山下去。这是谁也不能阻止她的事，这是她的尽有的自由，神圣的生离死别的重要关头。

但是当她带着哭声要上老虎山时，他们已将独眼三抬回来了，他并没有死，神气也很清醒，不过因为淌了一大堆的血，面色觉得很沮丧。跟着独眼三的后面，又抬来两个受伤的人：一个的额受了前膛枪，只微微刮去了一小块的皮肉，子弹也没有透入脑壳，但是当时却是昏倒了；还有一个是比较三哥的伤，更重要一点，因为三哥的伤处是臀部，而他却是肋骨的下面。

村中的路上，已经染了几点血迹，各人的心中，大概也是一样地渲染那些鲜红的血痕了。

从偏于东方的太阳变为无偏无私以后的不久，它又转偏于西了。勇往的两方的人们，不知道被谁驱使了的人们，已经饿了半天了，虽然他们的家里，或者有一些麦饼送去。

双方经过了这次呐喊之前，环溪村的人们，就退了回来，其实，照他们说，是我们这一阵喊声赶了去的。这个，我们可以不管，总之他们已经收兵了，我们的心也可以放宽一些了。

据他们确实的传闻，环溪村的确被我们打死三个人。其余受伤还不知多少。而我们这边，却一共只有四个人受伤，打死的人，却半个也没有。

据多理说那边被打死的三个人，两个是他亲手打死的。一个是他看他在杨柳树丛隐了出来，却不知道多理的火药已经上好了。他打伤了还会走，但是不上三步，就跌倒了。还有一个是在这边的乌桕树后面，那株乌桕树是缚了一身的麦秆，如穿了蓑衣的渔夫一般的。他隐了进去时，多理早已看见；他料他不久就要出来，就瞄准枪头，一枪就中在他的胸口倒了。至于还有一个呢，那就在这一次最后的喊声中短刀相接时，保东把他穿死的。因为那人很奋勇地追过来要穿独眼三，三哥虽被他穿着，却不料自己的生命，已经挂在保东的枪头上面了。

另外，他们还各自说环溪人死了多少，但是都没有明确。总之环溪人除了死人以外，而所得受伤的人的报酬，却也不在我们的下面。

晚霞好像一天的血泊，一块块在天海飘浮；我们村上的惊恐而悲酸的情调，正如一缕缕灰白色的浓烟，迟迟地在霜晨的屋背旋没。

这是什么景象哟！被傍晚血泊一般的晚霞带着一种杀伐之气所笼罩着的！这是何等令人可怕的情形啊！

下

第二次的正式接战又起来了。

这是距离多智自己冒火受伤的那次战争之后的第四天了。一切的布置与设备，一切的器械与人马，都要比前次多一倍或多二倍；而他们心中悬着的可怕的重累，也要比前次多几倍或者几百倍。

托了祖宗的荫福，和全村的龙脉的祠堂基址的风水，在前次战争，才没有死了一个人；虽然有几个受伤，但是人数很少而且伤势都是很轻。

可是，环溪呢，环溪是不得了。据外面的谣言，说环溪已经被玉湖打死的人有七八个，而受重伤的有好几十，——稍微受了一点微伤的还不算。这种可怕的谣言，对于人丁充足钱财富有，希求得有最好的上风的名誉的环溪人，简直是教唆他重新挑战的呈请书；而对于我们玉湖，更是一颗痛吓的炸弹，和弄得人们惊恐无着的勾魂旗。在那天战了的晚上，我们就从许多邻村戚友的慰问口中，听得环溪人大有非得剿灭玉湖不止之气概的消息。

第二天早晨，我们都立在屋后的溪岸，远看那隐隐的树林里如蚂蚁一般地移动着的环溪人，他们张着一面金黄色的绸旗，在随风飘展，好像在代表他的强悍自高的气势，料定我们玉湖人不敢重与抵抗，而故意装出挑拨你去接战的样子。那边的军队愈走愈近了，他们走出了榛密的松林，踏过了青碧的草坦与种有大豆的田岸，再穿过了多荫的柳林，在那个沙岸游行。炮声一枪枪地时常穿过我们的头后，而撞动了我们悬挂着的恐惧的心房。他们这一种大胆的示威运动，使我们只有深深地躲避与退缩。

我们不敢立在容易被人看见的溪岸，也不敢容易被人听见地大声张皇，我们都紧闭了板门，伏在门隙中间窥探。这正如一只避难的狗，逃入自己的洞内，又回头去张望那追者的情形一样的可笑而又可怕。

环溪人知道我们不敢出去，只重重地放了几声冷枪，又巡回一般地回去。

这是给我们以太难堪而又可怕的暗示；更可以证明那些友谊的慰安者所带来的消息的不错，和环溪人的自高自大与好胜的心理。

多理看得急煞了，在村上只是跳：

"怕死鬼，就一定要打死了吗？打死就给我先打死，我做先锋！来！我当头阵！我充敢死队！"

他这样喊着时，许多好胜的后生，已经被他打动了。于是他的后面就跟上许多人，像加启、加来、保东和其余最出死力的许多人。

全村的灰了的心，又被他扇炽了；埋葬了的好胜的勇敢，又被掘起了。各人的心里都有点动摇。多理又奋然地狂跳而且喊得声都沙了：

"况且又不是我多理一人的事情。就是让环溪人走来把我多理的头砍了，把玉湖的房子都烧了，把新涨的小溪滩完全占去了，对我也没有相干。我是为大众的哟！我是为玉湖的哟！怕死的！我是为玉湖的名誉与财富的哟！"

在大众的心中，差不多是无疑了，——要对环溪重新接战。毕竟是春舟老练而耐心一点，因为多理在头上跳跃的火，没有一个可以压他，而春舟却只要一句问话，就把那扑不灭的热火扑灭了。他说：

"是的，我也这样想；只想环溪的人本来比我们多，现在又有他的邻村的助战与借兵，我们这几个螃蟹一样的人马，还不被他们捉虾配酒一样地容易打败吗？"

多理一时被这个疑难压住了，这好像一块沉重的石块，压在身上，很不容易脱离。最后，春舟决定，也要借兵。

自然，借兵只有向同姓的村庄借，因为我们都是同一个祠堂，或者祠堂都同一个字。

那天晚上，早就有人在打扫祠堂的横厢；祠堂的东面的长久

　　没有喷过青烟的烟囱，也借春舟家里拿来的二石白米，扬眉吐气起来。此外，还要先宰两只肉猪，他们在村上选择着的一只，就是我母亲所养的那只大白花。

　　我的母亲，因为我爸爸做的生意，是一年二年不归家的；家中的应时费用，他又不能随时寄到。所以我母亲差不多看着养猪是一大宗的储金的。有的时候，我们甚至于籴米的钱都没有了；但是，要是有钱来，母亲宁可先籴糠。她说，我们自己命苦不要紧，只要不会饿死，总可以勉强的。而这只猪呢，却不能饿了，饿了就瘦了，要少了许多收入。

　　这次他们要选着我们那只大白花去宰时，我的母亲犹迟疑不肯。但是他们一定说，这是公众的事情，是不能争执的；——就是争执，也归无用；——因为大家已经选中了我们的大白花是最肥最胖了。

　　我母亲带了一种说不出的悲哀，呆呆地沉默着，让他们把它在圈里拖去。这真使我母亲十分为难，——莫说我的母亲，就是我帮着母亲，一桶一桶地把它喂大的毫无金钱的观念合杂进去的心情，也觉得他们是过分。就是那时我的唯一的小弟死了的悲痛，对于我母亲的打击，也不过如此罢！

　　夜半的时候，我忽然自己醒了转来，追寻我可怕的梦境；香桂姊问我怎的今夜破了例。我说好像有一个人，在梦中叫我醒来的样子。她吩咐我不要响，静听这沉静的黑夜对我们耳语些什么东西。霎时间，我听得许多的脚步声，从远处响来，正似铜锅上走着的一群逃命的蚂蚁。我疑心又是环溪人来偷我们的营了，可怕的癞头金的血渍的皮面，就在我的眼前出现，那种声音渐渐地近来，我才在它的强弱与高低身上，玩味出它的位置与声色。我决断那个声音，不是在我们的村外，而在村内，而且他们的举止，也带着不甚张皇的躲避的和衷共济的情气。香桂姊也这样决定，她说她不欢喜这样做。多理那东西，简直是捣死鬼。她说她这几日简直没有一日是舒服，她听到打仗，尤其是同环溪打仗，就好像把自己的心肝割了出来，提在手里，在北冰洋的冰山上面走。她对于多智的受伤，也觉得是无为的天谴。

天还没有亮，又有什么人要敲门捕鸡了，鸡声叫得很是凄惨，好像要把我们从睡梦中叫醒，好去援救它的生命的危险。那人手里的待杀之鸡也不止一只；他是从各家捕来的，要拿到祠堂，款待那些同姓的深夜的来客。

两姓的祠堂里都住了助战的同宗。而尤其是我们的祠堂特多。

他们都有自己带来的兵器，像后膛枪，玉湖人所没有的，是有五支，其余："快五响"也有一支，前膛枪廿五支。而且他们都是好打手，——能够打飞鸟的。他们又个个都是很精壮的男子；就是徒手击搏，恐怕两个也打不倒他一个。虽然这许多的援助的来了，在我们的心中增加一种预期的必胜的喜悦，但是，在同时的反一方面，却在我们的心坎中，摇动着几百个毒蛇的红舌头。许多的人们，正如我们一样，不敢违反大众的意思，看他们预备这样，设置那样。他们要用破旧的木板与竹片，乘着深夜无人知时，将那些环溪人所要走到的要扼的地下掘成一个深邃的圆洞。然后把尖利的木板装好，上面仍旧盖好原来的草色。他们也要用破旧的被絮，拿来浸在水里，待它的各部分都吸饱了清水，同饱和了的大海绵一样时，拿了起来，挂在有力的如牌坊一样的木架上，预备着打仗时，可以做一个隐身的屏障。他们还吩咐了许多话，如火药应该买多少，子弹应该买多少之类，总之：他们是一个有条理的计划。谁可不佩服他们呢？

第二次的接战又开始了，这次多了二倍以上的参战的人。

当他们拿着兵器，凶赳赳地武装起来，走出村外的时候，家属的女人们，也和前次一样地怀着恐惧，立在门首看着。她们向老天与祖宗祈祷：

"天呀！有灵有性的祖宗呀！

"你们帮助着我们得到胜利罢！

"少数的死亡归诸我，多数的受伤归诸那环溪人罢！"

这是一个奇怪的祷告，要死亡归诸自己的祷告。但是他们已经想透了；战争是没有不受伤或死亡的，而死亡可以有偿命的经费的收入，受伤却不过是受了要死不死的苦痛。

这一次的战地，却不是前次的老虎山下；因为在那边作战，实在没有好的地方可以进攻与退守。

大兵出去之后，不久就有许多震耳的炮声，在妇人们的预料中，知道是接战了。

香桂姊坐在楼上，沉湎在悲惨的愁思之中；她的空虚的胸怀的门内，紧紧地关闭着对于战争所感受的不安，和别离而独居的孤寂的悲苦。她不喜欢那些讨厌的枪声来敲她的心门，正恐它触发了不安和悲苦，使它们来蹂躏她的心田。

村上的妇人们，都用她自己的心把她的丈夫或儿子的生命扶住，她恐怕恶魔在他们头上回旋着，正如强悍的老鹰一般，转瞬间把他们的生命啄去。

她们期待着的心弦，紧张得将要爆了。

她们的嘘气与悲叹，和期待着胜利的虚荣，合上那样同情的骨肉的爱，缭绕出屋背的青烟，来烧那麦粉的早粮和茶水。村上没有留着一个十六岁以上的男子，那样从同情之爱与骨肉之爱间所发生出来的送点心送茶水，当然是小孩或女子了。

我的父亲前次没有去，他们都骂他躲懒，对于公共的事业不热心。他对他们说刚在异乡作客回来，路途上有些劳顿，所以没有追随他们之后，以后自当为公众效劳。可是这次，就推托不过了。

我父亲的茶水和点心，当然是要我送的了。母亲的胆，比我还小，妹妹平时连听放爆竹都要掩耳朵的；这几天，她简直不敢出来。我提着一手的紫砂茶壶，一手的小竹篮的麦饼。那些麦饼，我想是母亲的心肝做在里面的；而母亲的心肝，却带有眼泪的酸气和热汗的咸气与闷气，——那是代表着她的恐惧与悲哀都向肚里流的意思。

多能这几天常要跟着我，牵着我的手，现在又要我带他一同去，反而他家里倒很闲了，多智躺在床头，能弟是年纪太轻，所以倒不担心。虽然香桂姊是很愁闷的。但她是为着别个原因。多能要代我拿茶壶，我只许他拿竹篮，因为茶壶，我恐怕他打破了。

　　村上总是充满一种杀气，这一种气味是辣人的火药气和涩口的血腥气所混成的，同时，也充满了一种囚牢里的惊恐与断头台上的肃杀。

　　金樱妹也要送点心去，她没有茶，她送的点心比我的多几倍。她有二个哥哥和爸爸，都在那边。她的眼角还是红红的，面上留有几道泪痕。她说不敢去送，她的母亲就骂她，说要告诉她的父亲打她。她现在手里提着那个竹篮，还是在颤抖的，我是不敢说她提不动而颤动的。

　　她与我们同走。

　　现在我们须从村后的小路走。那边走着的人很多，他们都从各处来的，来观战的。我走过那三株大松树的坟墩，又走过春舟大伯那丘八石的田岸，才走到那株雷打了的剩有一半的老乌桕树。那边还有许多人，最远的我就不敢过去了，因为再过去，就要俯身在田岸的下面爬。

　　我远远地望着老虎山的山顶，那边满山都是看战的人：他们有的张着洋伞，有的戴着箬帽；他们的衣服的颜色是白的最多，青的和黑的次之。他们在那边蠕动，如一群蚂蚁。

　　我用自己的手，提着我自己的恐惧的心；我向战地望去，可是看不到几个人。惊人的枪声，我是一连听到的；及至我回头寻找时，却只有几缕青烟。

那边的一个帆布的湿被絮的架子，也孤零竖着；我在它的下面，找不到一个人影。

我只能在无意间，忽然看一个人从这边爬到那边，或者从那边爬到这边。我在疑虑间，我的父亲走来了。那边村里送来的东西，都放在那里等他们。

父亲并没有拿洋枪，他的兵器是猪刀枪；他说他伏在那个高坟墩的后面，没有移动过，一直到现在。他说他伏在那里很危险，许多子弹在他头上飞过，或者跌在他的旁边。他形容子弹在他头上飞过时的情形，真使我战栗。

枪声是继续地响着，父亲一面吃点心，一面在述说他的所见。忽然有一回使人注目而悲痛的情景呈现在我们的眼前了。那边爬行着一个男子，同时他又拖着一个受伤的人。他们不敢立起来正直地走，就是受了伤了也不能使敌人看见，只得顺势放在地上拖挟。那受伤的人，正是保东。他的枪伤是在肩部。子弹从这边飞进从那边透出，当时他自己用地上的泥土，抓了一抔，放在伤处；以后就晕去了。现在那些血流，把泥土渗透了，分不出是血是泥。经那人把他拖来，向下的伤口，在地上摩擦成更大伤痕，蔓延到背部。

我不忍看这个，我就牵着多能回来。

我还没有到三株松，我忽听得老虎山上的人们的异样的声音，我回头看时，他们已如蚂蚁一般蠢动，个个向后退散。我走到村里，保东的受伤，已经有人传问了。一会儿，两个人抬着保东进来，妇人们看着发呆。我刚走进家里，母亲问我爸爸好否。我还没有回答，可怕的消息就追到了。

"秋英！你的爸爸受伤了。"

我起初还不相信，我刚才见我的爸爸很好。母亲也怔住了。

"秋英！你的爸爸受伤了！"

这明明是一个实在的报告。于是我的母亲的眼泪直淌着了。我自己呢，也流着辛酸的眼泪。我不知道我的眼泪是为爸爸流的或是为母亲流的，甚至于为我自己流的。总之我的泪直流得辛酸而悲苦。

母亲当即就要追去，但是受伤的父亲抬到了。

父亲的左腿受了后膛枪的子弹的伤，鲜血还在滚滚地流下。

他的伤痕，有两个指头并着那么阔，一只手掌那么长；所侥幸的，还没有损着骨头和留住了弹子，因为这一颗弹子是从他的外边掠过的。

母亲一边哭着，一边烧汤给他洗涤；父亲还要做好汉，母亲才止了哭，含着眼泪。我说：

"父亲难道是喜欢受伤的，你——也是不喜欢出去的呵！"

于是父亲的眼角也红了，母亲又哭起来。我和妹妹也哭起来。

能弟见我们一家都哭着了，他也哭起来。我要他回去，把他送到门口。他跑到家里，看不见一个人。多智躺在床上睡着了。烧黑了的面孔，今天更加发肿，使他瞧着发怕，他不见母亲，就哭了起来。哭声震动了楼上的母亲和香桂，她们在楼上喊他。他不肯上来，而且多智也醒来要茶了，他的母亲就走了下去。

楼上仍旧只有香桂一个人了。

这时的枪声，似乎就在她的窗外；她被好奇心所引诱，走向窗口观望。

啊哟！那是短兵相接的可怕的时候了，怪道现在的枪声这样响得近来。这不是退步的表征吗？——那么，玉湖已经战败了呀！

——啊！愈加近来了！看呀！他们相差着简直没有两丈多远了。天哟！杀机就在这一瞬间了。

——那些不是环溪人吗？啊！三个，四个，六个。呵！他们好凶猛呀！

啊哟！他们接触着了。那个不是多理吗？啊！他跑得多危险啊！怎么这边只有他一个人在跑呢？呵！两个！三个。危险呀！那人放枪了！

青烟起处，当那可怕的枪声送到她的耳膜时，那颗弹子也到她的旁边的窗门上陷入了。她的眼睛，在一瞥间，就告诉她生命的危险。她震惊着眼前就变成黑暗。她的丈夫，面上留着许多血渍的形象，就俨然地在她的眼里闪出。她惶恐着：一会儿，觉得他在那个路亭上送她的行；一会儿，她觉得他俩的新婚后的甜蜜的情话。她不能明了这些感觉是什么现象。

她瞪眼看时，那真是她的丈夫，不错的，那刚才放枪的，就是她的丈夫。她的心头，跳得厉害。她幻想着这是一个噩梦，不是事实。

——啊，你还要追呀！你不要太勇敢了！呵！这边有伏兵呢！别要再追了罢！

——啊哟！危险呀！又放枪了！天哟！多理，是多理，中了枪了。

——还追过来吗？呵！不得了！跌！一个！两个！跌！啊哟！这是什么地方哟！

——呵！怎么站不起呢？你们的力量没有了吗？你们这样摇动如一只吊在地上的老虎。起来呵！那边的人来了。

——怎么你又要开枪呢？先走出去不好吗？

她的眼睛又昏迷了，她不能看见什么。她觉得有人在提着她的头，阴森森的白刀在她头下飘过。她战栗着，她的心胆碎了。呵！那是怎么一回事哟！

她眼见着她的丈夫陷在那个虚设的陷坑里走不起来时，那颗杀星就在他的头上照耀了。那里闪出几把长柄的猪刀枪，雪白的利锋，辽远地张着恶口在笑。它好像笑着她的命运，她的丈夫已经在它的支配之下了。

——啊！多么残忍哟！我的天！呵！他流的血就是我的心肝跳出来的呵！呵！胸口！够了吧！胁下！面部！腹部！——残忍地流血呀！

这是玉湖人的埋伏，但是也是环溪人的堕计。

她的丈夫的同伴，已有两个带伤逃遁了；但是，他呢，他在那里流血，鲜红的热血，喷泉一样地涌起；它将要直射太阳，散成殷红的霞彩，腾腾然把满天的光明罩住，洒下迷蒙的一天的血雨。

太阳如一颗杀星，照耀在沙漠一般的沙滩上；灼灼的细沙的眼，正似隐伏在地下的鬼火。

始丰溪染着可怕的鲜血，滚滚地激出绝调的哀音，滔滔然泛成血河的霞彩，和那立在旁边静悄悄地瞧着的柳树上的鸣蝉的凄厉的哀声，与那覆在头上的沉默着的愁容的天空里惨云的销魂的色彩相映和。

——啊！残忍地流血呀！——我的他！——怎么他们又拖他的死尸呢！呵！——

她如堕石一般地，骤然不省人事，跌倒在楼板的上面。

可怕的响声如堕墙倒屋般的，对于她楼下的母亲，正似一个疾雷一般的巨弹。她抛下受伤的智儿的看护，却发现了窗下的香桂的死尸。

一切的空气之中，都笼罩着粗厉的恐怖之网，和倒垂着尖利的死神之刀。

世界是被黑暗所占领了；恶魔穿着黑暗之夜的魔衣，在一切的空气中，用粗厉的恐怖之网笼罩人生，和尖利的死神之刀对待人生。

尾声

祠堂前的那株大肚皮的老樟树，蓬着一头阴森的头发，随着猛雨和狂风的颠簸，萧萧然如一个疯人的发怒。在它的下面，滴着许多不自然的无次序的石块那样大小的雨滴，正似疯人洒着的眼泪，深深地要滴穿那个饱含怨恨的草地。

草地的远处，当我家的后门正对过去一箭远近的地方，埋着三个已死的人的尸骸和灵魂；那就是癞头金、多理和那被拖过来的香桂丈夫。

暴风雨不住地下着，老樟树疯病一般地为他们垂泪。那三个新鬼的头上，一同堆积着一个高高的土墩，上面已经摇曳着娇嫩的小草。

他们的奇异的撮合，很使香桂姊不安。因为他们把他从溪岸拖过来时，就当作玉湖人的死尸，放在祠堂前的右面的石板地上。他们把他和多理的死尸一同陈列着，再并起日前沙葬了的癞头金的尸体，希图环溪人偿命；而环溪人的被他们打死要向他们索命的，也可借此抵消，这是一个苦心的剡毒的计划呀！

香桂姊在昏晕之后醒来，听说祠堂放着两具死尸。她如有鬼神指使一般，丢了幽居的骗人的名义，跑往那可怕的人丛中挤着。呀！那与多理一同躺着的，睁着圆睁的两目，涂着满身的血渍的，的确是她的丈夫呀！他们不许她哀哭，因为她的哀哭，要引起人们的疑忌。

她含糊着哭着一声"兄弟！"就投入他的怀中；用力地搂住他，好像要钻入他的心里的样子。她的眼泪直流，滔滔然直欲把他的尸身漂去。

她的眼泪流过了他的尸身，渗透了他的血痕斑斑的衣服，再染着那贴着尸身的石板。——尸身在石板上印了一个人影，一直到了现在。

是暴风猛雨的使人感到吃辣一般的夏夜，是细雨连绵使人感到吃酸一般的春朝，是黄梅时节的凄其，是白雪漫飞的凄厉，我们都可以在祠堂前的右边的石板上，看见那潮湿的冤鬼的人影。

是疯人一般的樟树的流泪时，或是疯人一般香桂姊的流泪时，我们就可以发现那个人影了。

一九二四年六月五日，上海

复仇

/// 黎锦明

　　板桥驿没有什么值得欣赏的，除开那里一种崇古的风尚。房屋的年岁至少都在一纪以上，贴近着四面险峻的石山，苍老的林木和碧清的河水，山基与一处丰美的牧场接壤，山腰矗立着一座传说有六百年历史的古塔。居民个个熟稔这塔的历史，他们是传统的乐观者，世界上莫测的变幻似乎始终是漠然，只这塔算是崇拜信仰的中心了。

　　人们心目中都印着这塔的神异。种种寻常的自然现象，他们都附会在塔上——传为许多谈屑；如聚居在塔里的乌鸦偶然咿哑地鸣着飞散了，他们便说："山神回来了，……"于是都惝恍地造着空想，孩子在这一晚又有讲故事的资料和兴趣了。尤其是在节期的朝礼与社戏，他们确定这是外镇的人对于这塔同样地崇拜和信仰，因为外镇的人常时团聚在这里演剧，打花鼓，灯会，搏台……借祀神为名以赚他们的花费。在这时期，农人们停了操作，妇女穿红着绿地来聚会。如其这一年确定有丰收，更热闹了，过客们多歇下行程来参与他们一同欢乐。尤其是各处闲散的人，闻风便都齐集起来。

只是近年来显得萧条冷落了。这自然是兵祸又加以百年不会有的水灾作恶。塔依然是塔，然乌鸦们哄塔的奇谈转变为怨神明不灵的诅咒了。除开五月照常几盏寥落的禾灯参会，一切的欢乐好似成了故迹。现在勤苦的少年都想上进——当兵去了。禾田荒芜得多，山坡上的芸薹花倒繁茂了；冷寞的山林仿佛连鸟也绝灭，碧流上托着几条终年不会解缆的渔船，茅屋里两三个老妪做悲凉的絮语。此外只有过客的醋酢，因为地方冷寞，他们也多半不落脚。

有一天，镇里的空气似乎沸腾着。临河为市的楚万盛茶肆里来了几个异乡客，走进门便嚷着看热闹去。

"哪里?……打花鼓的?……"附近的人群赶来询问，呈出惊异的喜气洋溢的脸色。

"玩武艺的。我们跟他们一帮跑了五十里，听说打这里歇脚……有舞飞叉的，有打少林拳的，有走索的；顶爱人的是三匹马啊！红，白，黄，三样。到末场，马戏出来了。一个没年纪的后生拿把足有三十斤的九环刀在马上舞，从这个马背上跳到那个马背上，又从那个马背上翻跳到这个马背上。刀舞得只看见一团白光，铁环子哗啦哗啦地响……"

一声吆喝，全镇的人都赶到塔下面的牧场去了。

那里确是非寻常的热闹，然罩着一层森严的气色。人众把全场绕成一个圈，坚牢得和城墙一样。圈外是随行的妇女，微微喘着气，扇着衣襟坐在石墩上歇息。还有许多乘机行贸易的行贩，列成一排，已经像个市集了。

场里呈出异观了。山脚扎了一处营幕，幕后面竖着大红色的三角旗在风里飘荡；幕两旁排插着锋芒耀日的刀枪，将此处清冷的风光演成了一片肃杀之气。营门口坐着几个狰狞的大汉，只见他们满身露出粗壮的力多的筋肉。

铛铛！……幕后面震了一声锣。营门启处，一个娇艳华服而离奇的女子走出来，一壁舞一壁唱地绕到场中，两手在木架上一按，细小的腰扭了两扭便跳到悬在空间的索上了。在大众看来，她实是一个令人惊服而可敬的女杰。在索上她可以唱凄婉缠绵的歌和细柔地跳舞。索的荡动和歌声的节奏和成一律，远听去正像春风从柳絮里传来的莺簧。青年男子都麻醉了，他们从来不曾从异性身上受过灵魂的摧撼；多情的乡姑都痴呆了，她们满腔炽着艳羡嫉妒的火；妇人们震怒了，在丈夫身上使劲地拧扯，说："少起心！这怪形的贱骨头……"

踏索的女子回营时，第二声锣震动了，场中立刻呈着紧张的空气。人众往后退去将地面留下一个广的圆场。三个大汉把拴在营后的马控着出来，狂怒似的绕场旋转。马虽贵州种——显得瘦小，然而犷悍矫捷的形态，怒目奋鬣的精神，确是镇里未曾有的奇睹。约莫有半个时辰，马跑得喘息了，便渐渐地转成驯服的徐步，当步到场心，第三声锣响了。

出来的是一个作古时武士装的少年。他全身都现着敏捷英俊的气概，那身段的苗条，眉目的秀丽，——确具有东方武士所特有的美。他的头上扎着一块压眉的绸巾，三朵绒花在耳旁颤颤地震动着；紧身的元色短褂和淡红的披肩衬着他，风度更美了，美到使人们忘记了现在，浸润在古代少年英雄的梦想里。

"有请！"他拱了拱手，唱个喏。这唱音正像两声音乐，洪亮里含着娇柔。全场的空气都变了，少年们的神经鼓动着，恨不得跳起来即刻和他结识。女人们流动的瞳子凝滞了，只跟着他的身转。她们的胸膛好像裂开了似的，狂热的心直跳到咽喉下了，全身热力都聚汇到心里来，把两手都紧紧地压在胸上屏着那迫促的呼吸。孩子们只是睁着大眼，口沫直流成一线地从嘴角挂到襟上。老人们只是低声赞叹，说："黄天霸再世了……"

两个大汉将九环刀捧到他的面前来。他轻轻地将两条白皙的臂膊从翠袖里攘出，披肩卸却了。当两手把着刀柄时，那带软弱似的身躯好似凭空加了一股伟大的气力。刀在他手里正好比一片枯叶。起手往空中一掷，人众的心一齐紧张起来，只见刀锋由他耳边刷下，一转瞬便原复接在手里了。再一掷时，他叉着手抬起脸直承着落下的刀口，这时，妇女们惊骇地叫了一声，然而刀尖已牢牢地插在他的齿缝里了。

他周身如罩了一簇森寒的光芒似的。场中的空气似乎松动了一点时，忽然玲琅一声，刀已如飞剑一般朝人众掷过来，全场都惊动了。然刀似乎带有灵性原旧落在手里了。他的两脚蹬了一蹬，已跃上马背了。那一簇光芒由地上移在空间，在阳光下如流星似的闪烁。马忽然行动了，排列着徐徐地走，闪烁的光芒也跟着走。只见这光由这马上跳到那马上，由那马上又跳到这马上。……

一会儿，马归到场心立着，他把刀揽在腰间对人众又唱了一个喏。他的脸颊已绯红得和林檎一样，然并没有一点汗湿；星眸闪着傲慢的流睇，仿佛将一切都镇压着；喘息和着胸部起伏的节奏，激昂的歌声也吐出来了。

　　咱是板桥的遗族，

　　咱有显赫的门庭，有富裕的产业。

　　咱的爷娘有慈善的心肠，有高贵的名节。

　　你要记得这座起了五十岁的桥梁是他的施惠，

　　你要记得这里的禾田都是他的产业。

　　他的恩典永久不会埋没，和紫霞塔一样地长久，

　　他的尸骨埋在斑竹岭上，岭上的草还带着他的血迹。

　　可怜他死在你的手下，你把他连骨都剁碎，

　　如今他的冤仇还不曾清白。

　　可怜他一世慈悲，造了这一个结局！

　　你不要忘记他，他的魂跟着你永世不会消灭！

　　看罢，他的英魂正踞在这高高的紫霞塔上。……

歌声由激昂变成凄切，忽转成惨厉了。传到对面山间，一声声地回响过来，好像真有个幽灵在那里唱答。他的脸闪着发怒的光彩，两只秀眼圆睁了，好像欲裂眦跃出。脚底下的马都窒息着，托住他那镇定的身躯，威严得和亚波罗的石像一样。人们的心全都冰凉得如浇上了冷水，只一种神圣到可惊怖的感觉占着他们的灵魂。孩子们发出惊异的颤抖。老人酥软到屈下膝来了。少年兴奋着，两眦也好似将裂了。女人们感受着心的创伤似的，悲哀的神态充溢在她们脸上。

歌声又转成悲壮了：

……我的刀如今已经吐出一线寒光，
如今要饮他的污血！……
我的刀只认识他一个人，
立刻要饮他的污血！
可怜人的坟上盖满了几层野草，
如今已踩成了一条大路，看罢，
把坟上的草都要染遍那奸人的血。

陡然间，他从马上长啸一声，直朝人丛中窜过来。人众惊骇地一齐散开，妇人们痴呆着，孩子吓得哭了。

"借光借光！讨几个盘川钱罢。……"

"哥弟们，积福积福！有慢了。……"他变成温和的笑脸了，取下头巾来绕场请求着。

钱和雨一样飞到他身边来了。妇人们从耳上扯下耳环来，老人们那吝啬的手也插到腰边去了。

那一天晚上这伙人便在镇里楚万盛茶店安宿。他们好像一群出洞的虎狼，将全镇的空气都变成森冷了。店中的鸡都捉来佐酒，有姿色的女人都叫来侍饮，以慰藉他们安闲地过这一夜。

却是半夜里，全镇突然布满恐怖的空气了。深夜里暴戾的犬吠声和促急的锣鸣将人们从梦魂中惊醒过来。孩子们在被中颤怵着，妇女仓皇地把值钱什物都往暗处藏收，壮健的男丁忙拿起鸟铳钢叉跑到前后门去巡守。漆黑的深夜充满了杀气！

他们一同巡到楚万盛的门边，只见门半启着，里面黑魆魆的没有一个人影，只那一排刀械闪着阴惨的光芒。店家一家人都瑟缩在灶下，和古庙里死寂的木偶一样。探听之下，他们断定这伙人已乘夜到远处打劫去了。从那声浪测度，这悲剧多半发生在桃树村的豪富黄七王爷家里。

恐怖虽然包袭他们，然他们反觉得荣幸。原来七王爷是一个有名的恶乡绅，固属近来做了许多慈善事业，然他过去的罪恶仿佛刻在人们的心上永永不会磨灭。他们由庆幸转成安闲，颤怵的呼援变成低声的赞叹了，他们赞叹七王爷的厄运。

"以后七王爷可以改悔了罢？他那作孽的钱给他们抢空些也好！落得我们受罪的小百姓痛快一场啊……"他们望着那阴郁的

桃树村口这么沉声说。

"……也莫把他伤害了罢,我祝福老天!"慈祥的老人这么祷告着。

"他受回创又算什么!不吃一次亏后来哪里会警醒?只是莫把他屋里的人伤了……唉!可怜的七王娘,她是何等样的贤德人,和王爷一年十二个月都是对头呀……"

他们议论七王娘的命运了,一同替她祝福。

村树丛里渐渐闪出火光来,呼声变成号哭。犬吠和锣鸣已寂然,好像这出悲剧已无可挽回。演到最后一幕了。

"这是七王娘的哭音啊!……"

"这黑白不清的世界,好歹又哪里分得清白啊?……"

那一带树林变得通明了。火焰从林后渐渐吐露出来,将半边天染成一片殷红了。一切的声音都浸于静寂,仅只几点微微的毕剥声和屋栋坍塌的响动。一会儿林树中的宿鸟噪鸣飞散起来,仿佛这回灾祸已延到它们的命运上了。

第二天清晨,楚万盛店里的宿客全然失了踪迹。空洞的茅舍里只留下一地破旧的衣服和不值钱的器具。店家老幼都带着惊恐后的茫然的神气,灵魂不落体似的和外人谈着。

"这一对手镯还是七王娘的,我前天还看见戴在她的臂膊上……现在他们抢来送把我了。"店主妇带着一种稀罕的笑脸将许多旧式的饰物陈列出来显示着。

由此可以断定七王爷一家的命运了。确实,黄家在这一夜已全然化成劫灰。他们的尸体也就在灰里火葬了。昨日巍岸的亭楼，和祥的气象，今日已成一片荒凉的景色。满镇的人都跑去凭吊，悲叹之余，他们也仿佛懂到人生的一幕了。"……富贵又有什么好处呢？……"他们都这么说，"你想富贵，我也想富贵，还是害了这般小百姓，他们就是从小百姓身上剥削出来的呀！"

然而事实并不如此。一个老者将原因猜度出来了。他说这是三十年前七王爷的爷爷种下的祸根。你们不记得这里曾经住了一个有德声的富户吗？他姓方，叫方板桥，这桥是他花了五年的血汗造成的。有颂慕他的功德的，于是把板桥称作这桥的名。他是百世书香子弟，不事功利又好清贫，后来家境日渐零落了。他的结局就是因为他的大儿子诱惑七王爷的姐姐的事情，——那时她被称为全镇的美人；——七王爷的爷因这事就上县衙告了他。后来七王爷的姐姐又吊死了，这件讼事便延长起来。毕竟七爷家是那时的财主，他把钱买动了官，暗地将板桥的大儿子杀了。板桥不服气，就跑到省城里禀告上司。然而这就只怪得七爷家里太阴毒了呀！他怕上司来拿，当板桥一家走到距这里不远的斑竹岭上，他暗地约了一班平日不归正业的人乘机捉住他们，打的打伤，杀的杀了。板桥娘子那时肚里还怀着孕，那班人看她可怜就把她放走，后来也不知道她的消息，有人说是一个弄蛇的乞丐救了她，流落到贵州去了。昨天那个没年纪的后生或者就是她的遗腹子罢？……这事又是何等迅急呢，板桥虽死了三十年，然他的冤仇一转瞬又报了，这不是老天亲眼看见的吗？……

这件事故便成近数年来比乌鸦哄塔更令人神往的奇迹。

就在那几天，有几个贩盐的由镇里起身到花市去，经过了老烟埠，老烟埠的空气同样沸腾了。原来那伙卖武艺的已在那里歇脚。满埠的居民都来参会，一个小小的神王庙前成了一座人山。那英俊的少年又站在马背上激昂地唱歌；然而从前的悲切凄厉都消去，转成一体豪迈深沉的腔调了。

……我的刀收进了鞘，饮着了奸人的血。

回去罢，这世界是咱的家，

这山河是咱的屋。

咱想到梁山去凭吊英雄的遗风，

咱想到巴蜀去领略豪杰的旧业。

世界上本来是不公平，

取了穷人的血汗来造富人的罪孽，

把一座大好的江山弄成苦海，

把帝王的宝座让与奸人，

把国家卖把外洋的仇敌！

还是绿林清明，还是草莽高洁，

这一去我把王基重建，

恢复四十年来中华的旧业！……

歌声依旧打动了大众的灵魂，仿佛把一处市集化成庄严的皇宫了。他唱毕时的情形却不同了，从囊中抓出一把把的钱来朝空地上散去。只见一群群贫穷的乞人和孩子们一齐奔上来抢着。和煦的太阳照着他在马上，脸上飘浮着闲散的英雄的笑靥。

一九二六年一月八日作毕

在其香居茶馆里

/// 沙汀

坐在其香居茶馆里的联保主任方治国，当他看见正从东头走来，嘴里照例叫嚷不休的邢幺吵吵的时候，简直立刻冷了半截，觉得身子快要坐不稳了。

使他发生这种异状的原因是这么来的：为了种种糊涂措施，目前他正处在全镇市民的围攻当中，这是一；其次，幺吵吵的第二个儿子，因为缓役了四次，又从不出半丁钱壮丁费好多人讲闲话了；加之，新县长又宣布了要整顿"役政"，于是他就赶紧上了一封密告，而在三天前被兵役科捉进城了。

而最为重要的还在这里：正如全镇市民批评的那样，幺吵吵是个不忌生冷的人，什么话他都嘴一张就说了，不管你受得住受不住。就是联保主任的令尊在世的时候，也经常对他那张嘴感到头痛。因为尽管幺吵吵本人并不可怕，他的大哥可是全县极有威望的耆宿，他的舅子是财务委员，县政上的活动分子，都是很不好沾惹的。

幺吵吵终于一路吵过来了。这是那种精力充足，对这世界上任何物事都抱了一种毫不在意的态度的典型男性。他常打着哈哈在茶馆里自白道："老子这张嘴么，就这样；说是要说的，吃也是要吃的；说够了回去两杯甜酒一喝，倒下去就睡！……"

现在，幺吵吵一面跨上其香居的阶沿，拖了把圈椅坐下，一面直着嗓子，干笑着嚷叫道：

"嗨，对！看阳沟里还把船翻了么！……"

他所参加的桌子已经有着三个茶客，全是熟人：十年前当过视学的俞视学；前征收局的管账，现在靠着利金生活的黄光锐；会文纸店的老板汪世模汪二。

他们大家，以及旁的茶客，都向他打着招呼：

"拿碗来！茶钱我给了。"

"坐上来好吧，"俞视学客气道，"这里要舒服些。"

"我要那么舒服做什么哇？"出乎意外，幺吵吵横着眼睛嚷道，"你知道么，我坐上席会头昏的，——没有那个资格！……"

本分人的视学禁不住红起脸来，但他随即猜出来幺吵吵是针对着联保主任说的，因为当他嚷叫的时候，视学看见他满含恶意地瞥了一眼坐在后面首席上的方治国。

除却联保主任，那张桌子还坐得有张三监爷。人们都说他是方治国的军师，但实际上，他可只能跟主任坐坐酒馆，在紧要关头进点不着边际的忠告。但这又并不特别，他原是对什么事也关心的，而往往忽略了自己。他的老婆孩子在家里是经常饿着饭的，他却很少管顾。

同监爷对坐着的是黄牦牛肉，正在吞服一种秘制的戒烟丸药。他是主任的重要助手；虽然并无多少才干，唯一的本领就是毫无顾忌。"现在的事你管那么多做什么哇？"他常常这么说，"拿得到手的就拿！"

牦牛肉应付这世界上一切经常使人大惊小怪的事变，只有一种态度：装作不懂。

"你不要管他的，发神经！"他小声向主任建议。

"这回子把蜂窝戳破了。"主任苦笑说。

"我看要赶紧'缝'啊！"捧着暗淡无光的黄铜烟袋，监爷皱着脸沉吟道，"另外找一个人去'抵'怎样？"

"已经来不及了呀。"主任叹口气说。

"管他做什么呵！"牦牛肉眨眼而且努嘴，"是他妈个火炮性子。"

这时候，幺吵吵已经拍着桌子，放开嗓子在叫嚷了。但是他的战术依然停留在第一阶段，即并不指出被攻击的人的姓名，只是影射着对方，正像一通没头没脑的谩骂那样。

"搞到我名下来了！"他显得做作地打了一串哈哈，"好得很！老子今天就要看他是什么东西做出来的：人吗？狗吗？你们见过狗起草么？嗨，那才有趣！……"

　　于是他又比又说地形容起来了。虽然已经蓄了十年上下的胡子，幺吵吵的粗鲁话可是越来越多。许多闲着无事的人，有时甚至故意挑弄他说下流话。他的所谓"狗"，是指他的仇人方治国说的，因为主任的外祖父曾经当过衙役，而这又正是方府上下人等最大的忌讳。

　　因为他形容得太恶俗了，俞视学插嘴道：

　　"少造点口孽呵！有道理讲得清的。"

　　"我有什么道理哇？"幺吵吵忽然板起脸嚷道，"有道理，我也早当了什么主任了。两眼墨黑，见钱就拿！"

　　"吓，邢表叔！……"

　　气得脸青面黑的瘦小主任，一下子忍不住站起来了。

　　"吓，邢表叔！"他重复说，"你说话要负责啊！"

　　"什么叫作负责哇？我就不懂！表叔！"幺吵吵模拟着主任的声调，这惹得大家都忍不住笑起来，"你认错人了！认真是你表叔，你也不吃我了！"

　　"对，对，对，我吃你！"主任解嘲地说，一面坐了下去。

　　"不是吗？"幺吵吵拍了一巴掌桌子，嗓子更加高了，"兵役科的人亲自对我老大说的！你的报告真做得好呢。我今天倒要看你长得几个卵子！……"

　　幺吵吵一个劲说下去。而他愈来愈觉得这不是开玩笑，也不是平日的瞎吵瞎闹，完全为了个痛快；他认真感觉到愤激了。

他十分相信，要是一年半年以前，他是用不着这么样着急的，事情好办得很。只需给他大哥一个通知，他的老二就会自自由由走回来的。因为以往抽丁，像他这种家庭一直没人中过签。但是现在情形已经两样，一切要照规矩办了。而最为严重的，是他的老二已经被抓进城了。

他已经派了他的老大进城，而带回来的口信，更加证明他的忧虑不是没有根据。因为那捎信人说，新县长是认真要整顿兵役的，好几个有钱有势的青年人都偷跑了；有的成天躲在家里。么吵吵的大哥已经试探过两次，但他认为情形险恶。额外那捎信人又说，壮丁就快要送进省了。

凡是邢大老爷都感觉棘手的事，人还能有什么办法呢？他的老二只有做炮灰了。

"你怕我是聋子吧，"么吵吵简直在咆哮了，"去年蒋家寡母子的儿子五百，你放了；陈二靴子两百，你也放了！你比土匪头儿肖大个子还要厉害。钱也拿了，脑袋也保住了，——老子也有钱的，你要张一张嘴呀？"

"说话要负责啊！邢么老爷！……"

主任又出马了，而且现出假装的笑容。

主任是一个糊涂而胆怯的人。胆怯，因为他太有钱了；而在这个边野地区，他又从来没有摸过枪炮。这地区是几乎每一个都能来两手的，还有人靠着它维持生计。好些年前，因为预征太多，许多人怕当公事，于是联保主任这个头衔忽然落在他头上了，弄得一批老实人莫名其妙。

联保主任很清楚这是实力派的阴谋，然而，一向忍气吞声的日子驱使他接受了这个挑战。他起初老是垫钱，但后来他发觉甜头了：回扣，黑粮，等等。并且，当他走进茶馆的时候，招呼茶钱的声音也来得响亮了。而在三年以前，他的大门上已经有了一道县长颁赠的匾额："尽瘁桑梓。"

但是，不管怎样，如他自己感觉到的一般，在这回龙镇，还是有人压住他的。他现在多少有点失悔自己做了糊涂事情；但他佯笑着，满不在意似的接着说道：

"你发气做啥啊，都不是外人！……"

"你也知道不是外人么？"幺吵吵反问，但又并不等候回答，一直嚷叫下去道，"你既知道不是外人，就不该搞我了，告我的密了！"

"我只问你一句！……"

联保主任又一下站起来了，而他的笑容更加充满一种讨好的意味。

"你说一句就是了！"他接着说，"兵役科什么人告诉你的？"

"总有那个人呀，"幺吵吵冷笑说，"像还是谣言呢！"

"不是！你要告诉我什么人说的啦。"联保主任说，态度装得异常诚恳。

因为看见幺吵吵松了劲，他看出可以说理的机会到了。于是就势坐向俞视学侧面去，赌咒发誓地分辩起来，说他一辈子都不会做出这样胆大糊涂的事情来的！

他坐下，故意不注意幺吵吵，仿佛视学他们倒是他的对手。

"你们想吧，"他说，摊开手臂，蹙着瘦瘦的铁青的脸蛋，"我姓方的是吃饭长大的呀！并且，我一定要抓他做什么呢？难道'委员长'会赏我个状元当么？没讲的话，这街上的事，一向糊得圆我总是糊的！"

"你才会糊！"幺吵吵叹着气抵了一句。

"那总是我吹牛啊！"联保主任无可奈何地辩解说，瞥了一眼他的对手，"别的不讲，就拿救国公债来说吧，别人写的多少，你又写的多少？"

他随又把嘴凑近视学的耳朵边呻唤道：

"连丁八字都是五百元呀！"

联保主任表演得如此精神，这不是没原因的，他想充分显示出事情的重要性，和他对待幺吵吵的一片苦心；同时，他发觉看热闹的人已经越来越多，几乎街都快轧断了，漏出风声太不光彩，而且容易引起纠纷。

大约视学相信了他的话，或者被他的诚意感动了，兼之又是出名的好好先生，因此他斯斯文文地扫了扫喉咙，开始劝解起幺吵吵来。

"幺哥！我看这样呵，人不抓，已经抓了，横竖是为国家。……"

"这你才会说！"幺吵吵一下撑起来了，眯起眼睛问视学道，

"这样会说，你那一大堆，怎么不挑一个送去呢？"

"好！我两个讲不通。"

视学满脸通红，故意勾下脑袋喝茶去了。

"再多讲点就讲通了！"幺吵吵重又坐了下去，接着满脸怒气嚷道，"没有生过娃娃当然会说生娃娃很舒服！今天怎么把你个好好先生遇到了呵，冬瓜做不做得甑子？做得。蒸垮了呢？那是要垮呀，——你个老哥子真是！"

他的形容引来一片笑声。但他自己却并不笑，他把他那结结实实的身子移动了一下，抹抹胡子，又把袖头两挽，理直气壮地宣言道：

"闲话少讲！方大主任，说不清楚你今天走不掉的！"

"好呀，"主任一面应声，一面懒懒退还原地方去，"回龙镇只有这样大一个地方哩，往哪里跑？就要跑也跑不脱的。"

联保主任的声调和表情照例带着一种嘲笑的意味，至于是嘲笑自己，或者嘲笑对方，那就要凭你猜了。他是经常凭借了这点武器来掩护自己的，而且经常弄得顽强的敌手哭笑不得。人们一般都叫他作软硬人：碰见老虎他是绵羊，如果对方是绵羊呢，他又变成了老虎了。

当他回到原位的时候，牦牛肉一面吞服着戒烟丸，生气道："我白还懒得答呢，你就让他吵去！"

"不行不行，"监爷意味深长地说，"事情不同了。"

监爷一直这样坚持自己的意见，是颇有理由的。因为他确信这镇上正在对准联保主任进行一种大规模的控告，而邢大老爷，那位全县知名的绅耆，可以使这控告成为事实，也可以打消它。这也就是说，现在联络邢家是个必要措施。何况谁知道新县长是怎样一副脾气的人呢！

这时候，茶堂里的来客已增多了。连平时懒于出门的陈新老爷也走来了。新老爷是前清科举时代最末一科的秀才，当过十年团总，十年哥老会的头目，八年前才退休的。他已经很少过问镇上的事情了，但是他的意见还同团总时代一样有效。

新老爷一露面，茶客们都立刻直觉到：幺吵吵已经布置好一台讲茶了。茶堂里响起一片零乱的呼唤声。有照旧坐在座位上向堂倌叫喊的，有站起来叫喊的，有的一面挥着钞票一面叫喊，但是都把声音提得很高很高，深恐新老爷听不见。

其间一个茶客，甚至于怒气冲冲地吼道：

"不准乱收钱啦！嗨！这个龟儿子听到没有？……"

于是立刻跑去塞一张钞票在堂倌手里。

在这种种热情的骚动中间，争执的双方，已经很平静了。联保主任知道自己会亏理的，他在殷勤地争取着客人，希望能于自己有利。而幺吵吵则一直闷着张脸，这是因为当着这许多漂亮人物面前，他忽然深切地感觉到，既然他的老二被抓，这就等于说他已经失掉了面子！

这镇上是流行着这样一种风气的，凡是照规矩行事的，那就是平常人，重要人物都是站在一切规矩之外的。比如陈新老爷，他并不是个惜疼金钱的角色，但是就连打醮这类事情，他也没有份的；否则便会惹起人们大惊小怪，以为新老爷失了面子，和一个平常人没多少区别了。

面子在这镇上的作用就有如此厉害，所以么吵吵闷着张脸，只是懒懒地打着招呼。直到新老爷问起他是否欠安的时候，这才稍稍振作起来。

"人倒是好的，"他苦笑着说，"就是眉毛快给人剪光了！"

接着他又一连打了一串干燥无味的哈哈。

"你瞎说！"新老爷严正地切断他，"简直瞎说！"

"当真哩！不然，也不敢劳驾你哥子动步了。"

为了表示关切，新老爷深深叹了口气。

"大哥有信来没有呢？"新老爷接着又问。

"他也没办法呀！……"

么吵吵呻唤了。

"你想吧，"为了避免人们误会，以为他的大哥也成了没面子的角色了，他随又解释道，"新县长的脾气又没有摸到，叫他怎么办呢？常言说，新官上任三把火，又是闹起要整顿兵役的，谁知道他会发些什么猫儿毛病？前天我又托蒋门神打听去了。"

"新县长怕难说话，"一个新近从城里回来的小商人插入道，"看样子就晓得了：随常一个人在街上串，戴他妈副黑眼镜子……"

严肃沉默的空气没有使小商人说下去。

接着，也没有人再敢插嘴，因为大家都不知道应该如何表示自己的感情。表示高兴吧，这是会得罪人的，因为情形的确有些严重；但说是严重吧，也不对，这又会显得邢府上太无能了。所以彼此只好暧昧不明地摇头叹气，喝起茶来。

看见联保主任似乎正在考虑一种行动，牦牛肉包着丸药，小声道：

"不要管他！这么快县长就叫他们喂家了么？"

"去找找新老爷是对的！"监爷意味深长地说。

这个脸面浮肿、常以足智多谋自负的没落士绅，正投了联保主任的机，方治国早就考虑到这个必要的措施了。使得他迟疑的，是他觉得，比较起来，新老爷同邢家的关系一向深厚得多，他不一定捡得到便宜。虽然在派款和收粮上面，他并没有对不住新老爷的地方；逢年过节，他也从未忘记送礼，但在几件小事情上，他是开罪过新老爷的。

比如，有一回曾布客想压制他，抬出新老爷来，说道："好的，我们到新老爷那里去说！"

"你把时候记错了！"主任发火道，"新老爷吓不倒我！"

后来，事情虽然依旧是在新老爷的意志下和平解决了的，但是他的失言一定已经散播开去，新老爷给他记下一笔账了。但他终于站起身来，向着新老爷走过去了。

这行动立刻使得人们振作起来了，大家全都期待着一个新的开端。有几个人在大叫拿开水来，希望缓和一下他们的紧张心情。幺吵吵自然也是注意到联保主任的攻势的，但他不当作攻势看，以为他的对手是要求新老爷调解的；但他猜不准这个调解将会采取一种什么方式。

而且，从幺吵吵看来，在目前这样一种严重问题上，一个能够叫他满意的调解办法是不容易想出来的。这不能道歉了事，也不能用金钱的赔偿弥补，那么剩下来的只有上法庭起诉了！但一想到这个，他就立刻不安起来，因为一个决心整饬兵役的县长，难道会让他占上风？！

幺吵吵觉得苦恼，而且感觉一切都不对劲。这个坚实乐观的人，第一次遭到烦扰的袭击了，简直就同一个处在这种境况的平常人不差上下：一点抓拿没有！

他忽然在桌子上拍了一掌，苦笑着自言自语道："哼！乱整吧，老子大家乱整！"

"你又来了！"俞视学说，"他总会拿话出来说啦。"

"这还有什么说的呢？"幺吵吵苦着脸反驳道，"你个老哥子怎么不想想啊：难道什么天王老子会有这么大的面子，能够把人给我取回来么？！"

"不是那么讲。取不出来，也有取不出的办法。"

"那我就请教你！"幺吵吵认真快发火了，但他尽力忍耐，"什么办法呢？！——说一句对不住了事？——打死了让他赔命？……"

"也不是那样讲。……"

"那又是怎样讲？"幺吵吵毕竟大发其火，直着嗓子叫了，"老实说吧，他就没有办法！我们只有到场外前大河里去喝水了！"

这立刻引起一阵新的骚动。全都预感到精彩节目就要来了。

一个立在阶沿下人堆里的看客，大声回绝着朋友的催促道：

"你走你的嘛！我还要玩一会儿！"

提着茶壶穿堂走过的堂倌，也在兴高采烈叫道：

"让开一点，看把脑袋烫肿！"

在当街的最末一张桌子上，那里离幺吵吵隔着四张桌子，一种平心静气的谈判已经快要结束。但是效果显然很少，因为长条子的陈新老爷，忽然气冲冲站起来了。

陈新老爷仰起瘦脸，颈子一扭，大叫道：

"你倒说你娃条鸟啊！……"

但他随又坐了下去，手指很响地击着桌面。

"老弟！"他一直望着联保主任，几乎一字一顿地说，"我不会害你的！一个人眼光要放远大一点，目前的事是谁也料不到的！——懂么？"

"我懂呵！难道你会害我？"

"那你就该听大家的劝呀！"

"查出来要这个啦，——我的老先人！"

联保主任苦滞地叫着，同时用手掌在后颈上一比：他怕杀头。

这的确也很可虑，因为严惩兵役舞弊的明令，已经来过三四次了。这就算不作数，我们这里隔上峰还远，但是县长对于我们就全然不相同了：他简直就在你的鼻子前面。并且，既然已经把人抓去了，就要额外买人替换，一定也比平日困难得多。

加之，前一任县长正是为了壮丁问题被撤职的，而新县长一上任便宣称他要扫除兵役上的种种积弊。谁知道他是不是也如一般新县长那样，上任时候的官腔总特别打得响，结果说过算事，或者他硬要认真地干一下？他的脾气又是怎样的呢？……

此外，联保主任还有一个不能冒这危险的重大理由。他已经四十岁了，但他还没有取得父亲的资格。他的两个太太都不中用，虽然一般人把责任归在这做丈夫的先天不足上面；好像就是再活下去，他也永远无济于事，做不成父亲。

然而，不管如何，看光景他是绝不会冒险了。所以停停，他又解嘲地继续道：

"我的老先人！这个险我不敢冒。认真是我告了他的密都说得过去！……"

他佯笑着，而且装作得很安静。同么吵吵一样，他也看出了事情的诸般困难的，而他首先应该矢口否认那个密告的责任。但他没有料到，他把新老爷激恼了。

新老爷没有让他说完，便很生气地反驳道：

"你这才会装呢！可惜是大老爷亲自听兵役科说的！"

"方大主任！"么吵吵忽然直接地插进来了，"是人做出来的就撑住哇！我告诉你：赖，你今天无论如何赖不脱的！"

"嘴巴不要伤人啊！"联保主任忍不住发起火来。

他态度严正，口气充满了警告气味；但是幺吵吵可更加蛮横了。

"是的，老子说了，是人做出来的你就撑住！"

"好嘛，你多凶啊。"

"老子就是这样！"

"对对对，你是老子！哈哈！……"

联保主任响着干笑，一面退回自己原先的座位上去。他觉得他在全镇的市民面前受了侮辱，他决心要同他的敌人斗到底了。仿佛就是拼掉老命他都决不低头。

联保主任的幕僚们依旧各有各的主见。牦牛肉说：

"你愈让他愈来了，是吧！"

"不行不行，事情不同了。"监爷叹着气说。

许多人都感到事情已经闹成僵局，接着来的一定会是漫骂，是散场了。因为情形明显得很，争吵的双方都是不会动拳头的。那些站在大街上看热闹的，已经在准备回家吃午饭了。

但是，茶客们却谁也不能轻易动身，担心有失体统。并且新老爷已经请了幺吵吵过去，正在进行一种新的商量，希望能有一个顾全体面的办法。虽然按照常识，一个二十岁的青年人的生命不能和体面相提并论，而关于体面的解释也很不一致。

然而，不管怎样，由于一种不得已的苦衷，幺吵吵终于是让步了。

"好好，"他带着决然忍受一切的神情说，"就照你哥子说的做吧！"

"那么方主任，"新老爷紧接着站起来宣布说，"这一下就看你怎样，一切用费么老爷出，人由你找；事情也由你进城去办；办不通还有他们大老爷，——"

"就请大老爷不更方便些么？"主任嘴快地插入说。

"是呀！也请他们大老爷，不过你负责就是了。"

"我负不了这个责。"

"什么呀？！"

"你想，我怎么能负这个责呢？"

"好！"

新老爷简捷地说，闷着脸坐下去了。他显然是被对方弄得不快意了；但是，沉默一会，他又耐着性子重新劝说起来。

"你是怕用的钱会推在你身上么？"新老爷笑笑说。

"笑话！"联保主任毫不在意地答道，"我怕什么？又不是我的事。"

"那又是什么人的事呢？"

"我晓得的呀！"

联保主任回答这句话的时候，带着一种做作的安闲态度，而且嘲弄似的笑着，好像是他什么都不懂得，因此什么也不觉得可怕；但他没有料到么吵吵冲过来了。而且，那个气得胡子发抖的汉子，一把扭牢他的领口就朝街面上拖。

"我晓得你是个软硬人！——老子今天跟你拼了！……"

"大家都是面子上的人，有话好好说呵！"茶客们劝解着。

然而，一面劝解，一面偷偷溜走的也就不少。堂倌已经在忙着收茶碗了。监爷在四处向人求援，昏头昏脑地胡乱打着旋子，而这也正证明着联保主任并没有白费自己的酒肉。

"这太不成话了！"他摇头叹气说，"大家把他们分开吧！"

"我管不了！"视学边往街上溜去边说，"看血喷在我身上。"

牦牛肉在收捡着戒烟丸药，一面叽叽咕咕嚷道：

"这样就好！哪个没有生得有手么？好得很！"

但当丸药收捡停当的时候，他的上司已经吃了亏了。联保主任不断淌着鼻血，左眼睛已经青肿起来。他是新老爷解救出来的，而他现在已经被安顿在茶堂门口一张白木圈椅上面。

"你姓邢的是对的！"他摸摸自己的肿眼睛说，"你打得好！……"

"你硬吧！"幺吵吵在气喘吁吁地唾着牙血，"你嘴硬吧！……"

牦牛肉悄悄向联保主任建议，说他应该马上找医生诊治一下，取个伤单；但是他的上司拒绝了他，反而要他赶快去雇滑竿。因为联保主任已经决定立刻进城控告去了。

联保主任的眷属，特别是他的母亲，那个以悭吝出名的小老太婆，早已经赶来了。

"咦，兴这样打么？"她连连叫道，"这样眼睛不认人么？！"

邢幺太太则在丈夫耳朵边报告着联保主任的伤势。

"眼睛都肿来像毛桃子了！……"

"老子还没有打够！"吐着牙血，幺吵吵吸口气说。

别的来看热闹的妇女也很不少，整个市镇几乎全给翻了转来。吵架打架本来就值得看，一对有面子的人物弄来动手动脚，自然也就更可观了！因而大家的情绪比看把戏还要热烈。

但正当这人心沸腾的时候，一个左脚微跛，满脸胡须的矮汉子忽然从人丛中挤了进来。这是蒋米贩子，因为神情呆板，大家又叫他蒋门神。前天进城赶场，吵吵就托过他捎信的，因此他立刻把大家的注意一下子集中了。那首先抓住他的是邢幺太太。

这是个顶着假发的肥胖妇人，爱做作，爱饶舌，诨名九娘子，她颤声颤气问那米贩子道：

"托你打听的事情呢？……坐下来说吧！"

"打听的事情？"米贩子显得见怪似的答道，"人已经出来啦。"

"当真的呀！"许多人吃惊了，一齐叫了出来。

"那还是假的么？我走的时候，还看见在十字口茶馆里打牌呢。昨天夜里点名，他报数报错了，队长说他没资格打国仗，就开革了；打了一百军棍。"

"一百军棍？！"又是许多声音。

"不是大老爷面子大，你就再挨几个一百也出来不了呢。起初都讲新县长厉害，其实很好说话。前天大老爷请客，一个人老早就跑去了：戴他妈副黑眼镜子……"

米贩子叙说着，而他忽然一眼注意到了幺吵吵和联保主任。

"你们是怎样搞的？你牙齿痛吗？你的眼睛怎么肿啦？……"

一九四〇年

堪察加小景

/// 沙汀

　　一阵细雨，一阵出山风，再加上昏夜，以及这山岳地带秋天例有的寒冻，市面上已经没一点活气了。尤其是乡公所一带地方如此。因为这是一个冷僻的所在，背负着大山，前面又是湍激奔腾的河流，便在平日，只等公所的大门一关，竟也很难再找出一个人影子的。

　　但在一两顿饭以前，在那平时算是操场，赶场日子小贩们摆摊设市的坝子上面，却也着实热闹过一通。因为一次颇为别致的示众，它把全市的男妇老幼，一统召集来了，让他们替自己寂寞寡欢的生活撒上一点香料。若果不是天气骤变，他们也许还不会走散的。然而，现在这里确又只剩有一些简陋的篾折棚子，一些赶场天用以煨煮肥肠猪血的行灶，和一两匹野狗了。此外就是风声、水声，以及困人的寒气。

但要认真找出一个人来，倒也并不困难，这便是那个被人拖来示众的流娼。她名叫筱桂芬，这天下午才初次到镇上来，而她立刻碰上了好运气。但现在苦她的，却已不是那场意外的遭际了。她只想好好地躺一躺，息一息已经酸软的周身关节；糟糕的是地面上已经因为下雨糊上了一层泥浆。

她已经直挺挺坐了好几个钟头，后衣包和裤子早湿透了。

而更为严重地，是她上半天跑了五十里路，没有吃过一点东西。当她到达镇上的时候，已经半下午了。她在镇口河边上梳洗起来，用一些廉价的脂粉，一件印花的绸旗袍，和一双红底白花的布鞋把自己打扮起来，招摇过市地去找栈房；而她不久就碰见了对头。

这是她一两年流浪生活中没有过的遭际。挨打受气不必说了，最后还被拖来示众。但若果嘴不硬，她是不会被柊上脚柞①的，不会坐在湿地上来喝冷风，她会仅仅像那些和她遭受同样命运的妇女两天前碰到的样，被人驱逐出境完事。

背后有个墙壁也好，她可以靠一靠，倒霉四面都是空气！

她好几次决了心就这样躺下去，但总临时又动摇了，因为她就只有这一身盖面衣服。

现在，她是完全地绝望了，嘤嘤啜泣起来。

"我犯罪来么？"她自言自语地边哭边说，"我又没偷人抢

---

① 脚柞：一种刑具，以两块大木料做成，流行于川西北一带农村。它的作用在防止罪犯逃跑，比脚镣还有效，也更作孽。

人！……"

她哭得更伤心了，而且第一次那么明显地感觉到了自己的可怜；为了一顿饱饭，她得四处奔波，她得逢人要好，忍受下种种侮辱！现在更是连犯人都不如了，因为她就从来没见过犯人像她这样，深更半夜拿脚柞柞在露天坝里。

她继续哭下去；但她忽然间住嘴了，带点恐怖扫了一眼四面包围着她的黑夜。

"唉，未必就这样让我露一夜么？！——喂！……"

她意想不到地大吵大闹起来，而这个立刻使她有了勇气。

她不再哭泣了，而她的声音越大，愤怒也更高了，因为她忽然想到，无论如何也不能就这样过一夜。

在她嚷闹当中，公所的大门，呀呀地敞开了。

"你是在喊冤哇？！"接着，她听见了一句口气并不粗暴的申斥。

"当然是喊冤啰！"筱桂芬顶着说，忘记了那个骂她的是个所丁，而且，她的目的是在求得解脱。"你又来试试看，"她接着说，"又冷又饿，腰杆都坐酸了！我又没有偷人抢人，……"

"可惜不是我把你柞起的啦！"所丁叫屈地插嘴说。

"我管哪个把我柞起的哇！就是犯人也该有个地方躲风，有几根草，……"

她哽咽起来，顿然没力气闹下去了。那所丁情不自禁地叹了口气。

"就像你把她柞起的样！"停停，他又自语般地说了，很有点像替自己辩解。

于是，他又叹了口气，退进那黑魆魆的大门。他叫谢开太，诨名老娃，是个性情厚重，行动迂缓，矮而结实的农民，当了几年所丁，始终没有脱去土气。他慢慢转过身来，打算揎上大门；但他刚才伸出手臂，却又慢慢缩转去了。

他听见班长陈耀东在吆喝，于是叹一口气，停下来等候他。

"厌烦死了！"他生气地咕噜道，"真像夜猫子变的！……"

班长是个三十挨边的青年人，长条子，生满一手的好疥疮，小粮户的独子，除了红宝摊子，以及纸牌，他对什么都没有兴致；但又往往十赌九输。他来服役不到一年，目的在逃避壮丁。因为无聊，他的脑子里早就盘踞着一个邪恶念头，想糟蹋下筱桂芬。这苦恼着他，才从德娃子的烧房里喝了干酒转来。

班长狡猾地一笑，和所丁面对面停下来。

"叫你去睡觉哩——"他拖长了声音说，随又害羞似的笑了。

"睡觉？没有那么好的福气！"

"你这个人！"班长紧接着说，"我早就说过替你守啦！……"

所丁谢开太认真地盘算了一会儿。

"你不会摸到场合上去熬夜吧？"他怀疑地问。

"场合上去！连喝酒都是赊的，——你来摸吧！"

班长辩解着，双手拍拍制服口袋。

所丁翻眼望他，又摇摇头，于是决定偷点懒去睡觉。但他并不立刻动身，他忽然集中注意，侧起耳朵倾听起来；最后他叹息了，"仿佛你把她柞起的样！"他怨诉地在心里说，因为穿过暗夜，他听见筱桂芬还在旗台边嘤嘤啜泣。

他准备向班长谈一谈她，但他打了一个呵欠，结果这样说了：

"今晚上只有我们两个人罢……"

所丁转身走进去了，班长在大门边留下来。

为了实现他的企图，班长已经费过不少苦心，而那全部工作的关键，便是支使开谢开太。办事员是照例不在所里住的，乡长进城求医去了，全部房子只有三五个所丁住宿；他们大半都有家有室，要诳走他们是容易的，但在那个无家可归的谢开太身上，他却打了不少麻烦。他曾经两三次提议代他守班，那个老实人始终都不放心，怕他会熬不住牌瘾，摸到场合里去。他已经有点灰心，但他现在轻轻松松就把谢开太打发走了。

可是，他并没有即刻去旗台边打筱桂芬。为了周全，他做作地半掩了门，缓缓跟了进去。那是间大神殿，正中的东岳大帝已经搬移开了，中梁上悬着一盏久已失灵的洋灯。下面有张餐桌，几把凳子。然而，两厢皂隶之类的神像却还在的，其中一个被大家叫作胖爷，脚下燃着一只破碗做成的油灯。

神座下的一堆柴火正在熊熊地燃烧着。班长在火堆边坐下来，留心着后殿里的动静。他听见谢开太在打呵欠，又嗒的一声丢下草鞋；接着是木床杂杂杂响了一阵，此后便没有声息了。

可是，虽然如此，班长却仍旧没有动身，一种倦怠情绪，重又罩住他了。他受了同伴的传染，竟也忍不住呵欠起来，感觉到了困乏。而且，经火一烤，他的疥疮更加痒了。而当一个人搔着疥疮的时候，任何幸福都很难引诱他的，倒是尽情抓它一通快活得多。但他蠢然一笑，又叹一口气，终于放下决心，站起来了。他离开火堆，轻轻地敞开门，贼也似的溜进暗夜里去……

那个可怜的女性还在啜泣，已不再幻想谁会拯救她了。由于所丁的出现，以及他的提示，她才又记起她今天触到的是怎样一种霉头！那个收拾她的妇人的威风，是她从来没见过的，似乎什么人都肯听她的话。而在那妇人的进攻当中，几乎全街人都是帮手。最怪的是那批神气活现的流氓，就像狗样，仅仅一声吆喝，她就被柞上脚柞了。

在她的熟人当中，曾经有两三个，也是遭到过醋婆子的虐待的。她们有的被撕破了仅有的盖面衣服，有的脸给瓷瓦片划伤了，以致好久无法营生。这也许是更坏的事，但是她倒宁愿这样，因为她现在并不觉得一件衣服、一张面孔可惜，只要能够得到食物、温暖，和好好地躺一躺，她倒并不怎样看重它们！

她举目四望，她所看见的只是黑暗；她又情不自禁地放声哭了。

"倒搞出怪来了！老子犯的什么罪哇？！"她愠恼地抗声道，"又没偷人抢人，……"

她忽然间住了嘴，因为她听见了急促的脚步声。这是班长。他走到她面前停下来；但他发出傻笑，不知道怎样开口好。这不是他第一次接近女人，他有儿有女，已经结婚好几年了，但他接近一个被人当作商品的女人，这还是第一次。

而他之傻笑，更因为塞满他的只有那个原始欲望，而又害怕说失了格。

"什么人叫你这两天跑来呵！"他终于找出话题来了，接着松了口气。

"这个怪得我吗！"她反驳地说，但却庆幸自己有了一个诉苦的对象，"就说我来错了，我走好啦！把你像犯人样，——连犯人都不如！一个躲风的棚子都不给你！……"

哽咽打断了她，她的眼泪淌得更认真了。

"做一点好事吧！"停停，她又求乞地抽噎着说，"我总会记得的！……"

"你会记得我们？"班长嘲弄地抢着说，"骗老实人做啥呵……"

他是没想到他该这样说的，而一说出口来，他的迟疑和害羞全没有了。反而不知不觉地确定了一种态度，而这种态度，他自以为是对付一个被看作商品的女人最适宜不过的。于是他就流腔流调，但却自命风流地同她说起来了。

她也立刻反应地采取一个合乎她的行业的态度。因为她已经看出了一线希望，可能由此得到她所急需的食物、温暖，和好好地躺一躺。为要实现这个希望，她甚至连例有的忸怩也忘记了，凡事她都直截了当地答应了他，而且说得比他露骨。

就这样，班长很快把她从脚柞上取下来了。他领她摸进公所里去，让她坐在火堆旁边，然后准备到后面厨房里看看，还有剩饭没有。他就要动身了，却又停了下来，望着那个身材瘦小，缩住一团的可怜人蠢然一笑。

"你不要过桥抽板哇？！"他说，但又败兴地叹了口气。

"我骗你做什么呵！"她困惫地回答，抬起头来。

她的声调态度都有点不耐烦，仿佛如果她有自由，此时此刻，便是什么老爷大爷走来，她也不张理的。她只想就这样坐在火堆旁边，抱着头清清静静休息一会儿；但她忽然记起她还需要食物，忽然看出班长的脸色沉下去了。

于是她就强使自己撒娇地一笑，紧接着说下去：

"我说的实在话哩。顺便请你看有热茶没有，口渴死了！"

"好嘛。"班长懒懒应声，没有回答她的挑逗。

班长走进厨房去了。他感觉得有点丧气，因为她那毛茸茸的头发，她那被雨水和眼泪冲没了的脂粉，她那有着一只尖削的鼻子和一张微瘪的嘴唇的黄脸，她那蜷缩着的单薄的身体，以及她的假笑，她的不大耐烦的口声，都在引起他的不满。他多少是失望了，兴致慢慢开始降低下去。

也许正为这个，当他转来，发现出那个所丁的时候，他还能够沉得住气，没有弄到张皇失措的地步。谢开太是抢先一步从卧室里走出来的，因为他总担心着会出岔子，而且，他自己的一肚皮闷气也不让他安宁，于是他高声叫喊班长；他没有得到回答。

这样，他就赶忙跑出来了。

他们两个不期然而然地打了个照面，于是所丁大为放心地说：

"哎呀！我还怕你出去向场合去了呢！……"

"向什么场合呵，"班长强笑着叹息说，"连刮痧的小钱都没有了！……"

"你把她放下来的哇？"所丁紧接着问，用下巴指了指筱桂芬。

"是啦！"班长装出厌烦的神气说，"她就那么不息气地哭啦！……"

所丁深沉地叹了口气。

"一个人是该多行点方便呵！"他抢着说，立刻相信班长做了一件值得称赞的事体，用不着再分辩，"我早就想这样做了，我怕我没有这个资格！再说呢，这场上的事，每样都认真的么？——呵哟！……"

他非笑地摇摇头，感慨万端地在火堆边坐下。

把饭递给那个已经被吵醒来的可怜的女性，闷着张脸，班长也在火堆边坐下了。起初，他颇担心那个老实人发觉了他的蹊跷，接着他就因为他的坦白善良自惭起来。而他现在，却又有一点冒火了，生气谢开太打岔了他的好事！

只有筱桂芬说得上心情开畅，食物使得她振奋起来，忘掉了疲倦了。

"哎呀，今晚上幸得遇到你们！"她深感庆幸地说，一面开始掏饭。

"恐怕饭已经冷硬了！"所丁说，打了一个呵欠。

"那你就去帮她烧点开水好啦！"班长脱口而出地说。

他讲的是怍气话，但所丁却发愁道："就看有没有引火柴呵！"于是，跑进厨房里烧水去了。他不久就带回来一大瓦钵开水，三个土碗，博得了筱桂芬更大的欢喜。便是班长，也都忽然开朗，为了所丁的善良憨直而发笑了。

"难怪都讲你心好哇！"班长取笑地说，"我今天才亲眼见到呢！"

"什么叫心好呵！"所丁忸怩地说。

他打了一碗开水递给班长，接着就又抬起他的柿饼脸来，望着筱桂芬叹气了。

"幸得脸还没有抓烂！"他沉吟说，一面摸出一根烟棒。

"我倒要问问你们呵！"所丁触动了她的心事，于是停住掏饭，筱桂芬滔滔不绝地说下去了，"那究竟是什么人哇？我也跑过一些码头，见过一些歪人；女光棍都见过，没有她这样凶！说我引坏了她的什么人么，我才来头一次啦！……"

身子朝前一耸，她就那么恶狠狠地望定所丁，而她的大眼睛濡湿了。

她重又记起了她的耻辱，她所遭受的不平的待遇。那时候她正花枝招展地经过一个黑漆龙门，想到栈房里去，但她听到了一阵辱骂；她好奇地站住了。于是转过身去，打算看个究竟，而她立刻大吃一惊：一个身材肥壮，像刷墙壁那样满脸脂粉的妇人向她奔走过来；电烫飞机头，带着满手的黄货。

还没辩解一句，她就被打了耳光了，此后便是七嘴八舌的责嚷，……

"咦唉，"她哽咽地接着说，"只有她才是人生父母养的吗？！"

"这怪你把皇历翻错了！"所丁说，从肥鼻孔里喷出一股烟烟，"早半个月来都没事的。乡长不走也行。前天才赶走一批，你就来了，——卖灰面碰见了刮大风！……"

他顿住，把烟棒在地上一磕，敲出烟锅巴来。班长忽然纵声大笑。

"什么人叫你们要拖垮人家的老公呢？"班长随又嬉皮笑脸岔了一句。

"这只能怪自己呀！"所丁不满地辩解说，"又不择嘴，来一个捡一个！……"

筱桂芬害臊得脸绯红了，于是作为躲闪，她吃起饭来。

这不是没由来的，因为经过所丁的辩解，她完全懂得了那所谓拖垮人家的老公是什么意思，所谓不择嘴又是什么意思，忽然感觉害羞起来。虽然她还不大明白事情的真相：由于荒淫无度，乡长的身体越来越坏了，随常都在闹病，于是他的太太硬把她的愤怒转注在所有的流娼身上……

她掩饰地开始掏饭，但她忽然又把饭碗从嘴边拿开了。

"你们拖垮人家的老公！"她嚷叫道，一下扬起颧骨凸出的瘦脸，"我先前来过啦？他是光脸吗？是麻子吗？……"

"他是开玩笑的！"所丁插进来说，因为她的气恼淡淡一笑。

"呵，开玩笑的！"筱桂芬重复说，"你怕人家不是人么，什么玩笑都开？你自己又来试一试看，"她哽咽起来，语调变得生涩而脱气了，"不相信你受得住！都是人生父母养的，哪个甘愿来吃这一碗作孽饭么？……"

在这中间，班长先是嘿嘿嘿蠢笑，现在，他就认真地难为情了。

"哎呀！一句话就把你得罪了。"他终于说，又害羞地一笑。

"得罪我们算什么呵！……生下地来就是贱货！……"

翘起筷子，她拿手背揩去一大颗流在鼻翼边的眼泪，于是就沉默了。

她重新吃起饭来，但才掏了两口，她就没心肠再吃了，单只呷着饭里的开水。

所丁偷偷望了她一眼，又望望班长，继续抽起烟来。班长也没有再张声，但却努力维持住瘦脸上的笑意；这是解嘲，因为无论如何他总觉得筱桂芬损害了他的尊严。而若果没有他，筱桂芬还会在露天里受冻的，得不到食物，得不到温暖……

班长最后忘掉了她的可怜，但也忘掉了自己的野心，变得很不满了。

"呵，我告诉你哇！"他忽然想起地说，"五更锣响你就要转去啊！……"

他紧盯住她，但是他的恫吓并未引起任何显著的反响。他感到挫折了。

"呵，那个时候你不要给我们找麻烦哇，"停停，班长又口不应心地继续说了下去，"等到要给你柞上啦，又哭哭啼啼的，以为是我们在耍挖苦。闹出误会来更不大好！——呵？……"

"你放心好了，"筱桂芬沮丧地开口了，"我们识好歹的！"

"本来是呀！要不看见你太可怜了，睡在铺盖窝里哪一点不好呵！……"

"这样这样，"所丁忽然圆通地说，"抽两口你去睡吧！——喏！……"

班长俨然地接过所丁谢开太递给他的烟棒，开始抽起烟来。

班长原想舒舒服服抽几口去睡的，让那老实人自己站班，并把那五更锣响时候该做的事摊派给他；然而，由于他的心里忽然变坦白了，再也没有什么欲望、什么鬼胎来烦扰他了；加之，他又是惯熬夜的，他的疥疮又拼命痒起来了，因此，当他抽好了烟，又把烟棒传给筱桂芬的时候，他倒神清气爽，不愿意睡觉了。

搔着鸡爪一样的手，又瞟眼看看她，班长的神情显得安闲而且满足。

"你怕二十岁出脚了吧？"所丁突然地问，当他审视了她一会之后。

"哪里呵！"筱桂芬否认地说，而且不好意思地笑了。

于是，等把包在嘴里的烟烟吐出完了，她才又清清楚楚地告诉他说，她今年十八岁。

"哼！……"所丁从鼻孔里叫了一声，又像怀疑，又像有点惊怪。

"的确的呢！"接着她又辩解地说，一面卜卜卜击落烟灰锅巴，仿佛这个在她十分重大一样，"你算算吧，辰的，属龙，今年不是恰恰十八岁吗？我这个人才从来不隐瞒岁数呢。一个人么，岁数是多大就多大啦！"

"你做几年生意了呢？"班长打偏头望望她，又在脉经上涂了点口水。

"明年春天就两年了。"

她回答得很平淡；但她忽又咽一口气，将手移开正在掏烟的牛皮荷包。

"老实说吧，哪个甘愿来做这种事啊！"她幽幽地接着说，口气听来很沉重了，"不怕你笑，我们早前也还是吃得起碗饭的呢！自家有好几亩，又租了它妈好几十亩，一年要卖一两槽肥猪，——哪个想得到现在会来吃这碗饭呢？……"

她摊开两手，求助似的扫了班长、所丁一眼，于是折下身子，不再响了。

"杂种！就是金刚钻太把人整惨了！"她欠起身加上说，开始装烟。

"金刚钻是什么人哇？"班长好奇地问。

"我们那里的联保主任。"她沉思地回答说，用篾片点着火。

"你们那里不兴叫乡长吗？！"

"他儿子才是乡长，……"

篾片已经燃了，但她并不立刻抽烟，却又解释似的接下去说：

"想么，他自己也当过乡长的啦！那是才把联保主任改成乡长的时候。等到儿子受训回来，他就把乡长交给儿子当了。……"

"哎呀，就跟我们这里一样！"班长恍然大悟地说，瞄了一眼所丁。

"呵！呵！呵！"所丁终于也想通了，"我懂得了！……"

"你还有父母没有呢？"班长更加专注地问，停止了抓痒。

"爹前年就死了。……"

"这就叫天下老鸦一般黑！"所丁自言自语地说，没有注意听他们的；接着他就起身找柴去了。他那宽阔的黄脸上始终流露出一种又像嘲讽，又像怨愤的神气；而当他转来的时候，他又说了："这就叫天下老鸦一般黑！……"

他坐下去，动手添加木柴；但他听见筱桂芬正在讲述她的阿哥的遭际。

"怎么！你们那里不兴出钱买么？"他吃惊地问，忘记了添柴。

"出过两次钱呵！"筱桂芬沉痛地说，"结果还是抓了！……"

她忍不住伸了个懒腰，又连连呵欠着，但她并未看淡他们的关切。

"你们想吧，"她接着说，几乎一字一顿，"这一下剩到的全是娃儿……妈动不得……嫂嫂又金枝玉叶样，吹股风都要生病，哪里找人手啦！……呵！先前还说，自己几亩田总做得出来吧，结果吃的比屙的多！……后来妈就让崔三诳把我带到绵阳去了，那家伙吹绵阳纱厂里在招工人，……"

她打盹起来；但她立刻又惊醒了，注意到了自己身上单薄的衣着。

"皱得来像腌菜了！"她懊丧地说，"提包也不还我！……"

"提包她会还给你的！"所丁说，"快好好睡一觉吧！"

"哎呀！今天幸亏碰到你们……"她呵欠着说。

她试想笑一笑来表示她的感激，但是还没有笑成功，她的脑袋已经落在膝头上了。

"请你们让我多睡下吧。"她梦呓一般地哀求说，随即起了鼾声。

那两个乡下人不约而同地相视一笑，接着就又叹了口气。

"担心会着凉呵！"所丁发愁地说。

"这么大一堆火啦！"班长反应地说，口气有点厌烦。

这厌烦，并不是因为他不满意所丁的关切，从筱桂芬的谈话，他想起自己来了。他也出了好几次钱，但他现在还被逼起来当班长；他的父亲也不健康，母亲老婆做不了多少事；目前又正在种小春，老头子真活该受罪了。……

他在心里向自己说："怕要请一两天假才好哩！"接着却向

所丁嚷道：

"喂！我们来挖对对福好吧？"

所丁想了一会儿，又很响地咂了咂嘴唇。

"也要得嘛！"他闷声闷气地说，叹了口气。

于是，搬来一张独凳，搬来那胖爷脚下半边破碗改造的油灯，班长把一副边沿已被油腻浸透了的纸牌，掏出来了。他们挖起对对福来，逐渐把什么都忘掉了：黑暗，午夜，以及那个星袍红帽、下垂的下唇上粘满烟膏的胖爷……

只在洗牌的时候，两个人总要抽空瞄一眼筱桂芬，拨拨柴火，于是又继续打起来。

一九四四年十一月二十四日

咆哮的许家屯

/// 艾芜

一

许家屯的街上，没有摆着杂货的摊子，没有摇着铃铛的小贩，也没有挽着提篮东张西望的行人了，只有寂寞和恐怖的空气，在那里躺着。

店的排门全关上了。土红色的破碎春联，膏丸药散的广告，以及一块画着个胖脸绅士得意洋洋吸着香烟的招牌，都比平时更鲜明地显露出。平野里吹来杂有尘沙的风，刮着街上的马粪、骆驼粪，不时沙沙地发出悲叹的声音。

男子们躲在屋子里，双臂叉在胸前，皱着眉头，不住地打着圈子。一会儿，又把一只眼睛嵌在门板缝里，着急地窥探，想要看透笼在镇上的神秘的雾。

老太婆们手捧一炷香,跪在观音娘娘的神像面前,小声地,气促地,喃喃地,祷告着。往天她们膝下垫着一块厚厚的蒲团的,现在却顾不着那些了。

年轻的女人们,急急忙忙地,在篮里,箱里,柜里,乱寻一些值钱的东西。足带子松散了,蛇也似的拖在地上,也不知道。

孩子们看一看爸爸,又看一看婆婆,心里急了,就怯生生地尾追着喊"妈妈",仿佛已直觉到快要被人遗弃的样子。

街上一阵阵过着日本马蹄的声响,日本皮靴的声响,日本指挥刀碰着石板的声响……这些在屯上千百年来不曾有过的交响曲,如今都一声声地践踏在屋子里每一个人的心上,每一个人的灵魂上,而溅出看不见的黑的血浆。

来了。大家恐怖地屏着气,静待着门板第一声的敲击:只要一听见门板敲响时,就马上懂得死就要来拜访了。虽然昨天屯上的要人冯三太爷叫人鸣锣过,说是日本兵只来剿灭义匪的,大家用不着惊吓,因此大家也稍稍觉得安心,但到底没有看见过日本兵的良善居民,心中总不免惴惴,且又风闻着许多可怕的传说,终于全沉没在恐怖的大潮中了。

马蹄声,皮靴声,指挥刀碰着石板声,如同一道川流,缓缓地流到屯中的关帝庙去了。在那儿,庙门前,插着一大杆白布旗子,旗的正中画着一个蛮大的红汤团,旗子招展在灰暗色的空中,随着春天的冷风,笑呵呵地舞着。

同时关帝庙斜对面的冯公馆门前,也挂着一张画着红汤团的白布旗子，只是小些。

冯三太爷，带着几个随从，恭而敬之地站在旗下，做出等待贵客临门的样子，但那团团脸上的鼻子，却太不体面了，时时得劳手去捏下一把清鼻涕。

一会儿，带着四个骑兵的短小军官，的笃的笃地跑来了。

短小军官一跳下浑身汗热的马，就给冯三太爷拱着手迎了上去，并且忙点着那戴着瓜皮小帽的圆圆的头。同时捏下一把清鼻涕，调好声音说道："安坂将军，大驾来得正好，差一两天，山那边的土匪就赶来了……（又捏了一下鼻涕）鄙人代表全屯居民，深表谢意。"说完了，加上一个怪有礼貌的鞠躬。

这未来将军的安坂队长，把马鞭交给随从之后，便照例整理整理唇上弄歪曲了的仁丹胡子，然后挺挺胸板，操着很熟练的中国话，很简捷地回答：

"这是义不容辞的！"

于是"中日联欢"的空气，便洋溢在冯公馆里面，而"满洲"沃土内挤出的乳汁——醇美的高粱酒浆，就交流在彼此欢笑的唇上了。

二

传布和平的锣声，铛铛地从街上响了过去，又铛铛地响了过来。更夫王老三，耸着一个曲线的背，一面用力敲锣，一面嘶声叫喊，黑黄多皱的脸上，现出又兴奋又焦急的样子。因为安坂队长赏他一块老头票，便把他往天懒洋洋敲锣的老牌气改过了。

应着锣声，好多铺子便打开了半扇的店门，伸出放射惊奇眼光的头来。

张老婆子手里还捧着献神的香，就三步作两步，挤到门边，扯着弯曲身子的儿子，急问：

"老二，老二，王三哥在叫什么呀……呃，人老了，听不……"

儿子并不掉回头，口里说："叫照常做买卖，说是日本兵也给——喂，刘老板，你的酒店可要打开吗？……好生意哪，……"末后这句话，是突然转向对面从半开门中伸出的那个胖面孔说的。

圆团团的脸一听见有人在招呼，便连那胖身子也挤出门外，揩了揩额头（这是他遇着困难时候的惯例），说：

"呃，难说……那……看吧……你的香烟店呢，也开吗，张二哥？"

说完后，就转着胖脸向左右两头望了一会儿。

这时有人从街心急急地越过，——若走慢了就会给子弹穿过背心似的。

也有女人和孩子的脸贴在窗格子上面偷瞧。而孩子的小手，也有一只两只从窗格子上伸了出来。……总之，街面上是有点活气了。

老婆子听懂了儿子的话，就喜地念声"阿弥陀佛！"——看见自己手里还拿着一炷香，才想起忘记插在神像面前，便责骂自己道："呵哟……老糊涂……老糊涂……"

她握着燃了小半节的香，忙抽身转去。一个七八岁的孩子忽然从里面飞了出来，恰好碰在香上，烫得哇的一声叫起来。

"你妈的，中了冷子吗？"叫作老二的跳了回来，皱着鼻梁，大声骂。

"呵哟，……狗娃子，烫在哪里了？别哭，别哭……"用生着六条指头的手拍着，"呃，……婆婆不好，……婆婆不好……日本兵不好……别哭，别哭。"

"妈，你老人家老……不要乱说话呀！"老二又急忙转到门口去看，生怕有人听见了一样。不料一个着黑呢制服歪戴鸭舌帽的汉子，几乎碰着他的鼻尖闯了进来，直喊：

"有香烟吗？拿两包大炮台。"

张老二大吃一惊，一时回答不来，只是呃呃地呢喃着，鼻梁微微皱起纹路。

这位本地口腔的顾主，原是全屯知名的流氓。上半年因无钱还清肉账，给蔡屠户当街剥掉衣裳之后，便告失踪了。可是，这像死掉了一匹癞狗一样，并没引起谁的注意。现在，他穿着惊吓乡愚的服装，和突然出现而摆起的傲慢神气，确是使人怪眼生的了。

老二蓦地明白过来，吞了一口唾液，做出笑脸，准备开口了。但隔壁跑来的人却抢着说：

"老……老么吗？"

被叫作老么的，把鸭舌帽往头顶一推，有块疤痕的额角，便全露出来，嘴角歪扯在一边，咯咯地笑着，并不答话。

"呀，我才想……烟么？我招待。"老二赶紧拿出一包烟来。

对面酒店老板刘胖子摇着大肚子，也跑了过来，伸出肥手抓着马老么的肩头喊："喂，马么哥，听说你在日本洋行做事哪……"说到这里感觉到措辞的难处，因为以前他非常看不起马老么，而且从来没有叫过一声马么哥的，便下意识地用手拭一拭额头，才断断续续地接着说道："那……好得很！……呵，你，你老哥，发财了……好得很！"说完了，又翻起眼睛，从头到脚看了一遍。那双亮闪闪的黑漆皮鞋上面，使他的眼光凝射了三分钟。同时拥来看热闹的人中，又有一位抓着马老么戴着金表的手问："多少洋钱哪，呵，阔了阔了。"

马老么接过了张老二递给他的香烟，吸了几口后，才骄傲地向围着看热闹的人笑了一遍，飞出得意的眼色，仿佛表示出这样的意思："看呀，咱马老么也有今日哩，从前你们……"随即向空中吐了一大圈蓝色的烟，慢吞吞地接着说："也没有发财，也没有阔……嗯，这算得什么！"歪着嘴狞笑了一会儿，才很庄重地接着说："不过嘞……倒同几个日本朋友玩得来。"

大家听了，都从发着羡慕光辉的脸上，再抹上一道敬畏的色彩了。但站在刘胖老板背后的一位矮汉子蔡屠户，却马上陷落在追悔的泥潭里了：上半年，他不该为了半斤肉的账，当街使这位大肚皮的帮凶难为情。他大张着嘴，想要偷偷地躲了开去。

然而，从他的肩上却突然冒出一个毛茸茸的下巴来，叫道："呃，么哥！日本兵该不乱来吧？！"

他躲闪不及，立即就同马老么横扫过来的眼光对碰了。但是，马老么这一刻的样子，却比蔡屠户所想象的来得宽大些，只是冷冷地看了一眼之后，忙把视线移开，眯小右边的眼睛，带着不屑于回答的神气，哼道：

"哼，乱来？比老张的兵好十倍！"

大家都在凝听之下，松了一大口气，这不是相信马老么的话，而是符合了他们但愿如此的希望。

马老么吸着烟，吹出两三个蓝色圈圈之后，又重新眯小了右眼，对着蔡屠户再冷冷地瞟了一下，然后转向众人说："但是安坂将军说，对待坏的'支那'人，那就不见得客气了。"

蔡屠户打了一个寒噤，仿佛给人宣布了死刑一般。便快快溜开，却被马老么拦住了去路，抓着他的肩头摇着，温和地说："喂，大师傅，照顾你一件好生意呀，……日本兵今晚要杀好些猪……你看我不找别人，我是照顾老朋友的哪。"放了手后，呼的一声吹了蔡屠户满脸的烟。于是把手扬起，露出金煌煌的表来，很神气地看了一看，说："呵，我要到冯三胖子的公馆去吃饭去了。"随即眯小右眼，向众人把手一挥，说声："各位，少陪！"便挺起腰杆，踏着黑漆皮鞋，橐橐橐地向关帝庙那边走了。

关帝庙那边，两三个一排一排的兵士，在黑色的钢盔后面露出白亮亮的刺刀，嘻嘻哈哈地走了过来。

众人马上散开，各退进半掩着的门内，但戴瓜皮小帽的头，却都一致地留在外面，放射着两股惊奇而疑惧的光辉。

"狗娃子，你不要命么？快……快进来——"就只有张老婆子拖长的沙声，荡漾在一时寂静的街上。

三

六七个日本兵士，帽子歪歪地戴在头上，嘻嘻哈哈地走了过来，站在一条巷口，望了一会儿，会意地笑了一阵，便拉拉扯扯地，没入巷里去了。

巷里晾着粉红的女衣，雪白的布裙，蓝条花纹的裤儿……在春天稍寒的风里，软软地飘着。

一段污旧的白石灰墙里，露出几树粉红的桃花，正艳丽地对人张着笑脸。

一群在墙边寻啄食物的麻雀，听着皮靴的声响，便掠过日本兵士的身边，扑扑地飞上枝头去了。

昨夜曾谈过故乡樱花的兵士，在这异国的春天时节，便感到有些醉了。

走到一家屋檐下，看着一位十五六岁的姑娘，像吓坏的老鼠似的，正紧绷着脸，仓皇地收下晾着的衣服，他们就一齐停了脚步，眼睛呆呆地盯住她，发出贪欲的呆笑。一位满脸酒疵的，且在怀里摸出一卷纸票来，故意地数着。

"大妞，死在外面哪！"屋里老婆子一面叫，一面鼓嘟着瘪了的嘴，急急跑了出来，如同水里捞人一般，一把就将收衣的姑娘抓了进去，砰的一声关上了门。同时一条女人的裤子，却从姑娘的胁下，落在门外的阶上。

日本兵士们平白地遭了一场意外的没趣，其中一个便生气了，向地上吐了一大口唾沫。那一个满脸酒疵的，把纸票胡乱塞在袋里后，就用刺刀尖将门外落下的裤子挑了起来，出其不意地放在生气的那人头上。那人怒骂了起来，抓着头上的女人裤子，用力撕成两片，投在阶边的湿地上面——那儿有着蓝色肥皂泡沫的水渍和几条珊瑚似的蚯蚓。满脸酒疵的兵士又笑嘻嘻地用刺刀尖把裤子挑了起来，挂在老婆子门外的钉上，便大声说："替你们挂上一杆'支那'国旗哪。"于是大家都爆发似的狂笑着。

应着狂笑的声音，另一家的门忽然半开了，露出一张惊惶的脸来。同时那人的胯下，钻出一只精力饱满的黑狗，对着狂笑的异国兵士，汪汪汪地吠了起来。狗的主人大惊失色地叫唤，并且高声吡骂着，生怕这畜生闯了祸连累了他。

这几个正没法儿消遣的兵士，便提起皮靴，围着狂吠的狗乱踢起来，好像在争着踢足球一样。狗想不到有这样的围攻，惊慌了，带着狞恶的面孔，企图逃走，谁知一跑就碰着那拿刺刀的兵士，于是就吃了顺手一刺刀，肚子里的血和肠，便一齐随着刺刀冒出。拖着肠子滴着血的狗，就长嚎着消失在巷外去了。狗的主人吓得连忙关了门，仿佛自己的肚上也中了刺刀一样。

皮靴的声音向大街响着去了。缝衣店内的小伙计，把脑袋伸出门外，对着日本兵的后影，啐了一口，又赶快缩进去，发气似的从肩上抓根线来，拿在嘴上一拖，叫道："哼，这些狗！"

隔壁铁匠铺的阿龙——那位蛮大的汉子，就更着力而凶猛地挥着铁锤，仿佛借那砧上的毛铁出气。

门外刮来的风，也好像在愤怒地号着，号着。

人们看着地上的血迹，门上的破裤，心就像给恐怖、悲哀、愤怒这三条无形的索子下死劲地绞着绞着……刚才巷里的春天，仿佛已同异国的兵士一道儿去了。

这几位杀狗的勇士，转到大街的时候，街上的铺子已在陆陆续续地打开了。他们很快乐，想喝一杯酒，于是就走进刘胖子的酒店里去。

刘胖子看见这几位异国客人进来，一时不知所措，不住用手擦着额头，及至见到他们嘻嘻哈哈地说着玩着，很像天真的孩子，心里才松下来，赶紧跑去招呼，亲自抹着桌椅，竭力献殷勤，回头呼唤一声："小二，快拿酒来。上好的！"随即掉转脸去，做着欢笑的眉眼，恭候异国客人的命令。

那位满脸酒疵的勇士，使用着不圆熟的中国话，嘲笑地吩咐：

"去，切一盘'支那'猪来吃。"

哗的一声，懂得'支那'话的兵士都笑起来了。刘胖子莫名其妙，仍然在胖团团的脸上堆着笑。另一个鼻孔下留着一点儿髭须的兵士，伸手就在满脸酒疵的背上，打了一掌，说："不要胡闹了！"回头就命令胖子"快拿好酒好肉来！越多越好！"

结果，丰美的"支那"料理竟使这几位异国客人饱得打嗝，醉得稀烂为止。

　　走的时候，这几位兵士很有礼貌地把账算了，但付的不是钱，却是一长排三八式枪的子弹。

　　刘胖子哪里敢收下呢，只是用手擦着额头，随即懂得这是什么意思了，便忍着心里的悲痛，双手奉还子弹，勉强笑着说："先生们，没有钱算了，子弹可不敢要。"如果说"先生们，劳驾到此，饮食之事，小子理当孝敬的"便算做了好人情也不吃亏，然而刘胖子，却缺少这样的口才和聪明，故此赔了食物，还讨得个没趣，因为那鼻下留着一点儿小髭的，当即鼓着庄严的红脸吡责他道："笑话！咱们大日本帝国的皇家军人，不会白吃人的哪。"他这里说着，另外两三个兵士，就跟跟跄跄地越过街心到对面张家铺子去买香烟去了。

　　那小髭须的兵士，终于像施恩似的接着了刘胖子苦苦献还的那几粒子弹，这才阔步走出了店门。这时候，对面铺子的张老二也照样演了这样一幕奉献子弹的喜剧。

　　及等日本兵的影子消失之后，刘胖子同张老二遥遥地互相望了一眼，却不作一声，忽然像竞赛似的，各把排门乒乒乓乓上了起来。

　　这消息比风还散得快，一霎时其他各家店铺就同放爆竹一般，也都争先恐后地上起门来，重新又把这条刚有生气的街投入荒凉的沙漠里。

　　平野上吹来杂有沙尘的风，刮着街上的马粪、骆驼粪，又沙沙地做出叹息的哀号的声音。

四

许家屯的荒凉景象，竟延长到午后——一个并不晴明的春天的午后。

远山的群峰上面，暧逮着阴愁的烟云，平野上和树林里，响着号哭怒号的南风，屯上凝着千百年来不曾有过的哀愁，每人的心，都被恐怖咬破了，而在沉痛地流着黑的血浆。

因安坂队长和冯三太爷要恢复市面，结果刘胖子和张老二的两家老幼都被抛在冷落的街头了。两家紧关着的店门上面，各贴了一张盖有朱砂红印的封条：

> ……撞行关闭店门，扰乱本屯治安，特此封闭，以儆效尤，此布。

> 大日本关东军派遣许家屯第十一支队布

抱着一个茶花母鸡的张老太婆，一手抓着在贴封条的马老么哭喊："老么，老么，请你不要，不要害我们哪，……记着呀，你小时候还吃过我们的奶哩；老么，老么，看你妈妈的面上……唉，我一家子！"接着就是扭动着打皱的嘴发出哑声的哭。

马老么扯脱肘臂嚷道："做什么？！拉拉扯扯的！"

但一想到老年人刚才提起的他的妈妈，一个在贫穷和痨病里闭了眼睛的瘦妇人，他的心立即软了，叹了一口气，顺手指着街中一排依枪立着的异国兵士说：

"我没有办法哪，那是他们——"

忽然像记起一件要事似的，很快地擎起手腕看一看金煌煌的手表，推开旁边唠叨着的张老婆子，不耐烦地说："不要耽误我了！"

刘胖老板忙把怀里抱着的婴孩，交给他的老婆——一个正坐在街边的大包袱上捏着一把鼻涕一把鼻涕地哭着的女人——擦一擦自己的额头，就赶快抢到马老么的面前，抓着他的手哀求道："马么哥，我的马么爷，……求你做点好事，……可怜我一个——。"肥的手举起来一指，"看呀！"马老么随随便便地斜着眼睛一瞬，看见抱着婴儿哭泣的妇人旁边，三个脸儿胖团团的孩子，都没人色地坐着，便很狡黠地一笑，哼了一声，仿佛是说："你一家子吃得不错呀！"

"封不得呀，就是出点钱我也情愿。"刘胖子始终紧拉着马老么的手。

马老么听着讲到了钱，才停了脚，眯小着右眼低声说了一句："多少呢？"

随即好像很诚恳地说道："咱们都是老朋友，我马老么不会不帮忙的。"但他的心里却是这样的意思："今天你来求我了！为什么从前赊一杯酒也不行？妈的。"

"由你说吧，我总出钱的。"刘胖子感到有转圜的余地，才举起手来擦擦额头。这一回，额头上真的有了汗了。

日本兵排队走了，马老么便从腿边跷起三个指头来斜着眼睛说："就这么多！"

刘胖子嗫嚅地说："三十块钱吗？……待我马上去借好了。"

马老么嗤的一声鄙夷地笑了，眯小着右眼盯着刘胖子说："有这样便宜的事吗？"略停一会儿，才郑重地说："眼睛放亮些，这是日本人的天下哪！"

刘胖子的额头，又冒出汗了，但他却没有用手去拭它，只着急地说："呃呃……到底要多少呢？"

"三百元！"马老么简捷地说，"这还不准数，说不定安坂将军要四五百元哩——"最后的"哩"字特别拖得长。

张老二刚赶到旁边要请求什么，但一听见马老么这样地说，便怔住了，张不开嘴。然而马老么却懂了他的意思了，就把他的香烟杂货店和店前一堆啼哭着的母亲、老婆、儿子，打量了一下，温和地说道："你，一百元就可以了。"看着两人没有继续恳求的意思，他便照例举手向众人一挥，就橐橐橐地响着黑漆皮鞋，赶上前去，尾着日本兵走了。

"平时不烧香，急时抱佛脚，有什么用呀！"张老婆子忽然大声地哭喊着。张老二皱紧了鼻梁上的肌肉，气急地骂道："小人得势，还——刘老板我们怎么办呢……"

刘胖子却不作声，颓然坐在街边，双手按着额头，动也不动地，只是腮边肥肥的筋肉，不住地在抽缩。

两家的孩子，全像氢气球爆裂似的，一齐号啕起来了。

最后，两家的男女老幼，就像送葬行列地哭着，难民样地提着被卷箱笼，走进小巷里，到亲戚家投宿去了：刘胖子的一家，投宿在署着周洪兴号的铁匠铺里，张老二的一家，则投宿在没有挂着招牌的李家成衣店里。街上的铺子，又懒洋洋地打开了。团团面孔的冯三太爷陪着仁丹胡子的安坂队长蹒跚地走着，在街上巡视一周，彼此会心地微笑着，于是许家屯便已天下太平了。

巡视完毕之后，发布命令的锣声，便又铛铛地响在街上了，耸着背峰的王老二，嘴里溅着白沫直喊："冯三太爷下的命令：本屯今晚犒劳日本兵士——有鸡的送鸡——有鸭的送鸭——有猪的送猪……"

女人们听见了，就双手按着胸前，哀叫了起来："天呀……天呀！……"

男子们便跳进门去，粗暴地怒吼："戳你祖宗八代！……犒劳！"

五

北国春天的夜里，还是弥漫着深深的寒意。

除了大街上朦胧的街灯下面，偶然晃过一两个头戴钢盔的异国军人而外，静僻的小巷，则全是浸在无声的黑暗里，虽则人家门缝里还漏出两三线微明的灯光，但看起来却显得是分外凄惨。

天上没有眉月，也没有繁星，只是抹着无边无际的乌黑，仿佛含蓄着无限的愁意。

　　沉重的脚声，缓缓地响进巷里来了。李家裁缝店内的两个伙计，便放下了针线，蹑手蹑足推开了门，溜出去偷瞧。在黑暗中渐渐认识出来，走着的人影，并没有穿着军服，且早就听出并不着皮靴，便一齐大着胆子问：

　　"谁呀？"

　　"偷你妈的！"那影子大声吼起来了。

　　听着这个并不生疏的吼声，几家的大门，都很快地打开了，人和灯光一齐挤了出来。于是那人的生气的面孔，也隐隐约约地看出来了。——他原来是蔡屠户哪！

　　众人就争着问：

　　"发财了吗？……"

　　"刚才正说着，大家都倒霉，只有一个人好哪！"

　　"……"

　　蔡屠户并没有回答，大家就觉得大概不如所料，于是有人这样说："我想总得大吃一顿了，你杀一下午哪……"

　　"他妈的！谁还吃得下，"蔡屠户又是一声暴吼，"肚子都要——气破了！"

　　大家先前原是忌妒他的好运气，到这时却对他可怜起来了。几张嘴巴都带着同情争问发气的原因，但他半天也回答不出来，好像整下午积着的闷气，此刻因别人问询才突然一下子地爆发。就把杀猪用的铁杖，猛向石板上重重地杵了一下，暴吼了出来：

　　"我食他马老么的妈！我食他马老么的祖宗八代！"随即气汹汹

地冲进他的家去了。

这样子，倒引起众人的哄笑。

铁匠铺的周老板，理着尖下巴上的短胡子，对着漠然呆站着的刘胖子长叹一声："老表，看来他是得不着好处的……唉，只有冯三胖子和马老么他们了。……"

"这些狗杂种，比日本人还可恶！"刘胖子骂着，便用手揩他的额头，仿佛这能减少他的痛苦似的。

"哼，把他们拉来一刀一刀地戳！……"裁缝伙计兴奋地插嘴。

"不，要拉来放在铁砧上，一锤一锤地打，把骨头骨节全捶个碎！"铁匠铺的伙计这样大声地提议。

还有一个伙计叫阿龙的就接嘴驳着："那样还不凶！我说……我说，要把炉里烧红的铁条，放在他们精光的身上，慢慢地慢慢地烙。"

这时靠在门边的张老婆子也听得出神了，竟像孩子一般地喊着："让大家一口一口地咬才对哪！"

"哈哈哈，"周老板笑起来了，尖下巴上的短胡子不住地抖动，"老妈妈，你要开荤么！哈哈哈，看你没牙齿怎样咬得动？"

众人也一齐哈哈地笑着，笑声像一道山间的瀑布，突然打在细碎的岩石上面一般，冷寂的小巷，一霎时，又恢复了春天应有的活泼了。

忽然听见巷口响着杂沓的皮靴声音，大家吃了一惊，全溜进门去，欢笑声便像胡琴弦子骤然断了一般，立即中止了。接着就是接连迅速关门的声响，灯火一下子也全消灭了。

二三十只皮靴的交响曲，登时冲破巷里悄然无声的黑暗。同时又杂着跟跟跄跄的脚步声，以及突然跌倒的声响。

一条小巷的和平居民，都屏着气，静悄悄地听着，而一条恐怖的长线，却把每人跳动的心贯串在一起。

大家都听见，杂沓的脚步声全停止在洗衣老婆婆的门前，而几只皮靴踢门的噪响，又骤然继起了。

砰砰！这是门踢倒了。大家都打了一个寒噤。

"救命呀！救命呀！救——"洗衣老婆子发出急迫的沙声。

"妈呀！妈——妈——"女儿发出尖锐的颤抖的嘶声，哭喊着。

两个突然而起的叫声，一下子又突然中断了，仿佛遭擒而叫唤的鸡，马上给人扭去了脖子似的。

女人们都歇斯底里地跪了下去，喊："菩萨呀，菩萨呀！……"

男人们一齐抖了起来："唉，活冤孽，活冤孽！……"

孩子们则紧紧地挤着大人，吓得不敢哭出声来。

六

一分钟过去了，两分钟过去了，半点钟……

另一家的门，不，两三家呀！正被捶打着……捶打着……捶打着……

呵，门被拳头胁迫的响声，散布在寂寞春寒的夜里。

呀，又是女人突然呼救的声音，又是突然中途截止了。

呵！……恐怖……恐怖……恐怖……

铁匠铺的周老板忽然惊觉了，跳了起来："老九，阿龙，快把铺门加上两根杠……对，那就好！"又一头回过去喊："小七的妈，你和刘表嫂要躲躲呀！"

阿龙和老九一面加杠抵门，一面气愤愤地嚷："哼，有枪就好……有枪就好……"

两个惊呆了的女人，各抱着婴孩，面对面地看了一眼，含着眼泪哭："天呀，我们躲到哪儿去呢？"

刘胖子一面用手拭着额头，一面找寻可以藏躲的地方。

"砰！砰！砰！……"忽然有人在踢后门。一屋子的人都像马上中了电，一齐怔住了。

"快躲到柜子后面去！快……快……"发着颤抖的声音，周老板一把拖着老婆往柜子背后塞，刘胖子的女人也跟着跑进去。

"哇！"柜子碰着孩子的头，突然大哭了。

"呀，乖……别哭！别哭！……"

"妈的，不要作声，"周老板着急地骂，也不管表嫂不表嫂了，"把嘴巴子给他捏住！"

于是，柜子背后就马上静悄悄了。

"砰！砰！砰！"后门上更踢得凶了，接着是用身子在碰。

"戳他妈妈！拼了这条命！"老九、阿龙、福生三条汉子一齐冲过去，两个拿刀，一个拿棒。

"我的老子，我的老子……这个祸我遭不起呀！遭不起呀！……"

周老板疯狂地去阻止，刘胖子也摇着大肚皮连忙跑去拖住。

但后门却突然地向内倒了，一个矮小结实的身子，随着栽了进来，口里连连喊道："救命！救……救……"气促得话都吐不清了。

抓起一看，原来是蔡屠户这个王八蛋呀！大家立刻转过一口气。朝下细瞧，蔡屠户的肩上，正冒着血，衣襟上染着猩红的斑点。

"什么事呀？"

"谁杀你的？"

"什么人？什么人？"

蔡屠户好像没有看见自己的受伤，也没有听见别人的问话，只是气呼呼地吼："我的老婆，我……给我一把……"一眼看见福生的刀，抓着就又跑了出去。三个铁匠伙计，也各抓着武器，跟着他冲入门外的黑暗里去了。周老板跑到门口着急地叫："你们疯了哪！……闯祸……你们……"

"不要……快……咳！"连他自己也不晓得说些什么，刘胖子急忙一面把门板扶了起来。

周老板猛然返身回来，倒在椅上坐着，脸上泛出青白色，肌肉在痉挛，短胡子在颤抖，口里喃喃不清，只道："完了……完……"

刘胖子忙放倒了门板，很困难地摇着大肚子跑来扶他，一面向柜子背后喊："周表嫂，周表嫂，快来，来（大大喘着气）……看！看！"

两个几乎吓死了的女人，顶着满头的蜘蛛网和尘灰走了出来。周表嫂一见自己的丈夫那个模样，简直就发昏了，边喊道："观音娘娘呀，有灵有应的观音娘娘哪……你老人家的眼睛——"接着就哑声哭了起来。

同时，刘老板娘看着怀里的婴孩，小嘴巴被捏乌了，只是张着喘气，哭不出声来，白眼珠呢，又不住地往上翻着，就登时吓得发抖，一把抓住刘胖子喊道："爸爸，爸爸……你看……呀，宝宝，宝宝。"马上把头伏在婴儿的脸上抽咽着。

刘胖子急得只用手乱擦额头，仿佛这能擦出救急法宝似的。

大家都没有想到关后门，于是这投出的一片灯光，就招引了两三个日本兵士奔撞进来，马上就有刺鼻的强烈酒气充溢了屋子。

七

一个醉软了的日本兵士倚在蔡屠户的门边，仰头哼着故乡樱花树下唱过的小调子，准备防身的手枪，懒洋洋地吊在手头。

蔡屠户看准了，握好了尖刀，猛冲过去，朝那人的肚上，下死劲地戳了进去。于是那人仿佛橡皮做的一般，毫不挣扎地蹲了下去。蔡屠户迅速地拔出刀来，照着颈子用很熟练的手法又是一刀，马上就结束了一个人的生命。

再冲进屋里，在桌上的马灯光里，看见阿羊趴在地上，哑声地狂哭。应该抱着阿羊亲亲脸连叫乖乖的妈妈呢，正挣扎着，给一个穿制服的短小汉子压在炕上。于是，蔡屠户咬紧牙关，双手握着刀，用尽平生的气力，照着男子的背上，猛地一下，插了进去。又使自己的身子，全压在刀柄上面，恨不得连刀柄也一齐戳进，那男子发出狼嗥似的哀声，挣扎几下，便不动了。蔡屠户觉得那人已死，就伸直腰杆，要把他的尸体从老婆身上扳下来，谁知却像生了根，简直扳不动。仔细一看，呀，原来连老婆的肚子也捅穿了，刀尖已经没入了铺被里面。同时两个尸体的热血，汹涌地直冒到炕上，又从炕上流到地上去。

老婆的嘴上还紧勒着白色手巾，血和泡沫流在腮边。蔡屠户看了，不觉心酸，手软，藏了全身，一屁股坐在炕上，就呜呜地哭起来。

"爸爸，爸爸……抱……"阿羊停止了哭，伸出双小手，可怜地叫。但看见爸爸只是哭，并不像往天一听见叫，就跑来抱着喊宝宝，于是他就感到惊异了。

这时老九、福生、阿龙一齐钻了进来，蔡屠户本能地跳起，以为来的是日本兵，但一见是他们，就仍然坐下哭。这钻进来的三条汉子，看见一炕的血，两个尸首，也吓呆了，终于由阿龙搓了一会儿手，打出这样的主意："蔡大哥，人死了，哭有什么用？……日本兵不会甘休的……赶快逃吧。"

"我不活了！我不活了！"蔡屠户又冒起了怒火，喊着，仿佛满身充满了精力。重新跳起来，拔出贯穿着两个尸体的刀，同时咬牙切齿地说："一不做，二不休。"便打算冲出屋子去。

阿龙丢了刀，就一把将他抱住："送死哪，你一个人！"

"你不要你的阿羊么？……喂，喊声爸爸呀，喊。"老九把孩子抱着，递在他的面前。孩子还在哑声地哭着，但双手却向爸爸伸了过去。

做父亲的看看孩子，回头又看看躺在血中的妈妈，眼里又冒出泪来。带血的刀从手里落在地上，便本能地接抱着孩子，坐在土炕上，叹了一口气，两股热泪从眼角直流到嘴边，阿龙又搓了一会儿手，偏着耳朵听听：打门和呼救的声音，倒全没有了。但远远近近都有着几个婴儿发着沙哑的声音在狂哭，便向老九、福生说："我们不要呆了，先把矮鬼子的尸首藏起来……我看……"

阿龙忽然嚷道："……我们真傻呀！"便把两个尸身上的手枪和子弹，统解了下来，一面像骂着自己又像骂着别人："眼前的宝贝都不会要！真是傻瓜！"

"你不怕？……藏在哪里呀？日本人会——"老九抓着手枪，就给他丢在地上，睁着恐怖的眼睛说。

"你还没有做够铁匠么？"阿龙一面拾起手枪，一面板起面孔反问。"伙计！"老九听了阿龙的反问，吃了一惊，"你不想吃我们这一行饭了么？"

"这年头儿，你活得下么？"阿龙拿手枪指着血中躺着的蔡大嫂，"老弟，今晚我明白了，看她吧……"叹了一口气，"如今不是规规矩矩做人的时候了。"

老九一时感到绝望的样子，就问："去哪儿呢？那么——"

"管不了，只要没有日本兵的地方。"这是福生的回答，因为他早就同意了阿龙的意见，但到这时候才吐露出来。

"有地方哪，我告诉你！我告诉你！"这时阿龙把一支手枪递给福生，另一支手枪插好在腰间，想了一下，搓了搓手说，"山那边，呵——"声音特别小了。"到路上再说吧。喂，蔡大哥！"声音又提高了，"不要伤心，快收拾点东西，跟我们走哪。"

被这话提醒了的蔡屠户，也已觉得逃走是唯一的出路，但感到有点为难，因为他不知道要怎样安置他的孩子。带起一同逃走罢？不便；丢了罢？没有这样的残忍，他舍不得孩子，正如舍不得惨死的妻子一样，便凄楚地望着阿龙说："可是，这孩子……"但话还没有说完，就听见矮鬼子在呼唤同伴，而且说话和皮靴的声响快要走进门来了。

大家立刻跳起来。阿龙马上扯出手枪，上好子弹，同时命令福生："赶快！"老九略略迟疑了一下随即显出坚决的样子，向手掌里吐了两口唾沫，重新捏紧着新打的刀，——这是他在周家铁铺里亲手打成的。

蔡屠户也不管三七二十一了，忙把孩子丢在躺着妻子的炕上，一步跳去拾起地上的刀，那上面还正滴着爱人和仇敌的血，跑到门边站着，磨着牙齿低声说："一不做，二不休！"样子如同在念咒语，好像这样念了，就能在一个人身上增加千百斤力量似的。

被弃的孩子，脸上身上立刻染起了热的血浆，挣扎起来，伸起一双鲜红的手掌，趴在动也不动的妈妈身上，边哭边喊："妈妈！妈妈！……羊羊……抱……"

四个人身上的血，都在倒流着。屋子里的空气紧张到快要炸裂了。

皮靴声响，一秒比一秒更近了。

终于闯进一个醉了的矮鬼子来，蔡屠户就乘势一脚踢去，那醉汉跟跟跄跄了几步便一跤栽下了。蔡屠户一跳上前，顺手就是一刀，戴着钢盔的头和着黑军服的身子登时便彼此诀别。

"好本事！杀猪匠！"阿龙忍不住大为赞美，但没说出口来。

另一个身子又接着闯了进来，但一瞧见血和尸体，就马上回头，狂奔而去，阿龙哪里肯错过这机会，便风也似的追上前去，砰的一枪打在那人的背上，那人就倒在黑暗中了。

那些正在异国春夜里沉醉着的日本勇士们，应着枪声便都从屋里惊慌地跑了出来，一面还在急忙地扣着身上敞开的军服。

四条握着武器的好汉，便趁着灯光，向从屋里逃出的人影扑杀前去。

黑暗的道上，黑暗的阶下，黑暗的角落……都一下子变成了压迫者与反抗者厮杀的战场了。

被侮辱者的家族们，也鼓着满肚皮的怒气，冲了出来，寻着地上半死的矮鬼子，不是在头上加了一棒，就是在腰部添上两菜刀。

两个裁缝店的伙计，也各拿着一只烧红的熨斗，按着矮鬼子的背部和屁股，下死劲地直烙。

"妈妈的，你烙着老子了！"黑暗中有仆着的身子，跳起来直叫。

"自家人，自家人，鬼东西快放手呀！"旁人听着两个扭打着的人，互相气呼呼地骂出中国话的时候，就这样地大叫着，且来拉开他们。

……

结果，十六个矮鬼子，全在黑暗中被结束了性命。于是十六支手枪和十六袋子弹，就由阿龙一面搓着手，一面大声地督促，佩在十六条好汉——打铁匠，裁缝伙计，泥水匠，手车夫，赶马人的腰上了。

阿龙好像登时变成一位老大哥，就拿出庄严的腔调，斩钉截铁地说："各位弟兄，我们都到山那边去吧！天亮就不好了。走，走，走。"

"不！"大家喊起来，被侮辱者的家族，尤其叫得凶。

"我们要报仇！"

"我们要同日本兵拼命！"

……

"对呀！一不做，二不休！"蔡屠户又磨着牙齿怒喊，一面还在寻着矮鬼子的尸首，肆意地乱砍。

"送死吗？……我们才这一点人！大家还是跟着阿龙哥走吧！"老九发出尖锐的声音，警告那些兴奋着的群众。

"不，我们宁愿死在这里！"

"谁要逃，就打谁！"蔡屠户咬着牙齿骂。

"对！"

阿龙搓了一会子手，猛然又把佩好的手枪扯出，叫："好！再去各处叫人，我们打扫巡查队，再干到几条枪。各位，请听我说……"

应着枪声而来的日本巡查队，奔跑着的皮靴声，正在这时涌进了巷口。

"弟兄，准备！矮鬼子来了！"阿龙叫着，同时就退到阶边，站好，装上子弹。

忽然黑暗中有人喊"大队伍来了"，于是拿着菜刀、拿着木棒的群众，就有一大半惊慌了，乱跳进屋去。

"狗东西们……拿枪的，上好子弹，躺下。"阿龙大骂。

皮鞭声马上涌到了。

"放！"

"砰！砰！砰！……"十几支枪齐放了。

来的五个巡查队在手枪的火光里一现，便很整齐地一齐倒在黑暗中。

枪声一停止，接着有人喊："杀完了，杀完了。"

拿棒拿刀的群众，又从屋里爆裂出来，争着去结果那些新来者将完未完的生命。

八

满洲平原的地雷炸裂了。

许家屯在黑暗中咆哮着。

各处涌着被压迫者愤怒的吼声。

关帝庙和冯公馆，冒出冲天的火焰，吐出无数鲜红的舌头，宛如要吞尽漫空的黑暗一样。

一九三二年冬

纺车复活的时候

/// 艾芜

贴着金喜字的大红蜡烛，一在堂屋里点起，穿得花花绿绿的少女少妇，便开始唱起祝贺的歌来。而那被祝贺的人儿，明天就要出嫁的姑娘呢，则正睡在隔壁的床上，蒙着被头呜咽，悲伤她此后莫测的命运。但调好声音在唱的人们，却用不着关心谁，只亮着年轻的眼睛，红着年轻的脸蛋，热情地歌唱，将平素静寂的乡村，一下卷进欢乐里去。她们比赛着婉转的嗓子，比赛着新鲜的小曲，一直到半夜或者鸡叫的时候。

这是湖南南边嫁女的风俗。

玉荷一从舅父家里回来，便想把表姐出嫁得来的快乐，分给村里的小姑娘。那一夜，许多人都说她嗓子好，唱得逗人爱，她高兴得了不得。唉，可惜小鸦她们都没在场，不然的话，那才叫她们羡慕死哩。另外，她从表姐的堂妹那里，又学会了好些骂媒婆的歌曲，这真是小鸦她们做梦都没有听见过的，为什么不趁此夸一夸嘴！

玉荷年纪和小鸦她们差不多，都不过十三四岁。大家常常打闹在一起，极喜欢逞能干，不肯落人后头。只要看见哪个在帮妈做点缝衣的事情，就准有人回家去要针要线。这其中，要数小鸦顶有心计，她常默不作声地做许多事情，叫村里的大人也禁不住要连声称赞。玉荷对此非常嫉妒。尤其因为性子急躁，一听见有人说小鸦好，她就难受得很，恨不得事事都赛过小鸦。如今她学会了好些新曲子，哪肯放过小鸦呢？她脱下做客的新衣胡乱往床上一丢，便赶忙朝村尾小鸦她们那里跑去。妈在后面骂她：

"你慌个什么呀！别人在做酒席等你！我唯愿审断一只蹄子才好哩！"

到村尾去的小巷里面有高低不平的石板，早上出去耕地的一些牛，就在上面撒着不少新鲜的牛粪。巷的两旁，离不远的地方，参差排着人家的大门。时常有鸡走了出去，悄悄搔着墙根的泥土。狗在门边懒洋洋睡着晒太阳。有女人端着瓦盆子出来倒水，便要招呼她：

"玉荷，吃酒回来了，你表姐妆奁好不好？有几床铺盖？"

她简单回答几句，便立刻扯到唱歌上去。

"真唱得热闹呵！我表姐的堂妹，记倒记得多，就是声音差一点，收尾的时候有点子嘶。我一唱的时候，呵哟，个个男客都挤来听！"

她很快乐，足底下轻飘飘的。偶然一下，踩了牛屎，弄脏了鞋，她也并不像往日似的气恼，要开口咒人，只是把鞋底朝草上擦一擦就算事。

小鸦的家，和村里的房子大致相同，都是瓦屋泥壁。唯略有些倾斜，壁头现着一两条裂缝，再加以南方多雨的季候，经过长期的润湿发霉，外表显得很是阴沉。玉荷还没进门，就听见屋里发出一种奇怪的声音，一直呜呜地叫着，听起来使人心里有些发痒。这是干什么呀？她赶忙走了进去。

堂屋里挤了一大堆女孩，都在那里瞧热闹。小鸦正坐着，旁边一个竹做的圆轮子不住地转动，就像风车一般。原来就是这个东西在叫。挤到另一边去才完全看出，圆轮子并不是自己转动，乃是小鸦捏着中间一个扶手在不断地摇呀。还有，更令她奇异的，是小鸦另一只手，正从风车下侧一小圈抖动得很厉害的白东西上面牵出白线来。她禁不住叫一下小鸦，小鸦好像没有听见似的，只是专心注意地摇转车子，专心注意地牵出白线来。白线一牵长的时候，小鸦就把牵线的手向那白东西一靠近，刚才那个吐出线来的小白圈子，立即很快地把线吞了。这回车子再不呜呜的了，只是无声地转动。她急不能耐，赶紧又叫一下小鸦，而且比先前叫得大声些。小鸦看她一下，随便答应一声，并不问她表姐出嫁的事情，便又马上摇起车子来，声音瞬即照旧呜呜地响。她心想，小鬼头，好神气，你就大模大样不理人了么？很气，打算走开，可是又舍不得，这件玩意儿太新鲜了！而且，更使她羡慕的，是村子里好几家的女孩子都挤在这里，称奇不止。啧啧，小鬼头，风头未免出得太厉害了！

玉荷拿手轻轻碰一下翠芝，小声地问：

"这是干什么呀？"翠芝看她一下，说：

"你回来了么？……这是纺棉花呀！"

纺棉花的事情，玉荷是听见过的，有些远地山乡人家做出来的土纱土布，如今还在墟场上占一小块地方。但玉荷住的这个村子，既近城市，又挨河道不远，纺车老早就停止活动了。也许幼小时还看见过几次吧，然而长久的岁月，已将记忆磨灭尽了，长大来不复有着丝微的影子。

她想，这就是纺棉花的车子么？倒也并非什么了不起的东西！于是她便向翠芝谈起她表姐的妆奁来，光是绣花枕头都有好几个，还有闹钟。跟着，就扯到唱歌上面：你猜哪个开的歌堂？翠芝却忽然跑去摇纺车。原来小鸦这时正抽身走开去做什么去了。翠芝纺得很慢，玉荷这阵才看清楚，并不是那小块白东西吐线，实在是从翠芝手上的棉花条里抽出来的。她非常用心地看翠芝摇车子，很想也去纺它几下。翠芝的弟弟水生，张开手懵里懵懂地去摸车子。翠芝笑着威吓他喊：

"走开呀！看弄断你的手！"

一个叫三三的小姑娘一面笑着推开翠芝，一面说：

"让我来一下，你快领开他哪。"

翠芝一直摇了好几转，才站起来带她小弟弟。三三坐下去，立刻笑着骂道：

"呸，棉花都纺完了，才让我来！"

接着就站起来，在堂屋里东寻西找，一面喊：

"小鸦，你的棉花哪！"

玉荷便趁势坐在棉花车子侧边，捏着车把子，把空车摇了起来。小鸦刚好拿条棉花，走出睡房，便急喊道："不要乱摇呀，那样会坏车子！"

玉荷现出很有把握的样子说：

"哪里！我会摇的，你快拿棉花哪！"

小鸦就揪着她说：

"让开！不要乱充狠了！她们还……呵呀，哪个小鬼头给我纺的？粗细不匀哪！"

一面就将棉花和线接在一块。

三三打趣地说：

"你让玉荷试一试吧！她比任谁哪一个都聪明哪！"

玉荷白了她一眼，跟着就把小鸦手里接好线的棉花抢过来纺。车子倒很驯服，仍旧呜呜地叫。只是线不听话，摇不两下就断了。

小鸦和别的女孩子都笑了起来，弄得玉荷满脸通红。小鸦笑了之后，才高声指教地说：

"你把棉花捏得那样紧，线钻不出来，它怎么不断哩？"

玉荷决心要补救她的缺点，带着恼怒的神情说：

"这不难啊！手放松点就是！"

让小鸦把线接好之后，玉荷当真把手捏松一点，但纺出的线，却非常之粗，有的还带着小块小块的棉花。小鸦便推开她说：

"你不行！这样纺出来的线子，哪个肯要嘛！"

玉荷红着脸站开之后，三三就赶紧走来摇。小鸦慌忙说："好妹妹，不要打扰我了！我要赶工，后天闹子，还要赶到卖哪！"

真是奇怪得很，接在小鸦手里，线又规矩起来，立刻匀匀净净地吐出。

一个叫小桂的女孩子现出羡慕的神情问：

"这要学好久才学得会？"

小鸦大人似的说道：

"这要看人灵醒不灵醒，灵醒的一下子就学会了。不灵醒的，要学十天半个多月哩！"

玉荷气得来嘟起了嘴巴。心想：你这回就充灵醒了，前次抓石子，输我好多呀！哼，这非得也找把车子来学学不可！看你一个人神气得好久！但嘴里却咕噜道：

"这有什么学头！没意思！"

随即向翠芝说：

"我这回真是学会了不少的歌，我表姐那个堂妹子，声气不大好，可是你哪里知道，她会记得那样多！"她说得很大声，连三三她们几个人都引动了。她就高兴地说：

"走，到晒谷坪上去，我唱给你们听！"

大家就都跟着她走，她还掉回头来看一看小鸦，看她是不是也想跟来听。但小鸦只是专心地纺线子，并不望她们一下。

一出小鸦的家，就有卖花生糖的在巷里叫卖。牵在翠芝手里的水生便吵着要买来吃。翠芝就哄他说：

"听话点！如今没有钱！等姐姐明天纺起纱会赚钱的时候，就买给你吃！"

小桂便热心地问：

"小鸦赚了多少了？"

翠芝牵着弟弟一面走一面说：

"她赶了两回闹子，听说一回赚一块！"

三三略带惊讶地说：

"呵呀，那她不是都已赚了十二吊钱么？"

翠芝哄她弟弟，一面说：

"可不是！我妈都在替我借车子了，说是今天就可以拿回来。"

玉荷心想，难怪小鬼头那样拿大呀，我才走了十天，她就赚了十二吊，随即问翠芝：

"她一个人就能纺那样多么？我想她妈妈一定帮她的。"

翠芝小声埋怨那个卖花生糖的，说是明知小孩子烦着要，他就故意尾起来，一边又回答玉荷：

"她妈妈倒没帮她，就是她肯发狠哪，一早起来就纺起。"

走过一家门前，小桂的婆婆正拿出一架旧棉花车子来打扫。她老人家一见这些小姑娘走来，便大声责备：

"小桂，你这小野马，一转眼就不见了，让我叫了好半天！"

你快给我提桶水来拭拭，好脏哪，死鸡仔到处屙起。"

小桂连忙应着，一边又叫三三：

"你帮我抬一下！你走前面，我走后头，好不好？"

三三把嘴巴一翘：

"不，我要抬后头！"

两人便高高兴兴地走进大门去了。另外这些女孩子呢，便都跑去围着小桂的婆婆，好像要瞧她玩把戏的一样。翠芝呢，因为弟弟水生还在嚷着要糖，便也拉他来瞧热闹，还带着怂恿的神气，哄着他说：

"呵呀，弟弟，你瞧，这在做什么哪！快些去看！"

小桂的婆婆一边拿扫帚扫纺车上灰尘、鸡粪、蜘蛛网，一边向围拢过来的女孩们嚷叫：

"小鬼头，站不站开？看灰喷瞎你们的眼睛！"

斜对门的阿进嫂提着一篮要洗的衣裳，走到巷子里，笑嘻嘻地说：

"呀，你老人家也兜心花①了哪！"

小桂的婆婆看她一眼，仍旧扫她的，边扫边说：

"管她心花不心花，我为什么让车子烂掉呢！反正我小桂又没事情做，一天到晚野马一样。人家小鸦一斤棉花，就能赚个对本，真是到哪里去找嘛！"

_____

① 兜心花：惹得心里不安静。

"你老人家也是，还挣那么多钱做什么呢？"

老婆子摇着扫帚说：

"乱讲啰！我还有什么钱！如今世道，哪比从前年辰，你就有大把大把的银子钱，也不撑事呵！你看，广州城一打仗，盐好贵啦！不想法子添补几个怎么成。其实呢，我是爱讲老实话啰，你自己得空的时候，也该找把车子来纺纺。我要是手膀子不酸……走开点，小鬼头，衣裳脏了，回去又要挨顿好打……我就是手膀子动久了，有点酸，不然的话，弄部机子来织布。"

阿进嫂不笑了，边走边说：

"是倒是！洋油灯如今也点不起了，说是昨个闹子又涨了价。"

老婆子见她走了，就自言自语地说：

"管它涨到天上去啰！还是照老法子好些，我们点菜油点了多少年。"

巷子的那头有人在唤翠芝，翠芝赶紧应着，立刻抱着弟弟走了。

玉荷见几个大的同伴都有事走开，小的几个呢，还专心围着观看。她知道没人来听她的歌，她自己也失掉了唱歌的兴味，心中闷闷不乐地呆站着。

小桂的婆婆手腕有些弄酸了，便略微歇一会儿，一面就问起玉荷表姐出嫁的事情，提到妆奁面，她叹息似的说：

"这些年来不兴了，我们从先年辰，还要陪纺棉花的车子哩。不是我偏嘴，我像你这么大的时候，早就会纺了。那种索子穿的通洞钱，枕头上都攒了好几大串。如今怕又要时行了，你该学学哩!……我记得你妈就有一把车子呵!……呵呀,这两个讨厌的小东西,去了一大半天,还没有抬水来。"

她一边嚷着,走进门去。玉荷连忙跑回家去,心里热冲冲地想:原来我们也有一把哪!一进门去,便向妈问,旧车子放在什么地方的。妈看她一眼,黑起脸说:

"鬼,你在跑些啥呀?这样一头的汗!"

玉荷就把小鸦纺棉花的事告诉她妈,并说她也要天天纺棉花了。妈便嗓她几句:

"你总是这样的,见人屙屎屁股痒!……还有什么棉花车子呢,哪什百年就拿来烧了。"

做妈的到底缠不过女儿,最后软了,便搔着头慢声说:"你到二伯娘家去看看,我记得她倒是有一把。她有,她一定肯借的。再顺便问她一声,要是得闲,就请她过来打'上大人'①!"

玉荷就兴冲冲跑去,进门看见二伯娘在拿刀削篾片子,便说:

"二伯娘,你忙哪!我妈请你过去打'上大人'哩!"

"你回了哪!我不得空陪她。"二伯娘这么招呼一声,仍旧不息手地削,一面还咕咕噜噜地抱怨,"真是忙得冤枉!不晓得哪些鬼,一搬就跟你搬在廒仓后头,叫我找了一大半天,不然的话,早就修好了!"

玉荷摸不出头脑地问:

---

① 上大人:一种纸牌游戏。

"二伯娘，你老人家修什么？"

二伯娘把手上削好的竹片子弯成一个圆形，一面说："呵！你不晓得么？我在修理纺棉花的车子哪！真是气人，有半边全给虫咬坏了，一摇就断！"

玉荷急促地说：

"断了么？我妈才说，跟你借来纺纺哩！"

二伯娘就连忙说：

"我只是削来试一试！修不好，怕还要买把新的哩！索性叫你妈去买一把吧。你二伯回来讲，前个闹子就有卖的了。"

玉荷很想马上就有把车子，放在身边摇得呜呜地叫。但结果却是这样，便怏怏地走了出来。在巷子内碰见五婶，便招呼她老人家，问她哪里去。

五婶点点头说：

"我刚到小鸦家去来，跟她妈借点黄蜡！"

一面还把手上拿的黄东西晃了一晃。玉荷又问三妹在家没有。五婶说：

"在哪！你去玩玩，她听说你回来了，还想过来看，就是忙着，丢不下手！"

玉荷便跟了进去。哈，真巧得很，一架崭新的纺纱车子正放在堂屋中间。三妹把桌上一包棉花弄成一卷一卷的。她招呼玉荷一声，就迫不及待地向她妈问：

"就卷这样大，对不对？"

玉荷禁不住去摸摸车子，连忙问她们：

"这买成多少钱？"

"四吊八。等一会儿，我们就要纺了！"

三妹十分兴奋地说。五婶忙拿两根细麻索子，涂上黄蜡。涂好之后，就将细麻索拴着车轮子，随又拉来套在车脚的细铁签子上。捏着车轮中间的扶手，摇着试了几下，便接上棉花，车子就呜呜地叫了起来。五婶偏起头看了一下，歇下手说：

"松了，还要紧一点。"

玉荷一直凝神静气地看，见五婶把那两根细麻索子另外拴过时，才舒一下气问：

"你们哪里买来的，我也去买一把啊！"

三妹一直热心地卷着棉花条子，头也不抬地说：

"还不是在闹子上！你要多少，等两天赶闹子由你买就是！"

玉荷看了一会儿，走出来唉声叹气地想：

"叫我还要等两天，多难受呀！"

回到家里，妈问她：

"二伯娘呢？……你没借着么？"

"她忙哪，她车子断了，她在修，修不修得起还不晓得，真不凑巧！妈，你给我钱，买把新的好不好？五婶那边的三妹就买有一把，才四吊八。"

妈慢吞吞答应着：

"好怎么不好？就怕你没常性，纺个三五天就丢开了，让它烂掉!"

玉荷急口地说:

"说哪里话!小鸦她们纺好久,我就纺好久。你没看见,人家满以为能挣钱了!我真受不住那副神气!"

妈笑着安慰她说:

"算了吧,我家又不争你来挣钱,你那样气做什么!你要钱,你来跟我打几牌吧,我就让你赢点去。"

玉荷勉强坐下来摸"上大人",一面摸一面神往地问:"妈,为什么围在车上那两根细索子要搽上黄蜡?"

"搽黄蜡?什么黄蜡?呵,那搽起才经用,摇起来车子转得快……留心,你抓两张了。"

再打一会儿,玉荷又问:

"妈,要怎样捏棉花才纺得匀净哪?"

妈妈把牌一丢,打个哈欠说:

"不同你打了,你心总在一边!"

玉荷巴不得这一下,立刻跑了出去,她一心一意要去学她们纺纱。

玉荷的爸虽是死了多年,但留下的一份产业,却尽够她们母女过活。同时,她哥还在外面做事,按月有薪水寄回来;因此,做母亲的,一个会享受的老太太,就只是拿"上大人"来对付所有的日子。但玉荷却是个心高气傲的女孩。

只想在年青同伴中充能干,还不想同母亲一样静下来。好容易过了几天，才到了赶墟①的时候，玉荷一早便跟小鸦、翠芝她们到闹子上去。小鸦是去卖纱，翠芝去买棉花，玉荷则是去买车子，棉花她家还藏得有许多。走了里把路，碰见邻村认识的姑娘，她们的头发都是梳得光光的，毛辫子扎着粉红头绳，手里提着棉纱，样子是兴兴头头，有说有笑。小鸦同她们谈起话来，总不出乎这样的圈子：不是你一斤棉纱纺多少两线，就是怕纱要跌价，纺的人这样多起来。玉荷在同伴之间嘴巴是不大让人的，无论什么事，她都要参加几句，表示她的聪明，唯独在这里，她搭不上嘴了，她像变成一个不会说话的蠢人。不过，她唯一安慰自己的，便是她在下个闹子就不同了。那时候，瞧吧！随便你谈价钱也好，谈斤两也好！她昂起头，走她的路。

还没有走到墟场，喧哗的市声和猪仔给人提起来的尖叫，便从山洼口上蓦地袭来，使常在冷静村落里住惯了的人，禁不住感到兴奋和喜悦。这些一路讲着话的村姑都不讲话了，只是加紧足步地赶路。她们的心，都给这种有生气的市集吸引住了。

牛在人丛中摇着尾巴。米和杂粮的筐子摆成许多拥挤的小巷。油炸粑粑的气味冲人鼻子，卤肉则一股股发香。谁也没有大吵大闹，但一片喧哗的声音，实在有些使人发慌。玉荷惊怯地问：

"哪里有卖纺纱车子的？"

---

① 赶墟：赶场，赶集。

小鸦从容大方地说：

"不用着急，等我卖了纱就同你去找哪！"

一面就带头走着。卖灯草的，提空篮的，就在身边直闯。挤到一块空的地方，七八架崭新的纺纱车子摆在面前。玉荷禁不住喜得叫了起来："哈，在这里卖呀！"

她们都上前去摸摸。围成轮圈的竹片，刮得发黄。作为车脚的木片，也都刨得溜光。捏着车轮中间的扶手，轻轻一摇，便风快地转动。真是怪逗人爱呀！玉荷觉得这比五婶新买的那架还要新，还要漂亮，便连忙问：

"这要多少钱一架？"

卖车子的脸色温和地说：

"六吊六一架！这便宜啰！"

翠芝立刻吐了一下舌头，轻轻地说：

"真是贵煞人哪！"

小鸦不慌不忙地说：

"你乱讲啰！前个闹子，人家卖成才四吊八！"

玉荷碰一下小鸦的手腕，说：

"哪里！我五婶买一架，比这个还好，才四吊二！"

她故意瞒去六百文钱。卖的人便恼怒起来，向她反问："你说多少？四吊二！你给我买几把来嘛，我都要！四吊二！你真是没上过街的。要是你今天六吊钱买到，我都不要做生意了！"

另一个卖车的也附和地嘲笑道："四吊二！真是寻开心啰！"

小鸦就小声对玉荷说：

"给他添点吧！价钱定规要涨的，如今买的人多哪！"

玉荷颈项都气红了，把头一偏，拉开足步就走，一面抵塞似的说：

"我不要！……稀罕他有几架鬼车子！我们另走一处去买。"

走到卖纱的地方，许多小姑娘、老太婆以及年轻的嫂子都挤在一道。她们脸上现出兴奋和矜持的神气，足底下则放着纱篮，收买的贩子和营秤的经纪人，就在她们行列中走来走去，提起纱篮来左右翻看，大声还价，议论货色。

"哪能要这么多？小姑娘，你看看，你纺得不匀净哪！"

"乱讲！怎么不匀净？差一点就像丝线了！你眼睛不好，你怪我的纱！"

"哈，老太婆，你真是狡猾！我问你啰，你到底吹了几碗水在上头！"

"放你妈的屁！我吹什么水？上干的，他说吹有水！"

"你没吹过水，你一定在湿地方放过一夜！"

就这样吵吵闹闹的生意便讲成了。这回的纱价比上个闹子涨了五分，就是涨了三百文钱。小鸦因卖的时候会从容不迫地对付那些贩子，更比别人多卖一两文。这使玉荷不禁佩服起来，可是又暗自想道：

"看嘛！等下次来卖的时候，我们来比一比吧！"

小鸦由于多赚了点子钱，脸都高兴得发红起来，一面数着票子，一面沉吟地说：

"咳，那个车子真好！"

翠芝就的题她说：

"你索性就买它一把好了。反正你又赚得有钱！你买把新的，我也好向我妈讲话。她总是拿你来搪塞我，总是说人家小鸦的车子比你的还旧哪！真讨厌死了！"

小鸦摇头小声说：

"不行！……就怕不打仗了。仗一停，洋货登时跑起来，那就会白白赔一笔钱的。"

翠芝担心地问：

"你是哪里听来的？"

"我外婆家。我舅舅常时赶牛下广东。……唉，我要熬夜了，赶快多纺点！"

玉荷便着急地叹一口气，因为她还没有买着车子哪。小鸦将钱多买了些棉花，好预备回去开夜车。翠芝也不肯多花点钱去买别的。

一个女人拿架纺纱车子走过，边走边说："让，看挂到衣袋！"玉荷连忙问她买成多少钱。女人就带埋怨的神气回答：

"五吊六哪！真是倒霉！迟个闹子就涨了一吊多！"

玉荷就决然地说：

"算了！算了！倒霉也只倒这一次。"

一面就摸出小票子来数一数，一共有五吊二。原来她算好还有四百文多出来吃面的，不料现在还缺少四百文。

"你才带五吊二么？"

小鸦摸出自己的零票看了一下说："刚好，我还有五百。凑起还有多。……我妈要的红薯粉，下次再买好了。"

她们挤到卖车子的地方去，糟糕，全已卖完了。

翠芝叹息地说：

"生意真是太好了！"

小鸦安慰玉荷：

"不要紧！我们再找找吧！"

玉荷失神失意地东张西望，要从人堆中瞧出棉花车子来。哪知一个不留神便踩疼了一个女人的脚。那个女人生气地推她一下，还恶狠狠地骂：

"你怎么这样笨呀！走路不带眼睛？"

玉荷正在不好受的时候，便也恼怒起来："你才笨哪！你乱碰，你还要怪我！"

那女人立刻气红了脸，指着玉荷说：

"呵哟，你是野人哪，这样蛮不讲理！踩了人家不认账，还要同我吵嘴嘞！"

玉荷听见骂她是野人，就竖起眉毛横骂起来，因为她素来嘴巴就是不肯让人的，何况现在又是气头上："你才是野人，你起根根发芽芽，都是野人！"

旁的一些女人，就一面劝一面恫吓地说：

"你这小姑娘呢，也太不懂事了。踩了人家，不悄悄走开，还要骂人。你看嘛，你再骂几句，我们一街子人，都会不依你的！"

小鸦和翠芝就连忙把她推开。

最后，市都快要散了，还找不着一架纺纱车子在卖。

小鸦便劝玉荷说：

"算了，下个闹子再来买吧！"

翠芝叹了一口气：

"咳，不晓得下个闹子，又要涨多少啰！"

小鸦把剩下的钱替妈称了两斤红薯粉。同路回去的邻村姑娘，因为这次意外地多赚了钱，便高兴得边走边唱起歌来。

一匹蓝布三丈长，

七尺拿来缝裤子，

九尺拿来做衣裳。

剩下丈四没有用，

通通放到柜里藏。

翠芝把嘴角往下一拉，小声鄙夷地说：

"陈糠烂谷子的，没有味道！"

一面又怂恿玉荷：

"玉荷姐，你不是这回学有新的么！你唱唱吧，免得这些小鬼头得意洋洋的！"

　　玉荷没有回答，只是低头走着。她心里难过得很，恨不得躲开哭起来，因为今天车子没买着，还受人欺负哪！

　　　　　　　　　　　　　　　　　一九四〇年一月，桂林

乡镇小景

/// 艾芜

早晨，乡场上一家息客店门口，几个兵士扭着走到官长面前。后面尾着老百姓。

官长（光着头，手里拿着牙刷和漱口盅，听完了报告，愤怒地吐出漱口水） 混蛋，你多管闲事做什么嘛！有你管的！你在想挨军棍了！

兵士甲 报告连长，那个卖菜的女人，他们不该欺侮她。

兵士乙 你在说天话了！谁欺侮她？大家弟兄都看见的，我们只是公公平平向她买菜，有一斤算一斤的钱。

兵士丙（面对兵士甲） 妈的，你在连长这里，不好闭起眼睛瞎说哈！

官长（望下走来看热闹的老百姓） 你在发他妈的什么鬼疯了！灌了老酒？哼，他们一向都是规矩人，你还不晓得？我们的军队，所过之处，总是公买公卖，秋毫无犯。亏你会说出欺侮她的话来，小心你的脑袋！

　　兵士甲　报告连长，人家一背篼南瓜、蛾眉豆，起码都要百多元一斤，他们才给十元哪！

　　兵士乙　这算犯了法吗？我们一路都是这样买平价菜的，你没看见？

　　兵士甲（沉默不语）

　　兵士丙　妈的，他看得见什么菜？他只看得见女人！

　　兵士丁（小声）　当真俗话说的，当兵三年，连老母猪都看上眼了！

　　兵士甲（用愤怒的眼光扫射兵士乙丙丁）

　　官长（向兵士甲挥下牙刷）　小心你的脑袋，我立刻要查的，带卖菜的上来！

　　村妇（拿着空背篼，惶惑地上去，脸黑瘦，憔悴，露齿，样子极丑）

　　官长（有点想笑，立即庄严起来，用牙刷指着兵士甲向村妇问）　他什么时候勾搭上你的？你照实说来！要是瞒了一句，我要叫你的脑袋搬家。（向乙丙丁挥下牙刷）叫两根枪来，把他看起！他在外面为非作歹，还要惹是生非，破坏本军的名誉！（用牙刷指下村妇）你说！

　　村妇（羞红了脸，气愤愤地说）　啥子勾搭呀！官长，他是我的当家人，五年前抓壮丁抓起走的，黑更半夜从床上。

官长（惊奇，随即斥责起来）　你不要打我的黑诈哈！哼，狡猾的东西，半天不到，你就冒认起当家人了，查出来，我要枪毙你的！

村妇　这咋个好冒认得呀！隔壁茶铺的张三爷，他就可以跟我们做证！

老头子（从看热闹的老百姓丛中走出来）　官长，他们的确是两口子，我们一场的人，都晓得。

官长（用牙刷指着，威严地）　你叫什么名字？做什么的？

老头子　我叫张兴发，隔壁开茶铺的，不敢欺蒙官长，他们的确是两口子，官长不信，还可以问这里的镇公所。

官长（威严地挥下牙刷）　都下去，等会找要查的！（转身走进门去）

村妇（尾上去）　官长，求你……

官长（回过头来）　你还要什么？

村妇（凄楚而嗫嚅地）　我要……

兵士乙　呵，她要她的菜！

官长　退给她！看你丈夫面上，我们给你开个恩！（兵士乙丙丁各把南瓜、蛾眉豆拿出来给她装在背篼里）

兵士乙（生气地放南瓜）　算你运气好，快拿去卖！钱都不要你退，我们在你老公饷上扣好了。

兵士丙（笑）　你先要招呼一声哈，免得别连的弟兄，又买你的平价菜！

兵士丁　对啰，你说你的丈夫是我们连上当兵的！

兵士丙　记到！人家问起，你说是在我们第三连上。

村妇（仿佛没有听见他们说话，只是向门内伸起双手）　官长我求你，求你做好事！

官长（出现在门内）　还要什么？我不是菜都叫他们退了吗？

村妇（含着泪）　我要，我要我的当家人！

官长　这就要得没有名堂了！哪个吃了他！终归会给你的，你慌些什么！

村妇（气愤地）　不是说打败了日本吗？咋个还不放？官长请你告诉我，到底是哪会儿才放呀！

官长　连我也不晓得！这是国家大事情，最好你不要问！

村妇（愤恨地哭起来）　那不是要害人家一辈子呀！他龟儿子死保长，全拿起嘴哄人！那时候半夜三更捆起走，说是打走日本兵就送回来。我的天呀，如今走过自家门口，都不放人家回去。

官长（大怒）　把她拖开，不准她在这里撒野耍泼！

村妇（不让兵士乙丙丁去拖，大哭起来，直朝丈夫身上倒去。）　你把我带去算了，死就死在一道！

兵士甲（伤心而又愤怒地扶着他的妻子）

兵士乙（摇摇头，小声地叹气）　咳，这简直要叫人发疯呵！

晚上

/// 潘训

　　万泰店的店堂里，一到夜来，立刻就坐满了立满了村人。他们日间劳动辛苦了，都在此时发散出去。他们互相谈笑，合村一切可笑新奇的话头，刹那就都在他们的嘴边流动起来。那店是三间屋的店面，装了一字形的店柜隔开内外。店柜的尽西那端，是占店堂的一个最黑暗最无人注目的地位。高令是按着月来每日规定的时间，夜夜低着头，来靠那店柜边狠命地喝酒。

　　今夜当然又是如此。

　　夜梆二更敲过去，高令酒已喝了四斤了。店堂里坐的人们渐渐稀少下去，只剩着几个无家可归的潦鬼，还在那儿默然各自痴坐，但逾时又互相在那里顾盼。那大肚的万泰店的老板，可怜儿地假板着面孔向高令说："不要喝了！累得你又要醉倒在路上吐白沫！"说着顺手把他手里的酒碗夺了过来。高令一句话也不说，只抬头用凝滞的眼睛，乌珠珠地盯着那老板，待老板说出"我给你挂酒账"后，他反身就走了。

他现在是个酒鬼，而且又是个游棍了。在三年前，他可算是全村一位最勤俭的青年人。自那住在村中央的富翁朱某，把从前租他种的田改给别人后，他自豪的土英雄的本色，就挫折了一半了。那时，他娶了亲已五年，已有了一位女儿，他眼见穷饿就逼在眼前，又想不出怎样去求活路。他呆孤孤地在家中接连坐了三天，后来他决定去试当轿夫了。起初是给和他家相隔不远的李家抬了一天，后来又抬一位上方岩去进香的大奶奶，到永康走了一遭；以他的力气和脾气，是这样地强大与恳挚，也马上就给爱坐轿的先生奶奶们中意上了。这样地过了一年。

但他是不能久有好的命运，那年的冬天，他就又失业了。说起这事来，是只有怪天公不好，或者怪自己不留心，若怪那坐轿的人不好，在当时，高令的村人的心是不敢如此的。说起真可令人悲愤切齿：被幸福忘却的人们，是一切被剥夺了，直连自己仅有的心也被人统治了。风雪载途的一个冬天的黎明，高令想起床来帮助妻子炊早饭，那陈家的用人增祥就来敲门了。他说他家的主人，昨夜起意要到下坦去一回，今晨是叫他来雇轿的。高令听到如此说，想起今天是如此的天色，到下坦去的路又如此地难行。但也只迟疑一会儿，立刻就应允他去抬了。猛风茂雪，那天自晨至夜没有停止。他们回来时，路下积雪深没了膝。正在那有株老枫树的狭窄的溪坎上，高令一脚踏空去，轿滑倒了。坐在轿里的人，也跌出轿外来，滚下在溪滩沿草窝里，跌伤了一只脚。高令还在非常的恐惧与绝望里，忘了自己，一面已到了陈家，他额前三寸许的空中阵阵雨点般招来了陈家一家的手指头枪，所有满堂的陈家人，也都骂吼出一切恶毒的言辞了。

自那件事发生后，再没有人来叫高令抬轿了。年关既近，家中柴米都还不周，土英雄的本色已磨折尽了的他，被生活战败了的他，就只有垂头放浪起来了。他从前是一滴酒都不喝的，现在也渐渐学起来。无论是晴天也罢，雨天也罢，他只是吃吃游游荡荡。他从前那种想成家立业的心，已丝毫没有存留，想起自己的遭遇，村人们无理的厌弃，自己是这样的不幸，他就嗒然自丧了。他的妻，是个心静体弱的女人。她理会得她的丈夫是怎样的苦闷而难当，她是不能说什么，只有每天早饭后，眼送他出去；日中日落时，带着凄凉的脸色望着他回来。一面，却自己勤苦地纺纱，替人家做鞋，洗衣服，换些钱来买米买盐。有时也劝他少吃酒，少出外去游荡，只在家里坐坐。这样说时，见丈夫是呆坐着一声不答，也不说是，也不说不是，她也就兀然地止住不再说。靠妇人做活来度日，这是不可能的，未免要借贷些凑凑，失业后月余，连借贷也就无处可去借贷了，不能不把家用零碎家伙，逐渐卖去补充每日家用，于是他也渐渐厌起妻女来了。有时无缘无故地把五岁的女儿打哭，妻来劝劝，连妻也恶狠狠地骂过去。他吃酒，当然是无钱，夜夜去挂账。过了一个节，没钱拿去还酒账，那店就不再赊给他喝了，他于是就换个酒店去喝酒。再过了一个节，

那店又因为他不能还酒账拒绝他了。他想起本村内外两爿酒店都
不再赊酒给他喝，他就去那离本村五里路的溪塘的酒店去喝酒。
但这又是不长久的一个节过去，他又去更远五里的华村的酒店去
吃酒了。在二个月前，是在离本村十五里的金坛的酒店里喝酒，
近一个月来，得了万泰店老板的允许，再准赊酒给他吃。一面约定，
以他现今住的屋，日后抵还他的酒账。他这样追寻着酒，是他可
怜的无策的心，自知只能这样糊里糊涂地度日了。

今夜他又是喝得大醉了。

离万泰店三丈远的冷巷里，在深夜模糊之下，此时是响着均
匀的寂寞的嗒嗒的鞋声，继着，骤然起了似乎有人扑地的响声，
又接着听到有人是在呕吐了。呕吐声止后，经过长久的沉寂，嗒
嗒的鞋声又在那冷巷里响起来。酒醉，跌在冷巷里，没人理，一
种夜的悲哀渐渐在他酒有几分醒后的心胸里涌上来，渐平两岸了，
使他夜深归家的脚步，逐步较前加急。

到家，他进了虚掩的门，又反身上了闩。从厨下放射出来的
一鞭灰茫茫的灯光，正映得门后的磐石上，有片淡晃晃的白光。
在灯下，正坐着他的妻在那里做鞋。于是他莫名的愤恨又起了。
他立住脚，想起自己一个汉子，靠妻子赚来钱供给衣食的一个汉
子，连累妻子这样深夜里坐着苦作，他更愤恨着。他鲁莽地走上
前去，用左手尽力将妻的头发一把拖来，顺势将妻的头按在地上，
右手握拳接连着尽力地捣下去，那可怜的妇人，不测地受了这种
打击，伊的泪就雨般洒了。伊理会得伊丈夫的内心的莫名的痛苦，

于是口中只喊着，你今夜却又是醉了！你今夜却又是醉了！声音颤动而又万分凄凉。

这种基础筑在悲哀上的愤恨，是不能久长的。他捣了八九拳，就放手了，直起腰立着不动。伊呢，仍坐在矮凳上，伏在膝头呜咽地饮泣。他停留在严冬的寒云的脸上，凸出一对乌黑的眼睛来，盯住那妇人的抽搐的背脊。他青白的两颊渐渐泛上微红的晕，显然他心头已正起着醒后的痛悔。他渐渐消失去自己，妻的抽搐的背也渐渐在他眼前移过去，妻呜咽的哭声也渐渐远去听不见了。他的眼仍睁着，但已蒙眬了，眼前一切都不见了。过了一霎，他在这迷迷的梦境中，渐渐醒转来，找得了他自己，想起了他在一刻前所做的事，也同时恢复了他平时的记忆，他于是觉得万分难过，再没有勇气对着妻，听见妻哭，他离开妻走过中堂来。

时已夜半了，三更的梆声正隐隐响过去。他眼睛停留在对面高巍的屋角，内心的波涛，却更像夜潮一般，愈更汹涌地掩上，直使他想起且葬身睡眠中去吧。他掀起门帘走进卧室，瞥见在挂起的帐门内，破旧的被头下，露出他五岁女儿的睡着的头，微开的一双美好的小眼，在由天井放进的微白的夜光中看得明白，他如受了暗示，心头说不出的激荡。他脱去一切衣服滚进被窝里去，慌乱地拉了被头盖着自己的头。

一九二二年七月三十日，宣平

偏枯

/// 王思玷

刘四……唉，这个苦人儿！他得了半身不遂的病了……他没日没夜地，躺在他的屋子里，失却了一切举动的自由，生活的快乐。

他的屋子，是靠着佛寺的院墙盖的，大殿的高大的红山墙，和殿前顶着朵朵如花的嫩芽的大白果树，做了他的背景。屋子里的右边，土炕上，躺着刘四，二子睡在他的脚下，左边一口小锅，一个鏊子，墙上贴着灶神码子，还有乱杂的一些破盆，破罐子，破锄头，破镰刀，新陈几年的斗笠，蓑衣，愈多愈显着不值钱。

屋外是用秫秸夹的篱笆院落，右边支一盘小磨，看样是用人推的，檐下，——无棂的窗洞前，——支一个石台，台下砌就一个鸡窠，台上一个半截罐子，满盛着黄土，像以前曾栽过草花，现在又破下一块来，任那雨水冲激着黄土，从石台上流到石台下了。

院的左边，有棵小槐树，树底下，近门的一边，铺一片破席，阿大哄着他小兄弟三儿，在那里玩耍；他们的母亲，靠门搭个架子，在那里打麦草苫子，手头极不熟习，脸上含着一种说不出来的悲哀。

"我若不趁早给你打个苫子，以后还有谁给你打？"她喃喃地说着。

"不是！"他说，"我是觉你不会。这虽是个不出奇的手艺，搁在不会的人身上，就是个难为。"

忽然一个燕子飞过了，吱吱唧唧地叫着，把阿大惊觉了。他一边仰着脸看着，一边喊："妈……妈……燕子来了……财主们又好盖屋了！……该锄地了！……收麦的时候也快了！……"

他母亲不但不看那个燕子，更极可怜地说："傻孩子，不要再提那一些了！你父亲睡在那里，有谁再去锄地，再去做泥瓦匠给人家盖屋？唉，麦与我们也断缘了！"

"不！"他在屋里说，"我不时就要好了。我常常梦着在屋上工作，或在地里割麦呢！唉，我的那张锄，卖得可惜！要光独我自己吃，饿死我也是不卖那张锄的。以后有钱也不易再买那样的锄了！唉，这都是因为我的病呀！这是个什么病呵！什么是半身不遂，也就算是周身全死定了。"

这时三儿把阿大的耳朵扯住了。用两只小手，狠命地撕着，鼓起小腮咯咯地笑起来了。阿大疼了，急速地避开。三儿失却了他的玩具，就哭起来了。

刘四在屋里说："别叫他哭啦！……给他一口吃罢！……"

她还只顾打她的苦子，说："别哭啦！玩吧！"那个孩子，果然不哭了，又抓住一缕麦秸，再玩起来。

一个催命的判官又来了！她的小二子起来了。他呆着小脸定省一会儿，一边用手揉着眼，慢慢地走到他母亲的身边。他母亲又犯了愁了，好歹地哄着睡了的，怎么又起来？又要闹吃了。那种干煎饼，他一定还是不愿意吃。好的，又哪里有？她不由得就恳求似的说："你那边给你兄弟玩去吧！一会儿我烧煎饼汤给你喝，搁上油盐，打上咱卖了的白母鸡下的蛋，好孩子，去吧！"

小孩子刚起来，是不想着吃的。她却糊涂了，反把一套话提醒了他。他承认了鸡蛋是怎样好吃的了，但是他也不说吃，只哼哼地噎着，使出要哭的样子来。她没法，只得把那个蛋拿给他，他才好了。偏偏三儿又看见了，一定也要玩那蛋。但是他家再没有第二个蛋了。以前下的，刚下了就卖了，终于把那可怜的白母鸡也卖了。这白母鸡也可怜她，临卖的那天，又给她下了这个可怜的蛋。如今更闹得可怜了。她无奈，把三儿抱起来，给他一口奶吃，才各自安生玩去。她重新再打她的苦子。

一时，一个小院落都寂静。她又自己念着："怎么和尚也不来呢？"

阿大急促地说："母亲，快别提他了！那人，老大地不好。我昨天见他把他徒弟，按在凳子上，使板子把臀打得通红，就要露出血来了！我怪害怕的。"

于是她的头垂下去了，忧愁，恐惧，而且悲伤；又极力地隐藏着，不愿教小孩子看见，只说："不好吗？……那个人不好吗？……不好？……"

她的眼珠，一时全被泪痕包起。她极力自持，想把它收回去；但是她的鼻涕又出来了。她无聊地瞅着她打的苫子，苫子老大地又不成样子。一头愈打愈宽，绳口也没结紧密，略一活动，麦秸便纷纷乱坠。她悲愤得变转了声音，喊叫出来："一个苫子都不能打，只好死去了！"她的眼泪，终于止不住泉一般地奔出来。

"不要打啦！"刘四在屋里说，"离用苫子的时候早呵！那时我也就好啦。我从来没做过坏事，老天爷一定不能教我终于这样的。"

"三儿的父亲！"她说，"这我是气愤我自己。唉！多无用呵！这不是你的病累赘你，是我累赘你了！上年三儿那个时候，我足足病倒了三个月。你竟然什么也没教它缺乏。借债，人都争着借给你。因为你是个有用的人呵！这临到我身上，竟然就不行了。天老爷呀！这教我睡着吧！"

"不要悲伤了！"他说，"你不是个女人吗？"

"三儿的父亲！"她说，"我上了女人的当了！女人为什么不能割麦锄地？……为什么只好造饭缝衣？……"

"唉，三儿的父亲！你这病要发生在没有孩子的时候，我给人家制鞋底，缝衣服，也可以供给咱两个的穿衣吃饭。设使再过几年，再生下两个孩子，那可就更不得了了！"

"唉，这也是命定下的。等我好了，也就好了。"他可可怜怜地安慰她。

她把手扶在苦子架子上，不再去打了。泪包着的眼睛，看着微黄略带黑色，显着稚气，不大圆满的两个小面庞，和一个稚嫩的小白脊梁上接着很短的一个小脖儿，胖出一道沟来。啊！这是多么美啊！爱啊！眼前看着要分离了！这些天真烂漫的小孩子哪里知道呢？

阿大说："你不好生给咱兄弟玩，明儿父亲再胜了钱来，买了东西，不给你吃。"

二子急促地说："哥哥，哥哥……早晚才有卖梨子的？……啊！母亲，母亲，张奶奶来了！"

她转过脸去，擦擦眼，果然张奶奶来了。刘四也凄惨地抬起他病黄了的脸，但是他的身子，却不服他的使命，不能起来致敬来宾，他无奈何地喊着："张婶子！张婶子！"他的两个嘴角，就酸下去了。再不能说了。

他的妻子，只怔着眼，看定张奶奶的脸儿，包藏无限的恐惧，无限的忧思，好像有许多吉凶参半的问题，亟待张奶奶判断出来，但是她不敢先问她。

张奶奶看着她的仿佛大小的三个小孩，坐在一块儿，像一窠小燕一样，开口就嘘出一口气来："唉！两口儿都不大的年纪，头高头低的三个小孩子，谁不说你们好命！……唉……"

"我适才又遇见和尚来。他也说：'怪可怜的。无论怎着，我没有不应承的。’论起来，也不错，不过是他的规矩大点。唉……”

“那两条路，我也都给你串通好了，须得你们自己拿主意。你们想做粗针线呢？就上李太太那里去。带着三儿也行。钱也不少，每月四百大钱。——可是不能带吃饭的孩子！你若愿意做奶妈，钱可更多啦！每月三吊大钱！我是和孙老爷说的。孙太太还应承我教你带着二子。他那样人家，每天吃他两顿饭，是不要紧的，这样可倒怪好。阿大，二子，都有了吃饭的地方。你的工钱，也满可以养活病人——只有一件，这个吃奶的小孩子，是必须离……”

“我的小孩吗？”张奶奶开始说的时候，她的一双眼睛，就盯在她的脸上，以后渐渐有了泪了，以后竟哭起来了。

“不要顾惜我了！你们想法活命去吧！张婶子！我忘不了你的好处！”刘四哀惨地在屋里说。

“你们不要急躁！咱慢慢地商议。”张奶奶说。

“不用商议了，张奶奶。”她决断地说，“一定是得走这条路的！大的一定得去当和尚的！只有这小……”

阿大猛然哭起来了！一手扶着小槐树跳，口里不住地喊：“母亲……母亲……俺不愿意当和尚呀……俺怕呀……母亲……”

刘四在屋里也哭了，说：“天爷呀！你让我死了吧！……唉！这是个什么病呀……”

三儿看着他哥哥哭，也无意识地哭了，只有小二子怔着小眼儿看看这个的脸，看看那个的脸，他仿佛还不大明白似的。

张奶奶说："阿大别哭了！你母亲是说不教你做和尚了！教你和你弟弟，都跟你母亲上李太太家吃馒头去！等你父亲好了再回来，我看四哥的脸上，好了老多了，也像快要好了。"

刘四说："婶子说的不错。我从来没做过坏事，难道教我就这样子了吗？"

张奶奶好歹把阿大哄得半信半疑地不哭了。他的母亲，只顾站在那里，一个连一个地坠她的眼泪。张奶奶再把三儿抱起来，看着他的小面庞，说："嫂子，你把这个小可爱的，赏给我吧！——可怜我这没儿女的老虫！"那无知觉的小爬虫，竟挺起身来，伸开一只小拳头，拥着张奶奶的老嘴巴，吱吱咯咯地笑起来了。饱满的小脸上，笑出两个深窝儿。无儿女的老妈妈，何曾尝过这样的甜蜜，不知不觉地也落下两点泪来。

这时的太阳，将要沉下去了。大白果树上，满含着弥漫的春烟。金日脚从大殿的红山墙映到小院子里，像一片血雾。人们的愁惨的面庞，都像浴在血里，这时外面忽然又有一套脚步声，想是和尚来了。

瘟疫

/// 王思玷

一个热闹威武的村庄，已经静肃肃的了；牲畜也不拴在门的两边，也没有一个逐一个的孩子在街上乱闯，连狗，都无精打采地挂着长脸，小瓦雀也唧唧啁啁的，仿佛有所议论。

阖村的中坚人物，早已都聚集在村头他们时常议事的大树底下了。有智谋的当家妇，也都在内，把个白胡子腴胖身材精明显露的村长围在里面。

村长的脸上好像在不计年以前，便与笑辞别了，又好像有无量的苦水，含在他的嘴里。两只眼，几乎是两颗星！——几乎是黑色的水银！——几乎要滴下来了！

"哎呀！好歹是个逛信吧！阿弥陀佛！"一个老的村妪说。

"不，不，不，不……"村长摆着手并且摇着头说，"一点也不假呀！董事亲自给我说的，连上边的谕帖都拿给我看了。"

这个当儿，同时发现了无数"嘻"的声音，用手去摸头的人已过了半数。

村长又接着说："董事还吩咐教咱们招待啦！——招待就是照应，——可是咱们谁又敢去招待呢？……啊？……"

他的话音，是一级一级地低下去的，说到这里，便几乎听不出声了，精明的头，向前探着，水一般的眼炯炯地直视。

"既然，伯父……村长，照例伯父……"一个懦弱的人说。

"我呀！……唉，我好容易今年七十多了。……"

"咳咳，伯父，你七十多了！难道兵还吃你吗？"一个倔强的少年说。

"不吃我！"村长极力地探着头，用极小的声音——仿佛他所怕的人已在他背后似的——瞪着眼睛说："你哪里知道！庄东头刘亡八——就是可意的父亲——不是被兵捉了牵马去，一去没回头？李跛子怎么跛的？……不是长毛捉去运粮台，在冰雪里把足趾冻掉了？"

"可不是！"一个少年的村妇说，"我父亲的那个耳朵，也是那时被兵割去的。"

众多的"嘻"的声音，一时又发作了。有许多人很慎重地活动他的两只脚，或者轻轻地偷偷地去摸他的耳朵。有的简直木僵了，也不敢活动脚，也不敢去摸耳朵，仿佛他的脚趾，他的耳朵，已失掉了，只不过还没得着确实的证明。设使一举一动便立刻证明了，总以为他的脚趾，他的耳朵，是必须要掉的了——即使这时还在。

许久，许久……静默了许久，才有一个人开始说：

"董事吩咐说哪天来呢？"

"唉，要是哪天又好了！就是今天！——午前！——再一会儿！所以我连夜地赶回来。"

"董事说得倒很好，也不在这里住宿，也不在这里过夜，只等来的时候，招待一顿午饭就完了，可是这顿午饭？……招待这顿午饭？……谁敢……"

"吓！他们来到，要什么，给什么就完了。横竖他们也是些人！"

"假使他们要命呢？"

"可是他们再要命呢？"

这个倔强的少年，也一声不响了，全场里繁星一般的眼睛都灼灼地彼此互视。耳朵，脚趾，不回头，这些可怕的问题更代着跳舞在他们的心台。

"大哥，你也没有主意了吗？怎么老实说话。"

"唉，我实在也想不起法子来了！"

"唉，原来是劫数到了！"

一个救星来了，是本村的一个屠户，依旧地挑着烧肉向这大树底下来叫卖。

他醉了，踉跄地走着，跟上的家伙，叮当地相触着响，差不多都要掉下来。他一么走，一么骂，一直骂到人们的丛中。

"蠢材！懦汉！动不动成群地聚在树底下，叽叽咕咕。又是什么事？……吃块肉吧！——五百一斤。……怎么大惊小怪的！……啊……不对我说呀？……好，不对我说，看不起我。"

他一双浑圆而大的醉眼横视着众人，露出白眼球上一根一根的红筋。周身上，都厚包着酒雾肉雾，简直是一个很有力的吐剂。担子已经放下了，嘴里还只是说："不对我说，看不起我。连村长也看不起我……"

"不是看不起你！"村长焦急地说，"因为给你说也是无益！今天有兵队要打咱这里经过！要咱们招待！你敢去招待吧？"

"咦，……我当什么事！原是兵，……哼，兵。……看兵怎着我！"

"行了，行了，"有主意的大哥说，"咱们把招待他们的东西，都预备在道南客店里。咱们都上家里关好门藏了。开店的二哥，也上别人家里藏了。教杀猪的三哥，在这里等着。——他不怕。——他们来到要问，就教他说："阖庄上都害瘟疫，怕传染了兵士，所以都关着门不敢出来。或者……"

"好，好！"众人一齐说，"快着，快着，这样一定行，就这样办！"

"杀猪的老三！"村长也有了主意似的说，"你真能这样办，我们给你二十斤好酒。假使他们吃了你的肉，我们每斤给你一吊钱。"

"行，行，算我的。这有什么！……喂！我这肉是三十七斤。"

"行，行，就是四十斤！——好算的！快着，搬东西，关门！"

霎时间全庄上都和夜里一样了，满可以说这是庄村的昼寝。在这似夜间非夜间的生活里面的人们，仍闹着种种可笑的形态。那些脚趾仿佛已掉，耳朵仿佛已割的怯弱的懦夫，早已窜入鼠穴的深处，不见踪迹了。他只要有地方把他的眼藏下，教他看不见那些可怕的现象；他便一切都不顾了。他简直去睡。以为睡，是最好的。睡着了，一切都不知道。让兵队在睡着的时候过去，是再好没有的了。但是只能合上眼，怎么也睡不着。略微有点胆气，及参与这个筹划的人物，也都被恐怖役使着，教他们上墙，教他们上树，教他们在院子里来回地走。一切门缝里墙隙里，也都装置上妇人的眼睛。这简直是鼠怕猫而窜在穴里，仍然还要伸出头来去看猫。

屠户呢？他独自一个坐在静寂无人的树底下。偌大的身子摇摇晃晃的像一尊神一样，面向着大道，盼望着兵来。他心里满抱着四十吊的希望，和二十斤好酒。得意到极处，便把骄傲的背依在树上。

但是太阳已经出得很高了，一个兵还没有来。那些以昼作夜的人们，差不多都偷偷吃了早饭了，仍是一个兵还没有来。于是一切恐怖离得他们稍远一点了。门缝墙隙的眼睛也时时移动，不复装置似的了。墙上树上的人便有好些说"不来了"，下来打算去开门看。

藏头思睡的人也渐渐地走出屋门来，或者也想上树去。他们的瘟疫症，简直好了大半了。以前是没有说话的，渐渐也有人说话了——也有人议论了。已经有人去开那关闭严紧的门。后边跟着的人，正说"不可，不可"，突然的"哇"的一声送了来。于是人们又怔了。一声不响地，气也不敢喘了。仿佛一喘气，兵士便会找到他。老实说，就是一喘气，耳朵足趾就都算掉完了。但这不是军号声，是一只不明了瘟疫原理的老乌，发出的一个惊异声音。许久的时候，他们才觉出来，一色的突突的心，才渐渐略定了。然而他们的心里总以为："这虽是乌其实不是乌，确实是军号。不过为众人的幸运而化作乌了。这种幸运的作用，是可一不可再的。"于是这才约定下无论兵队来不来，不黑天是不许开门出去的。

军号的声音，终于来到了。大胆的屠伯听了，也仿佛有点不自然似的。但是他心里仍是自宽自慰地来回地想："不妨事，这算什么。……不妨事，这算什么！……小事……县大老爷的猪我捉惊了跑了，……县大老爷怒冲冲地坐在堂上，差役丛林一般地站在两边，脸上都满含严酷的寒气。公案旁勇队们的枪上的刀，都可以在心的前心里穿进去，在后心露出尖儿来。拉板子的，早已现成地摆好了打的姿势。那时我都没害怕！……的确没害怕……这算什么！……"

乌的一声响得很近了。如同在屠户的耳上。他高悬而不稳的心如同在千丈以上掉下来；思绪完全跌断了，很迅速地仿佛丧失了知觉似的转过脸去看：一群吓人的兵队已经潮水般地来到庄前。

兵士的脸都本得高高的，脸皮简直有几千厚，谁也不能由他们的脸上，猜出他们现存的思虑。

忽然一齐站住了，一个有须的长官，对着他们发出多量的谈话，他们一个一个地又都把刺刀上在枪管上。枪的机，弹的丸，都映照着日光，简直把全空间都铺满了光线，网似的把屠户的醉眼传严；更有那可怕的刀，好像比县大老爷的刀更长，更大，任何肥胖的胸脯，都可以在后心里露出尖来。

兵士竟向他看了，长官也向他看了。竟有一个兵士很敏捷地向他走来——还是手里持着那样的枪，枪上装着那样的刀，好像有一股冷气，从枪上刀上发出来，一直扑到他的面上，引起他一切可怕的想象。恐怖的领域，已经扩张到他的心田上。酒意醉态都被这最高问题驱逐干净了。他后悔——他着实地后悔，为什么允许他们办这种危险的事？与这些……相见，实在是凶多吉少的。看他们的脸！看他们的刀！……跑了吧！——他已经来在面前，并且各个门，又都是关着的，实在也是不中用的了。

"喂……这庄上怎么没有人呢？"

"这庄上……这庄上……"

他在这个时候，他的全身是一动不动，他的眼，更是很可研究的。

"不要紧的，你只管照实说，为什么你独自一个人在这里？"

"我……我……我是别村的人。在这里做路旁生意的。"

"你说这庄上的人到底怎么了？"

他这才不得不说了。他大着胆子说:"这庄上的人都害瘟疫,怕传染了……不敢出来。有别庄上替他们预备的东西都在那个客店里。那客店是没有过瘟疫的。"

兵士回去了,报告给官长。官长笑说:"这哪是瘟疫!明明是农人家害怕,不敢出来。真是可怜极了。大家想想:这个现象,我们做军人的,要蒙着多大的耻辱。我希望大家格外留心一点,切不可在这恐怖的村庄上生出事来。更有一层:这其中的内幕,有没有危险,也难以预料,大家万一有不得已必须出去的时候,不要放下各人的枪械。"

长官发令进店去,兵士整整齐齐地进去了。屠户想:"这回我可得跑了。性命不是好玩的。这已经就是很侥幸,切不可再胡闹了。什么四十吊钱,什么二十斤好酒,唉,算了吧!"

但是他们虽然进去了,两个岗兵立刻安在门上。跑的事,仍然还是办不到,他侥幸的心,立刻又灰下去,以为总是完了——只为四十吊就完了!他很怕看见那两个兵士的脸,但是不由人时时要看到他脸上。又每次他看到他们的脸时,他们的四只眼都正当地看在他身上,他又以为这两个岗兵完全是为他而设的。他窘极了,眼再不敢去看,身子也一动不敢动了,以为一动,他们就要开枪了。

忽然又有一个兵士,手持着枪,自店里出来,一直走到他的面前。他以为这回……这回可真完了。他全不知道这是一个和善规矩的兵士,只不过把几个钱放在盘上说:"二十个子的肉。"他这才略微地放下点心来,但终以为他不是真买肉的。又不敢不给他切，只好多多地给他切；切了，他自以为还少，再切；再切了，他仍自以为还少，再切，兵士的眼向哪块肉上一看，他便拿哪块肉来切。兵士以为他是听错了钱数了，说："我只买二百大钱的！"他便大着胆子极殷勤地说："不，总爷，无多少，这肉是不要钱的。"

"啊！怎么卖肉还有不要钱的？"兵士很惊讶地问着，屠户却不敢往下再说了。更惹得兵士犯起疑来，以为这真是奸诈了。于是他紧紧地握住他手里的枪，做了预备了，同时他的脸上也变更了颜色。惊心的屠户，也知觉了，便发起抖来。

"你当真是个奸细了！"兵士握紧了枪，用眼定住屠户说。

"我……我……"他只瞪着两个眼，再也说不出话来，急得简直要疯了。他瞪着，瞪着，骤然间出人不意，像一只狗一样抢命似的跳入关好了门的墙垣里面。

他跳到里面的时候，他自己要发现个什么状况，和里面藏着的人要发现个什么状况，是人人都可以想得出来的了。至于买肉的，和岗上的这三个兵士，却都被他惊得呆了，急忙地吹起警笛来，顿时间全村上布满了持枪的兵士。那个买肉的喘吁吁地呼喊着说："我看着不是个好东西！到底不是个好东西！这庄上定然都是藏着匪徒、乱党，哪来的瘟疫！幸而我预备得早，没让他反过手来。看看！看看他的筐子里！定然是有手枪的。"

买死的

/// 李渺世

　　十二月长夜的紧风，仿佛一群厉鬼跑出了深严的监狱，已经开始满山满谷地吼叫起来。在忧愁的心界上，越发感到了无穷的恶意，而且天气冷得这样，还不飘一点白的雪花来调和调和冷寂与枯干的环境，常此常此……，不变的，灰暗的，又纵怪兀的枯枝，重浊雾迷沙土，弥漫了冬夜的凄凉。这一起破旧得不像房子的房子，有如一只病驴驮着很重的煤筐，实在再经不起凶猛的鞭挞——横蛮粗劲的北风，在它的眼睛里放出最可怜的光来——昏红的灯色从破败的土檐底下，勉强爬出，挤在蛛丝蔓延的墙缝里，飘忽飘忽，似乎是临终的样子。再也说不大出这样阴惨腐烂的境地了！四处斜斜的道路上，再也没有一根可以燃着三分钟的麦草，或是一棵枯了的野草。死寂，沉定，畏缩的地皮上，只有长吹直锐的寒风，只有冷涩骤突的旋风，把灰白的尘土在黑暗里扬起又落下，落下又扬起，而且一种恶浊的干粪气味，时时吹散到屋子里去。

在全贵家，已是晚餐的时候。大妞和喜来坐在一张板凳上（两堆土块，上面搁一方煤油箱板的凳上），捧着个高粱粉的馒头使劲啃嚼。他们虽知每人只有两个，很快地吃完了便没有得再吃，但是，他们怎能不很快地吃完呢。喜来整天地在外面拾草偷煤，天天在冷风里辗侧，以致脸部和手部都冻裂了，尤其是嘴唇上，几乎说话都不能十分随便。

"这个馍老硬——妈！"他饿得发急，嘴唇又痛，不能紧张嚼吃，带着哭声——仿佛求救似的——对他妈说。全贵的妻子虽然不憎厌她的儿子，到底在她"盼夫不归"的情绪上，她是十分烦躁的，简直要大家不说一句话，直等她丈夫回来了，她才觉得一切没有恶意，所以一听得她儿子的话，立刻便触动了她的烦躁，她觉来，仿佛这句话竟是只顾自己，忘怀了在外的父亲似的。"爱吃不吃！鬼养的！"她便这样高声地回答了她的儿子，好像一个疯子似的。小喜来奔走伏行地干了一天，又疲乏，又饿又急，嚼不动馍的时候，他已禁不住要哭，再经他母亲这样的凶暴，马上觉得伤心万分，眼泪便如荷叶上的雨水似的，很急促地泻下来，一粒半滴地落在黝绿的粉块上。两条粗的泪痕在他风干燥裂的面颊上；由他裂了的心口里拼出来的热气，在鼻孔中来往地抽呼，虽是冷冰冰的夜气抱扼着他，但却是益发浓厚有力。大妞不敢说什么，也不敢安抚她弟弟，她只抬眼看着她母亲的脸，她看见母亲的眼睛里落下两滴眼泪，她也哭了！自然喜来的母亲觉得她的话刺伤了儿子的心，自然，儿子的眼泪也刺伤母亲的心呵！然而她又不是庭院里的嬝人，她会说什么曲折安慰的话呢？所以仍是粗暴的声音："大妞，看去！有没有水？替这小鬼养的泡泡！"

喜来得着一个小小的安慰，便很满足地把那半硬不软的粉块，和着嘴唇上的血，吃完了。在他，觉得什么都很平和了，可是，母亲的心已在外乡的父亲的身上盘旋了；她想起前两月请人写给她丈夫的一封信；她想起十五岁的大妞被看棉花包的调戏，被他捺在棉花包堆里污辱，损伤；她想起自己身上大棉袄的棉花……她想……全贵快要回来，快要带些钱回来，……她想，她哭，终于从半醒的梦中觉得眼泪流在颊上的温热！十二月长夜的紧风仍是满山满谷地呼啸着，含着无穷的恶意和残忍。……

由徐州西来的四等车，已在远处的黑暗里使劲地呼叫，接着一阵阵"烘烘"的声音疲乏而沉闷——极热烈地盼望它的休息——渐次近来。站台上的人群，也由期待的静默转变成嘈杂的喧哄；小栈房里接客的伙伴，争相索火，点起他们栈房的招牌的纸灯笼来，预先把灯高高地擎起。虽是火车还未进站台，他们自然也是期望接几个客——或是一个接不着——好回去睡觉，谁又禁得住夜深的冷风那样裂人肌肤地站着呢。一般小车夫，也急急忙忙地期望一日功课的完结，有的赶紧——从未有那样不仔细过的——把一筒还只半烬的烟丝吹去，有的赶紧把只吃了几口的面饼塞到怀里去，有的束束腿带——一切的动作都在一样的圈里。

这里的四等车是没有车厢的，顶棚虽有，但落雨下雪，简直是等于没有，就是夏天的酷日，也遮蔽不着，好在四周还有几根粗铁条拦着，人多的时候，还不致挤落下去。

火车很奋勇地驶进了三股道，烟囱里的烟火，在远处的黑暗里看是红的；到了光亮的煤气灯光里，是只见黑烟了——一车一车蜷坐在车板上的旅客——有的立了起来，有的仍是坐着——面目和蒙了长途的沙土的青布衣衫，也都显现在灯光底下。于是"泰昶栈""安福店"的呼喊，接连不断地呼响起来，仿佛争竞谁喊得多，便是谁的胜利似的，以致车轮磨转在铁轮上的声响也被遮断。

车头既然脱了挂钩，驶到前边岔道上去换轨，乘客也纷纷地下车。

全贵经过整日的蜷缩，长时的挤轧，以及长途的冷风和沙灰，疲乏已经很沉重，又加打盹刚醒，越发觉得冷风的尖利，手足的僵硬，而且突由黑暗、沉默的境地上，刹然进了电灯灿白的光下，人声鼎沸的站上，自然有些模糊惝恍，惶惶不知所措的神气，更加在他迷迷糊糊虚虚弱弱的心神中，久别的妻子儿女的安好，很容易在他"归心如箭"的心幕上隐现，因之微微地有些发怔，自己都忘记了在什么所在，什么都有些恍惚。

车头换罢了道，竭力地在四股道上飞驶进厂休息去；四等车呢，又停在三股道上，两旁都没有站台，自然是因为它是四等车呵，所以下车的乘客，必须在轨道上穿过，登到站台上去。

"喂！公司老总！压死人咧！"一个小车夫惊恐地喊叫。

那些岗警，只愿在人群里找一两个神色慌张的旅客，希期上去盘问盘问，搜得一点烟土来化钱，所以虽是听得，他们谁高兴去管压死人的——无趣的事呢。

乘客差不多散尽，站长才领着几个警察跑进四股道上的十几个人圈里去，接着车站上的一班职员也哄着跟去。

"咦！这是撞的，脰分作三片了！"

"哪里！你不见两只断腿在那边！"

"哦！不差……这个东西！真笨猪！"一个警察扬着脸，很坦然地说，意在表示他当军人的英雄肝胆。

"那个包袱呢！解开看看，好交到上面去备存。"站长操着命令的口气而且微微带着暗示的意味说。于是大家的眼光转视到一个撇在半边的青布包上去；很热心的神色，两个警察急忙把插在风衣袋里的手抽出来，蹲下去散解捆裹的布带，那一个哈着腰和站长一样的，注视在将要展开的包袱上面。

"二十五块钱，"他微声地说着，仿佛替死者表示无穷的感意，又似乎不大愿意人众听见他的话似的声气，随后接着报说："布扎头一个，柿霜片两包，女袄一件，信一封。"站长听罢了，毫不经意地："好吧！收拾起来，信给我！"

四五个警察提备存的包裹，争先夺后地远去，"得哪！大哥！"隐约地还听见他们这样说着。几个职员，哄着问站长要信看。这一来，可不是正好么，站长随即将一封破烂的信付给他们，自己匆忙地走了——大概是去赶做"备存包袱"的公文吧？

一般被好奇心鼓激着的职员，一哄聚到灯底下去，抽出一张粗劣的黄灰纸，带笑带念地看：

全贵夫君大鉴：

在徐州安好？银圆积了多少？几时回来？俺家景况益坏，天气又冷；来儿每天出去拾草拣灰，又尽是些哈哈炭①取不得暖却别提了，常常连烤馍都不成！屋子的西墙也塌了好一块。来儿上月去拣煤，不知为何，被守煤的追着飞跑，自不小心，把左腿摔笨了，累我替他煮了好几回热水泡洗，现在总算好些；可是，经这一息，他就贪起懒来啦！说是不敢出去，怕人打他，再说起来，便是没有伴儿，真恼人呵！夫君，你几时回来？银圆积了多少？妞儿棉花倒拣了不少，一家子的冬衣，都有了着落，然而说不了呵……你在那里安好？银圆攒了多少？家乡今年比往年冷得多！龙王风②吹打到脸上，实在受不住！我的耳朵也冻烂了，来儿的脸比我更甚；今年回来，买一个布扎头回来。我们的屋也坏很了，除非等你回来修理，妞儿她又够不着，

---

① 哈哈炭：新乡土语，未完全成煤渣的枯炭块，称作哈哈炭，大概言其不容易燃着，或者燃着不久便熄，仿佛有打哈哈的意思。
② 龙王风：新乡土语，称冻冷而不断的狂风。

我又不习惯这个手活。曾家大嫂，他们在凸肚子①上挖了个大土洞，又没风，又没雨，又安静，又不会坏，就共花了十串线，候你回来了，我们也打算打算罢？今年上春，来往的军队倒不少，我替他们做了不少活，攒了五串多钱，都花在来儿和妞儿的大袄布料上了；下半年军队也不少，可是我经那次一吓，不大敢去。你的一双破鞋，修补好了，本想卖几个钱，但我想候你回来了再卖。夫君，你积了多少银圆？

几时回来呵！

妻余氏拜启

菊月二十四日

笑一阵看一阵的他们，念到"拜启"，越发大乐起来，仿佛他们读《笑林广记》的时候一样。继而随手把信一团，抛到站台底下去，接着的自然是余兴了：

"呕！老陈！你说他是干什么的？"

"许是做小买卖的罢？"

"何尝是！他是个买死的！花了票钱买死，不是么？"

大家都笑起来，仿佛这才是一个正确的批评。那位姓钱的，十分得意，摆一摆脑袋，"走吧！"很得劲的神气，迈开脚步，走向他要到的地方去，嘴里哼着"乌龙院"的流水板。

---

① 凸肚子：系山腰外的部分。

站台上已没有一个人，静得像梦一样，悬着的汽油灯仍是亮着，惨白的，绿绿的，好像死人室里的灯光一样；一行枯干的粗巨的树枝，像骷髅的手指般指着深黑无穷的天空；东北风猛烈地卷起来，一片两片的，疏疏的雪花，像受了伤似的直向淡白的灯光里跌落，渐渐地严密起来，好像要掩埋宇宙间的伤痕。

"被漠视的人类，当真谁都不肯给他一点点的，一点点的眼泪吗？我们亲爱的诗人！"

十二，十二，十五，于观音堂山中。

疲惫者

/// 王任叔

一

一连饿了四天的运秧，今天真是怎么也煎熬不住了。他只得走向乔崇先生家里去。

论他的年纪，已经有四十光景（的确，我曾在前一月到山上去折花去，遇见了他，问他的岁数。他说："大概四五十岁吧！穷人是算不来年纪的，挨一天算一天账！不像有钱人，屈着手指儿数年纪，挨到了四十五十热热闹闹做一回寿，二五八六地喝一会儿酒！穷人也算什么，也值得去记岁数……"），没有父母是当然的事，没有子女倒是有些超出常例以外了。然而一按他的实际，他非特没有子女，他连一个老婆都没有讨过咧！这不免要使他们惊奇了，但我们的运秧是不能负担解答你们这个惊奇的责任的。

他在我能记忆时起，并不在我们村里的。一到我十三岁那年，他归来了，那时刚刚是他父亲死亡这一年三月里。

他父亲的死，差不多我们村里都是传为美谈的一桩事。

大概他有五六十岁了。他从下三府归来。他一归到他那杏树脚下老屋里空堂堂的屋，使他感到难言的寂寞，又不知谁来一拨动他老的春心，他终于想讨一个老婆了。

五六十岁的老翁，讨了一个老婆慰慰寂寞，在中国的社会里并不算什么一回事。然而在他便觉得有些僭越了。

大概是我家那位朝觐哥，他搭讪着他老，肯为他做媒，并且诱他老说："我已经给你说妥了，你明儿去娶她吧！"

果然第二天起来，我们看他老左手提着小吊篮，右手拿着炮仗，说是去迎接新嫁娘去了。

结果他赚得了失望，于是他归来痛哭了。于是他死了！他死了算什么，地球上每天死的人多着呢。但是做他儿子的，便不得不来守一会儿丧了。

便是这一次运秧归来了。我们看见他那背骨高耸和肩齐平的形态，我们都觉得他是个很好顽的人。我们因上他一个尊号，叫"秧驼背"。

据前辈人说，运秧先前背脊是没有像这样驼着的。

大概他年少外出佣工，背大树，压弯了他的脊骨。然而这是想象的话，我不曾听他亲自招个这样口供。

他那时归来，依然是褴褛得很。一只漆黑的木箱，一床破被，几领衣服，便是他的全盘家产了。至于他老父遗下的老杏树脚下的一间屋，照例是应该做他哥老运夫为长子长孙费的。运秧当然是没分住，只好让他哥老运夫到外面去时买给哆哆叔，然而，我们的运秧也并不曾要过。

运秧说外面工作没味，受人欺侮，重的肩子叫你担，苦的工作叫你做，推来挡去，外面人一点也不肯负责任的。此后罚咒也不去做工了。

运秧既然罚咒不外去了，那么到什么地方去住呢？这在恂恂儒雅的我们，当然是很成问题的一回事，然而在运秧的身上却不成什么问题了。

运秧便把一切行李搁置在我们新祠堂的厢楼上。于是定出他做工的价目，以便人人雇佣。

运秧工价比什么人都贱，别人家从百钱一直加到二百钱，而运秧却老是六十大钱一工。这似乎可以招徕生意了。

然而一般主人家，因为运秧这个肚子大好，一餐饭足足能吃一桶，虽是工价较贱，来回一计算，则似乎也不大合算了。所以运秧还是有熬饿的时间。

熬饿也只有熬饿罢了，运秧又可向谁去说呢！据运秧亲口告我说："这都是数该如此，所以我总饿也饿不死的。我自然也没法去作践这一条命。有时委然熬得没法，那么这公有的清水，我终得喝一口；这被大家作践的青草叶，我终得吃一些！"

一天，他觉得委实太寂寞了，非稍稍活动活动不可。于是他建议移居。

他独自一个人的事，本不用要谁赞同的。只要他自己意志一决定，他便立时可以实行了。

但他真好，他每用这么法子来消遣这寂寞的。他每每自己提出一个任何议案，再把他自己投入另一个思想里，来驳斥这个提议；驳斥一会儿以后，他又把自己投入又一个思想里来反驳……他这样地互相驳覆一下，空室中虽只有他一个人，便无异于满座同志，谈论风生地在说话了。他于是不觉寂寞了。

这一天，他自然也是经过久长的筹论过的。他决计把家搬到三圣殿去。

三圣殿是个真好去处。位置刚在西园之上，下大山的半腰。我们一登其上，可以瞭望远近。四围山屏，矗立如武侍。青翠苍绿，几乎终年如常。可见那山里松竹的繁茂了。俯瞰细田畈，形如大船。船底一带溪水，永恒地在奔流着。每当人眩眼看时，几疑那细田畈真个在水上驶行。左旁一村，瓦屋比栉，形如菜刀，与前面龟形的小村遥遥相对。每当晚间晨兴，烟雾飞扬，弥漫山谷，将这一座圣殿，高擎云间，住在这里的人，几疑是世外的人了。

然而我们运秧也真是被世人忘却了的世外的人呢！

运秧把木箱搬上圣殿，第一回就碰了一个钉。

我们那位乔沅哥，仗着乔崇先生亲兄的势，早已霸占住了三圣殿的住屋。运秧搬来住，虽是所占的地位只有靠关帝左旁的一个墙角，然而不免多少使乔沉哥有些不方便与讨厌。

"运秧哥，这是不兴的事，菩萨前面怎么好住人。"

"那么你怎么住着？"运秧缓缓地侧着头问。

"那是不同的。我们住的是偏屋。"

"那么，乔沉，老哥虽是一钱不值，这条狗命，但终多少比较这柴把值几个钱吧！你那柴把可以在殿中放，我倒使不得在这儿躺吗？乔沉老哥，你也够可怜啦，睡伴着你的柴吧！……"

运秧好似并不晓得哭，很和平地对着乔沉哥笑。乔沉哥一听这话却也理由十足，再不好轻易驳斥。笑一笑，皇帝开恩那么样准他住下了。

但是运秧的生意真不好，这一春很少有人雇佣他。熬饿的日子委实太多了。自然只得厚一下脸赶这一条路。

"乔崇，乔崇，在家吗？"运秧吆喝着走进一楹五间二弄的大楼屋去。

乔崇先生道是什么打官司的人来了，匆忙地奔了出来，迎头一看，是他，觉得碰了一鼻子灰，皱一下眉返入后房，把房门呀地一关，仍横倒在床上，吸他的鸦片去了。

这房门，这欺贫暴富的房门！完全，完全地好似在骂运秧。运秧心里不觉一阵寒栗，继而有一股酸意直冲到鼻子儿上来，急忙连连用干笑掩饰过去，然而在他的眼角上已经有一点微微的润湿了。

毕竟乔崇先生的家是不像运秧一般地只建筑在几根稻秆之上

的，只有一席地。就是他一间客堂，已够足运秧建筑二十多个家庭。所以运秧虽是被乔崇先生不瞅睬关出门外，这客堂却正够足他来去地踱着消磨时光了。

也有在一时，运秧觉得这"踱"没有多大意味了。而且嗒嗒的履声一起，益形他的寂寞更深。索性坐在凳上，守着沉默；那么由寂寞而参悟到寂寞，便也无所谓寂寞了。

太阳终算还有情，居然把运秧难熬的半天将得挨过了，由东山爬到中天，笔直地照着。

乔崇先生的长工息工归来了。

一纳头见了运秧，于是打诨插科，一齐都起来了。运秧真做了他们开玩笑的具体家伙。

"运秧做什么来了？"

"嘻……走走！"运秧当然只好迎着笑。

"哼，我知道了，你莫不是来揩油，来赖饭吃！"

"嘻……那何必说起！"运秧的语音几乎使人很难听到，然而运秧缩头迎笑的神态，还是依然。

"呃，老实，"长工觉得自己侮辱他人过甚了，良心上也有些过意不去，所以又转换一个问题，"运秧，老酒味儿如何了？今儿和我们工作去，明儿又得烂醉一顿了！"

烂醉，运秧一生也不得烂醉一回酒过。"只有这一天，只有这一天。"运秧想起来了。

于是运秧被空虚占领着的心稍稍有些悲哀的惠临了！

二

一说起，已是一年多的事了，运秧那时还有人雇佣。他身边居然有六七毛钱了。

这天，当然是他自己的光阴的一天，他酒性有点难熬了。

实在地，对于饭，运秧似乎还是次一等的需要。唯有酒，我们的运秧却不能缺少的，除了吃草叶的日子以外。

他奔到街上去。在毛益生酒店里，他立下了。

"打一毛钱酒。"

店伙知道他的脾气：他没有钱的时候，断不肯来上店的，这次来势颇健，大概他又有些钱了。

"一毛钱酒。多少钱糕？半毛？"

"好，半毛钱大黄糕。"

当然大黄糕是他下酒的好朋友了。运秧断不肯学一般人势利的脾气，有了钱便忘怀老朋友，去买椒香或火炙吃的。

"一饮而尽"运秧虽做不到，讲一句实话，一毛钱酒，运秧却只有十饮。而黄糕还有一大半。这似乎有些太不济事了。于是运秧的手向柜上自然地一拍：

"再添一毛钱。"

店伙当然有些吓呆了。运秧虽然有钱，但充其极也多不过二毛钱罢了。倘再加一毛钱酒，那么一共二毛半钱，怕不是要拖欠半毛了吗？

"半毛罢了，酒已然吃得烂醉了。"店伙假装着劝，说。

"烂醉了！什么，哼，现钱交易，我给你现钱交易吧！来，偏要再打一毛半来！"

他左手向腰间一擦，把四毛钱丢在柜上，于是店伙只好听从了。

照以前一毛十饮的例来推这一毛半钱的酒，运秧大概也只一十五饮罢了。

于是运秧满面通红笑孜孜地荡出店去。

运秧在街上东闯西跌地走了一段路，他又行到一家广货店门外。他笑呼呼地向店堂里看去，他突然地好似发现了一件珍宝，大踱步跨进店门去。

他从柜上箱内取出了一瓶花露水，把玩起来了。

"这裱画不错，还有一个大姑娘。这个姑娘倒也生得不错！"他于是笑盈着两唇了。

正当这位艺术家在鉴赏艺术的时候，店伙虎吼也似的喊声起来了。

"你，运秧，偷贼！谁家的东西？可任意取！"

"哼，这么拿一下干吗了？"

"你又不买，拿什么！"一把，店伙把运秧手中的瓶夺了过来。

"这么样恶狰狰的，装给谁看？大家都是十个月生的，差不多点吧！况且你安知我不买！"

"你买，你买去给谁？你又没有大姑娘小姑娘相好，你自己一副酒糟的脸，又用不着这个！"

"我运秧不是说一句话，你料想我没有大姑娘小姑娘相好吗？来，来，你几毛钱一瓶，我去送给你看。"

运秧仗着酒胆，似乎有些愤愤然了。

"几毛钱倒也不用，你要，便一毛吧！"

"使得，便一毛，拿去！"运秧又把钱向柜上一括。店伙倒有点愕然了。

"好，你买去，不过你送给谁呢？"

"你看！"他把瓶塞打开，一股脑儿喝到肚里了，"我便送给我的大肠、小肚肠去！哼，你料笑我没有大姑娘小姑娘吗？"

这一来，店伙不免有些恐惧了，像这么一下子吃了，可不是会药死吗？但不死的运秧恐怕吃了砒霜也不要紧！何况他过的日子既无所谓生，又无所谓死的；"要死"这个恐惧，当然不足以阻止他不饮花露水。

他又茫然地闯出店外。他于是鼓腹而歌了。但他并不唱《想我郎》，也不唱《孟姜女》，他只是任自己唱着《哼哼曲》。

他向一心亭穿过，行在桥上，他似乎有些站立不稳了，但他又不幸而不至于堕下水去！

他走到隔水村，他闯到祠堂那儿。祠堂外有条长石凳，他在凳上睡着了。

他很幸福，堂外一株樟树，绿叶浓重，萧萧地唱歌催他安眠。

这事和现在相差只不过一年光景罢了，然而穷人的运秧的心境却几乎像过了二十多年一般地变换了。当长工提起这事问他时，他觉得眼前是英雄气象完全消失了！他真是有些凄凄然了，然而也只好凄凄然罢了！

长工搭讪一会儿，把饭菜端出来吃了。但并不多备一副箸碗。

运秧依自己志气讲话，实在应该立时走了。然而雪白的饭，喷热的羹，不由得他饿眼霍霍地亮了，饭肚咯咯地转了！

——啊！也只好耐一下子吧！

运秧于是自己走到厨下取了一副碗箸来，想挨着长工们并排坐下去。但长工们似乎今天还是有饭吃的人大可以骄傲人家，各都横着腰不使他坐下来。

于是他只好在桌角旁站着吃了。

他第一口饭是拌着他的眼泪吃下去的！

三

运秧自这一次后，不再有向人家处赖饭吃的事了。但他到底怎么过日，我是无从知道。而据乔沅哥说，他又是永不会偷盗人家的。

乔沅哥说：“哈，奇怪，我们村里要像运秧那样石骨铁硬的人，是连半个也寻不出了。这个驼背哥，就使饿了时行过萝卜田，他也不拔一个吃吃的。这就可见他的骨硬了！”

但是后来偏有一件贼案图赖着他。

在这个月里，有一个阿三突然地来做他的邻侣。运秧起初觉得有些讨厌，后因碍于阿三的势面，也无可奈何。

阿三本来是在城里当司法的，因犯规斥革。他又曾为乔崇先生在官司上帮过忙，所以想来归依乔崇先生。乔崇先生一时难以发落，便叫他权在这三圣殿里住下。至于他的生计怎样维持，乔崇先生也曾授予他一条计策，叫他在乡间各处，夜里去掏缸沙卖。

这天，阿三黎明归来，一看他的邻侣，已然不在草窝里钻着了。起初不免有点奇怪，继而在他贼的心理上生起了一种被贼的恐怖了。他于是把皮箱开来，一数他的钱包，似乎缺少了二元钱。他记得在这二十天中，他所卖得的缸沙钱，大约有十元了。怎么钱包里只有八元钱。但他自己想想，实在还有一点模糊，十元与八元之间，终究是哪一边，颇难决定。不过从运秧趁早便出去这一件事上看来，他的钱便难保不有损失。于是他便决定他的钱是有十元，二元是被运秧偷去了。

他去告诉了乔崇先生。

乔崇先生对于偷卖缸沙这一件事上，本也想分润些干俸的，这一来，不是把他的权利损失了么？于是差一生独眼传运秧到案。

恰恰运秧又是喝酒归来，很兴头地来到乔崇先生地方。

"什么？乔崇叫阿哥来做什么？"

"哼，驼背。"当然地，乔崇先生一向不曾叫过人家叔或伯的，免损害他那绅士的威严，何况只有阿哥资格的运秧当然连正名也有些不屑叫了。

"驼背，你有没有拿过钱？"

"谁的钱？"运秧因有三分酒意，所以颇能使些嬉皮笑脸。

"那位阿三的钱。"

"阿三是谁？"

"呸，贱狗，拿了钱，还要作假！"乔崇先生不免愤愤了。

"呃，老弟，你不用气急。阿三是什么样的人真有福气，我会去拿他的钱？"运秧仍不屈地说。

"照我毛忖忖，驼背哥是石骨铁硬的人，"于是乔沉哥向着别人说了，"断不会偷钱的。他和我同住了多年，他即使火没有了要吃烟时，到我们灶里来借一个火，也不来的，他真有这般硬呢！——阿三，你……"

"乔沉先生，"阿三打断乔沉哥的话辩护着说，"哪里，我清白有十元钱，缺了二元；我们住的地方除他以外，再没有加添别一人的足迹了。那么，我这二元钱是谁偷的呢？"

"谁偷！"运秧对阿三做一下不屑的神气，转又对乔崇先生说，"乔崇，我对你说，他的钱，你们说我偷也好，就算是我偷吧，但我要反问一句，我的钱，可是谁偷了？你老阿哥，虽算不来什么人，但终究比你多活几岁，我自从七八岁上起，便和人家看牛工作，一直到现在有四十光景了，虽是近几年人家因我力衰不大要我做工，但极缺极缺算来，我终究做过二十年工了。我这二十年做工里，每年十元算，也得有二百元钱了。我这二百元钱，可不知谁给我偷了！我也不曾娶个把老婆，生个把儿子，过化去一百二百。我一直到现在，还是个光杆子呀！我又没有像你年纪虽少，儿女有了一担。我除喝些酒外，也不曾打过牌输过钱。我横忖竖忖，我终应有二三百积蓄。但我现在竟一些没有，连一条被也只剩了一些破絮。我为什么要到这步田地？我的钱，老实说关帝是不曾偷过的，周仓关平也不曾拿过的，至于我的好朋友老鼠，它也断不来损害我一丝一毫的东西的，可决其不曾偷。你老阿哥既然肯为阿三帮忙，查拿偷儿，那么老阿哥的事情，还请你查一个究竟。让我死了也好闭得上眼睛。"

运秧这一篇滔滔的话，显见他实在有三分酒意了。于是乔崇先生怒了，一声叱喝，众手齐下，把运秧缚了起来。

过几天，乔崇先生写了一封信给知事先生，说运秧犯过十件重大的窃案，今被阿三查获，特地来送县的。

这样一做，阿三得升做侦探，运秧也有幸地在牢狱里吃了一年多的饭。

运秧放了犯，这不死的身体越发肥了。但是吃饭的习惯倒养成功了，甚至于一餐也熬煎不住。

于是运秧只好迫走做乞丐这条路了。可是他因和我们是同宗，却从不曾到我家来讨过。

所以现在的运秧可说是寻到一条生路了，我深深地为他祝福。

长
篇
存
目

王鲁彦《野火》（又名《愤怒的乡村》）

后 记

　　《百年乡愁：中国乡土小说经典大系》是张丽军教授作为首席专家的 2021 年度国家社科基金重大项目"百年中国乡土文学与农村建设运动关系研究"的资料选编成果。项目团队核心成员田振华、李君君等参与了全过程选编工作，张娟、沈萍、彭嘉凝、陈嘉慧、姚若凡、胡跃、林雪柔、徐晓文、宣庭祯等参与了编校工作，在此对他们的辛勤劳动表示感谢！

　　在具体编撰过程中，本套"大系"还得到了张炜、韩少功、周燕芬、王春林、何平、孔会侠、苏北、育邦、刘玉栋、刘青、乔叶、朱山坡、项静等作家与学者的大力支持与帮助，在此深深致谢！

　　需要特别说明的是，因为选入本套"大系"的作品跨越百年之久，在文字、标点等方面，我们在充分尊重作家初版本的基础上，依据现代语言文字规范统一做了修订。

编　者

2023 年 7 月 4 日